ZÜRCHER DÄMMERUNG

Michael Moritz, 1968 in Freiburg geboren und am Kaiserstuhl aufgewachsen, schreibt und produziert seit fünfundzwanzig Jahren Theaterstücke, Kurzfilme und Erzählungen. Im Emons Verlag erschienen «Tod in der Rheinaue», «Roter Regen», «Weinselig», «Lost Place Vienna», «Zürcher Verschwörung», «Tod im Theaterhaus», «Um die Wurst», «Die Tote im Dolder», «Badisch Blues», «Zürcher Sumpf», «Tessiner Abgrund» und «Badisches Todesspiel».

MICHAEL MORITZ

ZÜRCHER DÄMMERUNG

Kriminalroman

emons:

Lust auf mehr? Laden Sie sich die »LChoice«-App runter, scannen Sie den QR-Code und bestellen Sie weitere Bücher direkt in Ihrer Buchhandlung.

Bibliografische Information der Deutschen Nationalbibliothek
Die Deutsche Nationalbibliothek verzeichnet diese Publikation in der Deutschen Nationalbibliografie; detaillierte bibliografische Daten sind im Internet über http://dnb.d-nb.de abrufbar.

FSC
www.fsc.org
MIX
Papier aus verantwortungsvollen Quellen
FSC® C083411

Umschlagmotiv: age fotostock/Lookphotos
Umschlaggestaltung: Nina Schäfer, nach einem Konzept von Leonardo Magrelli und Nina Schäfer
Umsetzung: Tobias Doetsch
Gestaltung Innenteil: César Satz & Grafik GmbH, Köln
Lektorat: Irène Kost, Biel/Bienne (CH)
Druck und Bindung: CPI – Clausen & Bosse, Leck
Printed in Germany 2019
ISBN 978-3-7408-0496-1
Originalausgabe

EINS

«Du brauchst das nicht zu tun», sagte sie und kaute nervös am Nagel ihres rechten kleinen Fingers.

Stahl stellte die Einkaufstaschen auf den Küchentisch und räumte die Esswaren in den Kühlschrank.

«Gib mir lieber Geld. Am besten, du steckst es in den Briefkasten. Dann fühle ich mich nicht so beschissen.»

Stahl kramte im Hängeschrank über dem Spülbecken und suchte nach einer Pfanne.

«Willst du jetzt etwa auch noch kochen? Du spinnst wohl. Das mache ich selber. Sag mir lieber, wo du Lilly versteckt hast. Sie ist nämlich meine Tochter.» Sie war laut geworden. Ihre Stimme kippte und brach in den hohen Tönen zusammen. Die beiden Kleinen kamen in die Küche. Stahl konnte keine Ähnlichkeit mit Lilly erkennen. Dafür hatten sie die traurigen Augen von Matthi. Ob er auch in der Wohnung war? Stahl hatte nicht in die Zimmer gesehen. Er war nur gekommen, um das Essen zu bringen. So wie er es einmal wöchentlich tat, seit er der Beistand von Lilly war. Lilly hatte ihn darum gebeten. Sie hätte es nicht ertragen, dass es ihr gut gehen sollte und ihre Halbgeschwister weiterhin im Elend ihrer Eltern hausten. Also spielte Stahl den Samariter, so gut er es vermochte, und kaufte einmal die Woche ein. Aber er wollte weder mit Nina noch mit Matthi etwas zu tun haben. Er kannte Junkies, wusste zu gut, wie seine eigene Mutter geendet hatte. Irgendwann gab es keine Hoffnung mehr ausser dem nächsten Schuss. Und sowohl Nina als auch Matthi hatten ihren Bogen längst überspannt. Es war nur eine Frage der Zeit, bis er brach. Vielleicht würde sich die Kindes- und Erwachsenenschutzbehörde dann endlich der beiden Kleinen annehmen. Stahl hatte mehrere Male dort angeklopft. Sie hatten ihn vertröstet. Die Heime seien voll. Sie hätten keine Kapazitäten. Ausserdem gehe die Mutter einer regelmässigen Arbeit nach. Ein Witz. Sie war als Putzfrau im Cabaret «Barbados» geführt. Tatsächlich aber wurde sie dort für ein paar Franken täglich mehrmals gevögelt.

«Machst du wieder Omeletten?», fragte der Kleine und leckte mit der Zunge über die Lippen.

«Wenn ich wüsste, wo die Pfanne ist», sagte Stahl.

«Die hat Matthi. Er setzt sich gerade einen Schuss», sagte die Schwester, kaum einen Kopf grösser als der Zwerg.

«Mit einer Omelettenpfanne? Da genügt doch ein Löffel.»

«Er zittert zu stark», sagte Nina und kicherte heiser. «Ich wollte ihm helfen, aber er hat Angst, dass ich ihm das Zeug klaue. Arschloch!» Sie stiess sich von der Wand ab. «Ich hole die Pfanne. Die Kinder brauchen was zu essen.» Sie verschwand.

Stahl nahm die Eier aus dem Kühlschrank.

«Mit Speck?», fragte der Kleine.

Stahl nickte.

Geschrei ertönte aus einem der Zimmer. Es polterte und krachte. Glas barst. Die Kinder liefen beide aus der Küche, dorthin, von wo der Lärm kam. Warum Kinder immer ihren Eltern helfen wollten?

Stahl kümmerte sich nicht. «Pack schlägt sich, Pack verträgt sich», murmelte er. Ein Spruch, der sich ihm eingebrannt hatte, seit er sechs Jahre alt war. Seine Alten hatten sich ordentlich verdroschen. Die Mutter mussten sie mit der Ambulanz ins Spital bringen. Alfred ging für zwei Tage in den Bau. Eine schaulustige Nachbarin hatte schief gelächelt und diesen Satz gesagt. Und Stahl erinnerte sich an beides. An den Satz und an das schiefe Lächeln. Auch er hatte gerade schief gelächelt, als er den Satz gesprochen hatte.

Das Geschrei wurde lauter. Jetzt mischten auch noch die Kinder mit. Stahl stützte sich auf das Spülbecken und atmete tief durch. Was tat er sich da an? Nein. Er war kein Sozialarbeiter. Er tat es für Lilly. Er drehte den Wasserhahn auf und drückte seinen Kopf unter den kalten Strahl. Das Geschrei verstummte. Er hörte nur das Plätschern. Es tat gut. Noch fünf Sekunden länger. Das genügte. Er schüttelte sich und suchte nach einem sauberen Geschirrhandtuch, um sich die Haare damit zu trocknen. Fehlanzeige. Sauber war hier gar nichts. Dafür roch es verbrannt. Und das Geschrei war wieder zu hören. Stahl stürzte aus der Küche und rannte auf das Zimmer zu, aus dem Geschrei und Qualm stieben. Er trat gegen die Tür. Eine Stichflamme warf ihn zurück. Im Zimmer loderte es. Nina und Matthi kreischten. Lebendige Fackeln. In der Ecke drückten sich die beiden Kleinen. Stahl hielt die Luft an und wollte ins Zimmer. Es gelang ihm nicht. Die Flammen liessen ihn nicht durch. Die Kinder heulten. Nina und Matthi verstummten und fielen zu Boden. Stahl versuchte es noch einmal. Er kam nicht durch. Es hätte ihn versengt. Das Feuer drängte ihn in den Flur zurück. Er konnte die Kinder nicht mehr sehen. Jetzt sprang die Flamme an sein Hosenbein. Er schlug sie mit der Hand aus und rannte ins Wohnzimmer. Das Feuer ihm hinterher. Es war gierig. Stahl wusste, dass es die Kinder auch verschlungen hatte. Satt war es deswegen noch lange nicht.

Es gelang Stahl, auf den Balkon zu flüchten, während sich das Feuer schon ins Wohnzimmer gefressen hatte. Erster Stock. Stahl zögerte. Waren die Kleinen tatsächlich nicht mehr zu retten? Die Flamme stach aus dem geöffneten Fenster des Zimmers, in der die Tragödie gerade spielte. Nur das Schmatzen der Flammen. Keine Schreie mehr. Stahl kletterte über das Geländer, liess sich baumeln und fallen. Er wäre gerne ins Bodenlose gestürzt, aber nach drei Metern landete er auf Schotter. Zittrig wischte er sich die Hose sauber und zupfte die Ärmel seines neu gekauften Hemds gerade. Er ging um das Haus herum auf die Langstrasse. Dort standen bereits Schaulustige und die Feuerwehr. Stahl ging an ihnen vorbei. Er sah auf seine Armbanduhr. Kurz vor vier. Normalerweise ging er erst um sechs ins «Beverly Hills». Heute war aber nichts normal. Und wohin sollte er sonst? Nach Hause? Nicht jetzt. Jetzt brauchte er Ablenkung. Die beiden Kleinen tauchten vor ihm auf. Hätte er sie retten können? Hätte er auch sie nach Rom schicken sollen? Aber er war doch nicht zuständig für alle geschundenen Kinder der Welt. Schon dass er Lilly half, wunderte ihn. Aber sie war etwas Besonderes. Jedenfalls sah er das in ihr. So wie der Monsignore etwas Besonderes in Stahl gesehen hatte.

Er würde es ihr sagen müssen. Aber nicht jetzt. Jetzt galt es, die Sache in einer unteren Schublade abzulegen. Verdrängung. Darin war Stahl immer gut gewesen. Sonst hätte er viele der Aufträge, die ihm in der Schweizergarde erteilt worden waren, niemals ausführen können. Es war nicht Skrupellosigkeit, die ihn auszeichnete, sondern die Gabe, verdrängen zu können. Leider war er nicht mehr so gut darin wie früher. Mittlerweile klopften alte Geschichten häufiger bei ihm an. Er drückte sie weg, so gut er konnte. Manchmal half ihm ein guter Whisky dabei. Jetzt würde er einen doppelten trinken, obwohl er nie trank, wenn er arbeitete.

Er stieg die Treppen ins «Beverly Hills» hinunter, ging an Belinda, der brasilianischen Putzfrau, vorbei an die Theke, nahm eine Flasche Oban aus dem Regal, ein Glas aus der Geschirrspülmaschine und verschwand damit ins Hinterzimmer.

***

Kaja sah auf das Kärtchen, das ihr Amir gegeben hatte. Hier musste es irgendwo sein.

«Hast du ein paar Stutz?» Der Kerl mit dem verlausten Haar und dem versifften Parka versuchte sich an einem Lächeln und wartete.

Kaja kramte aus der rechten Tasche ihres Wollmantels einige Münzen und liess sie in die zittrige Hand des Bittstellers fallen.

«Vergelt's Gott», sagte er, schloss die knöchrigen Finger um das Geld und humpelte davon.

«Welcher Gott?» Eine junge Frau mit falschem Pelzjäckchen und ledernem Minirock umarmte sich selbst vor Kälte und spie aus.

«Willkommen im Kreis 4», sagte Amir.

Kaja hatte nicht gesehen, von wo er gekommen war. Plötzlich stand er neben ihr.

«Wenn man von der Schweiz redet, denkt man an Wohlstand, Reichtum und süsse Schokolade. Aber wohl kaum an Bettler und Huren, nicht wahr?» Er zog sie am Arm mit sich. «Selbst die

Schweizer wollen nicht an Bettler und Huren denken. Deswegen wird dieser Restposten des menschlichen Abschaums auch nach draussen verlegt. Eine Containerpuff-Strasse in Altstetten. Da können die Freier dann mit dem Auto durchfahren, irgendwo anhalten, ihre Verrichtung machen und wieder davonfahren. Ficken wie in der Fabrikhalle. Logistisch überschaubar und sauber.»

Sie überquerten die Strasse und blieben vor einem Club stehen. «Beverly Hills», sagte Amir. «Ein klassischer Stripclub. Der hat noch Stil. Kommen Sie.»

Kaja zögerte.

«Keine Sorge, ich verkaufe Sie nicht. Obwohl ich glaube, dass die Jungs Sie mögen würden.»

Kaja sah ihn streng an. Amir errötete. «Entschuldigung, das war infam. Das tut mir wirklich leid. Ich vergass mich. Aber das ist das Milieu. Es macht es einem nicht leicht, hier den Anstand zu wahren.» Er zog ein Taschentuch und trocknete sich damit den Schweissausbruch in Gesicht und Nacken. «Eigentlich wäre meine Aufgabe jetzt erledigt. Oder wollen Sie, dass ich mit Ihnen hineingehe?»

«Nein. Ist schon in Ordnung. Ich schaffe das allein.»

«Und nennen Sie meinen Namen erst, wenn nichts mehr geht. Als letzten Joker, sozusagen.» Er zwinkerte, getraute sich nicht, Kaja die Hand zu geben, nickte und zog ab.

Kaja stieg die Treppe hinunter und betrat das «Beverly Hills».

«Ist noch zu.» Eine Brasilianerin, bewaffnet mit Putzeimer und Schrubber, baute sich vor ihr auf. «Oder suchst du Arbeit?» Sie musterte Kaja, trat einen Schritt zurück und goutierte Kurven und Aussehen. «Das könnte passen.» Sie stellte den Eimer ab und stützte sich auf den Schrubber. «Dreh dich mal.»

«Ich möchte mit dem Chef sprechen», sagte Kaja und gab sich Mühe, so scharf und selbstbewusst zu wirken, wie es ging.

«Chef ist im Gefängnis. Mindestens sechs Monate.»

«Was?» Kaja verstand nicht. Amir hatte sie doch hierhergeschickt, um mit dem Chef zu sprechen. Er sollte ihr weiterhelfen. Warum sass er im Gefängnis?

«Roger Stahl sitzt im Gefängnis?»

«Stahl? Nein. Der ist hinten und besäuft sich.» Sie zeigte mit dem Daumen hinter ihren Rücken auf die Tür neben der Bar.

«Zu ihm will ich.»

«Er ist aber nicht der Chef. Hilft nur aus. Bis Eddie wiederkommt. So lange bin ich für die neuen Mädels verantwortlich.»

«Ich möchte zu Stahl.» Kaja streckte sich und war nun gut anderthalb Köpfe grösser als die Wichtigtuerin vor ihr.

«Dann müssen Sie warten, bis der Laden öffnet.» Sie tauchte ihren Schrubber in den Putzeimer, drehte Kaja den Rücken zu und wischte.

«Ich habe aber keine Zeit, zu warten.»

Die Brasilianerin reagierte nicht. Sie wischte und summte ein Lied. Kaja ging an ihr vorbei und steuerte auf die Tür zu, auf die die Brasilianerin gezeigt hatte. Noch ehe sie die Bar erreichte, hatte ihr die Brasilianerin den Weg versperrt und drohte mit dem nassen Ende des Schrubbers. «Wenn du Ärger willst, kannst du ihn haben.»

«Ich will keinen Ärger, ich will nur mit Stahl sprechen.» Kaja war laut geworden.

Die Brasilianerin drückte ihr den nassen Lappen, der auf dem Schrubberende hing, kurz ins Gesicht. «Dann musst du warten, Schöne.» Sie grinste dreckig. Den Gestank von scharfem Putzmittel in der Nase, packte Kaja wütend den Stiel des Schrubbers, riss ihn der Brasilianerin aus den Händen und holte zum Schlag aus. Die Brasilianerin duckte sich darunter weg, Kaja verfehlte sie, traf dafür aber drei von gestern Nacht übrig gebliebene Biergläser, die auf dem Tresen standen. Die Gläser glitten über die Theke, stürzten ab und zersprangen auf dem falschen Marmorboden. Die Brasilianerin nutzte den Augenblick der Ablenkung und warf sich auf Kaja. Gemeinsam fielen sie neben die Glasscherben. Die Brasilianerin packte Kaja an den Haaren und riss daran. «Jetzt bist du dran.»

Kaja griff nach dem Handgelenk der Brasilianerin, damit sie nicht an ihren Haaren zerren konnte. «Lass mich los!», schrie sie.

Die Brasilianerin nahm mit der freien Hand eine Glasscherbe vom Boden und hielt sie drohend über Kajas Gesicht. Kaja versuchte, mit ihren Knien gegen den Rücken der Brasilianerin zu treten. Aber die liess sich davon nicht beirren. Stattdessen näherte sie sich mit der Scherbe Kajas Wange. «Jetzt geben wir der Schönheit etwas Charakter.»

Kaja schloss die Augen und schrie, so laut sie konnte. Sie wartete auf den Schnitt, der ihr das Gesicht verunstalten sollte. Aber er kam nicht. Dafür liess die Brasilianerin Kajas Haare los und erhob sich. Kaja glaubte, es lag an ihrem Schrei. Deswegen schrie sie weiter. Und sie hielt auch die Augen weiterhin geschlossen. So wie früher, wenn sie nicht bekommen hatte, was sie haben wollte. Augen zu und schreien, bis alles gut wurde. Und meistens hatte es geholfen. Sie hatte fast immer bekommen, was sie wollte. Bei ihrem Vater hatte sie irgendwann gar nicht mehr schreien müssen. Schon dass er gewusst hatte, dass sie hätte schreien können, hatte genügt, um ihrem Willen nachzugeben. Die Brasilianerin hatte um Kajas Schrei noch nicht gewusst. Hätte sie es, sie hätte sie umgehend zu Stahl durchgelassen. Kaja würde ihren Schrei noch ein paar Sekunden halten, damit die Brasilianerin nicht auf dumme Gedanken kam. Doch Kajas Schrei wurde durch eine harte Ohrfeige zum Schweigen gebracht. Sie riss die Augen auf und sah in das Gesicht eines attraktiven Mannes, den sie auf Anfang vierzig schätzte.

«Ist jetzt Ruhe?», fragte er und zog sie an den Händen hoch.

«Sie hat angefangen.» Belinda nahm Putzeimer und Schrubber und verliess den Raum.

«Sind Sie Stahl?», fragte Kaja und brachte sich in Ordnung.

«Wir sind voll. Ausserdem bin ich nicht für neue Mädchen zuständig. Das macht Eddie. Oder kennen Sie Eddie?»

«Nein, ich kenne Eddie nicht.»

«Dann hat es sich ja erledigt.» Stahl wollte wieder ins Hinterzimmer.

«Aber ich kenne Amir.»

Stahl hielt inne und drehte sich um. «Amir?»

«Er sagte, dass Sie mir vielleicht helfen könnten.»

«Helfen? Wobei?»

Belinda kam in den Raum und begann, hinter der Theke zu putzen.

«Können wir irgendwohin, wo wir ungestört sind?»

Stahl musterte Kaja, rieb sich am Kinn und sah zu Belinda.

«Ich kann hier jetzt nicht weg. Wenn die Bar nicht sauber ist, kriegt Silvio einen Anfall.» Sie wischte mit einem frischen Lappen über die Ablage.

«Kommen Sie mit nach hinten.» Stahl ging vor, Kaja folgte ihm und spürte nasse Sprenkel in ihrem Nacken. Sie drehte sich um. Belinda winkte ihr mit dem feuchten Lappen nach und grinste frech.

«Ist die auf Drogen?», fragte Kaja, während sie versuchte, im Korridor mit Stahl aufzuschliessen.

«Kann sein. Sie ist immer so. Hat einen Knall. Das haben alle, die im Milieu arbeiten. Das geht nicht spurlos vorbei.»

«Und Sie? Haben Sie auch einen Knall?»

Sie erreichten eine Tür. Stahl öffnete sie und liess Kaja den Vortritt. «Nein. Ich bin der einzig Normale. Hat Ihnen Amir das nicht gesagt? Amir kennt nur normale Leute.» Er wies auf einen Sessel. «Wollen Sie einen Whisky?» Er ging an den Schreibtisch und setzte sich auf die Kante.

«Nein. Ist mir noch zu früh.» Kaja setzte sich in den Sessel und schlug die Beine übereinander. «Ich komme mir vor wie in einem Chandler-Film», sagte sie.

«Sie kennen Chandler noch? War lange vor Ihrer Zeit.»

«Newton war auch lange vor meiner Zeit, und trotzdem ist er von Bedeutung.»

Stahl sah sie fragend an und goss sich ein.

«Ich bin Physikerin. Da ist Newton ein Muss.»

«Bis er widerlegt wird.» Stahl hob sein Glas und trank.

«Kann dauern. Noch fällt der Apfel von oben nach unten.» Kaja lächelte unsicher.

«Was halten Sie von Kopernikus?»

«Mutiger Mann.»

«Er widerrief.»

«Er wurde dazu gezwungen.»

«Und trotzdem glauben wir heute an das, was er gefunden hat. Und Gott ist tot.»

«Nicht zwingend. Einstein glaubte an Gott. An eine göttliche Kraft, die Ursprung aller physischen Wunder ist.»

«Glauben Sie?»

«Ich glaube, dass mein Vater tot ist», sagte Kaja und erschrak selbst bei dem Gedanken.

«Ihr Vater? Wer ist das? Und warum sollte er tot sein? Und wer sind Sie überhaupt? Und warum schickt Amir Sie zu mir?»

«Amir sagte, Sie könnten mir vielleicht helfen.»

«Wobei?»

«Meinen Vater wiederzufinden.»

«Ich dachte, er sei tot.»

«Ich sagte, ich glaube, dass er tot ist. Er ist verschwunden. Schon drei Wochen.»

«Schon mal mit der Polizei versucht?»

«Öffentlichkeit möchte ich vermeiden.»

«Gute Schweizer Tradition.»

«Hätte der Vatikan sonst die Schweizergarde zu sich ins Haus geholt?»

Stahl schenkte sich nach. «Ich bin nicht mehr dabei.»

«Trotzdem vertrauen Sie der Firma noch immer.»

«Tu ich das?»

«Hätten Sie sonst Lilly nach Rom geschickt?»

Stahl stellte das Glas weit von sich. Er wusste, wann es besser war, nicht weiterzutrinken. «Was ist mit Lilly? Was geht Sie Lilly an?»

«Überhaupt nichts. Ich finde es toll, dass Sie sich um die Kleine kümmern. Aber das kostet auch. Wird das Geld bis zum Ende ihrer Ausbildung reichen?»

«Das kriege ich schon hin.»

«Amir sagte, dass Sie knapp bei Kasse wären.»

«Amir, soso. Na, wenn der das sagt.» Stahl stiess sich vom Schreibtisch ab, ging zur Tür und öffnete sie. «Und jetzt gehen Sie bitte wieder. Ich habe noch eine lange Nacht vor mir.»

«Fünfzigtausend jetzt und hunderttausend, wenn Sie meinen Vater gefunden haben.»

«Belinda!» Stahl schrie in den Gang.

Kaja stand auf. «Ich gehe schon. Schade. Und ich dachte, Lilly sei Ihnen etwas wert.»

Belinda erschien im Türrahmen. «Was gibt's?»

«Pass auf, dass die Dame beim Rausgehen nicht stolpert und sich noch mal wehtut.»

Belinda stemmte die Arme in die Hüften und sah Kaja auffordernd an. Kaja zog eine Visitenkarte aus ihrem Portemonnaie und legte sie neben das Whiskyglas auf den Schreibtisch. «Falls Sie es sich doch noch anders überlegen.» Sie verliess das Büro. Belinda folgte ihr.

Stahl schloss die Tür, ging an den Schreibtisch, nahm mit der einen Hand das Whiskyglas, mit der anderen die Visitenkarte und liess sich in einen der beiden Ledersessel fallen, die Eddies Büro Wohnlichkeit schenkten. «Dr. Kaja Myller. Diplom-Physikerin», las er laut. Seine Augen glitten über Telefonnummer und E-Mail-Adresse. Eine Wohnadresse stand nicht darauf. Er legte die Karte auf den kleinen Tisch, der zwischen den beiden Sesseln stand, und sah in die Neige des Whiskyglases. Er stellte es, ohne es auszutrinken, ebenfalls auf den Tisch, zückte sein Handy und scrollte durch seine Kontaktliste. Amir stand oben an dritter Stelle. Er rief ihn an, wartete, bis die Combox ansprang, und legte wieder auf.

Sollte er Lilly anrufen? Er hatte erst gestern mit ihr gesprochen. Sie telefonierten selten mehr als zweimal im Monat. Das genügte völlig. Stahl war kein Gluckenpate, und Lilly sollte sich von ihm frei fühlen. Aber die Situation forderte ein Gespräch. Lilly musste erfahren, was mit ihren Geschwistern passiert war. Der Tod der Mutter würde sie vielleicht befreien, aber der Verlust der Kleinen konnte sie aus der Bahn werfen. Sie würde sich schuldig fühlen. Er selbst tat es auch, obwohl er wusste, dass das Feuer ihm keine Chance gelassen hatte. Und trotzdem: Er hatte Lilly versprochen, auf die Kleinen zu achten, damit sie auf der Gregoriana studieren konnte. So wie er damals. Auch seine Mutter war gestorben, als er dort gewesen war. Hätte er ihr helfen können, wenn er bei ihr im «Beverly Hills» geblieben wäre?

Und jetzt sass er wieder hier. Hilflos. Im Teufelskreis des selbst gebastelten Karmas. Klar, der Laden seines Alten hatte sich verändert. Aber nur äusserlich. Das Geschäft war noch immer das gleiche. Verkauf von Fleisch. Eine Metzgerei der Wollust. Schöne Frauen, die am Fleischerhaken zur Schau gestellt wurden und sich mit Drogen vollpumpten, um den Stachelschmerz des Hakens zu vergessen. Warum war Stahl hier? Warum tat er das? Er war doch einst aufgebrochen, um das alles hinter sich zu lassen. Das Leben schrieb seine eigenen Kapitel, der Mensch war nicht der Autor seines eigenen Drehbuches. Aber ob es deshalb einen übergeordneten Kreateur gab, auf den man die Verantwortung abwälzen konnte? Stahl wusste es nicht. «Habe nun, ach! Philosophie, Juristerei und Medizin. Und leider auch ...», murmelte er leise, den Faust zitierend, und steckte das Handy weg.

Er lehnte sich in den Sessel zurück und sah auf das Ölbild, das an der Wand hinter dem Schreibtisch hing. Die schlechte Kopie eines Degas. Schlechte Kopien, das waren sie alle. Auch Eddie war nur ein billiger Abklatsch von Stahls Vater Alfred. Nach Alfreds Tod hatte Eddie den Laden ganz übernommen. Alfred hatte ihn schon Jahre vorher eingewiesen. Da Stahl sich geweigert und sich in den Dienst der Schweizergarde geflüchtet hatte, war Eddie Alfreds Hoffnung gewesen. Eddie hatte Biss und keine Skrupel. Da war er Alfred näher als der eigene Sohn. Dafür fehlte Eddie der nötige Grips, um sich durchzusetzen. Der Markt war heiss umkämpft. Und dass Eddie jetzt sass, lag nicht daran, dass er nicht hart genug gegen die konkurrierenden Albaner zu Felde gezogen wäre. Eddie dachte mit dem Bizeps und vergass gerne, dass der grösste Muskel das Hirn war. Kushtrim hatte ihm eine Falle gestellt und ihn der Polizei geschenkt. Und es war noch nicht einmal eine raffinierte Falle gewesen. Eine einfache Razzia, bei der zehn Kilo Koks gefunden worden waren.

Eigentlich Grund genug, das «Beverly Hills» dichtzumachen. Aber Stahl hatte mit einigen Leuten geredet und sich dafür verbürgt, die Metzgerei sauber zu halten. Eddie hatte dafür zwei Jahre gekriegt, von denen er sechs Monate bereits abgesessen hatte. Stahl wusste noch immer nicht, warum er es getan hatte. Hatte ihn Eddies Flehen wirklich berührt? Wollte er dem toten Alfred zeigen, dass er doch sein Sohn war? Oder war Lilly der Grund, weil ihre Ausbildung in Rom viel Geld kostete?

Stahl hätte keine Geldsorgen, hätte er sich nicht entschieden, keine Aufträge mehr von Leuten wie Amir anzunehmen. Nicht, dass er Angst hatte. Die hatte er sich früh ausgetrieben. Aber er trat nicht mehr so aufs Gaspedal, weil er sich für Lilly verantwortlich fühlte. Er wollte für sie da sein, bis sie stark genug war, das immer komplexer werdende Leben allein zu meistern. Und dafür brauchte sie eine Ausbildung, die ihr gleichzeitig Kontakte für spätere Optionen brachte. Sonst hätte sie keine Chance. Chancengleichheit gab es nicht. Hatte es noch nie gegeben. Vielleicht waren die Möglichkeiten, Glück zu haben, manchmal besser, aber die Zukunft sah düster aus, das wusste Stahl. Und Lilly sollte dafür gewappnet sein. Er traute sich noch immer nicht, sie anzurufen. Er nahm das Glas, stand auf, ging zum Tisch und schenkte sich noch mal ein.

***

«Ich rede mit ihm. Ich kann ihn bestimmt überzeugen», sagte Amir und spielte mit der Serviette, mit der er sich die Schokolade aus dem Mundwinkel geputzt hatte.

«Gibt es keinen anderen?», fragte Kaja.

«Sie wollten den Besten.»

«Wann haben Sie ihn zuletzt gesehen?»

«Vor einem Jahr, warum?»

«Er sah mir sehr durch den Wolf gedreht aus. Jedenfalls hinterliess er bei mir nicht den Eindruck, dass es nicht bessere Leute als ihn gäbe. Aber vielleicht sind Sie ja auch nicht der beste Vermittler, als der Sie gepriesen wurden?»

«Sie wollen, dass ich Sie mit einem anderen zusammenbringe?»

«Ich will wissen, wo mein Vater ist. Falls er tot ist, will ich ihn beerdigen dürfen.» Kaja war laut geworden.

Eine Frau vom Nebentisch sah herüber. Amir kümmerte das nicht. Er behielt die Ruhe. «Ich sagte doch, ich werde mit ihm sprechen. Haben Sie Lilly in ihre Argumentation mit einbezogen?»

«Ja. Aber es half nichts.»

«Es wird in ihm arbeiten. Ich kenne ihn. Lilly ist seine Achillesferse. Wegen ihr nimmt er keine Jobs mehr an.»

«Soll ich Lilly entführen lassen, damit er zusagt?» Kaja zog höhnisch die Brauen nach oben.

«Würden Sie so weit gehen?» Amir lauerte.

«Nein, natürlich nicht. Ich bin keine Erpresserin.»

«Im Gegensatz zu Ihrem Vater.»

«Was soll das heissen?»

«Entschuldigen Sie, das ist keine negative Wertung. Erpressung ist ein strategisches Mittel, das zuweilen seine Berechtigung hat, um ans Ziel zu gelangen. In der freien Wirtschaft nicht unüblich. Ihr Vater würde es vermutlich anders nennen.»

«Wir können gerne mit ihm darüber diskutieren. Aber zuvor müssen wir ihn finden.»

Die Tür des Kaffees flog auf, ein Obdachloser stolperte herein, fiel auf die Knie, rappelte sich auf, raffte sich an den Tisch, an dem Kaja und Amir sassen, röchelte und brach zusammen. Die Frau am Nebentisch sprang auf und schrie hysterisch. Ein junger Mann eilte zu dem Obdachlosen, um ihm aufzuhelfen. Es gelang ihm mit Mühe, ihn aufzurichten. Der Penner stand wacklig auf den Beinen, versuchte sich zu orientieren und landete mit seinem Blick auf Kaja. Er schien etwas sagen zu wollen, riss wiederholt den Mund auf, undeutlich presste er Laute der Verzweiflung aus, denen ein Blutschwall folgte. Jetzt konnte ihn auch der junge Mann nicht mehr halten. Die Schwerkraft des Todes zog den Penner zu Boden.

Amir und Kaja sahen sich an. Sie kannten den Penner. Bernhard Glaser. Chef des IT-Konzerns G-Quarks. Ein guter Freund von Kajas Vater. Bei ihm hatte sie mit Professor Sarkov die letzten drei Jahre am Feynman-Institut an Nanotechniken geforscht, die das Moore'sche Gesetz unterwandern sollten. Sarkov stand kurz davor, das Rätsel der unendlichen Rechen- und Speicherkapazität zu knacken. Nur wenige Bausteine fehlten noch. Glaser war das Geld für die Forschungen ausgegangen, Kajas Vater hatte mit einem zweistelligen Millionenbetrag ausgeholfen und dafür Kaja ins Spiel gebracht. Kein Freundschaftsdienst ohne Gegenleistung. Die Technologie, wenn sie denn funktionierte, würde den Kollaps am IT-Markt verhindern und den Herrn dieses Werkzeugs zum mächtigsten Halbgott der Welt machen. Und hier lag er nun. In abgerissenen Klamotten, aus Mund und Bauch blutend.

«Glaser», sagte Amir. Die Verstörung wich sofort in umsichtiges Handeln. Während Kaja sich zu Glaser beugen wollte, in der Hoffnung, dass er noch leben würde, stand Amir auf, nahm seinen und Kajas Mantel in die eine Hand und zog Kaja mit der anderen vom Tisch nach draussen. Auf der Piazza reichte er ihr den Mantel. Kaja sah ihn verstört an.

«Wir können hier nicht bleiben. Wir können es uns nicht leisten, von der Polizei über einen toten Glaser in Pennerklamotten befragt zu werden. Kommen Sie.» Er zog sie fort von der Piazza Cella. Kaja trottete willenlos neben ihm her.

«Und wenn er noch lebt? Wir müssen ihm doch helfen», sagte sie.

«Er ist mausetot. Glauben Sie mir. Ihm hilft niemand mehr.» Sie gingen in die Langstrasse. Huren, abgerissene Gestalten und herausgeputzte Unterhaltungslustige schwärmten über die Langstrasse. «Wie kann man nur so blöd sein? Wessen Idee war das eigentlich?» Amir konnte es nicht fassen.

«Wo bringen Sie mich hin?»

«Wo Sie erst einmal in Sicherheit sind.»

«Sicherheit? Aber wieso? Wer sollte mir etwas wollen?»

«Ihr Vater ist verschwunden, Glaser tot. Und Sie arbeiten für Glaser an der heissesten Kiste, die der digitale Markt gerade zu bieten hat. Da liegt es nah, dass auch Sie auf der Bedürfnisliste gewisser Leute stehen. Hier entlang.» Sie bogen von der Langstrasse in eine Nebenstrasse ab und standen vor dem «Beverly Hills».

«Stahl?», fragte sie. «Aber der will nichts mit mir zu schaffen haben.»

«Aber mit mir. Das ist er mir schuldig.» Amir stieg die Stufen hinab. Kaja folgte.

***

Stahl hatte sich durchgerungen und mit Lilly telefoniert. Sie hatte es regungslos aufgenommen. Kalt wie der Marmor des Mailänder Doms hatte sie auf den Tod ihrer Halbgeschwister reagiert. Dass sie den Tod ihrer Mutter gelassen hinnahm, vielleicht sogar als befreiend empfand, konnte Stahl nachvollziehen. Auch er hatte sich damals freier gefühlt, als seine Mutter endlich an einer Überdosis ihrem Elend ein Ende gesetzt hatte. Aber die Halbgeschwister, für die sich Lilly so bei ihm eingesetzt hatte, derart kühl abzuhaken, das hatte er nicht erwartet. Hatten sie an der Gregoriana bereits so gute Arbeit geleistet, dass Lilly den Empathiemodus auf Ansage ausschalten konnte? Stahl hatten sie es eingebläut. Sonst hätte er viele Dinge gar nicht tun können, die er im Auftrag des Vatikans getan hatte. Aber da war er schon älter gewesen. Lilly war erst siebzehn. Blödsinn. Jemand, der wie sie aufgewachsen war und überlebt hatte, hatte mit fünf Jahren schon die Kindheit verloren. Stahl hatte sie mit fünfzehn kennengelernt, als sie seinen Boxclub aufgesucht hatte, in dem er für die Stadt schwer erziehbare Jugendliche in einem Sozialprojekt trainiert hatte. Sie war damals schon reifer gewesen als alle anderen zusammen. Trotzdem hatte er nicht gedacht, dass sie es so kalt aufnehmen würde. Sollte er darüber erleichtert oder besorgt sein?

Es klopfte an der Tür.

«Ja?» Stahl nahm die Whiskyflasche vom Schreibtisch und stellte sie neben den Stuhl auf den Boden. Es brauchte keiner zu sehen, wie viel er getrunken hatte.

Die Tür öffnete sich, und Belinda schaute herein.

«Was gibt's?»

«Sie ist wieder da.»

«Wer?»

«Die Frau von vorhin.»

«Wimmle sie ab. Ich habe keinen Nerv für reiche Töchter.» Der Whisky wirkte. Normalerweise dachte er vielleicht so, aber sagte es nicht. Höchstens leise zu sich selbst. Aber nicht zu anderen. Schon gar nicht zu Leuten wie Belinda, die sich sofort auf solche Sozialneidbrocken warfen und die Verbrüderung suchten.

Belinda goutierte Stahls Spitze gegen reiche Töchter und lächelte. Wurde aber sofort wieder ernst, schob sich ins Zimmer und lehnte die Tür hinter sich an. «Sie ist nicht allein. Der dicke Ägypter ist bei ihr. Es scheint wichtig zu sein.»

«Aha. Wie viel hat er dir gegeben?»

Belinda spielte die Unschuldige. «Weiss nicht, was du meinst.»

Stahl lachte laut. «Sag es, oder du kannst die Provision für erfolgreiche Vermittlung vergessen.»

Belinda sah auf den Boden, druckste herum und gab sich einen Ruck. «Hundert fürs Anklopfen und noch mal zweihundert bei Erfolg.»

Stahl kratzte sich am Kinn. «Amir lässt sich nicht lumpen. Scheint wirklich wichtig zu sein.»

«Soll ich die beiden bringen?»

«Kann ich es mir leisten, dir dreihundert Stutz zu versauen?»

Belinda grinste erleichtert und zog ab. Kurz darauf kam sie mit Kaja und Amir im Schlepptau wieder zurück. Sie schob die beiden ins Zimmer und verschwand.

Stahl musterte den alten Bekannten. «Wolltest du nicht abnehmen?», fragte er.

«Zu viel Stress.» Amir tätschelte sich mit einem gequälten Lächeln den Bauch. «Zum Abnehmen braucht man Schlaf, habe ich gelesen. Der fehlt mir.»

«Zum Abnehmen muss man sich mehr bewegen und weniger essen. Du kommst einfach nicht aus deinen Mustern heraus.»

«Auch ich freue mich, dich wiederzusehen. Wie geht es der Familie?»

«Welcher Familie?» Stahl stutzte. Er war Vollwaise, hatte weder Geschwister, noch wusste er von Cousins, Tanten oder Onkeln.

«Lilly.»

«Keine Ahnung. Habe sie lange nicht mehr gesprochen. Nehme an, es geht ihr gut.»

«Hast du von dem Feuer gehört?», fragte Amir und setzte sich in einen der Sessel.

«Welchem Feuer?»

«In dem Lillys Mutter und Halbgeschwister verbrannt sind. Die Nachbarn haben kurz davor einen grossen, muskulösen Mann gesehen, der mit Einkaufssäcken ins Haus ging.»

Stahl kam hinter dem Schreibtisch hervor, passierte Kaja, als wäre sie nicht vorhanden, packte Amir am Kragen, zog ihn aus dem Sessel und schleuderte ihn durch den Raum, als wäre er kein Mann von hundert Kilo, sondern ein flauschiges Daunenkissen. Amir klatschte gegen die Wand neben der Tür und jaulte. Er hielt sich den Rücken und schnappte nach Luft. Als er bei Atem war, hob er abwehrend die Hände. «Mehr wissen die Nachbarn aber nicht. Die Beschreibung kann auf viele passen. Ausserdem geht die Polizei von Fahrlässigkeit und nicht von Brandstiftung aus.» Er zupfte sich den Anzug zurecht und setzte sich wieder in den Sessel. «Wer kräht schon nach Junkies und deren Brut?»

Stahl antwortete nicht. Er war damit beschäftigt, seine Emotionen zu bändigen, die der Whisky ihm zu locker von der Leine liess. Ebenso wie er gerade seiner Wut nachgegangen war, konnte er auch in eine Traurigkeit kippen, die niemanden etwas anging. Schon gar nicht Amir und diese Tusse, die ihn anheuern wollte, als sei er ein miefiger Privatdetektiv.

«Bernhard Glaser ist tot», sagte Amir.

Stahl horchte auf. Er hatte einst Depeschen zwischen dem Vatikan und Glasers Unternehmen getragen. Monsignore Lorenzo und Glaser waren befreundet gewesen. Die Vatikanbank hatte Glasers IT-Unternehmen in den Anfängen unterstützt und gut daran getan. Die Investition hatte sich gelohnt. Glasers Unternehmen war durch die Decke geschossen. Glasers Charakter hatte das aber nicht verändert. Er war bodenständig und freundlich geblieben, war seinen Mitarbeitern und auch Stahl, der ja nichts weiter als ein besserer Postbote war, stets auf Augenhöhe begegnet.

«Und? Was geht mich das an?», fragte er.

«Glaser war ein guter Freund von Kajas Vater.» Amir sah zu Kaja, die bislang reglos und verstört neben der Tür stand und einen Fleck an der Wand fixierte. «Ich wusste, dass es eine blöde Idee war. Aber sie wollten nicht hören. Wie kleine Kinder, die auf Abenteuer gehen, und kamen sich dabei weise vor. So eine Unvernunft.»

Stahl sah Amir fragend an.

«Seneca. Sagt dir bestimmt etwas, oder?»

«Nur für eine kurze Zeit werden wir geboren, und diese uns zugestandene Frist läuft so rasch, ja rasend schnell ab, dass das Leben die Menschen, mit nur wenigen Ausnahmen, verlässt, während sie sich gerade im Leben einrichten. Erstes Kapitel des Traktats ‹Aus der Kürze des Lebens›. Willst du mehr hören?» Stahl merkte, dass der Alkohol ihn zur Prahlerei anstachelte, aber es war ihm egal.

«Sagen dir die Epistulae morales auch etwas?», fragte Amir.

«Ad Lucilium, in denen er dem guten Lucilius einreden will, dass Armut cool sei.» Stahl lachte. «Ist es nicht verrückt, dass uns immer die Superreichen erklären wollen, dass das wahre Glück in der Armut liegt?»

«Philosophisch betrachtet ist da was dran.»

«Und wie viel Provision kassierst du, dass du mich mit dieser reichen Tochter verkuppelst?»

«Gehen wir.» Kaja stiess sich von der Tür ab. «Ich glaube nicht, dass er der richtige Mann ist für diese Sache. Jedenfalls werde ich bei so einem selbstgefälligen Gockel nicht um Hilfe betteln.»

«Seine Selbstgefälligkeit will nur den Preis in die Höhe treiben. Sie dürfen das nicht persönlich nehmen. Das gehört zum Spiel, habe ich recht, Roger?»

«Ehrlich gesagt, ich weiss nicht, was gerade wozu gehört. Sie hat recht. Ich bin nicht der richtige Mann. Jedenfalls nicht im Augenblick.»

«Vielleicht solltest du dich mehr mit Seneca beschäftigen, das könnte dir helfen, wieder ins Lot zu kommen. Ausserdem würde es Kurt Zweifel bestimmt übel finden, wenn du dich der Sache annehmen würdest.»

Stahl schüttelte ungläubig den Kopf. «Zweifel? Du lässt nie locker, was?» Er sah zu Kaja. «Setzen Sie sich bitte und erzählen Sie, was Ihr Vater, Glaser und Zweifel miteinander zu tun haben. Obwohl ich Ihren Vater nicht kenne, klingt es nach einem verwegenen Triumvirat.»

Kaja gab sich einen Ruck und nahm in dem freien Sessel neben Amir Platz.

«Ich war von Anfang an dagegen», sagte Kaja zaghaft. «Vor allem zu diesem Zeitpunkt. Als ob es nichts Wichtigeres gegeben hätte.»

«Wichtigeres als was?», fragte Stahl.

«Entschuldigung.» Kaja setzte sich aufrecht hin, schloss kurz die Augen, atmete tief durch und hatte sich gesammelt. «Glasers Tod hat mich etwas aus der Bahn geworfen. Ich bin sonst nicht so anfällig. Aber sein Tod ist ein klarer Hinweis dafür, dass auch meinem Vater etwas zugestossen ist. Und ich vermute, dass Zweifel dahintersteckt. Es war seine Idee.»

«Was für eine Idee?»

«Die Seneca-Woche.»

«Eine philosophische Klausur?»

«Ein kindischer Pfadfinder-Unsinn. Mit Philosophie hat das nichts zu tun, wenn drei ältere, reiche Herren glauben, sie müssten sich in Lumpen kleiden und eine Woche lang den Obdachlosen mimen, um sich darüber klar zu werden, dass Geld nicht alles ist.»

«Ist es das, wovor ihr euch fürchtet? Heisst es nicht so bei Seneca?»

«Kann sein. Ich habe es nicht gelesen. Aber die drei waren begeistert von ihrem Narrenspiel.»

«Wann war das?»

«Anfang Oktober.»

«Und Sie kommen erst jetzt? Das ist schon drei Wochen her.»

«Ich weiss. Aber ich hatte zu tun. Und ich bin nicht die Krankenschwester meines Vaters.»

«Ist denn sonst niemandem aufgefallen, dass er nicht auftauchte? Seiner Frau vielleicht?»

«Meine Mutter ist seit zehn Jahren tot. Und seither gab es keine neue Frau für meinen Vater.»

«Sekretäre, Geschäftspartner?»

«Einer dachte, der andere wüsste. Mein Vater ist ein Eigenbrötler. Er sagt nicht immer, was er tut. Daher ist es nicht einfach, mit ihm zusammenzuarbeiten.»

«Das haben Nerds so an sich. Sie glauben, wenn sie es leise gedacht haben, hätten es die anderen auch gehört.»

Kaja lächelte dünn. «Irgendwann ist das sogar machbar. Denkbar ist es schon lange.»

«Kann alles geschehen, was gedacht werden kann?»

«Wenn man die richtigen Zahlen aneinanderreiht, ja.»

«Und welche Zahlen denken Sie, damit ich Ihren Vater wiederfinde?»

«Die Zahlen habe ich schon genannt.»

«Die Lösung hatten Sie aber damit nicht getroffen. Ausserdem gibt es nun zwei weitere Variable, die die Rechnung komplizierter machen.»

Kaja sah Stahl fragend an.

«Glaser und Zweifel. Plus und minus. Eins und null. Nennen Sie es, wie Sie wollen. Die beiden Komponenten fressen Platz an der Rechentafel.»

Kaja blickte zu Amir. Er hob die Arme und zog ein Gesicht, das Stahls Argumentation unterstützte.

«Hunderttausend sofort. Und hundertfünfzig nach erfolgreicher Rechnung», sagte Kaja.

«Runden wir auf dreihundert auf. Für jeden Seneca-Schüler einen Hunderter. Das hätte dem alten Weisen gefallen. War er doch auch Milliardär zu seiner Zeit.»

«Einverstanden.»

Es klopfte an der Tür. Belinda schob den Kopf herein. «Entschuldigung. Aber es sind ein paar Typen da, die schon ziemlich besoffen sind und sich nicht an die Regeln halten. Ich glaube, es gibt bald was zu tun.»

Stahl sah zu Amir. «Dauert nicht lange. Ich bin gleich zurück.» Stahl verliess das Zimmer und folgte Belinda in den Tanzraum.

«Ist doch wunderbar gelaufen. Die paar Franken mehr werden Ihr Bankkonto nicht schmerzen.» Amir öffnete den obersten Knopf seines Hemds und atmete tief durch. «Warm hier drin, finden Sie nicht?»

«Sie können gerne gehen. Ihren Teil haben Sie ja erledigt. Den Rest kann ich mit Stahl allein besprechen.»

«Wie Sie wollen.» Er drückte sich aus dem Sessel. «Ich werde mich mal umhören, was die Polizei zu Glasers Tod zu sagen hat, und dafür sorgen, dass wir nicht in seine Nähe gerückt werden.» Er nahm seinen Mantel und wollte gehen. In der Tür begegnete ihm Stahl. «Schon fertig mit den Raufbolden?»

«Effizienz ist meine Stärke. Das weisst du doch», sagte Stahl kühl und trat einen Schritt zur Seite, damit Amir passieren konnte. «Wir telefonieren», sagte Amir und verschwand.

Stahl schloss die Tür, schob den freien Sessel so, dass er vor Kaja zu stehen kam, und setzte sich ihr gegenüber. Er lehnte sich zurück und rieb sich müde die Augen.

«Sollen wir morgen das Weitere besprechen?», fragte Kaja.

«Nein. Jetzt. Entschuldigen Sie bitte. Ich trinke normalerweise kaum. Aber heute war es notwendig.»

«Ich könnte jetzt auch einen vertragen.»

«Wollen Sie an die Bar? Silvio mixt grossartige Cocktails.»

«Ich war noch nie in einer Stripteasebar. Ist wohl eher etwas für Männer.»

«Da täuschen Sie sich. Wir haben mehr Frauen unter den Gästen, als Sie denken.»

«Lesben?»

«Nicht nur. Da wir ein klassischer Stripclub sind, gibt es hier keine Befriedigung der sexuellen Aufladung. Manche Frauen kommen hierher, um sich die aufgegeilten Männer zu schnappen.»

«Professionelle?»

«Zum Teil. Aber auch alleinstehende Frauen, die etwas suchen.»

«Eine analoge Dating-App.» Kaja lachte.

«Ja, das gibt es noch.» Er sah sie genauer an. Sie erinnerte ihn an eine junge, hübsche Eule. Vor allem ihre fast schwarzen Augen faszinierten ihn. Sie schienen endlos tief. Er versank darin und vergass, dass man das nicht tat.

«Ist was?», fragte Kaja und stand auf.

«Nein, entschuldigen Sie.» Er lachte und erhob sich ebenfalls. «Ich habe mich in Ihren Augen verloren. Das ist mir lange nicht mehr passiert.»

«Vergessen Sie es. Kein Flirt. Ich bin Ihre Auftraggeberin. Und ich date meine Nächte digital.»

«Schon gut. Kommt nicht wieder vor. Setzen Sie sich. Ich drücke mich hinter den Schreibtisch, dann haben wir die Form wieder zurück.» Er setzte sich auf den Stuhl hinter dem Schreibtisch und legte höchst offiziell die Hände übereinander. «Besser so?»

Kaja setzte sich und drückte ihren Rücken gerade, sodass auch sie wieder mehr Form gewann.

«Wissen Sie, wo die drei Stoiker ihr Seneca-Spiel durchziehen wollten?»

«Hier. In Zürich.»

«Alle im Kreis 4?»

«Das weiss ich nicht. Mein Vater sagte mir am Telefon nur, dass er für eine Woche in Zürich in Klausur gehe, um Seneca nachzuspüren.»

«Und für Sie war sofort klar, was damit gemeint war?»

«Die griechischen Philosophen wurden bei uns daheim so diskutiert wie in anderen Haushalten Fussballspieler. Keine Mahlzeit ohne Mathematik oder philosophische Diskurse.»

«Sexy.»

«War es bei Ihnen nicht ähnlich?»

«Bei mir?»

«Sie wurden doch in der Gregoriana ausgebildet.»

«Aber aufgewachsen bin ich hier. Im Soho Zürichs. Da sprach man über andere Dinge, wenn man überhaupt miteinander zu Mittag ass.»

«Beeindruckend.»

«Was meinen Sie?»

«Dass Sie es geschafft haben, hier rauszukommen.»

«Hat mir nicht viel gebracht. Ich sitze wieder hier.»

«Warum? Heimweh?»

«Eher die Sehnsucht nach Heimat. Wobei ich nicht weiss, was das wirklich ist.»

«Geschichte ist Heimat. Die eigene Lebensgeschichte. Dorthin kann man immer wieder zurückkehren.»

«Kann man zweimal in denselben Fluss steigen?»

«Panta rhei.»

«Und doch dreht es sich im Kreis.» Er lachte zynisch durch die Nase. «Scheint mir, wir sitzen gerade bei Ihnen am Mittagstisch. Etwas viel Lebensphilosophie für zwei Menschen, die sich nicht kennen, finden Sie nicht?»

«Ich weiss gerne, mit wem ich es zu tun habe. Schliesslich setze ich meine Hoffnung in Sie.»

«Und zahlen mir viel Geld. Also kommen wir wieder zur Sache. War es wirklich Zweifels Idee, sich ins Rollenspiel der Armut zu werfen?»

«Mein Vater sagte es so. Warum fragen Sie?»

«Weil ich mir Zweifel nicht in abgerissenem Filz vorstellen kann. Wenn er könnte, würde er in Hermelin und feinster Raupenseide Hof halten.»

«Sie kennen ihn gut?»

«Wir hatten einmal geschäftlich zu tun. Ich hatte Depeschen zwischen zwei Partnern zu tragen.»

«Der Vatikan hat mit Zweifel Geschäfte gemacht?»

«Der Vatikan war die vermittelnde Instanz. Das ist etwas anderes.»

«Er verdient auf beiden Seiten.»

«Er schaut darauf, dass beide Parteien gewinnen und nicht die eine übervorteilt wird.»

«Klingt edel.»

«Ist es auch.»

«Und? Hatten beide Parteien verdient?»

«Ja. Aber es gab noch eine weitere Partei, über deren Köpfe hinweg das Geschäft abgeschlossen wurde. Das Volk. Und das hat stark verloren.»

«Die Wasserquelle in Südafrika? Sprechen Sie davon?»

«Vielleicht. Vielleicht war es aber auch etwas anderes. Ich verdränge gerne meine Geschichte. Deswegen bin ich wohl auch heimatlos.»

Es entstand eine Pause, in der beide nichts zu sagen wussten. Stahl gab sich einen Ruck und stand auf. «Wann und wo haben Sie Ihren Vater das letzte Mal gesehen?»

«Zu Hause, in Lausanne, kurz bevor ich nach Moskau geflogen bin.»

«Moskau? Was machen Sie dort?»

«Ich traf Professor Sarkov.»

«Den Mathematiker?»

«Sie kennen ihn?»

Stahl hob abwehrend die Hände. «Schon lange her. Ich war noch sehr jung damals. Es war Mitte der neunziger Jahre, die Mauer nicht lange gefallen, die Sowjetunion im Umbruch. Russische Wissenschaftler galten damals als Investitionsmasse. Jeder musste einen haben. Und wir hatten uns an den Geschäften eifrig beteiligt. Sarkov war einer von denen, die wir vermittelten.»

«Wusste gar nicht, dass der Vatikan eine Headhunting-Agency ist.»

«Human Resources waren immer das wichtigste Kapital der katholischen Kirche. Die Rekrutierung gläubiger Kapazunder hat bis heute oberste Priorität.»

«Und worum ging es damals bei Sarkov?»

«Schnee von gestern. Worum geht es heute bei ihm?»

«Das ist leider geheim.»

«Wie soll ich Ihnen helfen, wenn Sie Geheimnisse vor mir haben?»

«Sarkov hat nichts mit dem Verschwinden meines Vaters zu tun.»

«Sind Sie sich da sicher?»

Kaja stutzte. Sie schien tatsächlich darüber nachzudenken. Stahl hatte es nur als Scherz dahingeworfen. «Habe ich einen Treffer gelandet?» Er setzte nach. «Waren Sie für Ihren Vater in Moskau? Arbeitet Sarkov für Ihren Vater?»

«Nein. Sarkov arbeitet für Glaser. Arbeitete. Mein Gott, ich kann es immer noch nicht glauben, dass Glaser tot ist.»

«Wie gut kannten Sie Glaser?»

«Er war immer da, seit ich denken kann. Mein Vater und er waren Schulfreunde seit dem Internat in Zuoz. Später studierten sie gemeinsam Informatik und gründeten zeitgleich ihre Unternehmen.»

«Und die Freundschaft hielt trotz Konkurrenz?»

«Sie sahen es sportlich. Sie neckten sich, wenn der andere vorn war, und spornten sich dadurch gegenseitig an.»

«Klingt zu gut, um wahr zu sein.»

«Warum sind Sie so zynisch?»

«Vielleicht, weil ich zu lange bei den Jesuiten war. Dort hatte man mir beigebracht, dass nichts so ist, wie es scheint. Und das hat sich eingebrannt.»

Kaja stand auf. «Es wäre schön, wenn diesmal auch nichts so wäre, wie es scheint. Denn dann wäre mein Vater noch am Leben.» Sie nahm ihren Mantel und legte ihn sich über den Arm. «Ihre Kontonummer habe ich von Amir. Ich werde die erste Tranche gleich morgen früh überweisen.» Sie setzte ein förmliches Lächeln zum Abschied auf und ging zur Tür.

«Finden Sie allein hinaus?»

Sie drehte sich um. «Vielleicht bleibe ich noch und studiere Ihre Heimat. Ist immer gut, wenn man weiss, mit wem man zusammenarbeitet.» Sie verliess das Zimmer.

Stahl sah auf seine Armbanduhr. Es war schon kurz vor Mitternacht. Jetzt müsste bereits einiges los sein im Hauptraum. Eigentlich Zeit, um einen Rundgang zu machen und nach dem Rechten zu sehen. Aber er wollte wissen, womit genau Anton Myller sein Geld verdiente. Er fuhr den Laptop hoch und begann zu recherchieren.

***

Kaja entdeckte Amir an der Bar. Er sass so, dass er die Stripperin, die sich gerade um eine Vertikalstange schlängelte, gut im Blick hatte. Kaja drängte sich durch ein paar Gäste und erreichte Amir, der sie nicht wahrnahm, weil ihn die Stripperin zu sehr faszinierte.

«Und? Haben Sie etwas über Glasers Tod herausgefunden?»

Amir erschrak und rutschte vom Barhocker. «Wo kommen Sie denn her? Hat Ihnen Stahl so rasch beigebracht, wie man sich unbemerkt auf Tuchfühlung nähert? Ich hätte fast einen Herzinfarkt bekommen.»

«Das liegt wohl an der Erregung.» Kaja nickte zu der Stripperin.

Amir lachte. «Ob Sie es glauben oder nicht, so etwas erregt mich nicht. Es fasziniert mich. Es ist Kunst. Ja. Für mich ist es Kunst. Das Gleiche erlebe ich, wenn ich in die Oper gehe oder mir ein klassisches Ballett ansehe. Schauen Sie sich diese Frau an. Das ist keine Frau mehr. Sie ist eine Schlange. Wie sie sich um die Stange windet, sich dabei aus ihrer Haut schält, den Rücken nach hinten biegt, um gleich mit ihren Giftzähnen zuzuschlagen. Eine artistische Sensation. Meine Bewunderung dafür, aber keine Erregung. Nein. Mich erregen andere Dinge.»

«Ich will es nicht wissen. Dafür wüsste ich gerne, was die Polizei über Glasers Tod zu sagen hat.»

Amir drehte sich zur Bar. «Stichwunden in Bauch und Rücken. Die Polizei geht von einem Raubmord aus.»

«Raubmord? Glaser hatte doch nichts dabei.»

«Nichts ist nicht nichts. Nicht wenn man auf der Strasse lebt.

Seine Schuhe waren für ein geschultes Auge mehr wert, als ein Obdachloser sich in einem Monat erbettelt.»

«Sie glauben, er wurde wegen ein paar Schuhen erstochen?»

«Kann gut möglich sein. Ist allerdings nur eine Vermutung.»

«Und was will die Polizei machen? Hat sie schon Glasers Frau benachrichtigt?»

«Davon gehe ich aus.»

«Dann steht es morgen in den Zeitungen.»

«Wusste Glasers Frau von dem Seneca-Spiel?»

«Nein. Es war abgemacht, dass niemand davon erfährt. Jeder der drei hat erzählt, dass er auf Geschäftsreise gehen würde.»

«Warum wussten Sie davon?»

«Weil mein Vater mir nichts verheimlichen konnte.»

«Und Sie glauben, Glaser konnte es vor seiner Frau geheim halten?»

«Glaser hielt noch ganz andere Dinge vor ihr geheim.» Sie sah zu der Stripperin, die jetzt vollkommen nackt die Kundschaft aufreizte. «Und er hielt Striptease nicht für Kunst.»

«Verstehe. Und Zweifel? Hielt der dicht?»

«Zweifel spricht ja schon so über nichts. Er ist die wandelnde Inkarnation des Schweizer Bankgeheimnisses.»

«Haben Sie ihn erreicht?»

«Nein. Er geht nicht ans Telefon.»

«Haben Sie bei ihm in der Firma angerufen?»

«Er sei beschäftigt.»

«Könnte doch sein, oder?»

«Ich bin sein Patenkind. Man kennt mich dort. Obwohl er ein Kauz ist – wenn ich angerufen habe, hat er sich immer zurückgemeldet.»

«Sie glauben also, dass auch ihm etwas zugestossen ist?»

«Weiss ich nicht.»

«Haben Sie das Stahl alles erzählt?»

«Sollte ich?»

«Wäre nicht schlecht, wenn er wüsste, was wir wissen, oder? Es könnte ihm bei seinen Ermittlungen helfen.»

«Ich will nur, dass er meinen Vater findet. Mein Patenverhältnis zu Zweifel oder meine Zusammenarbeit mit Sarkov hat ihn nicht zu interessieren.»

«Wenn es aber Zusammenhänge zwischen diesen Komponenten und dem Verschwinden Ihres Vaters gibt?»

«Unsinn. Das eine hat mit dem anderen nichts zu tun.» Kaja zog sich ihren Mantel an.

«Könnte es vielleicht sein, dass Ihnen Ihr Vater nicht alles erzählt hat?»

«Wie meinen Sie das?»

«Vielleicht hatten die drei nicht nur eine Woche, sondern drei für ihr Spiel vorgesehen, ihr Vater hat Ihnen aber nur von einer Woche erzählt, damit Sie der Sache zustimmen.»

«Ich hätte auch bei drei Wochen zugestimmt. Mein Vater wusste immer, was er tat. Aber er sagte mir, dass sie nur eine Woche die Armut proben wollten. Und das glaube ich auch. Es war schon ein Luxus, dass sie sich bei dem Stress, den sie haben, diese eine Woche freigeschaufelt haben.»

Amir grinste. «Ist das nicht obszön? Von Luxus zu sprechen, um sich Armut zu gönnen?»

«Obszön finde ich es, von Kunst zu sprechen, wenn man auf prostituiertes Fleisch glotzt und sich dabei seine sabbernde Geilheit nicht eingesteht.» Sie drängte sich durch die mittlerweile gefüllte Lokalfläche und verliess das «Beverly Hills».

***

Die Recherchen über Myller hatten Stahl nicht viel Neues gebracht. Myller galt als einer der führenden IT-Fürsten weltweit, dessen Hauptgeschäft darin bestand, Speicherplatinen für Rechner zu vertreiben. Er hatte sich in verschiedene weitere Unternehmen eingekauft und so ein Portfolio geschaffen, das ihm auch Krisen im Kerngeschäft gestattete. Mit dem Unternehmen von Glaser gab es keine Schnittstelle. Glaser entwickelte Software für die Industrie und besass einen Firmensitz in Moskau. Vermutlich stand Sarkov auf seinem Lohnzettel. Zweifel hingegen war noch immer im schmutzigen Geschäft der Bodenschätze tätig.

Über ihn gab es viel im Netz zu finden. Vor allem Berichte über Klagen von Umweltschützern und Menschenrechtlern. Aber Zweifel war zu reich und zu gut vernetzt, als dass ihn die moralischen Zwischenrufer hätten stoppen können. Wie die drei zusammengefunden hatten, dass sie sich auf eine gemeinsame schräge Pilgerwoche einliessen, konnte sich Stahl nicht zusammenreimen. Er würde Savic kontaktieren müssen. Savic war ein Meister, wenn es darum ging, Daten aus dem Netz zu fischen. Egal, aus welchen Tiefen. Und er würde sehr tief eintauchen müssen, um über die IT-Spezialisten mehr zu erfahren, als diese preisgeben wollten.

Stahl wählte Savics Nummer. Die Combox sprang an. «Hier ist Stahl. Ruf mich zurück.» Stahl legte auf und verliess das Büro.

Im Gang zwischen Büro und Hauptsaal knutschte ein Pärchen wild. Stahl blieb kurz stehen und prüfte, ob es sich um eine seiner Schützlinge handelte, die gegen die Regeln verstiess. Aber es waren Gäste. Stahl drückte sich an den Turtelnden vorbei und stiess in den Hauptsaal. Imelda tanzte gerade. Stahls geheimer Liebling. Mit ihr hätte er gerne mal etwas mehr Zeit verbracht. Aber auch das verstiess gegen die Regeln. Gegen seine eigenen, die er sich gesetzt hatte. *Never fuck the company.* Er sah an die Bar. Silvio winkte ihm zu und veranstaltete eine gekonnte Jonglage mit zwei Cocktail-Shakern. Die kleine Traube vor ihm, die auf ihren Drink wartete, applaudierte artig, während Silvio sich schon den nächsten Gästen widmete. Silvio war ein Glücksfang. Er mixte Drinks wie ein Druide, trank selbst aber keinen Tropfen. Den vorigen Keeper musste Stahl rauswerfen, weil er sich selbst die besten Drinks gemixt und die Kundschaft hatte warten lassen. Jetzt stellte Silvio Amir einen Caipirinha vor die Nase und glitt zu zwei Frauen, die ungeduldig warteten.

Stahl drängte sich durch das Publikum und stand vor Amir. Er prostete ihm zu. «Der Laden läuft prächtig, seit du ihn übernommen hast. Eddie hat echt Glück, dass du für so etwas Zeit hast. Ich hoffe, er lässt dich an dem Gewinn, den du für ihn machst, auch teilhaben.»

«Hier geht es nicht um Gewinn, das weisst du.»

«Tatsächlich um Freundschaft?» Er nippte am Glas. «Glaubst du, Eddie würde das Gleiche für dich tun? Er ist eine Filzlaus, Stahl. Der hat keinen Kodex.»

«Hast du Familie, Amir?»

«Welcher Ägypter hat keine Familie?» Er lachte.

«Würdest du ein Mitglied deiner Familie hängen lassen?»

«Ja. Jederzeit. Es sind nur Gangster. Der einzig Anständige bin ich.» Er trank einen grossen Schluck. «Im Ernst, Stahl. Eddie und du, ihr seid nicht verwandt. Alfred hat ihn erzogen und ausgebildet, so wie er ihn haben wollte. Und das hat er mit Bravour gemacht. Eddie ist ein schmieriger Lude geworden, der keine Skrupel und keine Ehre hat. Wie Alfred, wenn ich das sagen darf. Und das weisst du auch.»

Stahl lehnte sich mit dem Rücken zum Tresen, dass er Imelda beim Tanzen zusehen konnte. «Wie bist du an Kaja Myller gekommen?»

«Ich habe schon öfters mit ihrem Vater zusammengearbeitet.»

«In welcher Angelegenheit?»

«Unterschiedlich.»

«Geht's konkreter?»

«Vermittelnd.»

«Amir. Ich geniesse gerade die beste Tänzerin der gesamten Langstrasse, und du willst mir den Genuss mit deinen lustigen Antworten verderben? Wenn ich mich jetzt zu dir drehen muss, um Brauchbares zu bekommen, bin ich verstimmt.» Er hatte es ruhig, aber mit einer Schärfe gesagt, die selbst Amir ins Mark treffen musste.

«Hauptsächlich habe ich zwischen Glaser und Zweifel vermittelt.»

«Die beiden kennen sich doch. Was hattest du dabei zu tun?»

«Bier ist Bier und Schnaps ist Schnaps. Ausserdem war ihre Freundschaft über die Jahre etwas eingefroren. Etwas musste vorgefallen sein, dass sie nicht mehr miteinander redeten.»

«Und was war der Grund, dass sie es wieder taten?»

«Meine mediatorischen Fähigkeiten.» Er winkte Silvio zu und zeigte auf sein leeres Glas.

Stahl drehte sich zu Amir. Der hob abwehrend die Hände. «Entschuldige. Ich sag's ja schon.» Er löste sich den obersten Knopf seines Hemdes. «Ziemlich heiss hier drin.»

«Das ist der Cachaça in deinem Cocktail. Ich höre.»

«Seltene Erden. Zweifel handelt damit, und Myller brauchte welche.»

«Und warum war Funkstille?»

Amir zog ein Gesicht, das sagen sollte, dass er keinen Schimmer hatte.

«Wie kann ein Mediator vermitteln, wenn er nicht weiss, worüber das Tischtuch zerschnitten wurde?»

«Schmiermittel ist der beste Zwirn.»

«Geld? Haben beide nicht genug davon?»

«Wann ist genug? Alles ist relativ. Das müsstest du wissen.»

«Und weil sie noch mehr Geld verdienen wollten, gehen sie gemeinsam auf Armen-Safari?»

«Tja, den Reichen fällt immer etwas ein. Wenn sie schon alles haben, brauchen sie halt einen anderen Kick.»

«Und wie kam Glaser dazu, bei dem Trip mitzumachen?»

«Ich glaube, Myller hat ihn gefragt. Sie arbeiten intensiver zusammen. Die beiden haben mich für gemeinsame Arbeiten nie gebraucht. Das lief auch so. Ich habe aber häufiger für Glaser nach Russland vermittelt.»

«Worum ging es da?»

«Human Resources.»

«Physiker?»

«Mathematiker und Maschinenbauer.»

«Maschinenbauer? Kriegt man die nicht hier an der ETH?»

«Halten sich für zu gut und wollen schon hoch einsteigen. Die Russen haben mehr Biss und sind beim Einstieg günstiger zu kriegen.»

«Hast du Sarkov vermittelt?»

«Du weisst von Sarkov? Hat sie es dir erzählt?»

«Nur, dass sie in Moskau bei ihm war.»

«Komplizierter Kerl. Benimmt sich wie ein verzogenes Genie. Aber wenn du mich fragst, blufft der Kerl nur.»

«Womit sollte er bluffen?»

Amir druckste. Dankbar nahm er Silvio den neuen Drink aus den Händen und nippte, um Zeit zu gewinnen.

Stahl liess ihn nicht aus den Augen.

«Cachaça ist das? Und ich dachte, Caipirinha würden sie mit Rum machen?»

Stahl atmete ungeduldig aus. Hinter ihm wurde es laut. Er drehte sich um und sah, wie zwei Männer sich an Imelda zu schaffen machten, wogegen sie sich wehrte. Der eine zerrte an ihrem Arm, während der andere ihr den Bademantel von den Schultern riss, den sie sich nach dem Strip übergestreift hatte.

Stahl bahnte sich wie ein Schneepflug durch die Menge, verpasste dem Ersten einen Kinnhaken, dass es ihn gegen die Tanzstange warf, und drehte dem Zweiten so den Arm auf den Rücken, dass dieser sofort auf die Knie fiel und um Gnade winselte.

Die Menge war zurückgewichen und heischte hungrig nach mehr. Aber die beiden Jungs hatten genug. Sie wagten es nicht, sich weiter mit Stahl anzulegen, und schlichen davon. Stahl ging ihnen noch einige Meter hinterher, damit er sicher war, dass sie das Lokal auch verliessen.

Auf dem Podest machte sich bereits Viktoria an die Arbeit. Das Publikum vergass den kleinen Zwischenfall und amüsierte sich weiter. Pro Abend hatte Stahl mindestens drei solcher kleinen Störungen zu regeln.

«Ich muss los», sagte Amir. Er stand im Mantel vor Stahl und streckte ihm die Hand entgegen. Stahl schlug ein. «Die Provision zahlt sie», sagte Amir. «Danke, dass du die Sache übernimmst. Myller ist ein guter Kunde.» Er ging.

Stahl setzte sich an die Bar, dass er den Raum im Blick hatte und jederzeit reagieren konnte, falls etwas aus dem Ruder lief. Viktoria strippte zu «Purple Rain».

ZWEI

Kaja knipste die Nachttischlampe an und nahm sich das Buch, das sie derzeit am meisten beruhigte: «Lexikon der Musiklehre». Sie schlug wahllos auf und las. «Entwicklung. Die Vorstellung, Entwicklung sei ein Grundzug von Musik, ist derart dominant, dass die Versuchung gross ist, alle Musik aus dieser Perspektive und abweichende Prinzipien als weniger bedeutsam zu betrachten.»

Sie hielt inne. Entwicklung. Ging es nicht überall darum? Entwicklung und Wachstum. Als gäbe es nichts anderes. Als würde alles zu Ende sein, käme die Entwicklung zum Stillstand. Und genau das war es, wovor sich alle fürchteten. Vor dem Kollaps. Dem digitalen Kollaps, der dem wirtschaftlichen und damit dem globalen Kollaps vorauszugehen drohte. Sarkov sagte, er sei nahe dran, diesen Kollaps zu verhindern. Glaser hatte Millionen in Sarkovs Forschungen gesteckt, ihr Vater hatte ihn am Ende unterstützt, weil Glaser das Geld auszugehen drohte. Und als auch Kajas Vater nicht mehr genügend Spielgeld hatte und für Sarkovs Genie nicht das Unternehmen aufs Spiel setzen wollte, hatten sie Zweifel mit ins Boot geholt. Vielleicht war das ein Fehler gewesen. Mit Zweifel waren auch plötzlich Leute mit von der Partie, die an allem verdienten, was der Markt hergab. Es ging ihnen nicht um die Sache, für sie galten nur harte Zahlen. Kaja kannte sich aus mit Zahlen. Sie war Mathematikerin. Aber sie wusste, dass die Zahlen nur das Mittel waren, um in die Sphären der Mathematik vorzudringen. So wie aus Noten Töne, Akkorde, Progressionen und Sinfonien wurden, die den nach Entwicklung gierenden Menschen sättigen und erfüllen konnten.

Sie legte das Buch zur Seite und warf einen Blick auf ihr Handy. Sarkov hatte noch immer nicht geantwortet. Das war nicht normal. Egal, wie sehr er in Arbeit steckte, er antwortete ihr sonst immer binnen einer Stunde. Jetzt waren bereits vier

Stunden vergangen, seit sie ihn das erste Mal angefunkt hatte. Sie hatte ihm direkt geschrieben, als Glaser an ihrem Tisch zusammengebrochen war. Sie hoffte, dass Sarkov nicht auch etwas zugestossen war.

Kaja löschte das Licht und rollte sich unter der Decke zusammen. Ganz nah bei sich wollte sie sein. Wie ein Igel wollte sie sich verkriechen. Eine stachlige Kugel sein, an der man sich verletzte oder vorbeiging, ohne sie zu bemerken. Aber sie ahnte, dass niemand an ihr vorbeigehen würde. Sie steckte schon zu tief drin. Vielleicht würde ihr Schlaf helfen, in andere Dimensionen zu flüchten.

Sie schloss die Augen und stellte sich Zahlenreihen vor. Erst einfache Rechnungen, die sie aus dem Rückenmark löste, dann komplexere. Bald schrieben sich die Zahlen von allein und wuchsen sich zu langen Ketten aus, die Kaja unlösbar schienen. Sie wälzte sich, nahm einen nassen Schwamm, wischte Fehler von der Tafel, schrieb mit Kreide neue Zahlen, rechnete fieberhaft, ahnte, dass sie dicht an der Lösung kratzte, trat einen Schritt zurück und sah sich das Rechenbild als Ganzes an. Ein modernes Kunstwerk. Beuys-Tafeln mit abstrakten Zeichen. Kaja nahm die schwere Tafel, riss sie von der Wand und warf sie auf einen Stapel anderer Tafeln. Sie stand breitbeinig über dem Tafelberg, gekleidet im Dress einer Superheldin. Aus dem Himmel zuckte ein Blitz. Sie riss den Kopf nach oben und brüllte in einer Sprache, die ihr fremd war, einen ihr vertrauten Gott an, der mit zwei weiteren Blitzen antwortete. Die Blitze trafen die geschichteten Tafeln und setzten sie in Flammen. Kaja nahm die oberste Tafel und schleuderte sie ins All. Dann die nächste. Bis alle Tafeln wie Kometen zwischen Sternen, Planeten und Raumschiffen auf einer festgelegten Bahn ihre Kreise zogen. Sie sah dem geordneten Verkehr nach, staunte über das symmetrische Spektakel, das sich ihr bot, und sah ohnmächtig zu, wie eine riesige Götterhand mit einem noch riesigeren nassen Schwamm den gesamten Kosmos wegwischte, dass nur ein grosses schwarzes Nichts übrig blieb. War es das schwarze Loch, das alles schluckte? Würde es auch sie gleich verschlingen? Kaja rollte sich noch mehr zusammen. Dann träumte sie nichts mehr. Sie schlief.

***

Stahl hatte die letzten Gäste nach draussen bugsiert und schloss von innen ab. Er ging an die Bar und setzte sich.

«Einen Absacker?», fragte Silvio.

«Lieber einen Kaffee. Ich hatte für diese Woche schon genug Alkohol.»

«Geht schnell in unserem Metier.»

«Gut, dass du nichts trinkst. Kluges Kerlchen. Das war ich auch mal. Aber irgendwann wurde ich noch klüger und begann damit.» Er grinste.

Silvio stellte ihm den Espresso hin. «War eine gute Nacht. Du hast ein Händchen. Bei Eddie brummte der Laden nicht so gut, obwohl dieselben Mädchen tanzen. Verrätst du mir das Geheimnis?»

«Sicherheit. Die Menschen, die hierherkommen, suchen zwar das Abenteuer, die Flucht aus ihrem spiessigen Alltag, aber sie brauchen die Sicherheit. Das bedeutet für mich, dass ich Gefahrenherde bereits erkennen muss, ehe sie ausbrechen können. Die Emotionen, die wir hier durch die Mädels, den Alkohol und die Musik hochkochen, dürfen brodeln, aber entladen müssen sie sich anderswo. Kurz: Je weniger Prügeleien, umso sicherer fühlt sich der Konsument. Das ist das ganze Geheimnis. Enttäuscht?»

«Nein. Das ist gut. So habe ich das noch nie gesehen. Werde ich mir merken.»

«Willst du etwa einen eigenen Laden aufmachen?»

«Irgendwann. Ich bin gut in dem, was ich tue.»

«Das stimmt. Aber es sind zwei verschiedene Dinge. Hinter der Bar kannst du viel für die Atmosphäre innerhalb des Clubs schaffen. Aber die restlichen Komponenten hast du von dort nicht im Griff. Da braucht es jemanden, der ins Schlachtfeld tauchen und sich dann wieder auf den Generalshügel stellen kann, ohne dass er emotional involviert wird.»

«Einen Soldaten.»
«Einen Elitesoldaten.»
«Einen Schweizergardisten.»
«Bingo.»
Sie lachten.
«Vielleicht stelle ich dich an, wenn ich so weit bin. Irgendwann kommt Eddie ja wieder raus», sagte Silvio. «Oder willst du auch hier arbeiten, wenn er wieder da ist?»
«Nein. Ich helfe nur aus. Das war die Abmachung. Und die halte ich ein.»
«Dann bist du ja frei.»
«Aber nicht, um mich in den nächsten Laden zu sperren.»
«Machst du es nicht gerne?»
«So ein Schuppen ist wie ein Bauernhof. Wenn du einmal losgezogen bist, um die Welt zu erobern, kommst du nicht freiwillig zurück, um morgens die Kühe zu melken.»
«Bin ich eine Kuh?» Es war Imelda, die sich neben Stahl auf einen Hocker setzte und sich eine Zigarette anzündete.
Silvio lachte. «Wodka?»
«Nein. Keinen Schnaps. Ein Glas Rotwein. Das ist romantischer. Ausserdem pusht mich Wodka. Rotwein beruhigt die Seele.»
Silvio leerte eine angebrochene Flasche und schenkte Imelda ein. Sie drehte sich zu Stahl. «Prost.»
Er hob seine Espressotasse. «Zum Wohl.»
«Ich fühle mich heute so allein», sagte sie. «Hast du Lust, mit mir zu kommen?»
Stahl staunte über ihre Direktheit. Ihm war auch kalt ums Herz. Aber er bestand auf seine Prinzipien. Vielleicht war das dumm, doch er konnte nicht anders. «Wenn Eddie wieder draussen ist, brauchst du nur mit dem Finger zu schnippen, und ich mache dir den Bettvorleger. Aber solange ich dein Boss bin, geht das leider nicht.»
«Ich habe noch nichts vor», sagte Silvio und grinste Imelda an.
«Fick dich.» Sie leerte das Weinglas in einem Zug, knallte es

auf den Tresen und drehte sich zu Stahl. «Und du dich auch.» Sie zog ab.

Silvio nahm das Glas und spülte es aus. «Wow. Und das Temperament lässt du dir entgehen.»

«Ein weiterer wichtiger Punkt, warum der Laden gut läuft. Merk ihn dir, falls du wirklich mal selber Landwirt werden willst.» Er stand auf und verliess den Laden.

***

Kaja schrak hoch. Ihr Handy klingelte. Sie nahm blind ab. Verschlafen horchte sie, wer am anderen Ende der Leitung etwas von ihr wollte. «Hier ist Sarkov. Ich bin in Zürich. Können wir uns treffen?»

Kaja knipste die Nachttischlampe an und sah auf die Armbanduhr, die sie dort abgelegt hatte. Es war fünf Uhr morgens.

«Ich bin im Hotel Storchen, beim Rathaus. Wir können uns unten in der Lobby treffen.»

«Mir wäre lieber, auf dem Bürkliplatz.»

«Um diese Uhrzeit? Es ist verdammt kalt.»

«Ich muss mich versteckt halten. Ich kann nicht einfach in ein Hotel spazieren.»

«Was ist los?»

«Erzähle ich dir gleich. Kannst du kommen? Es ist dringend. Ich brauche deine Hilfe.»

«Worum geht es?»

«Nicht am Telefon.»

«Ja. Ich komme. Wo genau?»

«Am Bürkliplatz steht ein Zirkus. Warte dort vor dem Eingang.» Er legte auf.

Kaja kroch verschlafen aus dem Bett und suchte ihre Kleider zusammen, die sie beim Ausziehen ungeordnet auf den Boden geschmissen hatte. Sarkov war ein Sonderling. Das wusste sie. Wer sich tiefer in die Mathematik grub, als ein Dreisatz hergab, galt als Nerd. Sie selbst hatte mit dem Vorurteil auch zu kämpfen. Vielleicht war sie auch einer. Aber im Verhältnis dazu, wie sie rechnen konnte, sah sie verdammt gut aus. Das machte sie verdächtig für beide Seiten. Die Wissenschaftler nahmen sie nicht ernst, weil sie eine sinnliche Frau war, dem Rest der Welt war sie suspekt, weil sie ihren Warenkorb bereits vor der Kassiererin im Kopf addiert hatte.

Sie warf die Kleider auf den Boden. Die Klamotten hatte sie für Amir und Stahl angezogen. Teure Businesskluft, um als Geschäftsfrau zu imponieren und ernst genommen zu werden. Jetzt genügten eine Jeans und ein warmer Pullover. Sie ging an ihren Koffer, zog die Klamotten heraus und schlüpfte hinein. Im Bad warf sie sich zwei Hände kaltes Wasser ins Gesicht, putzte sich im Schnelldurchlauf die Zähne, steckte sich die Haare zurecht und fragte sich, was Sarkov so Wichtiges zu sagen hatte. Hatte er etwa die Formel gefunden? Nein. Das würde er anders inszenieren. Mit grossem Brimborium. Sie würde es erfahren, wenn sie am Bürkliplatz war. Sie warf sich ihren Wollmantel über und verliess das Hotelzimmer.

An der Rezeption nickte der Nachtportier verschlafen-freundlich und versuchte sich krampfhaft an Kajas Nachnamen zu erinnern. Ehe er ihn gefunden hatte, war Kaja schon auf der Strasse und stieg in das Taxi, das wohl ein anderer Hotelgast bestellt hatte. «Zum Bürkliplatz.»

Das Taxi fuhr los. Sie hätte auch zu Fuss gehen können. Es war nicht weit. Aber sie hatte keine Lust, um fünf Uhr in der Früh durch den Regen zu stapfen. Ausserdem steckte ihr Glasers Tod noch in den Gliedern. Wenn im Kreis 4 die Messer so locker sassen, war es klüger, keine unnötigen Risiken einzugehen. Bei dem Gedanken lachte sie innerlich über sich selbst. Keine unnötigen Risiken eingehen. Sie war gerade im Begriff, bei Nacht und Nebel einen der gefragtesten Mathematiker der Welt in einem Zirkus zu treffen. Als ob das nicht für sich allein schon unnötiges Risiko genug wäre.

Das Taxi hielt beim Bürkliplatz. Kaja zahlte und stieg aus. Ein unwirkliches Bild malte sich vor ihr. Das Zirkuszelt inmitten der Stadt. Drum herum die Wohnwägen, in denen die Artisten und Techniker lebten, krächzende Krähen auf den kahlen Kastanien, die den Platz säumten, und ein paar Junkies, die sich unter dem Häuschen der Tramhaltestelle Schutz bis zum Morgengrauen suchten.

Wo war Sarkov? Sie sah ihn nirgends. Er hatte doch gesagt, sie solle zum Eingang kommen. Sollte sie nun hier stehen bleiben und warten, bis er aufkreuzte? Oder sollte sie das Gelände betreten und zwischen den Wohnwägen nach ihm suchen?

Sie entschied sich für die aktive Variante. Warten war noch nie ihre Stärke gewesen. Was hatte ihr Vater sie getriezt mit Meditation. Still dazusitzen, auf den Atem zu achten und alle Gedanken ziehen zu lassen. Ein Unding für Kaja. Zu Anfang hatte sie es als Folter empfunden. Irgendwann hatte sie sich aber Rechenaufgaben im Kopf zusammengestellt und sie gelöst. Ihr Vater hatte geglaubt, sie sei im Zen, dabei war sie nur im Flow des Rechnens gewesen. Nein. Sie konnte nicht an nichts denken. Sobald die Zahlen eine Chance sahen, in Kajas Bewusstsein zu drängen, kamen sie hoch. Manchmal einzeln, dann aber auch in Reihen und wilden Brüchen. Sie kreisten vor Kajas innerem Auge und wollten gefangen und gebändigt werden. Manche waren wilde Hunde, andere anschmiegsame Kätzchen.

Ein Kätzchen miaute. Es war keine Zahlenfolge, sondern ein echtes, das auf Kaja zukam und sich um ihre Beine wand. Kaja streichelte das schnurrende Tier am Hinterkopf, wagte aber nicht, es auf den Arm zu nehmen.

Die Tür eines nahe gelegenen Wohnwagens öffnete sich. «Mimo, komm rein. Mimo, komm.» Es war die Stimme einer Frau. Im Licht, das aus dem Wohnwagen fiel, konnte Kaja erkennen, dass sie blonde Haare hatte.

Die Katze löste sich von Kajas Beinen und zischte in den Wohnwagen. Vermutlich lockte der Fressnapf. Die blonde Frau schloss die Tür nicht, sondern kam heraus, steckte sich eine Zigarette an und setzte sich in eine Decke gehüllt auf die Stufen des Wohnwagens. Sie sah neugierig zu Kaja. «Suchen Sie jemanden?», rief sie herüber.

Kaja zögerte. Ihr erster Impuls riet ihr, zu gehen. Etwas hielt sie aber davon ab. Vielleicht war es die Katze. Sie liebte Katzen, hätte immer gerne selbst eine gehabt. Aber ihr Vater hatte eine Allergie gegen die Haare. Und als sie nicht mehr zu Hause gewohnt hatte, hatte sie nirgendwo gewohnt. Der Koffer und ihre Rechenspiele im Hirn waren die einzigen Konstanten in ihrem Leben. Dort hatte keine Katze Platz. Niemand hatte Platz. Auch kein Mann. Abenteuer, ja. Ein kurzer Fick, über eine Dating-App gebucht, das war drin. Mehr nicht. Die blonde Frau war auch eine Reisende. Aber ihr Koffer war grösser. Immerhin ein Wohnwagen. Darin hatte eine Katze Platz. Vielleicht auch ein Mann? Ja, es war die Neugierde, die Kajas ersten Impuls verweigerte.

«Ich konnte nicht schlafen. Da habe ich einen Spaziergang gemacht. Und ein Zirkus lockt immer an», sagte sie und ging auf die Frau zu.

«Seien Sie vorsichtig. Kommen Sie nicht zu oft, sonst schluckt Sie der Zirkus und lässt Sie nicht mehr los.»

Kaja lachte. «Ich glaube, der Zirkus hätte an mir keine Freude. Ich kann keine Kunststücke.»

«Jeder kann Kunststücke. Er muss sie nur finden. Zigarette?» Sie streckte Kaja ein Päckchen entgegen. Kaja nahm eine Zigarette und schob sie sich zwischen die Lippen. Die Frau warf ihr ein Feuerzeug zu. Kaja fing es, zündete die Zigarette an und warf das Feuerzeug zurück.

«Werfen und fangen können Sie schon mal. Der erste Schritt zur Jonglage.»

«Jonglieren Sie?»

«Jeder jongliert. Das ist keine Kunst.»

«Mit wie vielen Bällen?»

«Die Zahl ist nicht entscheidend. Ich kenne Leute, die machen mit einem Ball Sachen, dass Sie glauben, die Physik wäre aufgehoben.»

«Man kann die Physik nicht aufheben. Man ist ihr immer untertan.»

«Aber gerade darin liegt die Kunst des Zirkus. Den Zuschauer glauben zu machen, dass die Gesetze der Physik ihre Gültigkeit verlieren. Alles andere ist Kraftmeierei. Wenn die Leute nach

Hause gehen und sagen, der hat mit zwölf Keulen jongliert, sagt der andere, ich habe einen gesehen, der konnte das Gleiche mit fünfzehn. So kann man sich auch über die Pferdestärken eines Autos unterhalten. Das hat nichts mit der Magie des Zirkus zu tun.»

«Was dann? Was ist es, das die Magie ausmacht?»

«Wenn ich auf dem Seil tanze und ein kleines Kind vergisst, dass da ein Seil ist, geht es nach Hause und weiss, dass es Menschen gibt, die im leeren Raum schweben können. Und es glaubt vielleicht auch daran, dass die eigenen Träume wahr werden können.»

«Aber es ist nur eine Illusion. Das Seil ist da.»

«Ja. Und es schmerzt an den Füssen. Besonders, wenn man schlechte Tage erwischt, in denen man nicht so gut in der Balance ist.»

«Gibt es die oft?»

«Man ist nie in der Balance. Die Balance ist ein Ideal. Schauen Sie, wie Sie dastehen. An jeder Stelle Ihres Körpers kompensieren Muskeln ihr Ungleichgewicht. Wären Sie in Balance, das Skelett könnte sich selbst tragen. Nein, die Physik kann man nicht aufheben. Es bleibt ein Traum.»

«Aber warum träumt der Mensch davon und akzeptiert die Physik nicht einfach?»

«Genau das ist es, was wir Artisten tun. Wir akzeptieren die Physik und ihre Gesetze. Nur so gewinnen wir die scheinbare Leichtigkeit. Wenigstens für die sieben Minuten, die unsere Zirkusnummer dauert. Vorher und danach erinnert uns der Schmerz daran, dass wir Träumer sind.» Sie drückte ihre Zigarette in einem bunt bemalten Aschenbecher aus Ton aus und stand auf. «Wollen Sie einen Kaffee? Es lohnt sich nicht mehr, jetzt noch schlafen zu gehen.»

«Danke, aber ich brauche viel Schlaf.»

«Wegen der Schönheit?» Sie sah Kaja flirtend an. Die Artistin war hübsch. Aber Kaja stand nicht auf Frauen.

«Nein. Ich habe viel zu arbeiten. Da brauche ich einen klaren Kopf.»

«Einen klaren Kopf kann man kriegen, wenn man die Chemie des Körpers in Balance bringt.» Sie liess nicht locker, lächelte charmant und zog aus ihrem Morgenmantel etwas, was sie Kaja entgegenstreckte. «Wenn Sie Lust haben.»

Kaja nahm das Papier entgegen. Eine Eintrittskarte für den Zirkus.

«Ist leider nur für die Nachmittagsvorstellung. Aber am Wochenende ist es für uns Artisten immer schwer, Gäste reinzubringen.» Sie verschwand im Wohnwagen und schloss die Tür hinter sich.

Kaja steckte die Karte ein und sah sich um. Von Sarkov keine Spur. Sie stellte sich abseits der Wohnwagen unter die Kastanien und wählte Sarkovs Nummer. Nach mehrmaligem Klingeln meldete sich die russische Combox. Kaja legte auf und entschied sich, wieder ins Hotel zu gehen. Sie hielt Ausschau nach einem Taxi, fand aber keins. Sie erinnerte sich, wo der Taxistand war, und ging in die Richtung.

***

Stahl hatte kaum eine halbe Stunde geschlafen, da hatte Lilly ihn geweckt. Sie hatte Rotz und Wasser geheult. So kalt war sie nun doch noch nicht geworden. Stahl war erleichtert, dass sie einen leichteren Zugang zu ihren Gefühlen hatte als er. Wie gerne hätte er geweint. Über den Tod seiner Mutter, den Verrat seiner vermeintlichen Freunde, die Menschen, die er im Namen der heiligen Mission getötet hatte, und die Unschuldigen, die durch seine Depeschen Hunger litten, ihre Ersparnisse verloren oder ins Elend gerutscht waren. Aber er war unfähig, darüber zu weinen. War er so geboren, hatte das Leben ihn so gedrillt, oder hatten sie ihm bei der Schweizergarde das Hirn gewaschen? Er wusste es nicht. Nicht, dass er seine Taten guthiess. Täte er das, hätte er weiterhin im Dienst des Vatikans bleiben können. Aber er konnte sich der angestauten Emotionen nicht entledigen. Es gab kein Ventil, wodurch er den Druck, der sich über die Jahre aufgebaut hatte, ablassen konnte. Manchmal half Sex. Oder Boxen. Die körperliche Verausgabung war das einzige Mittel, das für Momente seine inneren Dämonen ruhen liess. Hätte er auf Imeldas Angebot eingehen sollen? Nein. Es war besser so. Die Lust war kurz, die Folgen zogen einen Rattenschwanz. Sport war besser. Er hatte sich aus dem alten Boxclub, den er vor zwei Jahren schliessen musste, einen Sandsack geholt und ihn sich in die Wohnung gehängt. Er würde fünfzehn Runden trainieren. Danach würde er gut schlafen können. Er drückte die App auf seinem Handy, eine Frauenstimme erklang: «Runde eins.» Ein Gong. Stahl wärmte sich auf und mobilisierte die Gelenke.

***

Kaja dachte, sie habe sich nur fünf Minuten ins Bett gelegt und kurz die Augen geschlossen. Tatsächlich hatte sie sieben Stunden geschlafen. Es war schon nach eins. Und sie hätte weitergeschlafen, wenn das Zimmermädchen sie nicht geweckt hätte.

«Kommen Sie später noch mal», sagte Kaja und rieb sich die Augen.

Die Asiatin lächelte, verbeugte sich und ging rückwärts, mit einem «'tschuldigung» auf den Lippen, aus dem Zimmer.

Kaja sah auf ihr Handy. Keine Anrufe, dafür zwei WhatsApp-Nachrichten und eine Message auf dem internen Netz «Pronto», das Kaja für wissenschaftliche und Geschäftszwecke benutzte. Ihr Vater hatte es entwickelt, um sichere Nachrichten verschicken zu können. Aber es war nicht Kajas Vater, der ihr eine Nachricht geschickt hatte, sondern Sarkov. «Konnte leider nicht kommen. War mir unsicher, ob du sauber bist. Es steht zu viel auf dem Spiel. Und nach Glasers Tod fühle ich mich nicht mehr sicher.»

Sie schrieb zurück: «Ich kümmere mich um deine Sicherheit. Habe einen Mann angeheuert, der sich darauf versteht. Wo wollen wir uns treffen?»

«Wieder beim Zirkus. Bei Natascha.»

«Wer ist Natascha?»

«Du hast mit ihr gesprochen.»

«Du warst im Wohnwagen?»

«Ja. Tut mir leid für die Umstände, aber ich musste sichergehen, dass du keinen dabeihast, der mir ans Leder will.»

«Verstehe. Wann treffen wir uns?»

«In einer Stunde?»

«Gut. Werde da sein.»

Sie legte das Handy aufs Bett und ging ins Bad. Ein Blick in den Spiegel verriet ihr, dass sie trotz der sieben Stunden zu wenig geschlafen hatte. Sie warf sich kaltes Wasser ins Gesicht und zwickte sich in die Wangen, damit sie Farbe bekamen. Kaja hielt nichts vom Schminken. Sie sah unentschlossen zur Dusche, gab sich einen Ruck und stieg darunter. Sie drehte das warme Wasser auf und summte einen Song, den sie in den Charts gehört hatte. Einfache Harmonien mit üblichem Turnaround. Nichts Schwieriges. Wozu auch? Das Leben war gerade schwierig genug. Atonal. Schönberg hätte seine Freude daran gehabt. Sie stellte die Dusche auf kalt. Statt zu summen, schnappte sie nun nach Luft. Jetzt war sie wach. Sie stieg aus der Dusche, trocknete sich ab und schlüpfte in frische Kleider. Frühstück würde sie keins mehr kriegen. Sie würde auf dem Weg zum Zirkus eine Kleinigkeit zu sich nehmen und einen guten Kaffee trinken.

Zürich hatte sich verändert. Jedenfalls hatte sie das Gefühl, dass es so war. Sie war zuletzt vor fünf Jahren hier gewesen. Keine Zeit, um gross Veränderungen zu bemerken. Dennoch war es nun anders hier. Es genügte schon, dass einige Geschäfte gewichen, andere dafür gewachsen waren. Auch die Langstrasse gestern schien ihr anders. Sie hatte sie schmutziger, abgerissener und durchwachsener in Erinnerung. Selbst im Kreis 4 schien kaum mehr Platz für sozial Schwächere. Geld war schon immer die Hostie der Zürcher. Aber so sehr wie jetzt war es Kaja noch nie zuvor aufgefallen. Sie war keine Arme. Im Gegenteil. Aber sie machte sich nichts aus Geld. Geld konnte eine Zahl sein, mit der man spielte. Aber die Zahlen, die Kaja interessierten, kursierten in Bereichen, in denen die Ziffern von Geldbeträgen keine Bedeutung hatten.

Sie entdeckte eine italienische Bar und ging hinein. Die Kellnerin lächelte fragend.

«Einen Espresso und ein Gipfeli», sagte Kaja und nahm sich die «NZZ» vom Tresen.

***

Savic setzte den grossen Monitor auf zwei andere, die von selbst gezimmerten Holzkisten umrahmt waren, und wischte sich mit einem schmutzigen Taschentuch den Schweiss aus seinem speckigen Nacken. «Stell den anderen daneben», sagte er und öffnete eine Cola light, die er in sich goss. Stahl gehorchte und lehnte dankend ab, als ihm Savic auch vom Getränk anbot.

«Was macht du mit den alten Kisten?», fragte Stahl und setzte sich auf einen alten Drehstuhl.

«Sammeln.»

«Das ist Elektroschrott.»

«Das ist Geschichte. Andere sammeln Nippes und Biedermeiermöbel, ich eben digitale Schätze.»

«Du bist ein Messie.»

«Wer nicht?»

«Ich.»

Savic lachte laut. «Du bist der grösste Messie. Du sammelst sozialen Müll.» Er ging an einen Schreibtisch, auf dem drei Flachbildschirme flimmerten, und nahm eine Tüte Chips, die er aufriss und mampfte. Er verzichtete diesmal darauf, Stahl davon anzubieten, und liess die trockenen Kartoffeln krachen. «Oder wie darf ich die ‹Adoption› von Lilly verstehen?»

«Lilly ist kein Müll, sondern ein Mensch mit Potenzial.»

«Also kein weiches Herz, sondern Investitionsgedanke? Wie beim Fussball? Bist du Scout?» Er lachte, verschluckte sich an einem Chip, hustete und spülte mit Cola nach. «Und wer keine Talente hat, den lässt du einfach verbrennen?» Savic merkte, dass er zu weit gegangen war. «Entschuldige. Blöder Witz.»

«Ja. Blöder Witz. Kommen wir zur Sache. Was hast du gefunden?»

«Myller und Glaser haben vor zwei Jahren ein gemeinsames Forschungsprojekt gestartet und aus finanziellem Engpass Zweifel mit ins Boot geholt.»

«Worum handelt es sich?»

«Dein Spezialgebiet: Weltmacht.»

«Bitte keine Verschwörungstheorie.»

Savic grinste. «So einschneidend wie der Buchdruck, das Automobil und das Internet.»

«Bin ich beim Quiz? Spuck es endlich aus.»

«Schon mal was vom Moore'schen Gesetz gehört?

«Bin kein Jurist.»

«Und bewegst dich trotzdem immer am Rande der Legalität.»

«Noch ein schlechter Witz und ich zertrümmere dir deine Antiquitäten.»

«Das Moore'sche Gesetz hat nichts mit Jura zu tun, sondern mit Physik. Es besagt, dass die Speicherkapazität auf einem Chip jährlich um das Doppelte anwächst.»

«Und? Was ist daran so spektakulär?

Savic trennte ein Blatt vom Notizblock und zerriss es in zwei Teile. «Wenn sich die Speicherkapazität auf einem Chip verdoppelt, halbiert sich automatisch der Platz darauf.» Er riss eines der Teile erneut in zwei Hälften, behielt eines davon zwischen den Fingern und fuhr immer weiter fort, bis es ihm unmöglich war, den Schnipsel zu teilen. «Und irgendwann geht es nicht mehr. Irgendwann ist kein Platz mehr auf der Platine. Verstehst du?»

«Und? Haben wir nicht schon genug Speicherkapazität? Im Vergleich zu deinen alten Kisten, die du hier bunkerst, sind wir doch bestens bedient.»

«Willst du mich verarschen? Wann hat der Mensch genug? Wir sind auf Fortschritt programmiert. Der grosse Computer, den dein Verein Gott nennt, hat uns einen Chip in die Gene gepflanzt, damit wir uns weiterentwickeln. Da lassen wir uns von der Endlichkeit der Materie doch nicht stoppen.»

Stahl verdrehte die Augen.

«Ausserdem wäre es ein wirtschaftlicher GAU, wenn das Moore'sche Gesetz zum Stillstand käme. Der Computermarkt floriert nur, wenn er jedes Jahr Innovationen ausspuckt. Mehr Speicher, mehr Kapazität. Warum sollte ich mir etwas Neues kaufen, wenn es nichts Neues kann? Globaler Zusammenbruch des Weltmarktes, Arbeitslose ohne Ende. Den Rest kannst du dir selbst ausmalen. Chaos, Krieg und die grosse Endzeit.»

«Nein, keine Verschwörungstheorie, sondern Fantasy und Videospiel.»

«Brauchst es ja nicht zu glauben, aber der Wettlauf um den Stein der Weisen hat längst begonnen und wird mit harten Bandagen geführt.»

«Stein der Weisen? Was wäre das in diesem Fall?

«Den unendlichen Raum zu nutzen.»

«Unendlichen Raum?»

«Die Leere zwischen der Materie.»

«Und das geht?»

«Sie tüfteln daran.»

«Wer?»

«Alles, was Rang und Namen hat. Und ein paar Goldsucher, die ihr letztes Hemd für die waghalsigste Theorie verpfänden.»

«Und Myller ist einer davon?»

«Myller, Glaser und Zweifel sind auf jeden Fall mit im Rennen.»

«Und wie weit haben sie die Nase vorn?»

«Dafür müsste ich in ihre Datenbanken. Und die sind verdammt gut gesichert. Aber dafür gibt es ja Leute wie dich, die es auf die alte analoge Tour machen.» Er grunzte, stand auf und zwängte sich zwischen Rechnern und Gehäusen zu einem Kühlschrank. «Magst du ein Bier? Oder bist du im Kampfmodus?»

«Beides.»

Savic nahm ein Bier und eine frische Cola-light-Dose aus dem Kühlschrank und bahnte sich den Weg zurück. Er suchte unter Stiften und Papieren nach einem Feuerzeug und reichte es Stahl samt Bierflasche. Stahl öffnete das Bier mit dem Feuerzeug und stiess mit Savics Cola an. «Danke. Weiss zwar noch nicht, wie weit mich deine Infos bringen, aber mir ist jetzt etwas klarer, warum meine Auftraggeberin so viel Kohle lockermachen kann.»

«Muss nicht Vaterliebe sein.»

«Du hast auch über sie recherchiert?»

«Gehört doch zum Paket. Ausserdem sieht sie gut aus. Da will man gerne mehr wissen.»

«Und? Was weisst du mehr?»

«Promovierte Mathematikerin mit der Leidenschaft zur Physik. Sie verbrachte die letzten zwei Jahre in Russland als Assistentin von Professor Sarkov.» Savic setzte eine Kunstpause und wartete auf Stahls Reaktion. Stahl hörte nur aufmerksam zu.

«Hallo? Mehr kommt nicht von dir?»

«Was soll kommen?»

«Professor Sarkov.» Savic hob die Brauen.

«Sagt mir nichts.»

«In den Kreisen, in denen wir uns gerade bewegen, geht ein Raunen durch das Stadion, wenn dieser Name genannt wird.»

«Aha.»

«Ali, Frazier, Hagler, Sugar Ray Robinson, Tyson.»

«Damit kann ich etwas anfangen.»

«Sarkov ist eine Granate. Wenn einer es schafft, zwischen den Quanten den Raum zu besetzen, ist er es.»

«Und du glaubst, dass er auf Myllers Lohnzettel steht?»

«Wieso wäre Myllers Tochter sonst seine Assistentin?»

«Weil sie eine gute Mathematikerin ist?»

Savic nahm einen kräftigen Schluck Cola und rülpste laut. «Mein Kommentar.»

«So abwegig?»

«Erzähl du mir, dass man aufgrund von Leistung Aufstiegschancen hat.»

«Du hattest sie. Aber du hast den Vatikan verlassen.»

«Weil ich dort keine Möglichkeiten sah, weiterzukommen. Auch dort geht Protektion vor Leistung. Und das weisst du genau. Oder warum bist du nicht mehr dabei?»

«Weil ich es nicht mehr mit meinem Gewissen vereinbaren konnte.» Er trank.

Savic lachte laut. «Und dann steckst du Lilly in die Gregoriana? Du spinnst völlig.»

«Hast du eine bessere Idee?»

«Ja. Einfach die Finger von Dingen lassen, die einem über den Kopf wachsen. Du hast nicht das Zeug zu einem Ersatzvater, Stahl. Und deine Sentimentalität gibt dir nicht das Recht, über das Schicksal eines jungen Mädchens zu bestimmen.»

«Ich bestimme nicht, ich gebe ihr nur eine Chance, aus ihrem Leben etwas zu machen.» Stahl war laut geworden.

«Ist schon gut. Komm wieder runter. Du kriegst den Samariterorden und die Jesuiten eine neue Soldatin.»

«Sie kann sich frei entscheiden.»

«Vielleicht gelingt es ihr sogar früher als uns beiden? Aber dann wird sie ihren Schatten schon tragen.»

«Sie trägt schon längst einen.»

Sie schwiegen.

«Willst du dich wirklich an die Sache wagen?», fragte Savic nach einer Weile.

Stahl schwieg weiter.

«Für Lilly, hm? Ich verstehe. Sie haben echt einen Samariter aus dir gemacht. Killer und Samariter. Das schaffen nur die von Loyolas.»

«Hast du die Adresse von Zweifel?»

«Welche? Der Kerl hat bestimmt mehrere Wohnsitze.»

«Hier in Zürich. Wenn er auch bei dem Spiel mitgemacht hat, wird er wohl in Zürich sein.»

«Oder sich ins Ausland abgesetzt haben, damit er nicht in die Sache hineingezogen wird. Ausser deiner Auftraggeberin gibt es nämlich bis jetzt noch keinen, der Zweifel in die Nähe von Glasers Tod setzt. Schätze, Zweifel wird jede unliebsame Publicity vermeiden wollen. Er hat schon genug mit seinen Bodenschätzen an den Hacken.»

«Ich weiss nicht, wo ich sonst ansetzen könnte. Such mir seine Zürcher Adresse.»

Savic drehte sich zu einem der Rechner und tippte auf der Tastatur.

Stahl trank das Bier zu Ende.

***

Natascha stellte einen Milchkaffee für Kaja und einen Pfefferminztee für Sarkov auf den Tisch und verliess den Wohnwagen.

«Woher kennst du sie?», fragte Kaja.

«Patenkind», sagte Sarkov und schlürfte den heissen Tee. «Sie ist mathematisch sehr begabt, aber es reizte sie, die Physik in der Zirkuskunst zu überprüfen. Zirkus galt unter Lenin noch als fünfte Kunst und wurde staatlich gefördert, wusstest du das?»

«Nein.»

«Nicht alles war schlecht.» Er lachte. «Oh Gott, habe ich das wirklich gerade gesagt? Ich werde senil und sentimental. Hilfe.» Er lachte noch einmal und schüttelte dabei den Kopf.

«Warum bist du hier?», fragte Kaja. «Ich dachte, du wärst in Moskau für die Tests.»

«Ich hörte seit zwei Wochen nichts mehr von dem Trio. Zwar wusste ich von dem Seneca-Spiel, aber ich dachte nicht, dass sie sich danach nicht mehr melden. Immerhin geht es um sehr viel. Da hätte ich erwartet, dass sie meine Ergebnisse interessieren.»

«Weisst du von Glasers Tod?»

«Was? Glaser ist tot? Wie das?»

«Er brach gestern vor mir in einem Lokal zusammen. Jemand hat ihn erstochen.»

«Erstochen? Von wem? Und warum bricht er vor dir zusammen?»

«Keine Ahnung. Weiss nicht, woher er wusste, dass ich mich dort aufhielt. Vielleicht ein Zufall?»

«Gott würfelt nicht.»

«Auch Einstein kann sich irren.»

«Und von deinem Vater hast du noch immer nichts gehört?»

«Nichts. Deswegen habe ich einen Detektiv angeheuert.»

«Einen Detektiv? Bist du verrückt? Wie kannst du das tun?»

«Er ist seriös. Amir hat ihn mir empfohlen.»

Sarkov zog die Brauen zusammen. «Etwa Stahl?»

«Du kennst ihn?»

«Wir sind uns zweimal über den Weg gelaufen. Der Vatikan wollte mich anwerben. Er war damals der Bote.»

«Verrückt.»

«Dass mich der Vatikan anheuern wollte?»

«Nein. Wir leben im digitalen Zeitalter, und trotzdem braucht es für die ganz wichtigen Dinge noch den Menschen als Boten.»

«Noch brauchen wir den Körper. Aber irgendwann werden wir nur noch Geist sein. Dann erst hat Gott den Menschen nach seinem Ebenbild geschaffen.» Er sah versonnen auf ein Zirkusplakat, das eine Seiltänzerin hoch über einer tiefen Schlucht balancierend zeigte.

«Dann braucht es keinen Zirkus mehr. Keinen Sport. Keinen Schönheitswahn. Billige Krücken, um den Göttern nahezukommen. Ist es nicht verrückt, dass wir glauben, die Perfektion des Körpers würde uns zu Göttern machen?»

«Ich habe nichts dagegen, hübsch zu sein», sagte Kaja und strich sich kokett durchs Haar.

«Im jetzigen Zustand der Evolution ist es auch durchaus vorteilhaft, einen attraktiven Körper zu besitzen. Wenigstens in deinem Alter. Später weichen die Reize des Körpers den Argumenten des Geistes und des Geldes.»

«Wobei wir beim Thema wären. Hat Zweifel überwiesen?»

«Ja. Den vollen Betrag. Er muss dich sehr lieben.»

«Meinen Geist oder meinen Körper?»

«Bestimmt deine Seele, wie ich ihn einschätze.»

«Ist das nicht paradox? Wir reden von gottgleichem Geist, der Auflösung des Körpers, und gleichzeitig werde ich verschachert wie auf einem Mittelaltermarkt.»

«Die Idee kam von dir.»

«Da bin ich mir nicht mehr so sicher. Mittlerweile glaube ich nämlich, dass ihr mir sie nach und nach suggeriert habt.»

«Das hättest du gemerkt. Du bist zu schlau.» Er nippte an seinem Tee.

«Aber nicht minder anfällig für Schmeicheleien.»

Sarkov stelle die Tasse ab. «Glaubst du, Zweifel könnte unsere Strategie durchschaut haben?»

«Hätte er dann überwiesen?»

«Wenn er gleichzeitig seine Partner ausschaltet, überweist er sich selbst.»

Kaja stand auf und öffnete die Tür des Wohnwagens. «Ich brauche Luft. Mir wird es hier drin zu eng.»

Sarkov erhob sich ebenfalls und trat hinter sie. «Der Gedanke liegt nicht fern. Du solltest bei ihm nachhaken.»

«Ist er denn schon zurück?»

«Ich bin mit ihm gekommen.»

«Was?» Sie ging die kleine Treppe hinunter auf den überdachten Vorplatz des Wagens und sah zu Sarkov hoch.

«Er war in Moskau, wollte Einblick in die Ergebnisse und bat mich daraufhin, hierher mitzukommen.»

«Warum?»

«Damit er näher an den Forschungen dran ist. Russland wäre ihm jetzt zu unsicher. Er fürchtet, dass die russische Regierung hinter dem Verschwinden deines Vaters steckt. Und seit dem Mord an Glaser glaube ich ihm fast.» Er kam das Treppchen herab. «Was denkst du?»

«Jede Regierung hätte Interesse an unseren Ergebnissen. Aber auch jeder Geschäftsmann. Und Zweifel ist Geschäftsmann.»

«Und dein zukünftiger Ehemann.» Er sah sie eindringlich an.

Kaja hielt seinem Blick stand. «Glaubst du, ich bin so kalt und lasse Glaser und meinen Vater über die Klinge springen, um dann Zweifels Erbin zu sein?»

«Wäre ein hübscher Plot, der nicht zum ersten Mal durchgespielt würde.»

Natascha kam aus dem Zirkuszelt. Sie hatte sich ein Handtuch um den Nacken gelegt und eine Daunenjacke über ihr Trikot geworfen. «Im Herbst Artistin sein – da hört die Zirkusromantik auf», sagte sie und blieb vor Kaja und Sarkov stehen.

«Bist du schon fertig mit dem Training?», fragte Sarkov.

«Kleine Pause. Man kann nicht die ganze Zeit am Trapez hängen. Pausen sind das Wichtigste. Fürs Lernen und für die Regeneration. Ich will den Job ja noch ein Weilchen machen.» Sie massierte ihr rechtes Handgelenk.

«Hast du dich etwa verletzt?» Sarkov gab den besorgten Onkel.

«Nein. Das ist der chronische Schmerz. Der gehört dazu.» Natascha lachte. «Was ist mit dir? Machst du etwas mit deinem Körper? Oder bist du naturschön?»

«Intervalltraining. Hochintensiv und kurz.» Kaja hoffte, einen Lacher zu ernten.

«Ist jetzt gross in Mode. Haben die Kraftjongleure schon vor hundert Jahren gemacht. Allerdings mit Kanonenkugeln.» Natascha war nur schwer zu beeindrucken.

«Daraus entstand die Kettlebell, ich weiss. Ich trainiere mit ihr.»

«Wie viel Kilo?»

«Acht.»

«Wenn du bei sechzehn bist, fangen wir an zu reden. Ich muss wieder rein. Jean hält nicht so viel von Pausen. Er ist noch oldschool. Immer bis zur Muskelerschöpfung und dann fängt es erst an. Bis bald, Onkelchen.» Sie drückte Sarkov einen Kuss auf die Wange, nickte Kaja zu und verschwand im Zirkuszelt.

«Sie mag mich nicht», sagte Kaja.

«Ist das wichtig für dich?»

«Sie ist dein Patenkind. Also deine Familie. Und die ist mir wichtig.»

Er sah sie an. Sie lächelte.

«Und warum heiratest du dann Zweifel?»

«Du weisst genau, warum.»

«Aber ich bin es doch, der die Sache denkt.»

«Und er ist es, der sie finanziert.»

«Also steht Geld über der Sache?»

«Geld ermöglicht die Sache.»

«Du bist kalt.»

«Nein. Die Zahlen sind kalt. Und die Zahlen haben recht.

Alles andere sind unvernünftige Triebe und Hormonverirrungen, die verrauchen wie Asche im Wind. Das sind deine Worte. Erinnerst du dich? Es war im Gorki-Park. Wir hatten uns zum ersten Mal geküsst.»

«Ich wollte dich schützen, uns schützen, die Sache schützen.»

«Und das war richtig.» Sie drückte ihm einen Kuss auf die andere Wange.

«Gehst du ins Hotel? Oder direkt zu ihm?», fragte Sarkov.

«Ich weiss ja nicht offiziell, dass er da ist. Also werde ich ins Hotel gehen, bis er sich meldet.»

«Und was ist mit Stahl?»

«Denke, er wird seine Hausaufgaben machen.»

«Ich bin mir immer noch unsicher, ob das eine gute Idee war. Er ist kein üblicher Schnüffler, der nur das tut, was man ihm sagt.»

«Amir sagte, er sei ein Vatikansoldat. Soldaten tun immer, was man ihnen sagt.»

«Er ist nicht bei der Armee.»

«Aber er tickt noch immer so. Keiner kann seiner Prägung entkommen.»

«Versuchst du es?»

«Ich? Nein. Würde ich sonst nach meinem Vater suchen lassen?» Sie liess Sarkov stehen und ging entlang der Kastanien vom Gelände. Sie spürte seinen Blick in ihrem Rücken und genoss ihn. Er würde ihr nachsehen, bis sie um die Ecke gebogen war.

DREI

Stahl hatte es nicht anders erwartet. Zweifels Grundstück an der Goldküste in Küsnacht war gut abgeschirmt. Mauer, Hecken, Videokameras. Er läutete und wartete. Durch die Gegensprechanlage schnarrte eine weibliche Stimme: «Ja?»

«Ich bin ein Freund von Anton Myller und würde gerne mit Herrn Zweifel sprechen», sagte Stahl.

«Herr Zweifel ist nicht da.»

«Es ist dringend. Glaser ist tot.»

Es summte. Stahl drückte das Tor auf und ging über einen breiten Kiesweg auf das Haus zu. Ein Gärtner, der Ahornlaub in einer Schubkarre bugsierte, nickte ihm zu und schüttete die Blätter auf einen Berg neben zwei grosse Komposthaufen.

Stahl stieg fünf Granitstufen zur Haustür empor und wartete darauf, dass ihm geöffnet wurde. Die Tür blieb zu. Dafür traf ihn eine Stimme von hinten.

«Seit wann ist Glaser tot?»

Stahl drehte sich um. Eine Frau Mitte fünfzig, in Arbeitskleidung, auf dem Kopf einen schwarzen Filzhut, unter dem rote Haare blitzten, taktvoll geschminkt, stand neben einer Hochstammrose am Treppenabsatz und spielte unruhig mit einer Gartenschere in der Hand.

Stahl ging die Stufen hinab und streckte ihr die Hand entgegen. «Stahl. Roger Stahl.»

Sie musterte ihn, zog den Arbeitshandschuh aus und erwiderte den Gruss: «Gloria Zweifel.»

«Sind Sie die Gattin von Herrn Zweifel?»

«Die Schwester. Die Frau meines Bruders starb vor fünf Jahren an Cholera. Stellen Sie sich vor. Wir sind im 21. Jahrhundert, und sie stirbt an Cholera. Hat sich das Zeug in Afrika eingefangen. Was will man machen? Sie schwor auf die Homöopathie. Kein Impfen, keine chemischen Keulen. Aber hübsche Frauen wachsen an jedem Baum nach. Machen wir uns nichts vor.» Sie lächelte unsicher, wollte vielleicht ein Kompliment hören. Noch ehe Stahl eines liefern konnte, hatte sie sich wieder gefangen. «Also, was ist mit Glaser passiert?»

«Er ist in einem Lokal im Kreis 4 tot zusammengebrochen. Er wurde erstochen.»

«Erstochen? Glaser? Wer sollte so etwas tun?»

«Das versuche ich herauszufinden.»

«Sie sagten, Sie seien ein Freund von Myller. Also keine Polizei?»

«Nein. Ich ermittle privat.»

«Aufregend. Ein Privatdetektiv.» Sie kniff die Augen zusammen. «Ein einsamer Wolf, der sich nicht binden mag und das Elend der Welt mit Whisky hinunterspült. Liege ich richtig?»

«Mitten ins Herz.»

Sie lachte. «Ja, das kann ich. Menschen auf ihr Klischee reduzieren. Alles andere ist auch nicht notwendig. Und wer hat sie angeheuert? Myller?»

«Seine Tochter.»

«Ah, die schöne, kluge Kaja. Wenn Sie mich fragen, nicht klug genug. Ich jedenfalls durchschaue ihr Spiel.» Sie schnitt eine frisch aufgeblühte Rose vom Strauch.

«Welches Spiel?»

«Ist es nicht schön, wie kräftig die Rosen noch bis in den Herbst blühen können? Nicht alle, manche verschwenden sich schon im Mai und Juni. Und wenn sie nach der ersten Blüte nicht anständig geschnitten werden, war es das.» Sie hielt Stahl die Rose hin. «Riechen Sie.»

Er tat es.

«Und?», fragte sie und wartete auf Antwort.

«Bleibt einem in der Nase hängen.»

«Nicht nur dort.» Sie ging die Stufen hinauf. «Kommen Sie. Trinken Sie einen Tee mit mir und erzählen Sie mir von Ihrem abenteuerlichen Leben als Privatdetektiv.»

Stahl zögerte. War es gut, mit dieser selbstgefälligen spätherbstlichen Rose bei Tee und Gebäck zu plaudern? Würde er etwas dabei herausbekommen, was ihm half, Kajas Vater zu finden? Oder würde die Lady ihn zu ihrem Zeitvertreib an der Nase herumführen? Was wäre die Alternative? Er wollte an Zweifel ran, den Einzigen, der vielleicht wusste, was in der Seneca-Woche passiert war. Er folgte ihr in die Villa.

«Carmen», rief Gloria in einem Brustton, der auch einer Ausbilderin der Navy Seals gut zu Gesicht gestanden hätte. «Tee und Gebäck in die Bibliothek.» Wo immer sich Carmen gerade aufhalten mochte, sie hatte es gehört.

Gloria entledigte sich ihrer Handschuhe und des Gärtnerhuts, schüttelte ihr nachgefärbtes schulterlanges rotes Haar und legte die Gartenschere in ein Körbchen, das auf einer Kommode stand. Die abgeschnittene Rose drückte sie Stahl in die Hand. «Ich ziehe mich kurz um. Wir treffen uns dann in der Bibliothek. Carmen wird Sie dorthin führen.» Sie lächelte, aber ihre grünen Augen stachen wie bei einem Greifvogel auf der Jagd. Mit einer eleganten Drehung wandte sie sich ab und ging den langen Korridor entlang, an dessen Ende sie rechts in einem Zimmer verschwand.

«Signor.»

Stahl hatte sie nicht bemerkt. Das musste Carmen sein. Sie lächelte wärmer als ihre Chefin. Und auch ihre fast schwarzen Augen schienen zu lachen. Wärme. Das war es, was Stahl so vermisste. Innere Wärme. Er selbst war schleichend kalt geworden. Menschen wie Carmen konnte er stundenlang in die Augen schauen. Gleichzeitig kam er sich wie ein Dieb vor, wenn er zu lange ihre Nähe ausnutzte. Nicht er würde schmelzen, sie würden seine Kälte annehmen. So wie es Lilly auch schon getan hatte.

Carmen nahm ihm die Rose aus der Hand. «Kommen Sie, ich bringe Sie in die Bibliothek.» Sie stieg eine geschwungene Holztreppe, die ein blutroter Läufer wie ein Fluss durchzog, empor. Stahl starrte auf das Rot und watete durch Blut. Blut, das er selbst gesehen und vergossen hatte, Blut, das im Namen von Göttern und dem Versprechen einer besseren Zukunft von Blendern oder der eigenen Gier vergossen worden war. Seneca kam ihm in den Sinn. Sich frei von Besitz machen, die Angst vor Armut besiegen, wissen, dass der Mensch mehr ist als nur der Besitz, der ihn besitzt. Heroische Gedanken, wenn man alles hatte und es sich wie Kompostwürmer selbst im Schlaf vermehrte. Doch wer sich auf das Zinsspiel eingelassen hatte, kam nicht mehr von ihm los, wurde getrieben, aus viel noch mehr zu machen. Grenzen verschieben, das lag dem Menschen näher, als sich mit dem zu begnügen, was er hatte.

«Hier rein», sagte Carmen und öffnete eine Flügeltür. Sie lächelte. Stahl versuchte ihr noch mal Wärme aus ihren dunklen Augen zu rauben. Sie schlug die Lider nieder, verwehrte ihm den Zugang und ging die Treppe hinunter.

Stahl betrat die Bibliothek. Eine grosse Fensterfront warf Licht herein und flutete die bis unter die Decke gefüllten Bücherregale. Direkt am Fenster stand ein grosser Tisch aus Nussbaum. Dort würde gleich der Tee serviert werden. Stahl trat ans Fenster und sah auf den See. Einige wenige Boote tummelten sich darauf. Neben dem Verkehrsschiff fuhren ein paar kleine Motorboote.

Er drehte sich vom Fenster weg und sah in die Bibliothek. Sie erinnerte ihn ein wenig an die Gregoriana. Allein der Geruch, den die alten Folianten ausdünsteten, liess ihn in Erinnerung an seine Zeit in Rom fallen. Und schon war er wieder bei Lilly. Wie würde sie sich zwischen all dem alten Wissen fühlen? Würde sie es aushalten? Ihr Temperament, das nach Freiheit und Luft strebte, bändigen können? Er wusste nicht, ob er es ihr wünschen sollte. Die Bändigung war immer auch eine Beschneidung. Er hatte es am eigenen Leib erfahren. Was wäre aus ihm geworden, wenn er alles damals hingeschmissen hätte und nicht der Elitesoldat des Papstes geworden wäre? Er wischte den Gedanken weg und nahm ein Buch in die Hand, das auf dem Tisch lag: «Arrangement und Orchestration. Einführung in das Schreiben für Big Band, Blasorchester, Chor und Streicher». Er schlug es auf und blätterte darin. Es war lange her, dass er Posaune gespielt hatte. In Rom war er im Orchester gewesen. Meistens die langweilige Basslinie. Geträumt hatte er von J. J. Johnson, aber dazu hatte es nicht gereicht. Vielleicht hätte er mehr üben müssen. Andere Dinge hatten ihn mehr interessiert. Boxen, Sprachen, Frauen. Da war für Jazz kein Platz mehr. Jetzt bereute er es. Wie er so vieles bereute.

Die Flügeltür wurde geöffnet. Gloria trat herein. Sie hatte ihre Gartenkleidung gegen bequeme Jeans und einen hellgrauen Kaschmirpullover eingetauscht. Sie lächelte charmant und zeigte Zähne, die man aus der Werbung kannte. «Ich hoffe, Sie haben sich nicht gelangweilt? Ich habe so schnell gemacht, wie ich konnte. – Ah, ich sehe, Sie haben etwas gefunden. Sind Sie Musiker?»

«Ich habe es nur in die Hand genommen, weil es da lag.»

«Glauben Sie an Zufall? Vielleicht war es Bestimmung.»

«Eine Aufforderung des Universums, ein neuer Count Basie zu werden?»

«Sie kennen sich doch aus.» Sie war herangetreten. «Ist nicht so einfach, gut zu arrangieren. Das gilt für die Musik wie fürs Leben.» Sie lachte.

Stahl legte das Buch zurück auf den Stapel. «Welches Instrument spielen Sie? Oder schwingen Sie den Taktstock?», fragte er.

«Klavier. Seit dem fünften Lebensjahr. Russische Schule. Mit vierzehn habe ich mich dann gewehrt. Monk war damals mein Gott. Aber ich durfte Jazz nur heimlich hören, stellen Sie sich das vor. In den Siebzigern war es bei uns zu Hause noch unmöglich, Jazz zu hören. Klassik. Klassik. Immer nur Klassik.»

Carmen kam mit einem Tablett herein, auf dem die Utensilien für den Nachmittagstee standen. Auch die geschnittene Rose schwamm in einem Wasserglas. Carmen stellte das Tablett auf dem Tisch ab und verschwand.

Gloria goss Tee in beide Tassen. «Zitrone, Milch, Zucker?»

«Pur», sagte Stahl, nahm das feine chinesische Porzellan und nippte.

«Ich mag ihn gerne mit Zitrone und etwas Zucker. Ein Trick aus der Kindheit, als wir keine Limonade bekamen.» Sie machte sich ihren Mix und nippte ebenfalls. «Und nun sagen Sie mir, was genau Ihr Auftrag ist. Wozu hat Kaja Sie angeheuert?» Sie setzte sich in einen Ohrensessel in Erwartung einer Abenteuergeschichte.

«Ich soll ihren Vater finden.»

«Weil Glaser tot ist? Das verstehe ich nicht. Was hat das eine mit dem anderen zu tun?»

«Glaser, Myller und Ihr Bruder waren gemeinsam eine Woche als Bettler unterwegs, und nur Ihr Bruder ist zurückgekommen.»

«Als Bettler?»

«Frei nach Seneca. War wohl eine Idee Ihres Bruders.»

«Ich wusste gar nicht, dass er römische Philosophen kennt. Ist es nicht so, dass Kaja ihm den Floh ins Ohr gesetzt hat?»

«Kaja? Warum sollte sie einen solchen Einfluss auf Ihren Bruder haben?»

«Nun, da gibt es mehrere Argumente. Sie steht Professor Sarkov am nächsten. Und Sarkov wird in der IT-Branche gerade gehandelt wie, verzeihen Sie den Ausdruck, heisse Scheisse.»

«Und Ihr Bruder macht in seltene Erden und andere Bodenschätze.»

«Erstens haben seltene Erden für die Computertechnik einen gewissen Wert, zweitens macht unsere Familie in allem. Bestimmt auch bald in Wasser.»

«Und Luft?»

«Kommt danach.» Sie trank.

«Und was gäbe es noch für einen Grund, dass Kaja Ihren Bruder zu einer Seneca-Woche überreden könnte?»

«Er will sie heiraten. Einen besseren Grund gibt es nicht.»

«Was? Er will sie heiraten?»

«Sie ihn auch.»

«Verstehe.»

«Gar nichts verstehen Sie. Mein Bruder ist ein Volltrottel. Aber es ist wie mit den Rosen im Herbst. Sie wollen einfach noch mal blühen, auch wenn man ihnen hundertmal erklärt, dass der Frost vor der Tür steht.»

«Vielleicht liebt sie ihn?»

«Kaja? Sie liebt nur Zahlen. Sie rechnet und berechnet. Ihre Liebe zu meinem Bruder ist Kalkül. Damit will sie ihrem Vater gefallen. Töchter sind so. Sie wollen immer ihrem Vater gefallen.»

«Haben Sie deswegen nur heimlich Jazz gehört?»

«Schlimmer. Ich fühle mich noch immer schuldig, wenn ich eine Blue Note auf dem Klavier spiele.» Sie richtete sich im Sessel auf. «Aber ich geniesse diese Schuld. Sie hat etwas von Schmutz. Und Schmutz macht mich geil. Ist Ihnen das zu privat?»

«Nein.»

«Ich bin gerne offen, wo ich es sein kann. Ich kann es viel zu selten. Bei Ihnen spüre ich von Anfang an, dass ich offen sein kann. Sie haben etwas von einem Priester. Bei Ihnen kann man die Beichte ablegen.» Sie lachte. «Ich muss Ihnen völlig abgedreht vorkommen. Entschuldigen Sie bitte. Aber ich meine es genau so, wie ich es sage. Nein. Keine Entschuldigung. Ich möchte mir mein Schuldgefühl nicht nehmen. Dann nehme ich mir ja automatisch auch die Geilheit, nicht wahr?»

«Hat eine gewisse Logik.» Stahl stellte seine Tasse aufs Tablett. «Wann haben Sie Myller das letzte Mal gesehen?»

«Vor vier Wochen. Unten, im grossen Saal. Wir hatten ein kleines Fest. Mein Bruder wurde sechzig und hat offiziell die Verlobung mit Kaja verkündet. Die Gäste haben artig applaudiert und sich hinter seinem Rücken das Maul zerrissen. Schweizer Tradition.» Sie lachte.

«Und wie finden Sie es?»

«Jeder nach seiner Fasson, wie der Alte Fritz sagte. Könnte ich mir einen Mittdreissiger angeln, ich hätte nichts dagegen.»

«Können Sie nicht?»

«Hoppla, Sie können ja auch charmant. Ein charmanter Priester. Das reizt mich. Vorsicht!»

«Und wie stand Kajas Vater zu der Sache?»

«Wie er dazu stand? Ich glaube, er ist der Drahtzieher. Klassisches Modell. Es gibt keinen Unterschied zwischen Adel und Geldadel. Das sind zwei Begriffe für dieselbe Sache. Es geht beiden um die Erhaltung der Macht und Sicherung der hierfür erforderlichen Ressourcen. Myller und Glaser brauchten dringend Geld für ihr Projekt, die Zweifels haben es.»

«Sie auch?»

«Ja, ich auch. Ich bin nicht nur die geduldete Schwester, die sich ihre freie Zeit mit Rosenschneiden und Jazz versüsst.»

«Sondern?»

«Schwer, auf einen Begriff zu reduzieren. Ich mach vieles. Am liebsten kaufe und verkaufe ich Kunst. Teure Kunst. Das ist aber mehr Mittel zum Zweck. Ich halte und erweitere analoge Netzwerke.»

«Lobbyistin? Dann kennen Sie bestimmt auch –»

«Amir? Natürlich kenne ich ihn. Viel zu viele kennen ihn. Deswegen würde ich Ihnen raten, sich von jemandem vermitteln zu lassen, der mehr im Hintergrund steht.»

Stahl nahm den letzten Schluck aus der Tasse.

«Wundert es Sie nicht, dass ich Amir mit Ihnen in Verbindung bringe?»

«Sie haben eine Kamera an Ihrem Tor. Datenabgleich, Zugriff auf gewisse Banken. Das setze ich bei Ihnen voraus. Sie wussten, dass ich Stahl heisse, bevor ich mich Ihnen vorgestellt habe.»

«Und ich werde noch mehr über Sie erfahren.»

«Bin ich so wichtig? Es geht um Myller. Er sollte Ihnen wichtig sein. Wenn er nicht mehr auftaucht, wird man denken, auch er sei tot. Und Ihr Bruder ist der einzige Überlebende eines Triumvirats, das einen Pakt über ein Milliardenprojekt hat. Wer wird vom Tod der beiden anderen profitieren? Diese Schlagzeilen tun bestimmt nicht gut.»

«Negative Schlagzeilen von Neidern sind wir gewohnt.» Ihre Stimme wurde eisig. Der Flirt von vorhin war verflogen.

«Aber Untersuchungshaft wegen Mordverdacht?»

«Machen Sie sich nicht lächerlich.»

«Sie kennen das doch. Man muss nur die richtigen Journalisten auf eine Sache ansetzen, und schon rollt das Rad.»

«Und Sie kennen die Gegenstrategien dazu. Da sind wir wieder bei den Ressourcen, die die Macht erhalten. Und davon haben wir mehr.»

«Davon gehe ich aus. Trotzdem braucht das doch niemand. Wir finden einfach gemeinsam Myller und feiern dann eine schöne Elefantenhochzeit. Das klingt klüger, oder nicht?»

«‹Klüger›. Ja. Sie haben recht.» Sie lächelte kühl. «Es war unterhaltsam mit Ihnen. Jetzt habe ich aber anderweitig zu tun.» Sie stand auf und zog sich den Pullover gerade. «Carmen», rief sie in mittlerer Lautstärke und verzog keine Miene, bis das Dienstmädchen eintrat. «Bringen Sie Herrn Stahl bitte zur Tür. Und mir noch einmal frischen Tee.» Sie nickte Stahl zu und ging ans andere Ende der Bibliothek, blieb vor einem Regal stehen und tat so, als ob sie nach einem Buch suchen würde. Stahl genoss die Operette und folgte Carmen nach draussen.

***

Kaja war nicht direkt ins Hotel gegangen. Sie war zu unruhig, um auf Zweifels Anruf zu warten. Hingehen wollte sie aber auch nicht, ohne dass er sie angerufen hatte. Am Ende war er nicht da, sondern nur seine nervige Schwester Gloria, die ein Problem damit hatte, dass Kaja zwanzig Jahre jünger und klüger war. Aber Gloria glaubte, ihre Defizite durch Gerissenheit wettzumachen. Sie besass die Erfahrung, die Kaja fehlte. Gloria wusste, wie Menschen tickten und wie man sie manipulierte. Darin mangelte es Kaja. Sie reduzierte alles auf die nackte Zahl, blendete Triebe und Emotionen ihrer Mitmenschen zu oft aus und wunderte sich, warum diese nicht rational reagierten, sondern in einer Weise, die aller Logik widersprachen. Ihr Vater hatte immer gescherzt, dass sie von den Vulkaniern abstammte, und ihr, als sie vierzehn war, zur Fasnacht Spock-Ohren und einen Dress von Raumschiff Enterprise geschenkt. Und sie hatte es geliebt. Sie empfand Erotik und Sinnlichkeit im Spiel mit Logik und Zahlen. Musik war für sie in erster Linie Mathematik. Und auf dieser Ebene traf sie sich auch mit Sarkov. Der erste Kuss im Gorki-Park. Das waren nicht Lippen, die aufeinandertrafen, sondern Zahlenketten, die sich ineinander wie Laserstrahlen kreuzten.

Kaja war wie so oft in einem Musikgeschäft gelandet. Am

Limmatquai gab es ein grosses, das teure Instrumente, aber auch Musikliteratur anbot: «Musik Hug». Kaja hatte wahllos ins Regal gegriffen und summte nun leise das 2. Adagio aus Mozarts Pianokonzert 23 in A, KV 488.

«Das war ein Fis. Hier kommt ein F hin. Sie müssen ein F summen, kein Fis», sagte ein Mann mittleren Alters, dessen Schläfen im Gegensatz zu seinem sonst dichten schwarzen Haar leicht angegraut waren. «Hören Sie.» Er fuhr mit dem Zeigefinger über die Notenlinien der Partitur und summte ein F, wo ein Fis stand. «Merken Sie den Unterschied?»

«Es klingt falsch. Es ist in A-Dur geschrieben, also muss es ein Fis sein.»

«Es klingt nicht falsch, es klingt nur ungewohnt. Fehler sind oft nur Fehler, weil sie einer Gewohnheit widersprechen, die wir irrtümlich als Wahrheit empfinden.»

«Arbeiten Sie hier?», fragte Kaja und klappte die Partitur zu.

«Nein. Ich bin auf der Durchreise.»

«Musiker?»

«Sind wir das nicht alle?»

«Nein. Nur die, die auch ihr Handwerk können.»

«Wann kann man sein Handwerk?»

«Wenn man Messbares leisten und wiederholen kann.»

«Sie meinen, wenn ich diese Partitur fehlerfrei vom Blatt spielen kann?»

«Zum Beispiel.»

«Das kann jeder kleine Roboter. Ist er deswegen Musiker? Er ist Kopierer, aber nicht Musiker. Die Freiheit, statt eines Fis ein F zu spielen, macht ihn zum Musiker.»

«Auch wenn das Ergebnis falsch ist?»

«Musik ist keine Mathematik.»

«Sehe ich anders.»

«Oder wenn Mathematik Musik ist, dann wären die scheinbaren Fehler einer mathematischen Gleichung vielleicht der Wegweiser zur eigentlichen Mathematik, die über das kleine Einmaleins hinausgeht.»

«In der Mathematik gibt es keine scheinbaren Fehler.»

«Auch da gehen die Meinungen auseinander. In welcher Dimension leben wir gerade? Treffen wir beide gerade aufeinander? Ist es nur eine kurzlebige Schnittmenge? Werden wir gleich wieder vergessen haben, dass und wo wir uns getroffen haben? Ist Zeit tatsächlich in Zahlen zu fassen?» Er lächelte wie ein Mephisto.

Kaja musterte ihn. Er hielt es aus und lächelte weiter, aber gefror dabei nicht ein. Es war ein Lächeln, das atmete. Nicht künstlich. Es lebte. Der Mephisto hatte Freude an seiner Darbietung.

«Sie sind nicht zufällig hier, stimmt's?»

«Nein. Ich suche einen analogen Synthesizer. Ich mache elektronische Musik und brauche einen neuen Input.»

«Ich sehe hier keine Synthesizer. Sind wohl im oberen Stock.»

«Ich weiss. Aber Ihre Töne faszinieren mich gerade mehr.» Wieder ein diebisches Lächeln, das ihr schmeicheln sollte. «Vielleicht erzählen Sie mir, wo Professor Sarkov ist, das wäre eine Hymne für meine Ohren.» Sein Lächeln gefror mit Akzent auf der letzten Achtelnote. Er war wirklich musikalisch.

«Wer?» Kaja fiel nichts Besseres ein.

Er verzog sein Faungesicht. «Das ist nicht gut, Kaja. Das können Sie besser.»

«Wer sind Sie?», fragte sie und streckte sich, um ihn mit strenger Form abzuwehren.

Erneut verzog er sein Gesicht, als würden ihn Kajas ausweichende Fragen in Ohr und Seele schmerzen. «Der Geist, der Böses will und Gutes schafft. Und Sie, Gretchen, bringen mich gefälligst zu Ihrem Doktor Faustus.» Er schob sein kantiges Kinn nach vorn.

Kaja freute sich innerlich, dass sie mit Mephisto nicht falschgelegen hatte. Archetypen wiederholen sich. Das war mathematisch erwiesen. Und Sarkov war bestimmt ein Faust. Aber war sie ein Gretchen? Ein Dummerchen, das an das Gute im Menschen glaubte und sich aus Lust und Liebe in Schande warf? Nein, bestimmt nicht. Für Menschen, die sich aus Gefühlen an andere hängten, hatte sie immer nur Mitleid empfunden. Sie liebte Sarkov, ja. Aber nur, weil er ihr noch einige Winkelzüge voraus war. Bald wäre sie ihm ebenbürtig, und dann wäre es auch mit der Liebe vorbei.

«Nun? Entschieden?», fragte der Fremde und hatte wieder sein Lächeln aufgesetzt.

«Ich weiss nicht, wo er ist. Ich dachte, er sei in Moskau.»

«Ist er aber nicht.»

«Das macht er öfters. Manchmal überkommt es ihn, und er muss sich irgendwohin zurückziehen. Er sagt dann niemandem, wo er ist. Das ist für alle, die mit ihm zusammenarbeiten, natürlich nicht einfach. Aber Genies sind bekannt für ihre Marotten. Und wenn sie keine haben, denken sie sich welche aus, damit sie als Genie gelten.» Kaja fand sich gut und lächelte nun ebenfalls.

«Sie glauben also nicht, dass Sarkov ein Genie ist?»

«Habe ich das gesagt?»

«Wie weit ist er mit den Berechnungen?»

«Das wüsste ich auch gerne. Da haben wir schon zwei Dinge gemeinsam.»

«Zwei?»

«Neugierde und Musik.» Sie wollte an ihm vorbei. Er packte sie am Handgelenk und kam ihr nahe. Sie konnte sein Parfum riechen. Es erinnerte sie an jemanden, aber sie wusste nicht, an wen.

«Wenn Sie Ihren Vater unversehrt wiedersehen wollen, dann sollten wir beide jetzt vierhändig Klavier spielen. Und das im Einklang.»

Mit dem Trumpf hatte Kaja nicht gerechnet. «Mein Vater? Sie wissen, wo er ist? Was meinen Sie mit ‹unversehrt›?»

«Es geht ihm gut. Den Umständen entsprechend.»

«Den Umständen entsprechend?» Kaja war laut geworden.

«Piano. Kein Grund, in ein Fortissimo zu rutschen.»

«Sagen Sie mir sofort, wo mein Vater ist, oder ich rufe die Polizei.» Kaja bemühte sich, ihre Stimme zu deckeln. Sie presste wie ein Dampfkessel.

«Sie haben doch schon einen Polizisten angeheuert. Einen Spezialbullen sogar. Roger Stahl. Schon vergessen?»

«Woher wissen Sie das? Wer sind Sie?» In ihrem Hirn ratterte es. Hatte der Kerl sie beschattet? Aber dann musste er auch wissen, dass sie Sarkov im Zirkus getroffen hatte. «Wer sind Sie?», fragte sie noch einmal, um Zeit zu gewinnen. Sie glaubte kaum, dass der smarte Kerl ihr eine ehrliche Antwort geben würde. «Und kommen Sie mir bitte nicht wieder mit Goethe.» Sie merkte erst jetzt, dass er sie noch immer festhielt, und riss sich los. «Ich warte. Ihre Fermate ist zu lang», sagte sie und war selbst erstaunt über ihre Angriffslust.

«Ich bin ein Freund Ihres Vaters. Ich will, dass es ihm gut geht und er wieder auf die Beine kommt. Aber dafür brauche ich Ihre Hilfe.»

«Sarkov.»

«Wir können Sarkov auch gerne überspringen, wenn Sie wissen, was ich wissen will.»

«Und was wollen Sie wissen?»

Sein Gesicht versteinerte zu Granit.

«Ergebnisse?», fragte Kaja unsicher. «Wollen Sie Sarkovs Ergebnisse? Damit kann ich leider nicht dienen. Vermutlich er selbst auch nicht. Es ist noch zu früh.»

«Ergebnisse sind für Konsumenten. Ich bin an Prozessen interessiert. Ich dachte, Sie hätten verstanden, dass meine Lebensphilosophie die Musik ist. Lebendige Musik. Musik, die nach allen Regeln der Kunst im Moment spielt und weiterfliesst.»

«Für wen arbeiten Sie?»

«Für Leute, die an Prozessen interessiert sind.»

«Tut mir leid. Ich kann Ihnen weder mit dem einen noch dem anderen dienen.» Kaja drehte sich von ihm ab und verliess das Musikgeschäft.

Sie rannte hoch ins Niederdorf, sich immer wieder umschauend, ob er ihr folgte. Er tat es nicht. Aber vielleicht hatte er längst an einen seiner Mitarbeiter übergeben. Oder die Frau mit dem Kinderwagen gehörte zu ihm? Der Güselmann? Der Obstverkäufer, der ihr zunickte? Oder schwebte eine Drohne über ihr? Alles war möglich. Die Leute, die Interesse an Sarkovs Material hatten, konnten solche Sachen. Kaja war ihnen ausgeliefert.

Zum ersten Mal fühlte sie die Ohnmacht, die Technik bei einem Menschen auslösen konnte. Sonst konnte es ihr nicht schnell genug gehen mit der Entwicklung. Aber jetzt sass sie nicht als Hirn hinter den Apparaten, sondern spürte am eigenen Leib die Macht der Zahlen.

Sie ging zum Bellevue, setzte sich bei der Tramhaltestelle auf eine Bank und wartete, wer der Nächste war, der sie ansprach. Dem würde sie sich ergeben und mit ihm gehen. Sie hätte nicht wegrennen dürfen. Sie hätte Sarkov preisgeben sollen, um ihren Vater zu retten. Aber sie liebte Sarkov. So, wie sie halt lieben konnte. Man liebte, was man kannte. Und Kaja kannte nur Zahlen. Der Meister der Zahlen war Sarkov. Und deshalb liebte sie ihn. Ihrem Vater gegenüber verspürte sie Schuld und Dankbarkeit. Er hatte sie in das Reich der Zahlen geführt, es ihr ermöglicht, sich durch das Spiel mit ihnen einen Sinn zu rechnen, der ihr im alltäglichen Leben nie begegnet war.

Ihr Blick fiel auf drei Zeugen Jehovas, die hinter ihrem Heftchenstand geduldig auf Kundschaft lauerten. Was brachte Menschen dazu, an Götter zu glauben? Konnte der Mensch wirklich so dumm sein? Oder war er einfach nur so hilflos?

Ihr Handy klingelte. Auf dem Display blinkte der Name: Zweifel. Er war zurück. Kaja liess es klingeln. Das würde Zweifel nicht passen. Er war es gewohnt, dass man Gewehr bei Fuss stand. Das forderte er von allen, auch von Kaja. Schliesslich sollte sie ihn heiraten. Erst hatte sie geglaubt, dass ihr das nicht gelingen werde. Ihr Vater hatte sie dann überzeugt. Darin war er gut. Ganz rational hatte er ihr erklärt, dass es die beste Lösung für alle war. Eine einfache Rechnung. Heirat gleich Geld gleich neue Hoffnung, den Heiligen Gral zu finden. Man stand so kurz davor. Wie viele Forscher in der Geschichte der Menschheit hatten ihr Ziel nie erreicht, weil ihnen die finanziellen Mittel ausgegangen waren? Wo könnte die Menschheit bereits sein, wenn der Wissenschaft alles geopfert werden würde? Aber Geld hatte es immer nur gegeben, wenn sich das Militär des jeweiligen Staates auch einen Gewinn davon versprochen hatte. Oder risikofreudige Geschäftsmänner. Aber die waren schon immer rar gesät gewesen. Und heute war es nicht besser. Wenn der Erfolg gewiss war, wollten alle mit an Bord, aber gab es noch einige Unbekannte in der Gleichung, musste man den Floh im Teppich suchen. Und Zweifel war so ein Floh. Er hatte Geld und war bereit für das Risiko. Wer in Bodenschätze investierte, zählte obendrein zu den Spielern mit den härtesten Bandagen. Es wäre besser gewesen, sie hätte das Telefonat entgegengenommen. Sie wählte Zweifels Nummer. Er nahm nicht ab. Ein Machtspiel? War er eingeschnappt, weil sie nicht abgenommen hatte? Fühlte er sich im Status erniedrigt, wenn er sofort ans Telefon ging? Albern. So verhielten sich nur Teenies. Er hatte sicherlich zu tun, telefonierte auf einer anderen Leitung mit Peking, Delhi oder Moskau.

«Geht es Ihnen gut?» Eine Frau in altbackener Kleidung, eine Zeitschrift in der Hand, stand vor ihr. Es war eine der Zeugen Jehovas, die in Kaja wohl ein neues Sektenmitglied sah.

«Wie geht es Ihnen?», fragte Kaja zurück.

«Mir? Gut. Ja. Doch.» Die Frau hatte nicht mit einer Gegenfrage gerechnet. Das warf sie aus dem Konzept. Kaja gefiel es. Sie blieb dran. «Wie lange stehen Sie hier täglich für Jesus?»

«Ich? Kann ich nicht genau sagen. Ein paar Stunden. Und nicht jeden Tag.»

«Gibt es da eine Art Schichtplan?»

Die Frau sah sich unsicher nach den anderen beiden Mitgliedern um, die gerade damit beschäftigt waren, Laufkundschaft anzusprechen.

«Wie oft die Woche tun Sie das? Und werden Sie bezahlt? Gibt es einen Stundenlohn?»

«Lohn?» Die Augen der Frau leuchteten, ihr Hirn hatte einen Anker gefunden. «Der Lohn ist das ewige Leben im Reich Gottes. Was wissen Sie über Jesus? Darf ich Ihnen von ihm erzählen?»

Schade. Jetzt begann es, Kaja zu langweilen. Die Zeugin Jehovas würde ihre Partitur nun zu Ende beten, wie sie es gelernt hatte. Auswendig an Phrasen entlanghangeln. Engel waren einfach langweilig. Der Mephisto, der ihr im Musikgeschäft begegnet war, hatte ihr zwar Angst eingejagt, aber es war die aufregendere Musik. Kaja stand auf und liess die Zeugin Jehovas allein mit Jesus zurück. Sie läutete erneut bei Zweifel an. Diesmal nahm er ab.

«Kurt, du hattest angerufen? Entschuldige, ich hatte es nicht gehört. Ich war im Musikgeschäft unter einem Kopfhörer. Habe einen Korg-Synthesizer ausprobiert ... grossartige Klänge. Sphärisch. Den muss ich dir zeigen ... ja, gerne. Ich nehme die S-Bahn. In zwanzig Minuten bin ich da ... bis gleich ... Ich dich auch.» Sie legte auf und ging in Richtung Quaibrücke, um dort Marroni zu kaufen. Wieder fühlte sie sich verfolgt. Sie sah sich um. Keiner der Passanten schien ihr verdächtiger als der andere. Sie konnten es alle sein. Oder keiner. Der Marroniverkäufer lächelte sie geschäftig an. Sie blieb stehen.

«Einmal.»

«Wie viel? Hundertfünfzig?»

«Hundert.»

Der Verkäufer füllte eine Handvoll Marroni in eine Papiertüte und reichte sie Kaja. Kaja zahlte und schlenderte über die Brücke. Mit Blick auf den See nahm sie eine Marroni und vergass, dass sie heiss war. Vor Schreck liess sie sie auf den Boden fallen. Ein Mann bückte sich, hob sie auf und reichte sie ihr. Es war Mephisto.

«Wer holt Ihnen die heissen Kastanien aus dem Feuer?», fragte er. «Glauben Sie wirklich, Stahl ist der Richtige dafür? Was wissen Sie über ihn?»

«Haben Sie mich die ganze Zeit verfolgt? Ich habe Sie nicht gesehen.»

«Das wäre Zeitverschwendung. Es reicht, wenn ich im richtigen Moment am richtigen Ort bin.»

«Und das ist der richtige Ort?»

Er nahm ihr die Kastanie aus der Hand und schälte sie. «Sie haben sich die Finger verbrannt. Das kann ich nicht zulassen. Wir brauchen Sie heil.»

«Mich? Warum brauchen Sie mich?»

«Wenn Sarkov nicht mitspielen will, sind Sie die, die den grössten Einblick in seine Arbeit hat.»

«Eine Partitur liest man zwischen den Noten. Das müssten

Sie als Musiker wissen», sagte sie und nahm sich eine Marroni aus dem Tütchen. Diese war nicht mehr ganz so heiss. Sie begann sie zu schälen.

«Kommen Sie, gehen wir ein paar Schritte gemeinsam.» Er ging voran.

«Ich will aber allein gehen.»

«Zweifels Villa liegt dort drüben. Wegen mir müssen Sie keine Umwege machen.»

«Woher wissen Sie – arbeiten Sie für Kurt?»

«Diesmal nicht. Nichts Persönliches. Nur geschäftlich. Kommen Sie.»

Kaja schloss zu ihm auf. Beide bissen von der Marroni ab.

«Im Piemont gibt es Jahre, da sind die Kastanien nur verwurmt», sagte er.

«Und dieses Jahr?»

«Ich war noch nicht dort. Aber ich werde bestimmt bald fahren. Ich mag den Herbst im Piemont. Ich hoffe, dass es zeitlich passen wird.»

«Das hoffen alle Menschen.»

«Wie meinen Sie das?»

«Jeder Mensch hofft, dass etwas zeitlich passt. Ich glaube, das ist ein Hauptgrund für den Fortschritt. Das Wissen darum, dass alles zeitlich begrenzt ist, mit dem Tod endet. Das setzt den Menschen unter Stress. Zeitdruck. Jeder nicht eingehaltene Termin ist ein kleiner Tod. Die Zeit tötet uns täglich.»

«Sie sind ja auch Philosophin. Ich dachte, Mathematik wäre Musik.»

«Mathematik ist alles.»

«Auch Religion?»

«Besser.» Sie bot ihm eine weitere Marroni an.

Er nahm sie mit seinen Pianistenfingern heraus und schälte sie. «Wo ist Sarkov?», fragte er endlich.

«Das verstehe ich nicht.»

«Was verstehen Sie nicht? Dass ich Sarkov will?»

«Dass Sie nicht wissen, wo er ist. Mich finden Sie überall, warum macht er Ihnen Mühe?»

«Weil ich einen Moment unaufmerksam gewesen bin.»
«Oh.»
«Und Sie sind der Grund.»
«Ich?»
«Ja. Sie haben mich abgelenkt.»
«Wie das?»
«In der Oper. In Moskau. Sie trugen dieses hellblaue Abendkleid.»
«La Traviata.»
«Zweiter Akt, zweite Szene, das Finale: *Noi siamo zingarelle.*» Er machte eine Pause.
«Ja? Und?»
«Ich verlor mich für einen Moment im Blau Ihres Kleides, im grosszügigen Ausschnitt Ihres Rückens und in der Phantasie, ein Zigeuner zu sein. Sarkov muss währenddessen aufgestanden und hinausgegangen sein. Seitdem habe ich seine Spur verloren und ein paar Fehler gemacht, die mir vorher noch nie passiert sind.»
«Worauf führen Sie das zurück?»
«Es hat etwas mit Ihnen zu tun. Die Mischung aus sinnlicher, rauschhafter Musik und kühler Berechnung.»
«Ich kann Sie beruhigen. Bei mir ist alles nur kühle Berechnung.» Sie drückte ihm die restlichen Marroni in die Hand und liess ihn stehen.
«Ja. Das sagte Ihr Vater auch», rief er ihr hinterher.
Kaja blieb stehen und wartete, bis er zu ihr aufgeschlossen hatte.
Er reichte ihr ein Kärtchen. «Rufen Sie mich an. Falls Sie Ihrem Vater helfen wollen.» Er ging.
Kaja sah auf das Kärtchen. Nur eine Telefonnummer. Sie steckte es ein, sah auf ihre Armbanduhr. Die zwanzig Minuten waren längst vorbei. Zweifel hasste es, wenn zeitliche Verabredungen sich dehnten. Sie hielt nach einem Taxi Ausschau.

***

Stahl hatte gedacht, dass Glasers Domizil mindestens genauso verbarrikadiert war wie Zweifels Villa in Küsnacht. Die Leute auf dem Zürichberg waren nicht minder reich, jedenfalls konnten sie alle mehrmals am Tag warm essen. Aber Glaser reichte ein Jägerzaun, den ein Mann mit dunkelbrauner Farbe frisch bestrich.

Stahl suchte den Klingelknopf; ausser einem Briefkasten fand er nichts.

«Ist keiner da», sagte der Anstreicher, stand von seinem Hocker auf und kam auf Stahl zu. Ein älterer Herr, unter dessen schwarzem Schlapphut dichtes weisses Haar auf die Schultern kroch. Er sah aus wie ein unbekanntes Mitglied der Rolling Stones. Jedenfalls hatte er Rock 'n' Roll gelebt.

«Hier ist doch die Villa der Glasers?»

«Ja. Aber Glaser ist tot. Seit gestern.» Seine Stimme kratzte tief. Er erwartete wohl eine Reaktion des Erstaunens von Stahl und schien irritiert, als dieser direkt zur nächsten Frage überging. «Und Glasers Frau? Seine Kinder? Wohnen die nicht hier?»

«Es gibt keine Kinder.»

«Und die Frau?»

«Sucht sich passende Kleidung für die Beerdigung.»

«Wissen Sie, wo?»

«Sehe ich so aus? Er zeigte auf seine Klamotten. Die abgetragene, enge schwarze Lederhose mit der Jeansjacke, die er wohl öfters zum Pinseln trug. «Ich kenne die Boutiquen der Lady nicht.»

Stahl glaubte darin etwas Abfälliges zu hören. «Mögen Sie Frau Glaser nicht?»

«Nichts Persönliches. Wir leben nur in unterschiedlichen Welten. Und das nun schon seit fast sechzig Jahren.» Er hoffte wieder auf eine Reaktion von Stahl. Ein leichtes Nicken der Zustimmung. «Ja. Verdammt lange Zeit, wenn man sich fremd bleibt.»

«Sind Sie Ihr Bruder?»

Der Rocker lächelte. «Knapp daneben. Ich bin der uneheliche Sohn des Dienstmädchens Ursula Grittli, die vor sechzig Jahren bei den Wangers gearbeitet hat.»

«Und wer sind die Wangers?»

«Sie kennen die Wangers nicht? Grosses Zürcher Geldgeschlecht. Privatbank Wanger. Wurde später von einer grösseren Bank für viel Geld geschluckt.»

«Die Wangers? Die im Zweiten Weltkrieg ihr Geld mit den Juden verdienten?»

«Wer verdiente da nicht mit und an ihnen?» Er holte bedeutsam Luft und atmete tief aus. «Lange Geschichte. Hier wird es allmählich ungemütlich. Vertrage den Herbst nicht mehr so gut in den Knochen.» Er ging zum Hocker, nahm ihn in die eine Hand, steckte den Pinsel mit der anderen in den Farbeimer und kam zu Stahl zurück. «Wollen Sie drinnen auf sie warten?»

Stahl sah ihn verdutzt an. Damit hatte er nicht gerechnet.

«Ja oder nein?»

«Ja, gerne, wenn es Sie nicht abhält.»

«Abhält? Wovon?»

«Sie haben sicherlich etwas zu tun.»

«Zu tun. Soso. Das Tun wird überschätzt. Alle tun nur etwas, um sich von sich selbst abzulenken. Glauben Sie etwa, es wäre wichtig, dass ich diesen blöden Zaun streiche? Es ist egal, ob ich es tue oder nicht. Dem Zaun, mir und der Welt sowieso. Unser ganzes Tun ist eine grosse Farce. Am schlimmsten sind die, die nur so tun, als ob sie was tun, um dann den anderen, die gerade nichts tun, ein schlechtes Gewissen zu machen.»

Er drückte das Tor des Jägerzauns nach innen auf und ging voran. Stahl folgte ihm. Sie gingen am Haus vorbei und steuerten auf ein kleines Häuschen zu. «Hier wohne ich», sagte der Alte und zeigte mit dem Pinsel auf das Häuschen. «Das Gärtnerhaus, sagen sie dazu. Meine Mutter wohnte schon darin, stellen Sie sich das vor. Mit mir und meiner Schwester. Aber ich war zwischendurch mal weg. Immerhin. Meine Mutter ist da drin gestorben. Nur meine Schwester hat es geschafft, nicht mehr zurückzukommen. Die lebt in Japan. Spricht sogar Japanisch.» Er führte Stahl auf eine kleine Veranda und zeigte auf einen Korbstuhl. «Setzen Sie sich. Ich hole uns etwas zu trinken. Sie trinken doch?» Er sah Stahl listig an. «Oder sind Sie im Dienst?»

Dachte er, dass Stahl ein Polizist war?

Der Alte fasste sich an die Nase. «So etwas rieche ich sofort. Glaser ist immerhin nicht eines natürlichen Todes gestorben.»

Stahl nahm die Vorlage an. «Ihnen kann man nichts vormachen», sagte er.

«Wenig. Nur die Weiber haben mich immer wieder reingelegt.» Er lachte bitter, öffnete die Tür des Häuschens und verschwand darin. Stahl sah von der Veranda auf das Grundstück und die Villa. Sogar einen grösseren Teich hatten sie. Sonst viel Park. Rhododendron, Buchs und alte Linden, die bereits einen Teil ihres gelben Laubes abgeworfen hatten.

«Der ist gut», sagte der Alte, der mit einer Flasche Gin und zwei Gläsern zurückkam. «Glaser war ein richtiger Gin-Kenner. Was der alles in seiner Bar gelagert hat. Ein kleines Vermögen.» Er stellte die Gläser auf einem Tisch ab und goss ein. «Aber ich hab die nicht geklaut. Bin kein Leichenfledderer.» Er lachte über seinen dunklen Scherz. «Zu Weihnachten und zum Geburtstag bekomme ich immer drei edle Flaschen. Das ist die letzte. Und diese Weihnachten werde ich wohl leer ausgehen.» Er reichte Stahl ein Glas und stiess mit ihm an. «Auf die toten Seelen.»

Stahl dachte einen Moment an Lillys Geschwister. «Auf die toten Seelen», sagte er und nippte.

«Gerhard», sagte er. «Ich heisse Gerhard. Ein Scheissname, ich weiss. Dafür habe ich ein gutes Leben. Wie heissen Sie?»

«Roger Stahl.»

«Cooler Name. Dafür ein Scheissleben?» Er lachte wieder und trank. «Verzeihen Sie meinen derben Humor. Aber ich komme aus der Unterschicht. Derber Humor ist da so eine Art Heimat. Nicht das Land oder die Region sind Heimat, sondern die Art des Humors, die einer hat. Wenn Sie den Humor mit Leuten teilen, dann wissen Sie, wo Sie zu Hause sind.»

Stahl huschte ein Lächeln über die Lippen. Gerhard hatte vielleicht recht. Fühlte sich Stahl deswegen oft heimatlos, weil er keinen fand, mit dem er gemeinsam lachen konnte? Gerhard hatte es immerhin geschafft, dass er lächelte.

«Was wollen Sie über Glaser wissen?», fragte Gerhard und

setzte sich auf eine Holzbank, die an der Hauswand neben dem Eingang stand.

«Wissen Sie etwas von der Seneca-Woche, die er mit Myller und Zweifel veranstaltet hatte?»

«Seneca-Woche? Sie meinen, die Verkleidung als Penner?» Er schüttelte den Kopf. «So ein Blödsinn. Als ich ihn das erste Mal in seiner Armenkluft sah, wollte ich ihn vom Grundstück scheuchen. Obwohl ich nicht so bin. Ich weiss, wie es ist, wenn man unterwegs und mal abgerissen ist. Aber ich habe ja eine gewisse Verantwortung für das Anwesen. Wenn die Leute anfangen, im Abfall zu wühlen, muss ich eingreifen, das verstehen Sie doch?»

«Glaser wühlte im eigenen Abfall?»

«Ja. Er sagte, das gehöre zur Vorbereitung.»

«Er bereitete sich darauf vor?»

«Eine Woche lang lungerte er hier auf dem Anwesen rum. Er schlief auf der Veranda, nur mit einer Wolldecke und seinem dicken Militärmantel.»

«Und was sagte seine Frau dazu?»

«Der war das egal. Glaser und sie, da lief schon lange nichts mehr. Nach aussen hin gaben sie das Paar, aber in Wirklichkeit gingen sie getrennte Wege. Kinder hätten sie vielleicht noch verbunden. Aber ich glaube, er konnte keine kriegen. Und er wollte keine adoptieren. Das wäre ihm peinlich gewesen. Wegen der Männlichkeit. Kann ich verstehen. Ich habe auch keine Kinder, aber ich hätte genügend kriegen können.» Er zwinkerte und lachte.

«Das heisst, sie erbt jetzt alles?»

«Richtig.» Er trank sein Glas leer und schmatzte. «Ich weiss, was Sie denken. Aber das trau ich ihr nicht zu.»

«Weil Sie den gleichen Humor wie Sie hat?»

Gerhard lachte laut. «Der war gut. Nein, den hat sie bestimmt nicht. Wenn Sie mich fragen, hat sie gar keinen. Die Frau ist tot. Glotzt sich nur im Spiegel an, lässt sich jede Falte bürsten, Lippen und Titten spritzen und würde auseinanderfallen, wenn sie eine menschliche Regung zeigte. Toter als tot. Da lebt der tote Glaser noch mehr.» Er schenkte sich ein. «Mich wird sie bestimmt rauswerfen.»

«Warum?»

«Weil ich sie an den Fehltritt ihres Vaters erinnere.»

Stahl verstand nicht.

«Ich bin ein Wanger. Ein Bastard. Meine Mutter wurde von dem alten Wanger geschwängert. Und ich bin das Ergebnis. Frau Glaser ist meine Halbschwester.»

«Das heisst, Sie hätten Anrecht auf ihr Erbe?»

«Einen Scheissdreck habe ich. Es gibt einen Vertrag, den meine Mutter unterzeichnet hat, dass sie auf alles verzichtet und dafür Bleiberecht auf alle Ewigkeit hat. Ich habe das Bleiberecht geerbt, sonst nichts.»

«Und da ist nichts zu machen?»

«Nichts.»

«Aber sie kann Sie auch nicht rauswerfen?»

«Rechtlich nicht. Aber emotional. Ich will hier nicht allein mit ihr leben. Mit Glaser war es lustig. Er hatte meinen Humor. Oft sass er hier bei mir, da, wo Sie jetzt sitzen. Wir tranken guten Gin, jeder erzählte von seinen Abenteuern, und wir lachten über die Absurdität des Lebens. Glaser war ein feiner Kerl. Auf die toten Seelen!» Er kippte das Glas.

Stahl nippte an seinem. «Auf die toten Seelen.» Stahl liess den Worten den Nachhall. «Und wo wollen Sie jetzt hin? Werden Sie das hier nicht vermissen?»

«Keinen Deut. Ich habe es für meine Mutter getan. Ich lebte unten in Andalusien. Dort gefiel es mir gut. Aber als meine Mutter älter wurde, meine Schwester aus Japan nicht zurückwollte, habe ich in den sauren Apfel gebissen.»

«Wann war das?»

«Vor fünf Jahren. Und dann ist sie auch schon bald gestorben. Als hätte sie nur darauf gewartet, dass ich hier das Erbe antrete.» Er goss sich nach. «Ich hätte direkt nach ihrer Beerdigung wieder in den Süden abhauen sollen.»

«Und warum sind Sie geblieben?»

«Glaser bot mir ein grosszügiges Monatsgehalt. Er sagte, er

will keinen Fremden hierhaben. Er will Familie. Er sah mich wie eine Art Bruder. So wie man es aus alten Ritterfilmen kennt. Der Sohn des Fürsten und der Sohn des Waffenschmiedes. Irgend so etwas.»

«Dann hat er bestimmt über vieles mit Ihnen gesprochen?»

«Über alles. Über seine Miezen, seine Sorgen. Ich war Mädchen für alles. Wie meine Mutter.» Er trank.

«Und was wissen Sie über Glasers Geschäfte?»

«Nicht viel. Das war das Einzige, worüber er mit mir nicht sprach. Dafür hatte er ja seine Experten. Ich war der Experte fürs Leben, nicht für die Geschäfte.» Er wollte Stahl nachschenken.

«Danke. Ich habe genug.» Er stand auf. «Wann reisen Sie ab?»

«Wenn ich den Gartenzaun fertig gestrichen habe.»

«Zieht er sich ums ganze Grundstück?»

«Ja. Wenn ich am Ende angekommen bin, blättert die Farbe vorn wieder ab.» Er erhob sich. «Kommen Sie, ich bringe Sie hinaus. Glaser hätte es auch so gemacht. War wirklich ein feiner Kerl. Aber ein Vollidiot. Lebt reich und stirbt arm.» Er versuchte sich an einem Lachen, aber es blieb irgendwo stecken.

***

Kaja stieg aus der Dusche und trocknete sich ab. Es war klar, dass Zweifel nun sie warten liess, da sie zu spät gekommen war. Durchschaubare Machtspielchen. Kaja konnte darüber nur lachen. Würde sie Zweifel lieben, es würde ihr natürlich etwas ausmachen. So kam es ihr sogar gelegen, dass er nun einen Skype-Termin mit Nigeria ihrem Wiedersehen vorzog. Sie hatte dadurch Zeit gewonnen, das Geschehene zu reflektieren. Sarkov war in Zürich und hatte Angst. Jemand war hinter ihm und seinen Berechnungen her. Der musikalische Mephisto und dessen Auftraggeber. Sie hatten Kaja im Blick und wussten, dass sie Stahl angeheuert hatte, damit er ihren Vater fand. Ob er schon einen Anhaltspunkt hatte? Sie konnte ihn anrufen und fragen. Immerhin bezahlte sie ihn gut. Da durfte sie täglichen Rapport erwarten. Sie nahm ihr Handy und tippte die Nummer, die ihr Amir gegeben hatte. Dann brach sie den Anruf ab. Zweifel konnte jederzeit auftauchen. Er sollte sie nicht beim Telefonat mit Stahl ertappen. Sie würde ihm gleich persönlich beichten, dass sie den Ex-Gardisten angeheuert hatte.

Es klopfte an der Tür. Kaja hüllte sich in einen Bademantel und öffnete. «Na, lässt er dich warten?» Es war Gloria. «Mach dir nichts draus. Er meint es nicht so. Er will dir nur Zeit geben, sich auf ihn vorzubereiten.»

«Und du willst mir dabei helfen?», fragte Kaja und hoffte, dass es eisig genug klang, um Gloria abzuwimmeln. Sie mochte die giftige Schwester noch weniger als ihn. Während sie sich aber bei Zweifel zurücknahm und sich in professioneller Geldadelpaarung übte, scheute sie sich nicht, Gloria die kalte Schulter zu zeigen.

Gloria schloss die Tür hinter sich. «Wir hatten heute Besuch von einem Privatermittler», sagte sie.

«So? Und was wollte er?»

«Ich glaube, das kannst du besser beantworten.» Gloria lächelte kühl und wartete auf Antwort.

«Ja, kann ich. Aber warum sollte ich mit dir darüber reden?»

«Weil wir im selben Boot sitzen?»

«Tun wir das?»

«Ich glaube schon. Du bist bald meine Schwägerin, auch mir gehören Anteile des Zweifelkonzerns. Da sitzen wir garantiert im selben Boot. Und ich will nicht, dass wir plötzlich auf demselben Floss hocken, das orientierungslos auf dem weiten Meer treibt.» Sie war näher gekommen.

Kaja wich einen Schritt zurück. Sie ertrug nur zu wenigen Menschen eine Nähe, die kürzer als ihr ausgestreckter Arm war. Gloria gehörte nicht dazu. Und bei Kurt musste sie sich überwinden.

«Also? Ich höre», sagte Gloria und lächelte kühl weiter.

«Ich habe ihn gestern angeheuert, damit er meinen Vater findet.»

«Und warum kommt er dann gleich zu uns? Glaubt er etwa, wir hätten Anton im Keller versteckt? Oder glaubst du das sogar? Ich warne dich. Ich weiss, was du spielst. Es geht dir bei Kurt nur um das Geld. Das ist in Ordnung. Dagegen ist nichts einzuwenden. Auch ich bin so erzogen worden: nicht nach Gefühlen, sondern aufgrund von Tatsachen zu entscheiden. Aber wenn du denkst, du kannst uns austricksen, dann irrst du dich gewaltig. Wir sind mit allen Wassern gewaschen, sonst wären wir nicht da, wo wir heute sind.»

Kaja erwiderte nichts. Was sollte sie auch dazu sagen? Gloria hatte ja recht. Die Zweifels waren mit allen Wassern gewaschen. Sie steckten in sämtlichen schmutzigen Geschäften, die durch Anwälte noch als legal zu verkaufen waren und maximalen Profit versprachen. Wer mit Bodenschätzen handelte, bewegte sich in dunkelgrauen Zonen. Ein Verbrechen war da nur, was ans Licht kam. Und selbst dann kam es darauf an, wie man es beleuchtete.

«Wer ist dieser Stahl? Kann es sein, dass er eigene Interessen entwickelt?»

«Eigene Interessen?»

«Ist er einer, der nur seinen Job macht, oder weitet er sein Feld aus, wenn er mehr Geschäfte wittert?»

«Woher soll ich das wissen?»

«Du hast ihn engagiert.»

«Amir hat ihn mir empfohlen.»

«Amir. Gut. Dann werde ich mich mal mit ihm unterhalten müssen.» Sie versuchte sich erneut an einem geschäftlichen Lächeln. «Es ist nicht gegen dich, Kaja. Wir müssen nur sicher sein, dass wir uns aus Unbedachtheit nicht eine Laus in den Pelz setzen. Mir schien Stahl nämlich nicht auf den Kopf gefallen. Und ich habe nicht so gerne fremde, kluge Menschen in der Nähe meiner Privatpapiere. Verstehst du das?»

Kaja nickte und hoffte, Gloria damit loszuwerden. Gloria deutete das Nicken aber anders, trat einen Schritt in Kajas unangenehme Distanz und fasste sie bei der Hand. «Wir sind bald die einzigen Frauen im Zweifel-Konzern, die etwas zu sagen haben. Da wäre es schade, wenn wir nicht zusammenarbeiten.» Glorias Augen sprangen suchend auf Kajas Gesicht umher, nach einer verräterischen Regung tastend.

Kaja hatte sich im Griff. Sie nickte erneut und kopierte Glorias falsches Lächeln.

«Gut», sagte Gloria und liess Kajas Hand los. «Dann schaue ich mal, ob Kurt jetzt mit seinem Gespräch fertig ist.» Sie verliess das Zimmer.

Kaja zog die Gardine zur Seite und öffnete das Fenster. Sie ertrug Glorias Parfum nicht. Es roch reich, besass aber keinen Geschmack. Das Rasierwasser Stahls hatte da eine ganz andere Kraft. Und auch den süsslich-herben Duft, der den Mephisto umweht hatte, mochte Kaja leiden. Aber Gloria stank einfach nur. Nach Gier, nach Futterneid, nach Borniertheit.

Feuchte Oktoberluft wehte vom See. Kaja inhalierte sie tief. Die Zweifels austricksen. Wer mochte das nicht? Aber wie sollte es gelingen? Derzeit standen die Chancen für Kaja schlecht. Die Hochzeit war abgemachte Sache, ein ausgetüftelter Ehevertrag lag vor, der besagte, dass Kaja nur Zweifels Vollerbin werden würde, wenn sich binnen der nächsten zwei Jahre Sarkovs Berechnungen und die Tests ihres Vaters als erfolgreich erweisen würden. Sollte alles ein Flop sein, wäre Kaja zwar abgesichert bis zu ihrem Lebensende, aber auch nur unter der Bedingung, dass sie in einem von Zweifels Besitztümern wohnte und Zweifel einen Erben schenkte. Es klang alles nach tiefstem Mittelalter. Da prahlte das Christentum damit, dass es durch die Aufklärung gegangen sei, um sich damit gegenüber dem Islam als die menschlichere Religion darzustellen, aber hinter den Kulissen lief es genauso archaisch ab wie zu den Zeiten der Kreuzzüge. Pfründe sichern, Claims abstecken und, wenn schon nicht selbst ewig leben können, so sich durch die Vermehrung der eigenen Gene die Illusion einer Ewigkeit auf Erden basteln.

Kaja verabscheute diese Triebhaftigkeit, die das Hirn verstellte und geballte Dummheit walten liess. Aber auch sie war irrational geworden. Warum hätte sie sich sonst auf diesen Kuhhandel eingelassen? Sie liebte Sarkov, weil er der Magier der Zahlen war, und sie liebte ihren Vater, weil er ihr Vater war und hochtrabende Visionen hatte. Wer hatte schon einen Vater, der den Science-Fiction-Comic lebte und gleichzeitig ein grosser Philosoph war?

Aber wo war er nun, der grosse Philosoph? Glaser, ebenfalls ein grosser Philosoph, war tot, ihr Vater spurlos verschwunden. Plötzlich musste sie lachen. Wenn sie ihrem Vater morgen begegnen würde, würde er sie verwundert anschauen und sagen: «Wie, du hast dir Sorgen gemacht? Ich hätte gedacht, du wüsstest, dass ich nur mal eben kurz in einer anderen Dimension unterwegs war.»

«Warum hast du mich nicht mitgenommen?», hätte sie gefragt.

«Weil ich dich in dieser Dimension brauche. Jemand muss doch auf alles aufpassen.» Und er hätte ihr einen Kuss auf die Wange gedrückt und gesagt: «Komm, wir machen Musik.» Und dann wären sie ins Musikzimmer gegangen. Sie hätten mit Beethoven angefangen und dann auf ihren Synthesizern mit sphärischen Klängen improvisiert. Und irgendwann wären sie in Universen abgetaucht, in denen sie giftige Nebel, farbenprächtige Schleier und sumpfige Planeten entdeckt hätten. Aber ihr Vater war jetzt allein auf einer Reise im All. Jedenfalls wünschte sich das Kaja. Stahl war schon hier gewesen und hatte Gloria aufgescheucht. Schade, dass er Zweifel nicht angetroffen hatte. Ihm traute Kaja nämlich zu, dass er ihren Vater irgendwo gefangen hielt, um die Ergebnisse von Sarkovs Berechnungen für sich allein auszuschlachten. Vielleicht hatte er ihn auch schon umgebracht. Mit der Hochzeit hatte er sowieso Zugriff auf das Myller-Imperium. Imperium. Kaja musste kurz lachen über das Wort. Wieder so ein Science-Fiction-Begriff, den sich ihr Vater ausgedacht hatte. In den letzten Jahren war das Imperium zur Hinterhofgarage geschrumpft. Die Forschungen hatten das ganze Vermögen, das zuvor erwirtschaftet worden war, gefressen. Sonst wäre Zweifel nie mit ins Spiel gekommen. Glaser und Myller waren ein Dreamteam gewesen. Glaser war tot und Anton Myller im Wurmloch.

Es klopfte an der Tür. Carmen schob den Kopf herein. «Signora, das Abendessen ist angerichtet.»

Kaja schloss das Fenster. «Ich komme gleich.»

VIER

Sonst war Stahl immer schon vor oder kurz nach Sonnenuntergang im «Beverly Hills». Heute war er zu spät. Das abendliche Treiben hatte bereits begonnen. Vor dem Lokal, in dem Glaser tot zusammengebrochen war, blieb er stehen. Vor der Beiz lag ein kleiner Platz, die Piazza Cella, benannt nach Erminia Cella, der Mutter des Schauspielers Ettore Cella. Die Anwohner hatten sich damals gewünscht, dass der Platz «Piazza Angelo» getauft werde. Nicht aus religiöser Sehnsucht, sondern im Andenken an den Rausschmeisser Angelo, der hier gewirkt hatte und umgebracht worden war. Ein Märtyrer der Langstrasse. So eine Art der Heldenverklärung passte den Verantwortlichen aber nicht. Dann doch lieber die italienische *mamma* als Heldin, die als Einwanderin trotz aller sozialen Widrigkeiten ihren Sohn zum Filmstar gepäppelt hatte.

Auf der Piazza erklärten sich Penner und Junkies mit Dosenbier die Welt oder kauerten dumpf schweigend auf einer Holzbank. Unter den lautstarken Philosophen fand Stahl Siggi, einen alten Freund seines Vaters, der vor einigen Jahren auch ein erfolgreicher Puffbesitzer gewesen war, den Wandel der Zeit und den Alkohol aber nicht in den Griff bekommen hatte. Siggi hing hier täglich. Um die Ecke war sein Schuppen gewesen. Er kam wohl nicht von ihm los. Ebenso wenig wie vom Alkohol.

«Siggi!», rief Stahl, ohne sich auf den kleinen Pulk der Gestrandeten zuzubewegen.

Siggi drehte sich zu Stahl, löste sich aus dem Pulk und kam auf Stahl zu. Siggi sah aus wie einer, der den Reichen Workshops in Sachen Seneca-Woche anbieten konnte. Der Bart fiel ihm auf die Brust, die Haare klebten an den Schultern, die Augen ruhten im trüben Wasser des Dauerpegels. Aus seinem durchlöcherten Wollmantel lugte links eine angebrochene Flasche Fusel. Einzig die Schuhe, italienische Stiefeletten aus den Achtzigern, zeugten vom Glanz vergangener Tage.

«Was gibt's?», fragte er und sah Stahl an, als würde er ihn in seinem Archiv einordnen wollen.

«Kennst du mich noch?», fragte Stahl.

«Kommt darauf an.»

«Worauf?»

«Was du von mir willst und was ich dafür bekomme.»

Stahl griff in die Innentasche seines Mantels, zog einen Hunderter und streckte die Note Siggi entgegen.

«Willst du mich ficken? Du musst pervers sein. Da gibt es heissere und frischere Ärschchen als meins.» Er lachte und hustete Schleim.

«Nur ein paar Fragen.»

«Fragen sind schlimmer als Ficken. Und Antworten kosten extra.» Er stahl Stahl die Note wie eine Elster aus den Fingern und verstaute sie in der rechten Manteltasche. «Du bist Roger. Alfreds missratener Sohn, stimmt's?»

Stahl nickte.

«Hab dich gleich erkannt. Bist nämlich zu hübsch für diese Gegend. Wie deine Mutter. Die war auch zu hübsch. Hätte sich nie auf Alfred einlassen dürfen. Das war ihr Ende. Aber was erzähle ich dir das, was? Wir beide kennen das Leben. Frage beantwortet.» Er drehte sich von Stahl weg und wollte zu seinen Kumpels zurück. Stahl hielt ihn am Arm fest. Er drückte fest zu. Siggi sollte merken, dass mit Stahl schlecht zu spassen war.

«Au. Du tust mir weh.» Siggi drehte sich zu Stahl um, der den Arm noch immer festhielt. «Lass sofort los, oder du kriegst Ärger mit den Jungs.» Er sah zu einigen verkommenen Gestalten hinüber, die sich an Bierdosen festhielten. «Die verunstalten dir schneller, als du denkst, dein hübsches Mamagesicht.»

Stahl glitt mit der Hand an Siggis Arm hinunter, dass er dessen Hand zu fassen bekam, und bog ihm den Daumen nach hinten. Siggi stöhnte. «Du hast zwei Möglichkeiten. Entweder du redest, weil ich dir einen Hunderter gegeben habe, oder du redest, weil dir erst der Daumen, dann die restlichen Finger gebrochen wurden.» Stahl hatte es leise, aber mit dem gewissen Nachdruck gesagt.

«Alles gut. Alles gut. Frag schon. Du hast gezahlt, also tu ich mein Bestes.» Siggi grinste devot.

Stahl liess ihn los.

«Also, was willst du wissen?»

«Gestern starb hier ein Mann. Glaser hiess er. Er hatte sich als Penner verkleidet. Was weisst du darüber?»

«Ach, der Idiot. War einer von den vieren, die mal gucken wollten, wie es ist, wenn man nichts auf der Naht hat. Frechheit. Geschieht ihm recht. Selbst schuld, wenn einer unbewaffnet in den Busch geht. Der Dschungel ist kein Safaripark.» Siggi goutierte seine Metapher mit einem Spucken vor Stahls Füsse.

«Von vieren? Ich weiss nur von drei Männern.»

«Es waren vier. Ich habe mir zwar das Hirn leer gesoffen, aber zählen kann ich noch.»

«Was hattest du mit ihnen zu tun?»

«Ich sollte so eine Art Touristenführer für zwei Nächte sein. Sie wollten *the dark side of Zurich* sehen.»

«Und? Hast du es gemacht?»

«Klar.»

«Für vier Männer?»

«Drei Männer, eine Frau.»

«Eine Frau?»

«Rede ich so undeutlich?»

«Wie alt war die Frau?»

«Etwas jünger als die Männer. Aber nicht viel.»

«Wie sah sie aus?»

«Fast echt. Hat sich am besten in die Materie hineingearbeitet. Also ich hätte sie nicht gefickt. Und das will was heissen.» Er lachte dreckig.

«Wann hast du sie zum letzten Mal gesehen?»

«Wen? Alle vier? Oder nur die Frau?»

«Waren sie nicht immer zusammen?»

«An den zwei Abenden waren sie zusammen.»

«Wo wart ihr?»

«Unter ein paar Brücken, in ein paar Parks, in verlassenen Fabriken. Gibt nicht mehr so viel, wo man hinkann. Ist ja alles verbaut und bewirtschaftet.» Er schüttelte sentimental den Kopf. «Früher war es anders.»

«Und Glaser? Wann hast du den zuletzt gesehen?»

«Als er hier tot hinausgetragen wurde.» Er zeigte auf das Lokal.

«Worüber haben sie gesprochen? Gab es etwas, worüber sie gestritten haben?» Stahl witterte eine Spur.

«Jetzt wird es mir hier draussen zu kalt. Und Hunger habe ich auch», sagte Siggi und sah Stahl auffordernd an.

«Von dem Hunderter wirst du heute bestimmt satt.»

«Den will ich aber sparen.»

«So wie du stinkst, lassen sie dich doch nirgendwo rein.»

«Glaser kam ja auch rein.»

«Gut. Probieren wir es.» Stahl ging mit ihm auf das Lokal zu, in dem Glaser röchelnd vor Kaja und Amir zusammengebrochen war. Schon am Eingang baute sich ein mit Proteinen aufgepumpter Kerl auf. Er hielt abwehrend die Hand hoch. «Der kommt mir hier nicht rein.»

«Wir haben ein Recht darauf, hier zu essen. Das ist hier kein Apartheidsstaat.» Siggi wirkte gereizt.

«So? Das sehe ich aber anders. Es gibt Leute, die duften, und Leute, die stinken. Und das hier ist ein Duftlokal.» Der Türsteher gefiel sich in seinen Metaphern.

«Dann furze ich dir gleich ins Gesicht, damit du verduftest.» Siggi sah Stahl an, hoffte wohl darauf, dass Stahl Siggis Konter goutierte.

Stahl war das zu blöd. Siggi war seine heisseste Spur, die wollte er lesen, mehr hatte er nicht mit dem alten Dreckskerl gemein. Er erinnerte ihn zu sehr an Alfred. Genügte schon, dass Stahl im «Beverly Hills» arbeitete, die alten Weggefährten des Vaters gingen ihm zu nah und schabten an verheilt geglaubten Wunden.

«Gehen wir anderswohin. Dort hinten ist ein Stand. Da gibt es Fritten und Poulet», sagte er und ging schon vor.

Siggi dachte nicht daran, sich so einfach abwimmeln zu lassen. «Und warum durfte gestern der Penner rein, den sie abgestochen hatten?», fragte er laut.

«Davon weiss ich nichts.» Der Türsteher verstand seinen Job.

Siggi schickte ihm ein paar Flüche und schlurfte dann zu Stahl. «Ich hasse es. Kapitalismus macht nur Spass, wenn du auf der Seite der Gewinner stehst.»

«Ist das deine neueste Erkenntnis?»

«Nein, das wusste ich schon, bevor ich laufen konnte. Aber ich weiss auch schon lange, dass Weiber die Hölle für den Mann sind, und trotzdem sehne ich mich zwischen zwei warme Titten, die es ehrlich mit mir meinen. Oder wenigstens für den Augenblick so tun.» Etwas Melancholisches hatte Siggi angesprungen und berührte auch Stahl.

«Ich nehme das grosse Huhn mit Curryreis. Und ein Bier», sagte Siggi.

Der Inder hinter dem Stand nickte und sah fragend zu Stahl. «Für mich einen Hotdog. Mit scharfem Senf.»

«Bier?», fragte der Inder.

«Nein.»

«Was, du trinkst nichts?»

«Ich habe gleich Schicht.»

«Stimmt. Habe ich gehört. Du hast für Eddie übernommen. Der Vollidiot lässt sich so abkochen und geht dafür auch noch in den Knast. Das wäre mir nie passiert. Ich hätte die Albaner kaltgemacht, und wenn ich selbst dabei draufgegangen wäre. Das glaubst du mir, oder? Ich habe nicht immer alles richtig gemacht, dann würde ich jetzt anders dastehen, aber ich habe mich nie von anderen abkochen lassen.»

«Und woran lag's bei dir?», fragte Stahl und biss in den Hotdog.

«Weiber.» Er sah Stahl an und lachte laut. «Eigentlich noch blöder, als von Albanern reingelegt zu werden. Findest du nicht?» Er lachte weiter. Stahl lachte mit.

Der Inder reichte das Curryhuhn über die Theke. Siggi nahm es, legte es auf einen Stehtisch und eröffnete seine Mahlzeit mit einem kräftigen Schluck aus der frisch geöffneten Bierflasche.

«Zur Sache», sagte Stahl, der keine Lust hatte, mit Siggi über Alfred und das «Beverly Hills» zu reden. Er fürchtete sich vor einer falschen Nähe, die durch das gemeinsame Herkunftsmilieu vorgegaukelt wurde. «Gab es Streit zwischen den vier Leuten?»

«Reibereien. Nennen wir es so.» Siggi schaufelte sich Reis in die Backen.

«Welcher Art?»

«Der eine machte dem anderen Vorwürfe, dass es eine Scheissidee gewesen sei, sich als Penner zu verkleiden und Lebenszeit damit zu verschwenden.»

«Wer machte wem die Vorwürfe?»

«Keine Ahnung. Sie haben sich mir nicht mit Namen vorgestellt.»

«Trotzdem konntest du mit dem Namen Glaser etwas anfangen.»

«Stand doch gross in der Zeitung. Ausserdem lebe ich quasi vor dem Tatort. Da schnappt man schon mal den einen oder anderen Namen auf.»

«Welchen Namen hast du noch aufgeschnappt?»

«Keinen.»

«Fällt dir vielleicht bei einem Hunderter ein Name ein?»

«Würde ich sofort machen, aber sie sprachen sich nur mit Zahlen an.» Siggi widmete sich dem Huhn.

Stahl beobachtete ihn. Er glaubte ihm nicht. Siggi wusste mehr. «War Glaser der, der die Vorwürfe gemacht hatte?»

«Kann sein. Ich erinnere mich nicht mehr. Hab dir sowieso schon zu viel erzählt. Ist besser, ich halte mich ganz aus der Sache raus.»

«Warum? Was hast du gehört?»

«Nichts. Sag mal, hörst du mir nicht zu? Aber einer von den vieren wurde erstochen. Und wenn es einer von den anderen dreien war, bin ich vielleicht ein ungeliebter Zeuge, den sie jetzt auf dem Kieker haben. Verstehst du?»

«Also weisst du was.»

Siggi kratzte den letzten Bissen vom Teller und spülte mit Bier nach. «Leck mich am Arsch, Stahl. Du kapierst nichts. Die spielen ein paar Ligen höher als wir beide.» Er zog den Hunderter, den er von Stahl bekommen hatte, aus der Tasche und sah ihn an. «Am liebsten würde ich ihn dir wieder zurückgeben. Aber damit mache ich meinen Fehler nicht mehr rückgängig. Ich bin ein Idiot. Ich hätte mich nie auf ein Gespräch mit dir einlassen dürfen. Wer in deine Nähe kommt, verbrennt.»

Stahl sah ihn erschrocken an.

«Ja, glotz nur. Man sieht uns zwar nicht, weil wir abgerissen und auf Alk oder Stoff sind, aber wir sehen und hören dafür umso mehr.» Er leerte die Flasche. «Hast du das Feuer gelegt, damit du Lilly für dich allein hast? Kommst doch mehr nach Alfred, als ich dachte.» Er drehte sich um und ging davon.

Stahl sah ihm nach. Ihm war klar, dass es nur eine Frage der Zeit war, bis sein Name zur Polizei durchsickerte und er wegen des Brandes vorgeladen wurde. Bis dahin wollte er aus Zürich verschwunden sein. Aber nicht, ohne das Geld von Kaja kassiert zu haben. Viel hatte er noch nicht beisammen. Dass reiche Leute stritten, wenn sie im Gewand der Armut wandelten, war nicht überraschend. Aber dass statt dreier Männer nun noch eine Frau als Vierte im Kreis sein sollte, das wunderte ihn doch. Hatte Kaja ihm etwas verschwiegen? Oder wusste sie es auch nicht? Und wer war diese Frau? Gloria? Vom Alter her konnte sie auf Siggis Beschreibung passen. Aber weswegen hätte sie daran teilnehmen sollen? Stahl konnte keinen Sinn darin erkennen. Die drei Männer arbeiteten gemeinsam an einem grossen Geschäft. Jeder brauchte den anderen. Die Seneca-Woche hatte für sie die Bedeutung eines Teambuildings oder eines Treueschwurs. Wozu diente da die Unbekannte? Eine unsichtbare Teilhaberin? Oder die Voodoohexe?

Stahl sah auf seine Armbanduhr. Schon nach neun. Es wurde Zeit, dass er sich im «Beverly Hills» blicken liess.

***

Sie assen stumm miteinander zu Abend. Zu dritt. Da schwieg Kaja meistens. Sie fühlte sich beobachtet und seziert, wenn Gloria mit am Tisch sass. Zweifel hatte gerade mal einen guten Appetit gewünscht, dann war nur noch das Geräusch von Besteck und Porzellan zu hören. Wenigstens Musik hätte im

Hintergrund laufen können. Aber Zweifel wollte Kaja erziehen. Zur Pünktlichkeit. Zum Gehorsam. Die Zweifels waren Kolonialisten alten Stils. Zum Lachen ging man in den Keller. Fehler, auch die eigenen, blieben unvergessen, nagten am Selbstbild. Wer Fehler machte, konnte nur durch Bestrafung belehrt und gereinigt werden. Das Schweigen und das Stillsitzen bei zwei Spiessern war Höchststrafe. Was tat sich Kaja hier nur an? Warum stand sie nicht auf und beendete das quälende Spiel? Aus Sorge um ihren Vater? Aus Liebe zu Sarkov? Aus Besessenheit, an einem wissenschaftlichen Geniestreich beteiligt zu sein? Sie wusste es nicht, kaute nur langsam auf einer mehligen Kartoffel und wagte nicht, sie zu schlucken, aus Furcht, das Schluckgeräusch könnte die heilige Stille zerstören.

Zum Glück öffnete sich die Flügeltür, und Carmen kam mit dem Dessert herein. «Maracuja-Glacé mit Heidelbeeren aus den Bergen. Frisch gepflückt in diesem Jahr.» Sie sang es fast. Jedenfalls klang es in Kajas Ohren wie die ersehnte Musik, die ihr verwehrt wurde.

«Für mich nicht», sagte Zweifel. «Zu viel Süsse verweichlicht. Das durften schon die Römer am eigenen Leib erfahren.»

«Die Römer?» Carmen sah ihn an wie ein kleines Kind, das begierig auf die Weisheiten der Alten war.

«Die Römer. Wer die Geschichte der Römer kennt, braucht nichts mehr zu wissen. Man kann alles von den Römern ableiten. Sie haben alles erlebt, was ein Volk erleben kann. Geburt, Aufstieg, Niedergang.»

«Und was war mit dem Zucker?» Carmen stellte Gloria und Kaja den Nachtisch hin.

«Zucker schwächt die Willenskraft. Man wird faul durch Zucker und verweichlicht. Hätten die Römer sich nicht der Süsse hingegeben, die tumben Germanen hätten niemals eine Chance gehabt, sie zu besiegen.»

«Du kannst doch den Verfall des Römischen Reichs nicht auf den Konsum von Zucker reduzieren.» Gloria schüttelte amüsiert den Kopf und löffelte Eis.

«Du wirst es sehen. Der Zucker erledigt uns genauso wie die

Römer. Sieh dich doch um. Die grassierende Fettleibigkeit überall.»

«Das Hirn braucht Zucker, sonst kann es nicht denken. Das Hirn braucht Zucker, sonst kann es keine Disziplin halten.»

«Glukose. Das Hirn braucht Glukose. Das ist etwas anderes. Man muss guten von schlechtem Zucker unterscheiden. Und man muss lernen, Mass zu halten. Das Mass ist das Wichtigste.»

«Und warum genügen uns dann die Millionen, die wir schon haben, nicht? Warum wollen wir immer noch mehr? Widerspricht das nicht dem Masshalten?» Kaja hätte sich am liebsten die Zunge abgebissen. Warum musste sie das sagen? Warum konnte sie nicht still sein? Sie sah Sarkov hinter sich stehen, wie er ihr eine Hand auf die Schulter legte und amüsiert über ihre Undiszipliniertheit lächelte. Ausgerechnet er, der Mathematiker, der Vernunftmensch, liebte es, wenn sie sich nicht im Griff hatte. Vielleicht hatte sie es deswegen getan. Um Sarkov zu gefallen.

«Du verdrehst mir das Wort im Mund», sagte Zweifel und sah Kaja scharf an. «Was hat Geld mit Masshalten zu tun? Die Million von heute ist morgen schon nichts mehr wert. Ja sogar in dem Augenblick, da sie als Zahl auf dem Konto erscheint, hat sie schon nicht mehr denselben Wert, den sie vorzugeben scheint. Die Inflation grassiert wie der Zuckerkonsum. Also müssen wir mehr anschaffen, um den Standard zu halten. Es geht nur darum, den Standard zu halten, um mehr nicht. Wenn wir nämlich den Standard verlieren, brechen Krieg und Chaos aus. Womit wir wieder bei den Römern wären.»

«Du drehst es dir, wie du es brauchst», sagte Gloria und löffelte genüsslich die Heidelbeeren vom Eis.

«Wer nicht? Kaja, habe ich etwa unrecht? Drehst du es dir nicht auch, wie du es brauchst?»

«Ich verstehe nicht, was du meinst», sagte Kaja und spürte, dass sie sich auf dünnem Eis bewegte.

«Du heiratest mich aus Kalkül, nicht aus Liebe. Richtig?»

Gloria behielt den Löffel im Mund und sah neugierig zu Kaja herüber.

«Kalkül überwiegt», sagte Kaja ruhig.

Zweifel lächelte. «Immerhin bist du ehrlich. Das gefällt mir. Aber Unpünktlichkeit, das missfällt mir.»

Kaja hatte die Kurve gekriegt. Zweifel wollte sie massregeln, das durfte er, wenn es ihn glücklich machte.

«Alle spotten über die Schweizer Uhr und die deutsche Pünktlichkeit. Aber wo wären wir, wenn wir uns nur dem Ungefähren überliessen? Warum funktionierte die Französische Revolution so gut?»

«Funktionierte sie gut?», fragte Gloria spitz.

«Wegen der Guillotine. Das war saubere Logistik.»

«Jetzt kommt gleich noch der Holocaust, habe ich recht?» Gloria kratzte die letzten Glacéreste aus dem Becher.

«Logistisch gesehen passt das natürlich in meinen Denkansatz.»

«Und menschlich gesehen? Carmen, ich nehme noch die Glacé von Kurt. Er stärkt sich ja durch Verzicht.»

Carmen stellte das zweite Eis vor Gloria.

«Das ist unhöflich», sagte Zweifel. «Vielleicht hätte Kaja meine Glacé gewollt?» Er sah Kaja mit falscher Freundlichkeit an. Die Falle war zu billig. Fast hätte Kaja aus Trotz gesagt, dass sie das Eis wollte. Aber sie spielte die gelehrige Schülerin. «Nein danke. Das hier ist mir schon fast zu viel. Und ich glaube nicht, dass ich es ganz schaffe.»

Zweifel nickte zufrieden.

«Du hast meine Frage nicht beantwortet», sagte Gloria, die sich über das Eis hermachte.

«Welche Frage?»

«Du weisst, welche.»

«Solche Fragen kann man nicht zufriedenstellend beantworten. Entweder man sieht den Menschen als Menschen oder als Material. Wenn man Geschäfte machen will, die einem eine doppelte Ration Eis am Tag bescheren, muss man den Menschen als Material sehen. Alles andere ist verlogen.»

«Also lügen wir?»

«Natürlich.» Zweifel und Gloria sahen sich selbstgefällig an und lachten kalt.

Kaja lief ein eisiger Schauder ohne Süsse über den Rücken.

«Hast du etwas von Anton gehört?», fragte sie in das Lachen hinein. Sie nannte ihren Vater vor anderen immer Anton. Ihn Papa zu nennen machte sie klein.

Zweifel verzog das Gesicht mit einem gespielten Schmerz, atmete tief ein und schüttelte bedauernd den Kopf.

«Die Leute, die du angeheuert hast, ihn zu finden, haben nicht einmal einen Anhaltspunkt?», fragte Kaja.

«Es ist schwieriger, als ich dachte. Tut mir leid, Kaja. Er ist wie vom Erdboden verschluckt. Schwieriger zu schürfen als ein seltenes Metall.» Er schmeckte der Metapher nach.

«Warum schalten wir nicht die Polizei ein?», hakte Kaja nach.

«Es genügt, dass du Stahl angeheuert hast, ohne mich zu fragen.» Eisig wehte es von Zweifel herüber. Gloria genoss sichtlich den Moment. Jetzt waren sie am Punkt. Dort, wo die Richtung entschieden wurde. An der Weggabelung. Kaja musste sich wehren. Es ging um ihren Vater.

«Er ist mein Vater, und ich vermisse ihn seit drei Wochen. Wenn du drei Wochen vermisst wärst, würde ich das Gleiche tun.»

Gloria platzte ein hysterischer Lacher heraus, den Zweifel mit einem kalten Blick strafte. Sie schwieg sofort, genoss aber weiterhin die Situation.

«Du würdest wirklich ebenso besorgt um mich sein wie um Anton? Kaum zu glauben, aber nett von dir, dass du es sagst.» Er wischte sich mit der Serviette Essen aus den Mundwinkeln. Eine Attitüde, mit der er seine kurze Unsicherheit überspielen wollte. «Trotzdem wird Stahl wieder abgezogen. Ich mag nicht, dass er Staub aufwirbelt.»

«Dann die Polizei.» Kaja sah zwischen Zweifel und Gloria hin und her, fühlte sich wie ein Kind, das seine Eltern darum anbettelte, noch eine Sendung im Fernsehen schauen zu dürfen, ehe es ins Bett ging.

«Wir werden unsere eigenen Leute darauf ansetzen. Die sind besser und vertrauenswürdiger.» Zweifel blieb hart.

«Stahl wurde mir von Amir empfohlen. Und Amir sagte, dass Stahl auch schon für dich seriös gearbeitet hätte.»

«Da war er noch Soldat des Vatikans. Jetzt ist er vorübergehender Geschäftsführer im ‹Beverly Hills›. Da liegen Welten dazwischen.»

Gloria entwischte wieder ein Lacher. «Entschuldigung. Aber der Witz sei mir gestattet: Liegen da wirklich Welten dazwischen?» Sie lachte noch einmal. Weder Zweifel noch Kaja konnten Glorias Humor im Moment teilen.

«Ich habe so entschieden, Kaja. Stahl wird abgezogen. Meine Leute übernehmen die Suche nach Anton. Und sie werden ihn finden, glaube mir.»

Kajas erster Impuls wollte sie trotzig aufspringen lassen. Aber dann wäre sie wirklich das Kind von Gloria und Zweifel gewesen. Sie schluckte ihre Wut hinunter, zwang sich zur Vernunft und nickte. «Wahrscheinlich hast du recht. Ich wusste einfach nicht, was ich tun sollte. Und wirklich wohl fühlte ich mich mit Stahl auch nicht.» Sie stand auf.

«Wo willst du hin?», fragte Zweifel.

«Zu Stahl. Ihm sagen, dass die Sache erledigt ist.»

«Amir wird es ihm ausrichten. Setz dich. Wir haben noch etwas anderes zu besprechen. Sarkov ist auch verschwunden.»

Kaja setzte sich.

***

«Und was ist mit meinem Honorar?», fragte Stahl. «Hat sich das auch erledigt?»

«Ein Drittel kriegst du als Abschlag. Das ist fair. Du hast ja noch nicht allzu viel unternommen, denke ich. Oder hattest du grosse Auslagen?» Amir fummelte nervös am Knopf seines Jacketts.

«Ein Drittel ist in Ordnung.» Stahl wartete darauf, dass Amir sich aus dem Sessel erhob und das Büro verliess. Amir blieb sitzen.

«Sonst noch was?», fragte Stahl.

«Du machst keine Dummheiten, hm?»

«Was für Dummheiten?»

«Dass du trotzdem weiterschnüffelst.»

«Wieso sollte ich? Habe ich hier nicht genug zu tun?»

«Du bist ein Jagdhund. Wenn du einmal Witterung aufgenommen hast, wird es schwer, dich davon abzubringen.»

«Das war früher. Der Jagdinstinkt nimmt im Alter ab. Ich glaube, das hat etwas mit dem Testosteron zu tun. Jagd und Libido gehen Hand in Hand. Und mit beidem habe ich es nicht mehr so.»

«Ich würde dir gerne glauben, weil es ungemütlich ist, sich mit Zweifel anzulegen.»

«Guter Kunde?»

«Einer der besten. Seine Geschäfte brauchen immer einen, der jemanden kennt, der wieder einen anderen kennt.»

«Klingt fast nach meinem alten Verein.»

Amir ging noch immer nicht darauf ein. Stahl sah ihn fragend an. Amir lächelte stoisch.

«Gibt's sonst noch was? Ich habe es kapiert. Ich lasse die Finger davon. Für einen Tag unterwegs habe ich viel verdient. Den Schnitt habe ich nicht oft. Zufrieden?»

Amir blieb sitzen. «Was hast du herausgekriegt?», fragte er.

«Was soll man an einem Tag schon herauskriegen?»

«Für den Schnitt darf man etwas erwarten. Komm, das ist nur fair.»

«Ich war bei Zweifel und bei Glaser.»

«Und?»

«Zweifel war nicht da, und Glaser ist tot.»

«Das weiss ich. Gib mir doch wenigstens etwas. Du weisst, es macht sich immer gut, wenn man seinem Kunden einen kleinen Happen vorwerfen kann.»

«Wer ist dein Kunde?»

«Kaja. Das weisst du doch.»

«Zieht sie mich ab oder Zweifel?»

Amir rückte sich unruhig auf dem Sessel zurecht. «Der Anruf kam von ihr. Kann aber gut sein, dass Zweifel dahintersteckt. Vor allem, wenn du bei ihm aufgetaucht bist.»

«Irgendwo musste ich anfangen. Und wer könnte mehr Interesse an Myllers Tod haben als er?»

«Er braucht Myller doch. Warum sollte er ihn umlegen? Solange das Projekt nicht abgeschlossen ist und die Testphase nicht überstanden hat, steht für Zweifel ein Batzen auf dem Spiel. Den wird er nicht riskieren, indem er Myller vorzeitig beseitigt.»

«Und Glaser?»

«Glaser ist was anderes. Rein logistisch gesprochen. Glaser war für die Software zuständig. Da findet sich jederzeit Ersatz auf dem Markt. Glaser könnte ich Zweifel zutrauen. Weisst du darüber etwas?»

Stahl überlegte kurz, ob er von Siggis Information über die vierte Person, die unbekannte Frau, sprechen sollte, liess es aber sein. Amir brauchte nicht alles zu wissen. Er verriet Stahl sicher auch nicht alles. «Von Glaser weiss ich nur, dass ihn mit seiner Frau schon lange nichts mehr verbindet.»

«Hast du sie gesprochen? Eine faszinierende Frau. Eigentlich war sie immer die treibende Kraft in dem Unternehmen. Viele hielten sie für das Gehirn und tuschelten, sie würde sich nur als Dummerchen und Püppchen verstellen, um dann in Ruhe im Hintergrund wirken zu können.» Er lachte.

«Und? Ist was dran?»

«Nein. Ich glaube nicht. Und falls doch, spielt sie ihre Rolle als äusserliche Zicke brillant. Shopping, Schönheitsoperationen, Wellness, ewige Jugend und Tratsch. Das ganze Programm.»

Stahl dachte an einige Paten der italienischen Mafia, die als Hausmeister, Gärtner oder Nachtportiers arbeiteten und ihre Tarnung so perfekt über Jahrzehnte hinweg durchhielten, dass erst der Massenauflauf der einschlägigen Szene bei den Beerdigungen der Dons Zeugnis über deren wahre Existenz ablegten.

«Kennst du Gerhard?»

«Das Faktotum bei Glaser? Ein unehelicher Wanger.»

«Ja, den meine ich. Was hältst du von dem?»

«Ein bisschen verrückt. Aber ich glaube nicht, dass er mit der Sache zu tun hat. Der lebt in seiner eigenen Welt.»

«Und Gloria Zweifel?»

«Tolle Frau.»

«Inwiefern?»

«Hochintelligent, beherrscht alle Sprünge und Pirouetten auf dem Parkett der oberen Zehntausend.»

«Sind es noch zehntausend?»

«Habe sie nicht gezählt beim letzten Treffen. Aber es sind noch genug da, von denen ich leben kann.» Amir lachte, wurde abrupt ernst und lehnte sich nach vorn. «Was hat Gloria erzählt?»

«Alles und nichts. Wenn sie die Pirouetten so beherrscht, wie du sagst, hat sie mir nur das gegeben, was sie wollte, dass ich es kriege.»

«Und was war das?»

«Musiktheorie.»

Amir sah Stahl befremdet an. «Stimmt. Ich erinnere mich. Sie komponiert auch. Letzten Frühling war ein Konzert in Davos. Nur ihre Kompositionen.»

«Und? Wie war's?»

«Erstens habe ich keine Ahnung von Musik. Zweitens bin ich eingeschlafen.» Er stand auf. «Danke, dass du vernünftig bist.» Amir streckte Stahl die Hand entgegen. Stahl schlug ein. «Das Geld ist übrigens schon auf deinem Konto.» Amir verliess das Büro.

* * *

Kaja war sich vorgekommen wie in einem alten Agentenfilm. Gloria und Zweifel hatten sie gemeinsam in die Mangel genommen. Während Zweifel die ganze Zeit über freundlich geblieben war, hatte Gloria den Part des Bad Cops übernommen und Kaja immer wieder unterstellt, dass sie wisse, wo Sarkov sei. Und dass mehr zwischen ihnen beiden war als nur die Liebe zur Wissenschaft und Mathematik. Kaja hatte dementiert und gelogen, so gut sie konnte. Empörung, Verstörtheit, sogar Tränen hatte sie aufgeboten. Zweifel hatte sie in den Arm genommen. Kalt wie ein Roboter hatte er Trost geheuchelt, dass Kaja fast erfroren wäre. Gloria hatte sich nicht beirren lassen und weiter insistiert. Fast wäre Kaja eingebrochen, fast hätte sie alles gestanden. Die Liebe zu Sarkov und dass er aus Moskau geflohen war, nachdem er vom Verschwinden Antons gehört hatte, ja sogar, dass er sich gerade in einem Zirkus auf dem Bürkliplatz aufhielt. Fast. Aber Carmen war in dem Moment hereingekommen und hatte einen fremden Gast angemeldet. Einen Herrn Verdi. Zweifel und Gloria hatten sich angesehen und Kaja auf ihr Zimmer geschickt. Kaja hatte gehorcht wie ein kleines Kind.

Sie hockte auf ihrem Bett und hatte sich wieder gefasst. Sie war kein kleines Kind. Sie war eine erwachsene Frau und fühlte sich dem Spiel gewachsen, auf das sie sich eingelassen hatte. Aber Gloria und Zweifel waren schon länger dabei. Kannten alle Tricks, und vor allem waren sie skrupelloser. Die beiden würden jeden Menschen fallen lassen, wenn es für sie von Vorteil wäre, sogar sich gegenseitig. Kaja konnte das nicht. Sie liebte. Ihren Vater und Sarkov. Und genau das machte sie anfällig in diesem Spiel, in dem es nur um Strategie und kalte Macht ging. Der Mensch war nicht nur Funktion. Die Zahl in Form von Geld hingegen alles. Kaja musste sich auf die Zahlen konzentrieren, nur so hatte sie eine Chance.

Wer war dieser Herr Verdi, der so wichtig war, dass Gloria und Zweifel Kaja eine Verschnaufpause gönnten? Und wie konnte Kaja diese Verschnaufpause nutzen?

Sie warf sich ihren Mantel über, ging aus dem Zimmer und schlich leise die Treppe hinab. Auf Zehenspitzen ging sie zur Bibliothekstür und drückte ihr Ohr dagegen. Sie hörte Stimmen, verstand aber nichts. Wenn sie etwas von dem Gespräch mitbekommen wollte, musste sie die Tür einen Spalt öffnen. Sie drückte vorsichtig die Klinke hinunter und zog die Tür etwas zu sich hin.

«Sie mag hochintelligent sein, aber sie ist weltfremd», sagte Gloria scharf. «Deshalb wird sie es uns sagen, falls sie etwas weiss. Lass mich nur machen. Morgen fahre ich den besten Freundinnen-Kurs, und schon wird sie plappern.»

«Ich weiss nicht, ob wir so viel Zeit haben. Jede Minute zählt.» Das war Herr Verdi. Kaja erkannte die Stimme. Der Mephisto, der sie in dem Musikgeschäft und am Bellevue angesprochen hatte und Sarkov suchte. Was hatte er hier zu schaffen?

«Wichtig ist nur, dass Stahl uns nicht im Weg steht und unnötig Staub aufwirbelt», sagte Gloria.

«Deswegen habe ich ihn ja über Amir abgezogen», sagte Zweifel.

«Wurde er anständig entlohnt?», fragte Verdi. «Wenn er sich ungerecht behandelt fühlt, kann er zickig werden. Und das kann nerven, glauben Sie mir, ich kenne ihn.»

«Amir hat ihn ordentlich bezahlt, aber nicht zu sehr, damit es nicht auffällt, dass wir froh sind, ihn los zu sein.»

Kaja spürte eine Hand auf ihrer Schulter und drehte sich erschrocken um. Es war Carmen. In der freien Hand hielt sie ein Tablett mit drei Rotweingläsern und einer Schale Knabbergebäck. Kaja legte den Zeigefinger auf ihre Lippen. Carmen verstand, nickte und klopfte an. Von Gloria ertönte ein «Ja». Carmen verschwand in der Bibliothek und liess den Spalt hinter sich offen, damit Kaja weiterlauschen konnte, falls in Carmens Gegenwart überhaupt Nennenswertes gesprochen wurde.

«Kommen wir zum angenehmen Teil», sagte Gloria. «Das Konzert am Sonntag. Womit wollen Sie beginnen?»

«Nicht mit Verdi», sagte Verdi und erntete einen kalkulierten Lacher.

Kaja wusste, dass sie jetzt nichts mehr erfahren würde. Sie schlich durch den langen Flur zur Haustür. Hinter sich hörte sie, wie Carmen aus der Bibliothek kam und die Tür schloss. Sie sahen sich auf die Entfernung an. Beide schwiegen. Kaja verschwand ins Freie.

Sie ging leise über den Kies zum Tor und schlüpfte vom Grundstück. Wohin? Zum Zirkus, um Sarkov zu warnen? Aber der wusste ja schon, dass jemand hinter ihm her war. Nur dass es Zweifel war, der dahintersteckte, dass wusste Sarkov noch nicht. Was würde es bringen, wenn er es wüsste? Das konnte warten. Wichtiger war es, wieder einen agilen Springer auf dem Schachbrett zu haben, den sie Kaja gerade genommen hatten. Kaja musste zu Stahl. Sie musste ihn wieder anheuern, ihm erklären, warum er abgezogen wurde. Vielleicht würde er wieder einsteigen? Aber womit konnte sie ihn ködern? Wieder mit Geld? Er hatte genug fürs Nichtstun bekommen. Das würde ihm vorerst genügen. Aber vielleicht war er der Mann von Ehre, der überholt war. Vielleicht war er einer von denen, die noch so etwas wie einen Kodex besassen? Das klang altmodisch. Und vermutlich hätte Stahl seine zahlreichen Aufträge und Einsätze nicht überlebt, wenn er ein romantischer Held wäre. Aber er hatte auch ein Mädchen aus den Fesseln des Drogenmilieus gerettet und nach Rom an die Gregoriana geschickt, damit sie eine Chance auf ein besseres Leben erhielt. War das nicht romantisch? Kaja hatte Hoffnung.

Sie winkte ein Taxi und stieg ein. «Ins ‹Beverly Hills›», sagte sie und fiel erschöpft in den Rücksitz.

«Da war ich noch nie drin. Ist klassisch, sagt man.» Der Taxifahrer hatte den Rückspiegel so gedreht, dass er Kaja sehen konnte. «Arbeiten Sie dort?», fragte er. «Wie geht das dort vor sich? Ich meine, ist das auch ein Puff? Entschuldigen Sie, wenn ich so neugierig bin. Aber Sie glauben nicht, wie oft ich schon vor einer Stripteasebar gestanden bin und mich nicht hineingetraut habe.»

«Warum nicht?», fragte Kaja. «Haben Sie Angst vor nackten Frauen?»

Er schien zu erröten und drehte den Spiegel wieder so, wie er gehörte. «Nein, keine Angst. Aber ich werde unsicher, wenn ich vor einer nackten Frau stehe. Nicht, dass Sie glauben, dass ich noch nie Sex hatte. Aber offensive Erotik, das schnürt mir die Luft ab. Und trotzdem reizt es mich.»

«Dann kommen Sie doch diesmal einfach mit rein.»

«Meinen Sie?» Er kratzte sich am Kinn. «Nein, das geht nicht. Ich habe Nachtschicht. Ich kann mein Auto nicht verlassen. Dann bin ich den Job los.»

«Was kostet es, wenn ich sie für zwei Stunden buche?»

«Das wird teuer. Mindestens dreihundert Stutz.»

«Ich gebe Ihnen fünfhundert, damit Sie sich auch einen Drink an der Bar genehmigen können. Denn ohne Drink macht Striptease keinen Spass.»

«Ich überlege es mir und entscheide mich, wenn wir dort sind.»

Er setzte den Blinker und bog links ab.

***

Lilly hatte nicht abgenommen. Stahl zweifelte, dass sie schon schlief. Es war zwar schon kurz vor Mitternacht, und der Unterricht an der Gregoriana konnte schlauchen, aber Stahl war sich sicher, dass Lilly nicht mit ihm reden wollte. Sie sah in ihm den Schuldigen am Tod ihrer Halbgeschwister. Er konnte sie verstehen. Gerade deshalb wollte er mit ihr reden. Weil er das Schuldgefühl selbst nicht ertrug. Aber was erwartete er von Lilly? Dass sie ihm die Absolution erteilte? Ja. Wäre er in Rom, er hätte gewusst, wohin er gehen musste, um sich besser zu fühlen. Eine Beichte bei Don Marco hatte stets geholfen, wenn ihm schwer ums Herz gewesen war. Oft war er nach Einsätzen für den Vatikan bei Don Marco vorbeigegangen und hatte sich Schuldgefühle und Zweifel von der Seele gesprochen. Er hatte das Dunkel des Beichtstuhls genossen, das geflochtene Gitternetz, das Schweigen des Alten, das er nur hin und wieder mit einem *«Sì»* oder einem Murmeln gebrochen hatte. Am Ende hatte Don Marco stets ein warmes kluges Wort gewusst, das Stahl die Seele erleichtert hatte.

Die kleine Alternative zu Don Marco war eine fremde Frau gewesen, die für einen Moment mit ihren nackten Armen Schutz und Liebe versprach. Meist in Verbindung mit Alkohol. Stahl war nie betrunken, aber gut angewärmt, wenn er sich auf diese Variante des Trosts einliess. Jetzt war ihm danach zumute. Aber er wollte keines der Mädchen, die hier arbeiteten. Es ging nicht. So weit konnte er noch denken. Er dachte an Maria. Sie arbeitete nicht mehr im Milieu. War schon Ende vierzig und hatte es geschafft, sich etwas anzusparen und auszusteigen. Stahl hatte ihr vor vier Jahren geholfen, eine Wohnung im Kreis 4 zu bekommen, indem er bei dem Vermieter für sie bürgte und Miete für ein Jahr hinterlegte. Sie hätte bestimmt ein Ohr für ihn.

Sie war es gewohnt, Männern zuzuhören. Sie mussten ja nicht miteinander ins Bett. Nein. Auf keinen Fall. Stahl wollte seine Bürgschaft nicht ausnutzen. Es war ein Freundschaftsdienst. Dafür nahm man nichts. Oder doch? Warum nicht? Wofür waren Freunde sonst da? War Freundschaft nicht auch ein Geschäft? Stahl wählte ihre Nummer. Maria ging ans Telefon. Ihre Stimme klang verschlafen.

«Entschuldige, habe ich dich geweckt? ... Ich dachte nur, falls du noch wach bist, würde ich auf einen Sprung bei dir vorbeikommen ... nein, wenn du Besuch hast, komme ich natürlich nicht ... ach so ... aber du wirfst ihn nicht raus wegen mir ... gut, danke. In zwanzig Minuten bin ich bei dir.» Stahl steckte sein Handy ein und verliess das Büro. Im Hauptsaal war gute Stimmung. Er ging an die Bar. Silvio jonglierte mit seinen Cups und verbreitete gute Laune, Imelda räkelte sich an der Stange und zeigte nackte Haut, Lukas, ein Schrank von zwei Metern, bewachte das Geschehen mit ruhiger Miene. Stahl hatte ihn von der Strasse aufgelesen. Er hatte mit Siggi rumgehangen und war kurz davor gewesen, vollends abzustürzen. Eine zerbrochene Liebe hatte den Bären straucheln lassen. Lukas war erst Mitte dreissig, seine Frau war mit einem anderen heimlich abgehauen. Vermutlich weil sie Angst hatte, Lukas würde sie zu Tode prügeln, wenn sie sich per Handschlag von ihm verabschiedete. Dabei war er ein gutmütiger Kerl, den man nur schwer aus der Ruhe bringen konnte. Deswegen war er auch für Stahl der richtige Mann. Dreimal die Woche war Lukas hier. Das entlastete Stahl.

«Ich verschwinde für ein paar Stunden. Gegen drei Uhr bin ich zurück.»

Lukas nickte.

«Und ruf mich nur an, wenn es wirklich dringend ist. Okay?»

«Heute ist es ruhig. Du kannst auch ganz ausbleiben. Ich regle das schon.»

«Ich weiss, Lukas.» Stahl legte freundschaftlich die Hand auf die Schulterkugel, drückte sich ab und verliess das Lokal.

Er hatte es nicht weit. Maria wohnte über dem «Crazy Horse» in der Müllerstrasse. Die südamerikanischen Mädchen, die vor dem «Crazy Horse» standen, um Kundschaft in den Laden zu locken, zischten Stahl zu, gurrten und zwinkerten. Stahl zwinkerte zurück, ging an ihnen vorbei, hörte eines der Mädchen auf Spanisch fluchen und wäre fast weich geworden. Aber sein Finger drückte schon Marias Klingel. Der Summer öffnete die Haustür. Stahl ging nach oben. Maria hatte eine kleine Terrasse, auf der sie im Sommer Gemüse anbaute. Jetzt blühten noch letzte Dahlien, die ersten Astern bildeten bereits Köpfe. Ein paar Tomaten standen in einem grossen Kasten an der Südwand und pokerten gegen den ersten Frost.

«Gut siehst du aus, Chicco», sagte Maria und zeigte ihre weissen Zähne. Sie hatte sich einen violetten seidenen Morgenmantel übergeworfen. Darunter war sie nackt.

«Schön, dass du Zeit hast.»

«Komm rein und leg dich hin.» Sie zog ihn an der Hand in die Wohnung. Sie bestand nur aus einem grossen Raum. Es war kein Loft, aber so etwas in der Art. Ein aufgesetzter Kasten, der nachträglich auf das Dach des Hauses gepflanzt worden war. In den Sechzigern musste sich da einer was ausgedacht haben. Die Küche war in den Raum integriert. Eine chaotische Küche, in der viele Töpfe von einer Querstange über dem Herd baumelten. Geflochtene Knoblauchzöpfe, zum Trockenen gebündelte Kräuter und ungewaschenes Geschirr komplettierten das Bild. Und der Restduft von gebratenem Olivenöl durchzog den Raum. Er mischte sich mit Marias Parfum.

Stahl steuerte auf ein Sofa zu, kickte sich die Schuhe von den Füssen und legte sich hin.

«Warum nicht ins Bett?», fragte Maria.

«Ich weiss nicht. Fangen wir hier an.»

«Wie du willst. Hast du Hunger?»

«Nein. Jetzt nicht. Später vielleicht. Erst brauche ich deine Hände.»

Maria setzte sich ans Kopfende des Sofas und begann Stahls Schläfen zu massieren. Stahl schloss die Augen und seufzte.

«Gut so?», fragte sie und setzte die kreisenden Bewegungen mit ihren Fingerspitzen fort.

«Wunderbar.»

«Willst du reden?»

«Später.»

Maria wanderte mit den Fingern in Stahls Nacken und setzte ihre Kunst fort. Stahl genoss den Wechsel, den Maria mit ihren Kuppen spielte. Mal massierte sie weich, dann intensiv und hart und überraschte immer wieder mit der Schärfe ihrer Fingernägel. Gezielt setzte sie kleine Kratzer, die Stahl stets ein Schnurren entlockten.

***

Das Taxi hielt vor dem «Beverly Hills». «Was ist nun? Haben Sie sich entschieden?», fragte Kaja.

«Sie können mich für zwei Stunden mieten, aber ich warte im Auto.»

«Wie Sie wollen.» Kaja gab ihm zweihundert Franken. «Jetzt liegt es an Ihnen, ob Sie den Rest auch wollen.» Sie stieg aus und ging ins «Beverly Hills».

Es kam ihr heute nicht so voll vor wie beim letzten Mal. Und das gefiel ihr. Die gesamte Atmosphäre strahlte Vertrautheit aus. Als ob jeder jeden kennen würde. Wie im Wirtshaus eines Dorfes. Kleine Gruppen von Geschäftsleuten, die nach der Arbeit hier noch ein gemeinsames Feierabendbier nahmen, einsame Wölfe, die mit ihren Drinks sprachen und auf eine einsame Wölfin hofften, die Mädchen und Silvio, die routiniert, aber professionell ihren Dienst am Kunden ausführten und dabei munter scherzten. Ein glatzköpfiger Hüne fiel ihr auf, den der feine Anzug in einen Beamten des Secret Service verwandelte. Kaja stellte sich vor, wie er beim Angriff von Ausserirdischen neben dem Präsidenten der Vereinigten Staaten herlief, schützend einen Schirm gegen Regen und Laser über ihn hielt und ständig per Headset mit den anderen Sicherheitsleuten kommunizierte. Wenige Szenen weiter würde er einem Marsmenschen den Kopf mit blossen Händen abreissen, während der Präsident auf den Knien zu einem falschen Gott betete.

Sie steuerte auf den Riesen zu, blieb dicht genug vor ihm stehen, dass ihre Stimme gegen die laute Musik bestehen konnte, und lächelte. «Ist Stahl im Büro?», fragte sie, damit der Aufpasser wusste, dass sie sich hier auskannte.

«Nein. Er ist kurz ausgegangen. Soll ich ihm etwas ausrichten, oder wollen Sie auf ihn warten?»

«Wie lange wird er weg sein?»

«Er sagte, dass er spätestens um drei wieder hier ist.»

Kaja sah auf ihre Armbanduhr. Kurz nach halb eins. Zweieinhalb Stunden zu warten, darauf hatte sie keine Lust. Sie hatte es eilig. Wollte, dass Stahl weiterermittelte. «Wo ist er? Ich kann auch zu ihm fahren.»

«Ich weiss nicht, wo er ist. Und wenn ich es wüsste …» Er liess Kaja den Satz selbst vollenden.

«Dann warte ich eben.»

«Wollen Sie an die Bar? Ich besorge Ihnen einen Platz.»

«Am liebsten würde ich mich im Büro aufs Sofa legen.» Sie sah ihn so unschuldig an, wie sie konnte. Auf den Riesen machte das keinen Eindruck. «Tut mir leid. Ich kenne Sie nicht.»

«Kaja Myller. Sie können Stahl anrufen und ihm sagen, dass ich da bin und auf ihn warte.»

«Ich glaube, er will jetzt nicht gestört werden.»

Kaja liess sich von ihm an die Bar führen und setzte sich auf den Hocker, den er ihr zurechtschob. Der Herkules nickte ihr zu und ging an seinen Platz zurück, von wo er den Raum gut im Blick hatte.

Kaja rief Stahl an. Er nahm nicht ab.

***

Tief drin hatte er gewusst, dass es so kommen würde. Gerne hätte er nur die Massage genossen, aber Maria war so geschickt und geübt mit ihren Händen, dass es nicht lange gedauert hatte, dass sie vom Sofa ins Bett gingen und miteinander schliefen.

Jetzt lagen sie entspannt nebeneinander und genossen die Stille danach.

«Erzähl schon», sagte Maria nach einer Weile. «Was liegt dir auf dem Herzen? Der Brand?»

Stahl sah sie an.

«Zürich ist klein, Stahl. Und unsere Szene ein Dorf», sagte sie, richtete sich auf und zog sich ihren Morgenmantel über. «Hast du wirklich geglaubt, niemand hat mitgekriegt, dass du vor Ort warst, als das Feuer ausbrach?» Sie setzte sich auf die Bettkante. «Bin überrascht, dass die Polizei noch nicht bei dir aufgetaucht ist.»

«Vielleicht gibt es doch nur Gerüchte und keine Zeugen?», sagte er.

«Ich allein kenne schon zwei Mädchen, die dich dort gesehen haben wollen. Und Siggi tut auch wichtig.»

«Alles wacklige Zeugen. Die nimmt jeder mittelmässige Anwalt auseinander.»

«Nimm es nicht zu einfach, Stahl. Einigen im Kreis gefällt es nicht, dass das ‹Beverly Hills› wieder so gut läuft. Glaubst du etwa, die Polizei hat Interesse an toten Junkies und ihrer Brut? Die würden dir eher noch einen Orden verleihen. Aber einige Jungs im Milieu sehen darin einen geeigneten Aufhänger, sich das ‹Beverly Hills› endlich unter den Nagel zu reissen.»

«Von mir aus können sie es gerne haben. Ich hänge nicht daran.»

Maria lachte laut auf. «Natürlich nicht. Du machst das alles nur aus alter Freundschaft zu einem Kerl, der es nicht wert ist, dass man auch nur einen Finger für ihn krümmt.»

«Er ist mein Bruder.» Stahl lauschte den Worten nach. Er glaubte selbst nicht, dass er das eben gesagt hatte. Maria sah ihn mit hochgezogenen Augenbrauen an. «Dein Bruder? Du bist wirklich durch den Wind, mein Lieber.» Sie strich ihm über die Stirn. «Aber Fieber hast du keins.»

«Du weisst, wie ich das meine.» Stahl tauchte unter Marias Hand weg und setzte sich im Bett auf.

«Nein. Erkläre es mir. Wer ist Kain, und wer ist Abel?»

«Ich glaube, es ist die Zeit, die er mit Alfred verbracht hat. Er war länger mit ihm zusammen als ich.»

«Das merkt man. Das Üble hat er alles von ihm treu übernommen. Und weil Alfred Eddies Ziehvater war, ist die kleine Ratte jetzt dein Bruder? Und Lilly? Eine Tochter, die du nie hattest? Oder eine kleine Schwester? Oder eine zukünftige Braut, die du dir in Rom mundgerecht erziehen lässt? Stahl, du hast massiv einen an der Klatsche. Und ich bin nicht dafür ausgebildet, dich zu kurieren. Du brauchst professionelle Hilfe.»

«Ich dachte, du bist eine Professionelle.» Er zwinkerte und wollte den Stachel, den Maria gezielt gesetzt hatte, damit entfernen.

«Deine Witzchen helfen dir jetzt wenig. Vergiss Eddie, vergiss das ‹Beverly Hills›. Am besten, du gehst nach Rom und kümmerst dich um Lilly. Zum einen ziehst du hier deinen Arsch aus der Schusslinie, zum anderen kannst du ihr von Angesicht zu Angesicht erklären, was mit ihren Leuten passiert ist. Du brauchst ihre Absolution, nicht meine.»

Stahl stand auf und zog sich an.

«Und vergiss endlich deine verlorene Kindheit. Die kriegst du nicht wieder. Keiner von uns.»

Stahl zog sein Portemonnaie und legte dreihundert Franken auf den runden Bistrotisch, auf dem eine Kerze flackerte. «Danke, Maria.» Er zog sich den Mantel an und ging.

FÜNF

Kaja nippte bereits am zweiten Cuba Libre und fühlte sich leicht beschwipst. Mit Sarkov hatte sie schon harte Wodka-Nächte überlebt. Gutes Zeug. Aus einem Dorf hinter St. Petersburg. Sarkov schwor darauf. Ein alter Bauer brannte den Fusel. Und wenn man davon nicht blind wurde, kamen einem Eingebungen, so nannte es Sarkov. Eingebungen. Die könnte sie jetzt auch gebrauchen. Wie konnte sie dem ganzen Schlamassel entkommen und im Hafen des Happy End Anker werfen? Sie hoffte auf Stahl. Aber wie sollte sie ihn wieder anheuern, nachdem er gut entlohnt gerade von Amir des Jobs enthoben worden war? Was hatte Verdi gesagt? Wenn sich Stahl ungerecht behandelt fühlte, konnte er zickig werden. Konnte Kaja ihm das Gefühl vermitteln, dass ihn jemand verarschen wollte? Kaja nippte am Glas und sah auf den Eingang, in der Hoffnung, Stahl würde eintreten, ehe sie besoffen und fern jeglicher Eingebung war. Tatsächlich öffnete sich die Tür, und ein Mann kam herein. Auf die Entfernung hätte es Stahl sein können. Ebenso elegant, ebenso geschmeidig und trainiert. Und im gleichen Alter. Aber es war nicht Stahl, sondern Verdi. Was hatte er hier zu suchen?

Kaja rückte ans hintere Ende der Bar. Sie wollte nicht, dass Verdi sie sah. Vielleicht suchte er auch nach ihr. Konnte gut sein, dass ihr Verschwinden mittlerweile im Hause Zweifel aufgefallen war. Ganz bestimmt sogar. Entweder Gloria oder Zweifel selbst hatten bestimmt noch einmal einen Kontrollgang gemacht und geschaut, ob Kaja auch artig im Bett lag. Und das tat sie nicht. Sie grinste, war stolz auf sich und darauf, dass sie sich nicht von diesen Arschlöchern unterjochen liess, sondern ihren eigenen Kopf durchsetzte. Wäre ja noch schöner, wenn sie das bei ihrem IQ duldete, wie ein Weib im tiefsten Mittelalter. Klar, der Deal war die eine Sache. Aber das hiess noch lange nicht, dass sie deswegen ihre Mündigkeit opferte. Wenn Zweifel morgen fragen sollte, wo sie gewesen war, würde sie ihm sagen, dass sie Stahl selbst sagen wollte, dass sie seine Dienste nicht mehr brauchte, weil sie sichergehen wollte, dass er es auch akzeptierte. Ja, das war gut. Aber erst musste sie mit Stahl sprechen und ihn vom Gegenteil überzeugen. Sie brauchte ihn. Er war die einzige Chance. Er konnte ihren Vater finden und Sarkov verstecken, bis alle Gleichungen gelöst waren.

Aus der Entfernung sah sie, wie Verdi mit dem Aufpasser redete. Sie schienen sich nicht zu kennen. Jedenfalls verhielt sich der Riese ihm gegenüber genauso distanziert wie zuvor ihr. Verdi sah sich im Saal um. Vermutlich suchte er einen geeigneten Platz, wo er auf Stahl warten konnte. Kaja duckte sich, damit sie bei Verdis Streifblick nicht entdeckt wurde. Er hatte sie nicht gesehen und steuerte auf das andere Ende der Bar zu. Kaja rückte ein Stück weiter um die Kurve und befand sich jetzt am äussersten Rand der Theke. Sie spürte eine Hand an ihrem Hintern. Eine Alkoholfahne raunte ihr ins Ohr. «Was ist, Baby, wollen wir kurz aufs Klo?» Der Grapscher drückte ihr seine Zunge ins Ohr. Etwas, das sie gar nicht leiden konnte. Auch von Leuten nicht, mit denen sie gerne Sex hatte. Ohne zu überlegen, drehte sie sich um und schlug dem Kerl das Glas auf den Schädel. Er torkelte zwei Schritte zurück. Über seiner linken Braue klaffte eine Wunde. Er tastete, sah das Blut und rollte wütend seine besoffenen Augen. «Du Fotze, dich leg ich um!» Er schien es zu meinen und stürzte auf Kaja zu. Sie wusste nicht, wie sie reagieren sollte. Es schossen ihr einige Möglichkeiten durch den Kopf, die sie aus Actionfilmen kannte. In Hundertstelsekunden hatte sie den Angreifer im Kopf schon mindestens auf drei verschiedene Arten erledigt. Tatsächlich stand sie wie gelähmt an der Bar und wartete, dass das Schicksal zuschlug.

Der Wüterich spreizte seine Finger. Alle zehn schossen in Richtung Kajas Kehle. Sie schloss die Augen. Vielleicht war noch Zeit genug, wenn er sie würgte? Sie tastete nach einem Gegenstand. Glas, Flasche, Aschenbecher. Nichts. Nur ein Päckchen Zigaretten. Sollte sie jetzt ihre letzte rauchen? Sie lachte leise und wartete auf den Angriff. Nichts geschah. Hatte sie das alles nur geträumt? Zu viel Alkohol? Zu viel Drama? Zu viel von allem. Sie wollte die Augen schon wieder öffnen, zwang sich aber, sie ein paar Sekunden länger geschlossen zu halten. Sie stellte sich vor, was geschehen war: Der Riese hatte die Situation mitbekommen und hatte den Grapscher erledigt. Ja, so war es. Kaja öffnete zufrieden die Augen und sah in das Faungesicht Verdis. Am Boden lag regungslos der Angreifer.

«Ist er etwa tot?», fragte sie.

«Nein. Das können wir uns hier nicht erlauben. Er schläft seinen Rausch aus.»

«Was tun Sie hier?», fragte Kaja.

«Sie beschützen.»

«Woher wissen Sie, dass ich hier bin?»

«Wohin sollten Sie sonst? Sie haben mich bei Zweifel gesehen und mussten via Amir Stahl abziehen. Also liegt es nahe, dass Sie hierher sind.»

«Hat Carmen mich verraten?»

«Nein. Ich lebe davon, besser und schneller wahrzunehmen als andere.»

«Und jetzt wollen Sie mich wieder zurückschleppen? Bin ich etwa Zweifels Geisel?»

«Ich würde sagen, er sieht Sie eher als sein Pfand an. Er hat viel in das Geschäft investiert.»

«Ich auch.»

«Bezahlt hat aber bislang nur Glaser.»

«Und mein Vater? Wo ist er?»

«Das wüssten wir eben gerne. Wir alle. Zweifel, Sie und ich.»

«Warum Sie?»

«Weil ich nicht nur für Zweifel arbeite.»

«Weiss er das?»

«Er rechnet damit. Auch er hat sich bestimmt doppelt abgesichert.»

«Und für wen arbeiten Sie noch?»

Er lachte leise. «Das haben Sie nicht wirklich gefragt.»

«Nein, habe ich nicht.»

«Also? Gehen wir?»

Kaja drehte sich zum Barkeeper. «Für mich noch einen Cuba Libre.» Zu Verdi. «Und Sie? Ich lade Sie ein.»

«Ich trinke nicht.»

«Fruchtcocktail. Oder ich mache hier eine Szene, die Sie bestimmt nicht gebrauchen können.» Sie sah ihn herausfordernd an.

«Maracuja.»

«Mit Eis?»

«Und Minze.»

Kaja bestellte und nahm ihren Drink entgegen. Sie prostete Verdi zu und nahm einen grossen Schluck.

«Wollen Sie sich betrinken?»

«Habe ich schon. Ich vertrage nämlich nichts.» Sie stellte das Glas auf die Theke. «Aber ich geniesse es. Möchte nicht zu schnell umkippen.» Sie sah ihn an, musterte ihn genau. Jetzt, mit ausreichend Alkohol, getraute sie sich. «Sie sehen gut aus. Geheimnisvoll. Haben Sie Familie?», fragte sie.

«Wie man es nimmt.»

«Schwul?»

«Eher Mönch.»

«Die meisten Mönche sind schwul.»

«Die echten entsagen.»

«Dafür morden sie für das Kreuz. Hat auch Erotik.»

«Finden Sie?»

«Gewalt ist Erotik. Das ist nicht neu.»

«Als Pauschale schon.»

«Kommen Sie, seien Sie nicht so steif. Erzählen Sie mir etwas von sich. Im Musikgeschäft waren Sie auch geschmeidig.»

«Da ging es auch um Musik. Nicht um mich. Mich gibt es nicht. Ich funktioniere. Und am ehesten existiere ich, wenn ich mich mit Musik vereine.»

«Spielend? Oder hörend?»

«Das eine schliesst das andere nicht aus.»

«Heissen Sie wirklich Verdi?»

«Nur für diese Vier Jahreszeiten.»

Sie lachte. «Der war gut. Da trinke ich drauf.» Sie tat es. «Und was ist mit Stahl? Kennen Sie ihn?»

«Sie haben doch an der Tür gelauscht.»

«Ich habe nur gehört, dass Sie sagten, er könne zickig werden, wenn er sich übervorteilt fühlt.»

«Ja, das kann er. Und das ist unangenehm. Das gilt es zu vermeiden.»

«Woher kennen Sie sich?»

«Wir arbeiten im gleichen Metier. Da kommt es zwangsläufig vor, dass man sich hin und wieder über den Weg läuft.»

«Heisst das, Amir hätte mir auch Sie empfehlen können?»

«Wohl kaum.»

«Warum nicht?»

«Ich bin teurer.»

«Sind Sie auch besser?»

«Stahl ist nicht mehr der, der er einmal war.» Er strich sich mit dem Daumennagel über das dünne Bärtchen.

«Wie meinen Sie das?»

«Von Rennfahrern sagt man, dass sie unbewusst nicht mehr voll aufs Gaspedal steigen, wenn sie Vater geworden sind.»

«Ist Stahl Vater?»

«So in etwa. Er hat jedenfalls ein Gewissen bekommen. Und das lässt in manchen Situationen zögern. Manchmal in den entscheidenden.»

«Ich möchte trotzdem, dass er wieder für mich arbeitet.»

«Das will aber Zweifel nicht. Und mir wäre es auch recht, wenn Stahl nicht unnötig Lärm machte.»

«Und wie wollen Sie mich daran hindern, dass ich ihn wieder einstelle?»

«Da gibt es zwei Möglichkeiten: Die erste: indem ich ihm mehr zahle.»

«Können Sie das?»

«Will ich das?»

«Und die zweite?»

Er leerte den Maracuja-Cocktail und stellte ihn neben Kajas Cuba Libre. «Machen Sie nicht mehr so lange. Solche Typen werden immer mehr, je später der Abend.» Er zeigte auf den noch immer bewusstlosen Grapscher und ging.

***

Stahl ärgerte sich. Er hätte Siggi gleich um eine genauere Beschreibung der Frau bitten sollen. Siggi konnte gut zeichnen. Früher hatte er sich mal mit Karikatur-Porträts von Touristen über Wasser gehalten. Das war noch, bevor er dem Suff endgültig verfallen war.

Stahl steuerte auf einen Junkie zu, den er schon häufiger auf der Piazza gesehen hatte. Er schien auf Methadon zu sein. Jedenfalls unterhielt er sich angeregt und durchaus klar mit einer Prostituierten aus dem Osten. «Warum sollten sie die Schiffe aus Afrika an Land lassen? Die lassen doch schon ihre eigenen Leute im Land ersaufen», sagte er und meinte es wohl auch. Das Mädchen schüttelte den Kopf. «Nein, das ist etwas anderes. Wenn du erst mal an Land bist, hast du eine Chance.»

«Was redest du? Schau dich an! Was für eine Chance hast du?»

«Das verstehst du nicht. Du warst nie unterwegs.»

Stahl störte den Diskurs. «Entschuldigt, ich suche Siggi. Habt ihr ihn gesehen?»

Der Junkie trat einen Schritt zurück und musterte Stahl. «Woher kenne ich dich?»

Das Mädchen brachte sich in Position. «Ich kenne dich zwar nicht, würde dich aber gerne kennenlernen.»

«Siggi. Ich will nur wissen, ob ihr Siggi gesehen habt.»

«Ich kenne dich, aber es fällt mir nicht ein.» Der Junkie dachte intensiv nach. «Aber du hast schlechte Vibes, das spüre ich. Du bringst nichts Gutes.»

«Ich spüre da was ganz anderes.» Das Mädchen kam einen Schritt an Stahl heran. Er zog einen Fünfziger und wedelte damit vor dem Gesicht der beiden. «Wer weiss was?»

Der Junkie wollte nach der Note schnappen, das Mädchen war schneller. «Siggi ging mit einem Mann weg. Mehr weiss ich nicht.»

«Wann?»

«Vor etwa zwei Stunden.»

«In welche Richtung?»

Sie verdrehte die Augen, als ob sie nachdenken würde. Stahl brachte eine weitere Note ins Spiel. Das Mädchen griff danach, Stahl zog schnell die Hand zurück. «Wohin?» Er wedelte mit dem Geld vor ihrer Nase.

«In Richtung Sihl.»

«Wie sah der Mann aus?»

«Reich. Ich dachte erst, er wäre ein Freier.»

«Hast du ihn angequatscht?»

«Wofür hältst du mich? Bin ich so eine?» Sie lachte.

Stahl steckte humorlos den Schein in die Tasche.

«Ja. Natürlich habe ich ihn angequatscht.»

«Und? Hatte er einen Akzent?»

Sie streckte die Hand aus. Stahl holte die Fünfzigernote wieder hervor und legte sie ihr darauf.

«Schweizer war er nicht. Sah italienisch aus, ein bisschen auch wie ein Zigeuner. Aber er redete nicht wie einer. Sehr sauber. Vornehm. Fast wie du.»

«Was hat er gesagt?»

«Das Gleiche wie du. Er hat mich nach Siggi gefragt. Und ich habe ihm gegen ein Trinkgeld gesagt, wo er ist. Ich hätte nie gedacht, dass mir Siggi mal Kohle einbringt, ohne dass ich die Beine breit machen muss.» Sie lachte wieder. «Und das gleich zweimal am selben Abend.»

«War vielleicht so einer von den Reichen, die Selbsterfahrung in der Armut suchen. Arschlöcher.» Der Junkie brachte sich wieder ins Spiel.

«Was weisst du von denen?», fragte Stahl.

Der Junkie grinste und zeigte schlechte Zähne. «Du glaubst doch nicht, dass du bei mir Infos gratis kriegst und die wie eine Gans stopfst, während ich zuschaue?» Er rieb Daumen gegen Zeigefinger und hielt seine Hand vor Stahls Gesicht. Stahl packte die Hand, drehte sie um, dass der Junkie auf die Knie musste, wollte er sich nicht das Gelenk brechen lassen. Stahl zog ihn an eine Häuserwand. Der Junkie jaulte, das Mädchen machte, dass sie mit ihrer Beute verschwand.

«Es gibt verschiedene Arten von Bezahlung. Küsse oder Schläge. Dazwischen nichts.»

«Lass mich los. Ich habe dir nichts getan.»

«Ich dir auch noch nicht. Aber das kann ganz schnell gehen. Also? Was weisst du von den Betteltouristen?» Er liess ihn los. Der Junkie rappelte sich auf und wollte abhauen. Stahl hatte es geahnt, packte ihn an Arm und Kragen und schleuderte ihn gegen die Hauswand. Mit einem Satz war er hinter ihm und drehte ihm den Arm auf den Rücken. «Alle werden denken, dass ich ein Bulle in Zivil bin», sagte Stahl leise. «Ich könnte dich jetzt einfach abführen und in der Sihl ersäufen. Kein Hahn würde nach dir krähen.»

«Diesmal nicht verbrennen? Feuer und Wasser im Wechsel? Katholikenmonster.» Der Junkie hatte es unter Schmerzen und mit dem letzten Mut gepresst, den er aufbrachte.

Stahl liess ihn los. Der Junkie drehte sich vorsichtig um und lauerte. «Komm, mach schon. Bring mich um, wie Matthi und die Kinder.»

Stahl schwieg. Der Junkie nutzte es, um nachzulegen. «An deiner Stelle würde ich ganz kleine Brötchen backen. Du stehst nämlich auf der Liste. Wenn die Bullen dich nicht bald schnappen, fickt dich einer von uns.»

«Es war ein Unfall.» Stahl wusste selbst nicht, warum er das dem Kerl sagte.

«Natürlich. Alle verbrennen, die in der Wohnung sind, nur du kommst lebendig heraus.»

Stahl fasste in die Innentasche seines Mantels. Der Junkie zuckte zusammen. Stahls Hand brachte ein silbernes Zigarettenetui zum Vorschein. Es schnappte auf. «Willst du eine?»

Der Junkie fingerte sich nervös eine Zigarette heraus. «Du drehst?»

Er schüttelte den Kopf.

«Beruhigt die Nerven, und ich rauche nicht so viel. Ausserdem ist es günstiger.»

«Ihr Reichen wisst, wie man Geld spart.» Er lachte und steckte sich die Kippe zwischen die Lippen. Stahl wollte ihm Feuer geben, da riss sich der Junkie die Kippe vom Mund. «Ist die vergiftet?» Er sah Stahl an, als habe er eine Vision.

«Vergiftet?»

«Ich habe so etwas mal in einem Roman gelesen. KGB oder CIA, weiss nicht mehr so genau. Jedenfalls hat da einer seine Gegner immer mit vergifteten Zigaretten umgelegt.» Er schnupperte an dem Stängel. «Riecht jedenfalls komisch. Was ist da drin?»

«Dope.»

Der Junkie lachte. «Nein, nein. Dope rieche ich auf hundert Meter gegen den Wind. Die Bullen könnten mich als Drogenhund einsetzen, im Ernst. Aber wenn ich das Zeug hätte, würde ich es nicht mehr hergeben.» Er lachte noch mehr, gefiel sich in seinem Oberwasser. Plötzlich unterbrach er wieder abrupt und schnupperte erneut an der Zigarette. «Das riecht seltsam. Was ist das? Nervengift? Das Zeug, das die Russen gerade in England einsetzen? Hab so was gelesen.»

«Nowitschok.»

«Was?»

«Das Nervengift. Es heisst Nowitschok und ist geruchlos.»

«Und was ist da drin?»

«Guter Tabak. Und etwas Weihrauch.»

«Was? Du verarschst mich. Weihrauch? Damit schläfern doch die Pfaffen ihre Lämmer ein.»

«Hildegard von Bingen empfiehlt es zur Verdauung, die alten Perser sagten, es stärke Geist und Verstand.»

«Ist doch egal, woran ich verrecke. Immerhin habe ich dann eine letzte Zigarette gehabt.» Er steckte sich die Kippe in den Mund und reckte den Hals, damit Stahl ihm Feuer gab.

Stahl gab ihm ein Päckchen Streichhölzer mit dem Logo des «Beverly Hills». «In Richtung Sihl, sagtest du?»

«Ja.» Er zündete die Zigarette an und zog gierig. «Gar nicht mal so übel.»

«Schmeckst du überhaupt noch was?»

«Tod. Den Tod schmecke ich. Überall. Aber in deiner Nähe stinkt es besonders.»

Stahl zückte eine Fünfzigernote. «Willst du das Geld trotzdem?»

«Behalt dein verficktes Geld. Du bist der Teufel. Und du hast Matthi auf dem Gewissen. Und die Kinder.» Er schielte auf die Note, riss sie Stahl aus den Fingern und flüchtete auf den Platz zurück.

***

Kaja spürte die Drinks. Stahl war noch immer nicht aufgetaucht. Draussen wartete das Taxi. Vielleicht sollte sie nach Hause fahren. Nach Hause? Wo war ihr Zuhause? Jedenfalls nicht an der Goldküste bei Zweifel. Dort war ihr Gefängnis. Dorthin wollte sie noch nicht. Sie wusste, dass kein Weg daran vorbeiging. Das Spiel musste durchgezogen werden. Es ging um mehr als ihr Leben. Es ging um die Menschheit. Wenn der digitale Markt plötzlich wegbrechen würde, es wäre ein Schritt in die tiefste Steinzeit. Aber der Mensch hat immer Lösungen gefunden. Derzeit wich er noch aus und löste das Problem der Materie mit immer klügerer Software. Doch der Kollaps würde kommen. Und zwar schneller, als alle dachten.

«Noch einen?», fragte Silvio und nahm das leere Glas von der Theke.

«Etwas ohne Alkohol, mit viel Koffein.»

«Synthetisch?»

«Bio und Fair Trade. Dann fühle ich mich gleich auch noch als besserer Mensch.» Sie grinste und fuhr sich trunken durch die Haare.

«Kommt sofort.» Er drehte sich zur Kaffeemaschine und hantierte. Jeder Griff sass. Er tanzte hinter der Bar mit seinen reduzierten Bewegungen und Griffen mindestens so erotisch wie die Mädchen an der Stange. Ob er sich dessen bewusst war? Er setzte Pausen, liess Bewegungen ausklingen und begann die nächste Aktion erst, wenn sie organisch im Rhythmus schwang.

Kajas Vater hatte sich ein Leben lang mit Tai-Chi gestärkt und die perfekte Bewegung gesucht. Kaja hatte oft im Gymnastiksaal auf dem Boden gesessen, ihm dabei zugeschaut und versucht, die Bewegungen mit schwarzer Wasserfarbe und Pinsel einzufangen. Manchmal waren schöne Bilder dabei herausgekommen. Meist waren sie aber eckig geworden, und nie hatten sie das ausgedrückt, wonach sie gesucht hatte. War dem Vater eine Bewegung mal besonders gut gelungen, hatte Kaja es verpasst, sie festzuhalten, weil sie so fasziniert davon gewesen war, wie Anton in der Linie der Bewegung verschwand. Und in Momenten, in denen der Vater nur eckig und sportiv die Übungen als Disziplin abhandelte, hatte Kaja die Unzulänglichkeit mit extraweichen Bögen zu vertuschen gesucht. Aber Anton war nicht blöd. Und er war niemand, der sich selbst belog. Er hatte Kaja dann gerügt und ihr erklärt, dass es keinem half, wenn man ihm die eigenen Fehler nicht spiegelte, sondern schönmalte. Und so war sie immer schonungsloser geworden und Anton immer besser im Verschwinden hinter der Bewegung. Und nun war er tatsächlich verschwunden.

«Was machen Sie denn hier?» Es war Amir.

Silvio stellte den Espresso für Kaja auf die Theke.

«Ich nehme auch so etwas», sagte Amir und drehte sich zu Kaja. «Sie gehören längst ins Bett.»

«Machen Sie jetzt Babysitter-Ablöse?», fragte Kaja und rührte Zucker in den Kaffee. «Sie brauchen gar nicht so verwundert zu tun. Ich kann zählen. Darin bin ich gut.»

«Ich verstehe nicht, wovon Sie reden. Und ich verstehe nicht, warum Sie hier sind. Stahl ist draussen, hat Zweifel Ihnen das nicht deutlich gesagt?»

«Ich möchte ihn wieder reinholen.»

«Autsch. Das gibt Spannungen.»

«Sonst wäre es auch langweilig.» Sie trank. «Ich vertraue nur Stahl.»

«Sie kennen ihn doch gar nicht.»

«Sie haben ihn mir empfohlen.»

«Stimmt.»

«Und Sie haben ihn mir als den Besten angepriesen.»

«Macht das nicht jeder Händler?»

«Sie hätten mir auch Verdi anpreisen können.»

«Verdi?»

«So nennt er sich jedenfalls. Haben Sie ihn nicht Zweifel vermittelt?»

«Ich kenne nur Giuseppe Verdi.»

«Ein Faunsgesicht. Italiener vielleicht.»

«Moment. Ein Faunsgesicht? Hat er etwas von Django Reinhardt? Ein Manouche?»

«Ja, wenn man so will, kann man auch das sagen.»

«Il Zingaro.» Amir pfiff durch die Zähne. «Da wird aber ganz grosses Geschütz aufgefahren.»

«Sie kennen ihn also?»

«Wenn er es ist. Ich kenne ihn als Dado. Für jede Operation nennt er sich anders. Verdi. Warum Verdi? Macht das Sinn?»

«Er spricht gerne über Musik.»

«Zigeuner reden immer über Musik. Musik oder Geld. Oder Frauen. Klischee, ich weiss. Dado erfüllt es, wenn er muss. Aber er spricht gerne über alles. Er hat an der Gregoriana gelernt.»

«Wie Stahl?»

«Ja.»

«Kennen sich die beiden?»

Amir druckste und nahm seinen Espresso entgegen. Es schien ihm lieb, jetzt Zeit zu gewinnen.

«Ich habe Sie etwas gefragt.»

«Könnte ich noch einen zweiten Zuckerbeutel haben? Danke.» Er riss zwei Päckchen Zucker auf, schüttete deren Inhalt in den Kaffee und rührte, als würde er sich damit beruhigen. Endlich legte er den Löffel zur Seite und sah ernst zu Kaja. «Es gibt eine Geschichte, die kursiert. Der Zingaro, oder bleiben wir bei Verdi, das macht es leichter. Oder doch Dado? Was ist Ihnen lieber?»

«Wenn Sie wollen, können wir ihn auch x und y nennen, bis Sie endlich mit Ihrer Gleichung herausrücken.»

«Dado und Stahl hatten gerade beim Vatikan angefangen.»

«War Dado auch bei der Schweizergarde?»

«Nein. Es gibt neben der Garde auch andere Spezialeinheiten. Dunkle Zellen, die Sonderaufgaben übernehmen und dadurch flexibler arbeiten können. Aber in jenem Einsatz arbeiteten die beiden Abteilungen zusammen. Dadurch kamen Dado und Stahl zusammen.»

«Wo war der Einsatz? Worum ging es?»

«Weiss ich nicht mehr.» Amir schaute so, dass Kaja begriff.

«Weiter.»

«Es kam zu einem heftigen Gefecht zwischen der gegnerischen Partei und den Römern. Dado hatte sich dabei eine Kugel gefangen, und Stahl hat ihn heimgebracht.»

«Stahl hat Dado das Leben gerettet?»

«Kann man so sagen.»

«Also sind sie Freunde.»

«Wochen später kam heraus, dass sie überhaupt in die Bredouille gekommen waren, weil sie verraten worden waren. Der Verräter war Dado.»

«Oh! Heisst das, es war auch geplant, dass er angeschossen wurde?»

«Richtig. Er wollte, dass Stahl ihn zurücklässt, damit er dann offiziell für tot erklärt werden konnte.»

«Hatten ihm die anderen so viel gezahlt?»

«Es ging nicht nur ums Geld. Ein toter Dado hätte noch ganz andere Operationen erledigen können als ein offiziell geführter Agent.»

«Weiss Stahl davon?»

«Was glauben Sie?»

«Dann sind Dado und Stahl nicht die besten Freunde.»

«Man sieht, dass Sie rechnen können.»

«Trotzdem war er hier.»

«Was wollte er?»

«Mich zu Zweifel zurückbringen.»

«Nur das?»

«Was meinen Sie?»

«Sind Sie sicher, dass er nur für Zweifel arbeitet?»

«Sie haben doch gesagt, ich könne rechnen.» Kaja hob herausfordernd die Brauen. «Warum sollte ich Ihnen etwas erzählen, wenn ich mehr wüsste? Arbeiten Sie nicht auch für jeden?»

«Nicht für jeden. Ich habe Prinzipien.»

«Guter Gauner, schlechter Gauner? Das gibt es nicht. Das ist Romantik.»

«Und? Wenn es mir und meinem Gewissen mit Romantik besser geht. Jedem seine Philosophie.»

«Romantik ist keine Philosophie.»

«Aber Seneca.»

Kaja nahm den Treffer und atmete durch. «Es war nicht meine Idee, sich auf dieses blöde Abenteuer einzulassen.»

«Warum haben die Männer das getan?»

«Das wissen Sie doch. Sie wollten sich erden, um den Kopf für den bevorstehenden Endspurt freizukriegen. Eine alte Strategie, auch von ranghohen asiatischen Kriegsführern. Fasten. Sich auf das Notwendige konzentrieren, um so der Verblendung der Gier zu widerstehen. Aber so, wie Sie aussehen, ist Entsagung ein Fremdwort für Sie.»

«Sie glauben gar nicht, worauf ich alles verzichten muss. Und gerade dieser Frust ist es, der mich so fett macht.» Er wandte sich an den Keeper. «Ein Mineralwasser bitte.» Wieder zu Kaja. «Sehen Sie, schon habe ich ein schlechtes Gewissen und trinke Wasser statt Wein.»

«Es ist mir egal, was Sie trinken und wie Sie leben, ich will nur nicht, dass Sie sich über meinen Vater lustig machen.»

«Entschuldigung, so war das nicht gemeint. Ich kann mir noch immer nicht vorstellen, dass drei Männer in einer heissen Entwicklungsphase den Fuss vom Pedal nehmen und eine Woche Bettler im Kreis 4 von Zürich spielen.»

«Können Sie sich den unendlichen Raum zwischen einzelnen Atomen vorstellen? Oder dass wir beide uns gerade in der Schnittmenge zweier unterschiedlicher Dimensionen befinden?»

«Was?»

«Sehen Sie. Es liegt nicht an dem, was tatsächlich ist, sondern an Ihrer Auffassung davon, was sein kann.»

Amir trank das Mineral in einem Zug aus und bezahlte. «Darüber muss ich nachdenken. Teilen wir uns ein Taxi?»

«Ich bleibe und warte auf Stahl.»

«Wie Sie wollen.» Er tippte sich mit dem Finger an die Stirn. «Ich mag hier oben zwar nicht der Hellste sein, aber mein Bauchgefühl sagt mir, dass es keine gute Idee ist, Stahl wieder mit ins Spiel hineinzuziehen. Gute Nacht.»

Amir ging.

***

Stahl überquerte die Strasse, die zur Sihl führte, und sah auf den kleinen Fluss hinab. Am Ufer war nichts los. Es war fast drei Uhr morgens, feuchter Oktober, wer sollte sich da tummeln? Gegenüber standen zwei Gebäude der ZHdK. Dort wurde Schauspiel studiert. Dahinter lag die Gessnerallee. Wohin war der Fremde mit Siggi abgezogen? Und warum? Der Junkie hatte gesagt, dass er vornehm sprach und wie ein Zigeuner aussah. Wenn Stahl richtiglag, was er nicht hoffte, handelte es sich um Dado, den sie den Zingaro nannten. Stahl hatte ihn immer nur Dado genannt. Es war eine Sache des Respekts. Sie waren Freunde gewesen. Dado hatte Stahl in den Semesterferien mit nach Antwerpen genommen, ihn seiner Familie vorgestellt. Gipsys, die in Wohnwagen lebten und es in Belgien gut aushalten konnten. Django Reinhardt war auch aus Belgien gekommen. Und Stahl hatte sich gefühlt, als wäre er in die Zeit zurückgeworfen, in der Django den Gipsy-Jazz in die Tanzsäle gebracht hatte. In Dados Familie musizierten alle. Dado spielte zwar die Gitarre, aber nur ungern. Als Nebeninstrument. Sie war bei den Gipsys die Königin seit Django. Und jeder, der in der Sippe die Gitarre wählte, wusste, dass er sich an Django messen lassen musste. Dado war diesem Druck geschickt ausgewichen. Es hatte nicht daran gelegen, dass er nicht ehrgeizig genug gewesen wäre, die Gitarre auf ein hohes Niveau zu bringen. Aber mit der Geige stand er nicht so im Fokus und konnte in Ruhe studieren, was er wollte. Da war die Musik in den Vorbildern freier. So hatte Dado es Stahl wenigstens in einer Nacht zwischen den Wohnwagen am Lagerfeuer erklärt. Und dann hatte er die Geige genommen und Bach gespielt. Ganz leise, während das Feuer knisterte. Es war der intimste Moment, den Stahl je mit einem Menschen gehabt hatte. Und er war froh gewesen, dass er Dado dafür später das Leben hatte retten können. Dass er ausgerechnet damit die Freundschaft für immer zerstört hatte, war Ironie des Schicksals.

Er entschied sich, ans Ufer hinunterzugehen. Instinkt. Vielleicht weil er glaubte, Dado werde Siggi umlegen wollen. Und das tat man besser, wo einem niemand in die Quere kam. Stahl musste aufpassen, dass er mit seinen glatten Sohlen auf dem feuchten Gras nicht ausrutschte. Es gelang ihm, sauber unten anzukommen. Welche Richtung? Links nach unten in Richtung Limmat? Oder flussaufwärts gen das Sihlhölzli? Stahl entschied, gegen den Strom. Kein Instinkt, sondern Gewohnheit. Und es dauerte nicht lange, da sah er einen Menschen im Gras liegen. Er mass die hintere Umgebung, ob dort ein Hinterhalt sein könnte, in dem sich noch ein anderer verbergen konnte. Nur eine Kastanie, deren Stamm nicht dick genug war, um sich dahinter zu verstecken.

Stahl näherte sich. Vielleicht ein Junkie, der sich hier seine Ration gegeben hatte? Oder ein Obdachloser, der es im Suff nicht mehr geschafft hatte, eine Bleibe mit Dach zu finden? Dass Stahl dies dachte, entsprang mehr einer Hoffnung. Vor ihm lag Siggi und starrte ihn an. Ein sauberer Schnitt hatte ihm die Kehle durchtrennt. Ein Profi. Dado. Es lohnte sich nicht, Siggi nach etwas zu durchsuchen. Wenn, fand Stahl nur das, was Dado wollte, dass er es fand.

Von der Strasse klangen Stimmen. Taschenlampen durchschnitten das Dunkel. Ein Strahl traf Stahl und streifte den Toten. «Hierher! Da ist jemand.» Polizei. Jemand hatte sie hierhergeschickt. Der Junkie war es bestimmt nicht. Stahl tippte auf Dado. Er hatte ihm eine Falle gestellt. «Bleiben Sie stehen!», schrie eine weitere Stimme von oben. Eine Taschenlampe zielte auf Stahl. Stahl drehte sich weg, damit man sein Gesicht nicht sehen konnte. Er konnte sich nicht erlauben, mit der Polizei aufs

Revier zu gehen. Die Geschichte mit den Verbrannten würden sie ihm anhängen. Die Junkies würden genügend Zeugen stellen, die gegen Stahl aussagen würden, weil sie wollten, dass er für die Toten sühnte. Man würde seine Vita aufrollen, ihn als Killer stempeln und einbuchten. Der Vatikan würde ihn nicht mehr schützen. Die Zeiten waren vorbei. Dado hatte den Tatort brillant gewählt. Stahl hatte keine Möglichkeit, nach rechts oder links abzuhauen. Bis der nächste Strauch kam, hatten sie ihn locker eingefangen oder gar angeschossen. Es blieb ihm nur der Sprung ins Wasser. Die Sihl führte gerade viel, weil es in den Bergen stark geregnet hatte. Trotzdem war die Strömung schwach genug, dass Stahl ohne Mühe ans andere Ufer schwimmen konnte. Der Fluss war schmal. Deswegen auch keine grosse Distanz, die Stahl zwischen sich und die Polizisten brachte. Aber die Polizei musste sich erst entscheiden, ob sie auch nass werden wollte oder über die Brücke an ihn herankommen.

Stahl kletterte die Böschung nach oben und verschwand zwischen zwei Gebäuden der Schauspielschule. Er huschte über die Gessnerallee und lief zum Alten Botanischen Garten. Dort kroch er in ein Gebüsch und lauschte. Sie waren ihm nicht durch den Fluss gefolgt. Sie würden ihn strategisch einkreisen. Eine Fahndung ausrufen. Stahl steckte in der Klemme. Ihm fielen nur zwei Leute ein, bei denen er kurzfristig untertauchen konnte. Maria und Savic. Savic wohnte in Oerlikon, Maria im Kreis 4. Das war näher. Er würde Savic von Maria aus kontaktieren, damit er ihm beim Abtauchen helfen konnte. Aber zuerst musste er ins «Beverly Hills». Zwar würde die Polizei dort als Erstes nach ihm suchen. Doch er musste es riskieren. Er kroch aus dem Gebüsch und sah sich um. Nichts Verdächtiges. Er verliess den Park und ging über die Stauffacherbrücke in den Kreis 4 zurück.

***

Kaja zählte zu den drei letzten Gästen. Neben einem sturzbesoffenen Dicksack, der auf einem Hocker in einer Nische mit sich selbst redete, lungerte nur ein Pärchen mittleren Alters an der Bar, das sich stritt. «Für mich ist es Sexismus», sagte sie.

«Warum bist du dann mitgekommen?»

«Weil ich sehen wollte, was für ein Chauvinist du bist.»

«Aber am Anfang hat es dir auch gefallen.»

«Weil ich mich habe blenden lassen. Es sah am Anfang aus wie eine Show im Zirkus.»

«Das ist es auch. Nichts anderes. Es ist eine Show.»

«Nein. Ist es nicht. Es ist bitterer Ernst. Hier verkaufen Frauen ihre Haut, damit Männer wie du sich aufgeilen können.»

«Was ist schlimm daran, wenn man seine erotischen Phantasien auslebt?»

«Wenn andere dafür missbraucht werden, ist das sehr schlimm.»

«Ich missbrauche doch niemanden, nur weil ich hierherkomme und mir anschaue, wie er tanzt.»

«Sie.»

«Was?»

«Sie tanzt. Nicht er.»

«Du nervst mit deinem Genderscheiss.» Er stand auf und ging.

«Weglaufen, wie immer. Sich erst den Schwanz an Opfern hart machen und ihn dann einziehen. Arschloch.» Sie drehte sich zum Keeper. «Gib mir noch einen.»

«Tut mir leid. Letzte Runde war schon.»

Sie sah ihn scharf an. «Wenn ich einen Schwanz hätte, dann hättest du mir noch einen gegeben, richtig? Ihr könnt mich alle mal am Arsch lecken.» Sie kramte in ihrem Portemonnaie. «Ich zahle mit Karte. Auch für den Idioten.»

Der Kellner stellte ihr das Lesegerät hin, sie tippte unter Mühe den Code, wartete auf die Verarbeitung und sah zu Kaja herüber. «Hat er dich auch sitzen lassen?»

«Er wird noch kommen.»

«Ach, er war noch nicht einmal da? Oh Gott, Mädchen. Wie lange wartest du denn schon? Der Laden macht dicht. Das kannst du vergessen. Der kommt nicht mehr. Alles Arschlöcher.» Sie grüsste mit der Bankomatkarte und schwankte nach draussen.

«Ich mache gleich zu», sagte Silvio, der mit einem feuchten Lappen über die Theke wischte.

«Vorher machst du mir aber noch einen Kaffee.» Es war Lukas. Er setzte sich neben Kaja. «Tut mir leid. Das ist eigentlich nicht seine Art. Da muss etwas Wichtiges dazwischengekommen sein.»

«Schon gut. Wir waren ja nicht wirklich verabredet.»

«Trotzdem. Sie hätten Ihre Zeit bestimmt besser nutzen können.»

«Ach, es war unterhaltsam.»

Silvio stellte den Espresso hin. «Wollen Sie auch noch einen, bevor ich die Maschine reinige?»

«Danke, nein. Ich würde mich lieber hinlegen.»

«Ich rufe Ihnen ein Taxi.»

Kaja fiel das Taxi ein, das sie für zwei Stunden angeheuert hatte. «Ich glaube, draussen steht schon eins für mich.»

«Das glaube ich nicht», sagte Lukas. «Das letzte hat gerade die Frau genommen, die auf alle Männer schimpfte.» Er lachte leise. «Mir hat sie beim Einsteigen auch noch eine verpasst. Wissen Sie, was sie gesagt hat? Der Unterschied zwischen mir und einem Neandertaler wäre nur der Anzug.»

«Und was haben Sie geantwortet?»

«Ich musste erst einmal überlegen, was sie damit meint. Und dann sah ich einen Neandertaler im Anzug in meiner Phantasie und musste lachen. Und dann sah ich alle Anzugträger, vom Banker bis zum Politiker, als verkleidete Neandertaler und musste noch mehr lachen. Und dann war das Taxi schon weg.»

«Was hätten Sie ihr geantwortet?»

«Dass sie recht hat.» Er lachte. «Soll ich Ihnen ein Taxi rufen?»

«Lieber wäre es mir, wenn ich hinten im Büro auf Stahl warten könnte.»

Lukas kratzte sich am Kinn. «Weiss nicht, ob das geht.» Er drehte sich zum Keeper. «He, Silvio. Die Lady will hinten auf Stahl warten. Was sagst du?»

Silvio zuckte mit den Schultern. «Wenn er jetzt noch nicht da ist, wird er auch nicht mehr kommen. Dann wird er eher zu Hause sein. Warum rufen Sie ihn nicht an?»

«Wollte ihn nicht stören.»

«Das heisst, er weiss gar nicht, dass Sie hier auf ihn warten?», fragte Lukas.

«Sollte eine Überraschung sein. Wir kennen uns von Rom.»

«Ah, verstehe. Na ja, ich fände Sie eine tolle Überraschung.» Lukas zwinkerte. «Stahl ist ein Glückspilz. Bei Frauen ist der ganz vorn. Der kann das ganz gut. Aber von Dauer ist da auch nie was.» Er sah sie an, merkte, dass er aus dem Nähkästchen plauderte. «Oh, Entschuldigung, so war das nicht gemeint.»

«Alles gut. Ich kenne ihn. Wir sind eher wie Geschwister.»

«Klar.» Er zwinkerte wieder und stand auf. «Kommen Sie, dann bringe ich Sie mal nach hinten.

Kaja folgte ihm.

***

Stahl war durch die kleinen Strassen zum Hintereingang des «Beverly Hills» geschlichen. Er wollte Maria nicht tiefer in die Geschichte hineinziehen. Es war also besser, nicht bei ihr Unterschlupf zu suchen. Er war ohne Schwierigkeiten durchgekommen. Die Polizei hatte in so einer Nacht genügend zu tun, da konnten sie nicht ihr ganzes Personal auffahren, um ihn zu jagen. Einer, vielleicht zwei Polizisten hatten sein Gesicht gesehen, obwohl er sich sofort abgewandt hatte, als er bei dem Toten gestanden hatte. Aber so prominent war Stahl nicht, dass er gleich von jeder Streife erkannt wurde. Im Gegenteil. Er hielt sich, so gut er konnte, aus der Schusslinie. Als Eddie vom Knast aus eine Werbekampagne anzetteln wollte, in der er dem Boulevard Stahl, den Ex-Gardisten, als Interims-Geschäftsführer anpreisen wollte, war Stahl Eddie sofort auf die Zehen getreten. Er hatte gelernt, im Dunkeln zu arbeiten, dort wollte er auch bleiben.

Er öffnete leise die Metalltür und lauschte. Auch wenn die Polizei noch nicht da war, Dado wusste bestimmt, wo Stahl wohnte und arbeitete. Deswegen hatte sich Stahl auch nicht für die Wohnung in der Engelstrasse entschieden, sondern war hierhergekommen. Hier gab es zwei Ausgänge, und es war ebenerdig.

Der Korridor war leer. Stahl überlegte, ob er in die Bar sollte, um Silvio und Lukas zu sagen, dass er da war. Er entschied sich dagegen. Es war besser, wenn keiner wusste, wo er sich aufhielt. Er steuerte auf die Tür seines Büros zu und drückte leise die Klinke. Wieder lauschte er. Er vernahm ein Atmen. Es kam aus der Richtung, in der das lederne Sofa stand, auf das Stahl sich gerne zurückzog, wenn er die ganze Nacht hier verbrachte.

Er schloss die Tür hinter sich und schlich zum Sofa. Durch den Laternenschein, der durch die Jalousien ein Streiflicht schoss, erkannte er, dass Kaja auf dem Sofa schlief. Sollte er sie schlafen lassen und doch besser bei Maria Unterschlupf suchen? Aber warum war sie hier? Hatte sie ihn nicht abgezogen?

Er stupfte sie sachte an. Sie grummelte und drehte sich zur anderen Seite. Stahl stupfte wieder. «Niemals», sagte sie. «Niemals werde ich das zulassen … hört ihr? Die Zahl ist mehr als nur eine Zahl. Die Zahl ist Anfang und Ende …» Sie lachte. «Nein, das hat nichts mit Mystik zu tun, sondern mit Logik …» Sie plapperte weiter, aber nun unverständlich. Stahl drehte sie zu sich und fasste sie etwas härter an den Schultern. Da sie noch immer nicht auf ihn reagierte, verstärkte er den Druck, bis sie jaulte und die Augen aufschlug. «Das tut weh», sagte sie, ohne dabei jämmerlich zu wirken.

Stahl nahm die Hände weg. «Irgendwie musste ich Sie von Ihrer Vorlesung wegbekommen.»

«Vorlesung?»

«Sie haben im Schlaf geredet.»

«Wirklich? Oh, hoffentlich nichts Peinliches.»

«Von Männern, die nackt an Stangen tanzen.»

«Nein, oh weh. Das kommt davon, wenn man den ganzen Abend hier abhängt und auf Sie wartet.»

«Was wollen Sie von mir?»

«Dass Sie weiter für mich arbeiten.»

«Sie wissen auch nicht, was Sie wollen, hm?»
«Ich weiss ganz genau, was ich will. Wissen, was mit meinem Vater passiert ist.»
«Und warum haben Sie mich dann abgezogen?»
«Das war nicht ich. Das war Zweifel.»
«Will er nicht wissen, was mit Ihrem Vater passiert ist?»
«Er will kein Aufsehen. Er fürchtet, dass Sie Scherben schlagen.»
«Da liegt er nicht falsch. Habe ich bereits getan.»
«Was meinen Sie damit?»
«Ein Mann ist ermordet worden, den ich kurz davor über den Tod an Glaser befragt habe. Und jemand hat mir eine Falle gestellt, damit die Polizei glaubt, dass ich es gewesen bin.»
«Da steckt bestimmt Zweifel dahinter. Und dieser Verdi.»
«Verdi?»
«Ein Teufel, der für Zweifel arbeitet.»
«Künstlername?»
«Ja. Er nennt sich nur für diesen Auftrag so, hat er mir gesagt.»
«Was hat er noch gesagt, dieser Verdi?»
«Dass er wissen will, wo Sarkov ist.»
«Und wo ist Sarkov?»
«Woher soll ich das wissen?»
Stahl sah sie ungläubig an. «Tut mir leid, aber ich muss gerade für mich arbeiten.» Er setzte sich an den Schreibtisch und fuhr den Laptop hoch. «Schlafen Sie weiter.» Er zog eine grosse Schublade des Schreibtisches auf, nahm eine Wolldecke heraus und warf sie Kaja zu. Sie fing sie auf.
«Was ist los? Was habe ich falsch gemacht?»
«Sie erzählen mir nur die Hälfte. Wie soll ich da für Sie erfolgreich arbeiten können? Ich mag es nicht, wenn man mich als Bauern an die Front schickt, um in einem Stellungskrieg aufgerieben zu werden.» Er sah auf den Laptop und versuchte über ein verschlüsseltes Forum Savic zu erreichen. Savic meldete sich sofort. Der Kerl war nie offline.
«Brauche Informationen über Dado Rosenberg. Am besten Dossier.»

«Wann?»
«Jetzt.»
«Bin besetzt.»
«Notfall.»
«Okay. Fünfzehn Minuten.»

Stahl loggte sich aus und klappte den Laptop zu.

«Was haben Sie gemacht?», fragte Kaja.

«Mir einen Flug nach Rom gebucht. Ich kriege hier nämlich nasse Füsse.»

«Sie dürfen jetzt nicht weg. Bitte. Ohne Sie bin ich verloren. Ich erhöhe auch Ihr Honorar.»

Er sah sie an. Sie hatte wirklich etwas von einer jungen, unschuldigen Eule, die noch nicht ahnte, was sie mit ihren Zauberaugen alles sehen konnte, wenn sie nur wollte. War sie sich ihrer Wirkung bewusst? Bestimmt. Sie war zu intelligent, als dass ihr dies entgangen war. Doch wie bewusst setzte sie das Mittel ein? Stahl musste über sich selbst lachen. Er wusste, dass es ein Mittel war, und trotzdem sprang er darauf an wie ein hungriger Kater auf das Öffnen der Futterdose.

«Zahlen Sie mir das Drittel, das noch fehlt. Das genügt.»

«Wirklich? Sie sind wieder dabei?» Ihre Eulenaugen füllten sich mit Freudentränen. Das war Stahl ein wenig zu dick aufgetragen, aber er nahm die Show in Kauf. Es gab sowieso kein Zurück. Ausserdem brauchte er Kaja, wenn er selbst aus dieser Sache wieder heil herauskommen wollte.

«Oh, mir wird ganz schwindelig. Ich glaube, jetzt muss ich wirklich schlafen.» Sie liess sich auf das Sofa fallen. Die Decke glitt ihr dabei aus den Händen. Es kümmerte sie nicht. Sie legte sich hin und schlief sofort ein. Stahl hob die Decke vom Boden auf, legte sie über Kaja, setzte sich an den Schreibtisch und öffnete den Laptop. Savic war schneller gewesen als angekündigt. Das war er immer. Stahl öffnete das Dossier über Dado und begann zu lesen.

SECHS

Erst hatte Stahl sich auf den Boden legen wollen, weil er plötzlich so müde geworden war. Aber das Sofa war breit genug für zwei. Er hatte Kaja vorsichtig in Richtung Lehne geschoben und sich neben sie gedrückt. Dann war er sofort eingeschlafen. Er hatte sich gefürchtet davor, es so lange hinausgeschoben wie möglich, weil er wusste, dass er wild träumen würde. Das tat er in letzter Zeit oft. Wenigstens zweimal die Woche ereilten ihn Szenarien und Bilder, wie er sie nur aus Horrorfilmen und Kirchenfresken kannte.

Diesmal hatte es ruhig angefangen. Mit Lilly war er Eis essen. Aber nicht in Rom, sondern in Paris, auf den Champs-Élysées. Er war noch nie mit ihr in Paris gewesen. Plötzlich brach das grosse Feuer aus. Immer noch Paris. Aber nicht mehr heute, sondern die Nacht des 23. auf den 24. August 1572. Bartholomäusnacht. Katholiken metzelten Hugenotten. Stahl mitten drin. In der linken Hand einen Degen, von dessen Klinge das Blut tropfte, an der rechten ein kleines Mädchen, das nach seiner Mutter schrie. Das Mädchen sah aus wie Lillys Schwester. Aus den flammenden Fensterrahmen eines brennenden Hauses stiegen zwei Gespenster in den Nachthimmel. Sie tanzten fest umschlungen, verwandelten sich in riesige Skelette und stürzten zu Boden. Die Knochen, riesig wie Baumstämme, schossen über den Kriegsplatz. Stahl warf sich schützend auf das Mädchen, die Knochen rauschten über sie hinweg. Das Mädchen unter ihm hatte sich in einen Haufen Heroin verwandelt. «Komm, steh auf. Es gibt noch viel zu tun.» Stahl sah nach oben. Da stand Dado. Sauber und elegant wie immer, in einem Nadelstreifenanzug, eine Geige in der Hand. Er zwinkerte Stahl zu und begann zu spielen, während sich hinter ihm weiterhin Hugenotten vergeblich gegen die Überzahl ihrer Gegner zu wehren suchten. Stahl stand auf, staubte das Heroin von seinen Hosen und schnippte zum Rhythmus von Dados wunderbarem Spiel. Paris begann, sich um ihn zu drehen, als würde er es bei den Händen fassen und mit ihm tanzen. Schneller. Immer schneller. Bis die Häuser und das Schlachtfeld nur noch Streifen waren. Dado hetzte zum Schluss. Padam, padam, padam. Stille. Das grosse schwarze Loch. Der lange Sturz. Aufprall.

Stahl merkte, dass er vom Sofa gefallen war. Durch die Jalousien schob sich Tageslicht. Er sah auf seine Armbanduhr. Gleich neun Uhr. Kaja schlief fest. Ein Geräusch an der Tür. Auf Stahl wirkte es wie eine kalte Morgendusche. Hellwach suchte er Schutz hinter dem Schreibtisch. Die Tür öffnete sich. Belinda drückte sich hindurch, bewaffnet mit Putzeimer und Lappen. Ihr Blick fiel auf die schlafende Kaja. «Oha, schon so weit haben Sie es gebracht? Immerhin sind Sie noch angezogen.» Kaja schlief fest. Belinda trat an sie heran und stupfte sie. Kaja öffnete versonnen die Augen. «Sie sind auch nichts Besseres. Aber ich kann Sie verstehen. Stahl ist ein fescher Kerl. Und mit Geld hat man bestimmt auch bessere Chancen als unsereins. Wir können nur mit unserem Herzen um einen Mann kämpfen. Haben Sie Herz oder nur Geld?»

Kaja setzte sich auf und rieb sich den Schlaf aus dem Gesicht. «Was?», fragte sie, und die Frage geriet zu einem grossen Gähnen. «Ob Sie ein Herz haben oder nur Geld, habe ich gefragt.»

«Natürlich habe ich ein Herz. Es ist sogar grösser als mein Bankkonto.» Kaja hörte sich selbst zu, als sie das sagte, und wusste gar nicht, warum sie sich auf einen Dialog mit Belinda einliess. Sie sah sich um. Wo war Stahl?

«Dürfen Sie überhaupt hier sein? Wer hat Ihnen erlaubt, hier zu schlafen?

«Und wer berechtigt Sie, mich hier auszufragen, als wäre ich auf der Polizeiwache?»

«Meine Muskeln.» Belinda lachte und zeigte ihren rechten Oberarm. «Sie sind hier auf der Strasse. Da gelten die Gesetze der Strasse.»

«Wollen Sie mich etwa schlagen?»

«Nichts lieber als das, Püppchen. Du glaubst gar nicht, wie mich die Hand juckt.»

«Warum?»

«Instinkt. Uralter Klassenkampf.»

Kaja lachte.

«Was gibt es da zu lachen?»

«Was wissen Sie von Klassenkampf? Wo haben Sie das Wort denn aufgeschnappt?»

«Armut heisst nicht Dummheit. Auch ich habe Bildung. Aber nicht so viel Zeit dafür, wie ich gerne hätte.» Belindas Stimme bekam einen melancholischen Klang. «Ich hätte studieren können. Ich war das schlaueste von acht Kindern. In der Schule immer die Beste. Dann kam unser Vater ins Gefängnis, weil er der Regierung unbequem geworden war …» Sie verlor sich in einem leeren Blick durch die Jalousien, riss sich selbst ins Jetzt zurück und sah Kaja streng an. «Ich mache erst die Toiletten. Das dauert eine halbe Stunde. Bis dahin sind Sie von hier verschwunden.» Sie ging zur Tür, blieb stehen und drehte sich zu Kaja um. «Es ist bestimmt Neid, der mich überkommt, wenn ich Frauen wie Ihnen begegne. Sehen Sie, ich weiss sogar darum. Aber ich kann es trotzdem nicht ändern.» Sie ging.

Stahl tauchte hinter dem Schreibtisch auf. Kaja erschrak und liess sich erleichtert aufs Sofa fallen, als sie Stahl erkannte. «Warum haben Sie sich versteckt? War es Ihnen peinlich, dass mich Belinda mit Ihnen hier sieht?»

«Nein, ich wollte wissen, wie Sie auf Belindas Vorwürfe reagieren. Ich habe mich schon immer für Sozialstudien interessiert.» Er ging zur Tür und versicherte sich, dass Belinda bei den Toiletten war. «Wir müssen von hier verschwinden. Es ist sowieso merkwürdig, dass wir bislang nur von Belinda gestört wurden.»

«Mit wem haben Sie gerechnet? Polizei? Verdi?»

«Sie können einfach gut rechnen. Kommen Sie.» Er ging voran, Kaja folgte ihm. «Hier entlang.» Sie nahmen den Hinterausgang. Stahl warf einen Blick auf die Strasse. Nichts Verdächtiges. Er nickte Kaja zu und zeigte in Richtung Langstrasse. «Am besten, wir bewegen uns dort, wo am meisten los ist. Da wird Dado nicht zuschlagen.»

«Dado?», fragte Kaja und versuchte, mit Stahl Schritt zu halten.

«Verdi.»

«Er heisst Dado. Richtig. Amir hatte so etwas gesagt.»

«Dado Rosenberg.»

«Sie kennen ihn?»

«Kommen Sie. Wir nehmen den Bus.» Er rannte los. Kaja hinterher. Sie erreichten den Bus und sprangen hinein. Kaja brauchte lange, bis sie wieder bei Atem war.

«Sie machen wohl nicht viel Sport?», fragte Stahl.

«Meine Kraftübungen laufen im Kopf ab.»

«Sie sollten den Körper trotzdem nicht vergessen.»

«Sie reden wie mein Vater.»

«Gutes Thema.»

«Sport?»

«Ihr Vater. Ich muss mehr über ihn wissen. Was wissen Sie genau über den Deal mit Glaser und Zweifel?»

«Deal?»

«Wer verdient was? Und ab wann? Jeder ein Drittel der Beute wie bei einem Banküberfall? Prozente? Was passiert im Falle eines Todes mit dem Anteil des Toten? Zum Beispiel Glaser?»

«Davon weiss ich nichts. Ich bin nur für die anderen Zahlen zuständig.»

«Als Assistentin von Sarkov.»

«Richtig.»

«Sind Sie nur Assistentin? Oder mehr?»

«Was meinen Sie?»

«Schlafen Sie miteinander?» Stahl hatte keine Lust, um den heissen Brei herumzureden.

Kaja schlug die Augen nieder. Die Eule errötete leicht. Stahl fand es sympathisch.

«Wir lieben uns», sagte sie und sah Stahl direkt an.

«Ist Sarkov nicht verheiratet?»

«Ja. Aber sie leben schon seit Jahren getrennt.»

«Das heisst bei Sarkov nichts.»

«Was wollen Sie damit sagen?»

«Sarkov hatte immer Geliebte. Manchmal mehrere parallel.»

«Ich weiss. Er ist Existenzialist. Er braucht seine Freiheit.»

«Deswegen der Hang zum schwarzen Rollkragenpullover. Sarkov ein echter Sartre. Und Sie? Taugen Sie zur Beauvoir?»

«Ich will es versuchen. Jedenfalls liebe ich ihn. Mir ist noch nie ein genialerer Kopf begegnet.»

«Stimmt. Ich hatte vergessen, dass Sie vom Hirn aus lieben. Nächste Station müssen wir raus.» Er sah auf einen Kerl im Trenchcoat, der an der letzten Haltestelle eingestiegen war. Unter den Arm hatte er eine schwarze Aktentasche geklemmt. Das dünne Haar war buchhalterisch geölt und nach hinten gekämmt. Eine getönte Brille mit schwarzem Rahmen verdeckte die Hälfte des Gesichts. Entweder ein Spiesser, der sich gerade im Puff einen hatte blasen lassen, oder ein Killer aus einem Melville-Film. Stahl tippte auf die erste Variante, blieb aber wachsam.

«Wie ist Sarkov an der Sache beteiligt? Verdient er einmalig? Oder ist er auch ein Teilhaber?»

«Ich weiss es nicht. Wirklich. Ich kümmere mich nicht um Geld. Für mich ist die Überwindung des Moore'schen Gesetzes mit dem Ansatz, unendlichen Raum zu generieren, ein grosses Abenteuer. Wie die Reise zum Mond oder die Expedition zum Mittelpunkt der Erde.»

«Hat es nie gegeben.»

«Gehören Sie auch zu denen, die glauben, die Mondlandung sei nur Fake gewesen?»

«Nein. Ich spreche von der Expedition zum Mittelpunkt der Erde.»

«Das ist Jules Vernes. Kennen Sie den Abenteuerroman etwa nicht? Es war nur ein Beispiel für meine Faszination, die ein wissenschaftliches Unternehmen dieser Art auf mich ausübt. Ich denke nur an die Sache, das Drumherum blende ich aus.»

«Trotzdem will ich wissen, was Otto Lidenbrock noch im Schilde führt.»

«Wer?»

«So heisst unser Professor Sarkov bei Jules Vernes. Wir müssen hier raus.» Er warf noch einen Blick auf den Buchhalter und sprang aus dem Bus. Kaja hinterher.

«Wohin gehen wir?», fragte sie.

«Zu einer Freundin.» Er atmete tief durch. Es war ihm nicht wohl dabei, Maria jetzt doch tiefer in die Sache hineinzuziehen.

Stahl klingelte Sturm. Endlich antwortete der Summer. Er öffnete die Haustür und liess Kaja den Vortritt. «Ganz oben», sagte er und sah nach draussen, um sicherzugehen, dass ihnen niemand gefolgt war. Oben angelangt lehnte Maria verschlafen in ihrem Morgenmantel im Türrahmen. «Spinnst du, Stahl? So früh? Was ist los? Und wer ist das da? Dreier kostet extra.»

«Sie zahlt», sagte Stahl und drückte sich an Maria vorbei.

«Aber ich brauche ein bisschen, bis ich mich frisch gemacht habe, bin nicht mehr die Jüngste. Und nach dem Aufstehen kommen noch mal zwanzig Jahre hinzu.» Sie lachte trocken. «Komm rein. Ich beisse nicht.» Sie machte den Weg frei für Kaja und schloss die Tür. «Machst du das zum ersten Mal?», fragte sie.

«Was?» Kaja verstand nicht.

«Na, zu dritt. Ich finde das immer aufregend. Hat was von Theater. Mit Zuschauer will man immer besonders gut sein.»

«Wir brauchen nur Unterschlupf, Maria», sagte Stahl.

«Hoppla. So streng kenne ich dich gar nicht.»

«Entschuldige. Bin etwas angespannt.»

«Das weiss ich. Darüber haben wir gestern schon gesprochen.»

«Die Lage hat sich aber verschärft.»

«Wegen Siggi?»

«Du hast schon davon gehört?»

«Stahl, wenn Mama Maria das nicht mehr mitkriegt, kann sie einpacken.»

«Ich war es nicht.»

Maria steckte sich eine Zigarette an. «Auch eine?» Sie hielt das Päckchen in die Runde. Kaja lehnte ab. Stahl nahm sich eine. Er gab Maria und sich Feuer. «Rauchen wir draussen», sagte sie und öffnete die Tür zur Dachterrasse. «Ist zwar etwas frisch, aber die Oktobersonne hat manchmal noch Kraft.»

«Entschuldigung», sagte Kaja. «Aber ich müsste mal auf die Toilette.»

«Geradeaus. Die letzte Tür links.»

Kaja verschwand.

«Wer ist sie?» Maria ging auf die Terrasse und zupfte welke Blätter von einer Rose.

«Die Tochter eines reichen Industriellen, der verschwunden ist. Ich soll ihn finden.»

«Und warum schleppst du sie hierher?»

«Weil sie sich fürchtet, ebenfalls zu verschwinden.»

«Sie ist hübsch.»

«Maria.»

«Und reich.»

«Hör auf.»

«Und jung.»

Stahl lachte. «Bist du eifersüchtig?»

«Eifersüchtig? Nein. Aber neidisch.»

«Auf welches der drei Attribute?»

«Rate mal.»

«Kann nur das Geld sein.»

«Hältst du mich wirklich für so billig?»

«Für so klug.»

Maria drückte ihm einen Kuss auf die Wange. «Man muss dich einfach lieben, Stahl.» Sie roch an einer fast verwelkten Rose. «Aber höchstens zwei Tage. Mehr ist nicht drin. Ich habe zu arbeiten.»

«Wir zahlen dir den Ausfall.»

«Sowieso.»

Kaja kam auf die Terrasse.

«Wollt ihr etwas frühstücken?», fragte Maria.

«Danke. Ich würde mich lieber noch mal etwas hinlegen. Ich vertrage nicht so viel Alkohol. Und gestern habe ich mich etwas übernommen», sagte Kaja und massierte sich die Schläfen.

«Und was ist mit dir? Kaffee? Oder musst du dich auch hinlegen?» Sie hatte den letzten Satz mit einem doppeldeutigen Ton unterlegt, an dem sie sich erfreute.

«Ich muss los.»

«Was? Wohin?» Kaja war hellwach.

«Ihren Vater suchen. Wenn ich hierbleibe, finden wir ihn bestimmt nicht.»

«Ich komme mit.»

«Nein. Sie bleiben. Hier sind Sie sicher. Sonst hätte die Aktion keinen Sinn gemacht.»

«Immerhin hätte sie mich kennengelernt. Das kann dem Leben schon Sinn geben.» Maria hatte ihren Spass. «Im Ernst. Stahl hat recht. Ruhen Sie sich aus und lassen Sie ihr hübsches Gesicht aus der Schusslinie.»

«In Ordnung. Was wollen Sie tun? Wo wollen Sie suchen?»

«Ich werde Zweifel auf die Zehen treten. Bei meinem ersten Besuch war nur seine Schwester da.»

«Gloria. Sie ist mehr als nur seine Schwester.»

«Siggi erzählte mir, dass neben den drei Männern auch eine Frau auf der Seneca-Tour mit dabei war. Könnte es sich um Gloria handeln?»

«Eine Frau? Davon weiss ich nichts. Aber ich glaube nicht, dass Gloria so etwas tun würde. Sie käme sich dabei blöd vor. Sie ist reich und geniesst es. Sie sieht keinen Sinn in Entbehrungen.»

«Ich übrigens auch nicht», sagte Maria. «Und überhaupt verstehe ich nicht, wovon ihr redet.»

«Ist besser so.»

«Nur Siggi, den kenne ich. Was hat der mit diesem Seneca zu tun? Und wer ist das überhaupt? Kenne ich den?»

«Seneca war ein römischer Politiker und Philosoph. Er riet seinen reichen Freunden, sich hin und wieder mal einer Woche der Armut hinzugeben, um dadurch zu kapieren, dass sie den Verlust von Reichtum nicht zu fürchten brauchen.» Kaja hatte es schon so oft erklärt, dass sie es mittlerweile rasch zusammenfassen konnte.

«Klingt hübsch, wenn man wieder zurückkann. Wie hungern, wenn man einen vollen Kühlschrank hat. Die Reichen haben einfach Langeweile. Oder was meinst du, Stahl? Ich könnte ja mit meinen armen Freundinnen mal eine Woche Millionärin spielen. Meinst du, das Spiel funktioniert auch so?»

«Wäre interessant. Vielleicht findest du Sponsoren.» Er wandte sich an Kaja. «Wenn es Gloria nicht war, wer könnte die Frau gewesen sein?»

«Vielleicht hat sich der Penner das nur eingebildet, weil die Männer mit einer Bettlerin gesprochen haben?»

«Siggi kannte sie nicht. Und sie war mit dabei, als er sie an einige schäbige Plätze führte.»

«Was? Siggi macht Obdachlosen-Sightseeing? Das wird ja immer perverser.» Maria schloss die Terrassentür.

«Machte. Er ist tot.»

«Stimmt.»

«Jemand hat ihn erstochen.»

«Wer?» Sie sah ihn fordernd an.

«Ich habe einen Verdacht. Aber die Polizei glaubt, dass ich es war.»

«Deswegen bist du hier? Scheisse. Ich ahnte es. Stahl, wo ziehst du mich mit rein? Reichen dir die verbrannten Kinder nicht?» Maria war laut geworden.

Kaja blickte irritiert zwischen Maria und Stahl hin und her. «Verbrannte Kinder?»

«Ich muss los.» Stahl verliess die Wohnung.

Kaja wartete auf Antwort.

«Sie wollten sich hinlegen», sagte Maria.

«Ich will erst wissen, was es mit den Kindern auf sich hat.»

«Dann können Sie nicht mehr schlafen. Das ist nämlich eine Horrorgeschichte.»

«Ich befinde mich sowieso mittlerweile in einem Alptraum. Da kommt es darauf auch nicht mehr an.»

«Setzen Sie sich, ich brauche einen Kaffee.» Sie ging an die Spüle, nahm zwei Tassen und eine Thermoskanne und kam zurück. «Ist mit Milch. Zucker habe ich nicht. Muss auf die Linie achten.» Sie schenkte beiden ein.

Kaja hielt sich an der Tasse fest. «Also? Was hat Stahl mit verbrannten Kindern zu schaffen?»

«Er sagt, es war ein Unfall, viele aus dem Milieu behaupten, er selber habe das Feuer gelegt, um die Junkies loszuwerden.»

«Ich verstehe gar nichts. Was für Junkies?»

«Stahl hat ein Mädchen quasi adoptiert und in Rom auf ein Internat geschickt. Er kennt sie aus seinem Boxclub, den er mal als Sozialprojekt geführt hat. Das Projekt gibt es nicht mehr, aber Stahl hat aus irgendeinem Grund einen Narren an Lilly gefressen.»

«Wie alt ist sie?»

«Mittlerweile siebzehn.»

«Vielleicht zieht er sich eine passende Frau heran.»

«Meinen Sie das ernst?»

«In meinen Kreisen ist so etwas nicht unüblich.»

«Stahl kommt aber nicht aus Ihren Kreisen.»

«Aber er kennt sich dort gut aus.»

«So tickt er nicht. Ich glaube, er sieht sich in ihr. Stahls Mutter war auch ein Junkie. Und Stahl hatte es dank der Schweizergarde geschafft, dem Milieu zu entkommen.»

«Und warum ist er wieder hier? Er leitet eine Stripteasebar. Wenn das nicht Milieu ist.»

«Alte Verbundenheit. Der Laden hatte früher seinem Vater gehört. Da Stahl sich geweigert hatte, dort einzusteigen, hatte der Vater Eddie herangezogen. Eddie sitzt aber wegen Drogenhandels. Stahl hilft solange aus.»

«Was ist das? Ein Kodex? Was kümmert ihn dieser Eddie?»

«Eddie war der Sohn, der Stahl nie sein wollte. Vielleicht ein schlechtes Gewissen? Schuldgefühle? Keine Ahnung. Bestimmt hat es aber auch damit zu tun, dass er Lilly versprochen hatte, sich um ihre Halbgeschwister zu kümmern, damit sie kein schlechtes Gewissen haben muss, dass es ihr jetzt besser geht. Tja, und beim letzten Besuch von Stahl ist in der Wohnung ein Feuer ausgebrochen. Und nur Stahl konnte sich retten.»

«Das ist ja furchtbar.» Kaja nippte an dem Kaffee. «Wie geht Stahl damit um?»

«Es ist schwer, in ihn reinzuschauen. Er hat gelernt, nur das zu zeigen, was der andere sehen darf oder soll, um sich von ihm das Bild zu machen, das Stahl forciert.»

«Sie glauben, dass er das Feuer gelegt hat, um Lilly von ihrer Familie zu befreien?»

«Was ich glaube, ist egal. Im Milieu sind viele davon überzeugt. Sie fragen sich, warum nur er selbst sich hatte retten können.»

«Und die Polizei?»

«War bislang noch nicht bei ihm. Toter Abschaum ist nicht so dringlich. Ausserdem hat Stahl gute Kontakte. Da will sich keiner unnötig die Finger verbrennen.»

«Aber jetzt sind sie trotzdem hinter ihm her. Wegen dem Mord an dem Obdachlosen.»

«Anscheinend hat da jemand noch bessere Kontakte.»

Kaja sah in die Kaffeetasse und schwieg.

«Wollen Sie mir erzählen, worum es geht?», fragte Maria.

«Besser nicht. Wir haben Sie schon genug mit in die Sache gezogen.»

Maria lachte laut. «Erzählen Sie mir bloss nicht, dass Sie mich schützen wollen. Ihnen geht es doch nur um Sie selbst. Andere Menschen sind Ihnen egal.»

«Wieso sagen Sie das?»

«Sonst hätten Sie gesehen, dass Stahl am Anschlag ist, und sich einen anderen Helden gesucht.»

«Ich kenne ihn nicht. Er wurde mir empfohlen und hat den Auftrag angenommen.»

«Weil Sie ihm vermutlich viel Geld versprochen haben. Er braucht das Geld für Lilly.»

«Ich weiss.» Sie schlug die Augen nieder.

«Wer hat Sie vermittelt?»

«Will ich nicht sagen.»

«Amir? Bestimmt. Die Schmeissfliege interessiert es nicht, ob er seine besten Pferde verheizt.»

«Sie kennen Amir?»

«Schätzchen, glauben Sie, Stahl hätte Sie hier angeschleppt, wenn ich nur eine in die Jahre gekommene Nutte wäre? Auch ich habe mich weiterentwickelt. Ich habe früh kapiert, dass ich welken werde wie die Rosen dort draussen. Also habe ich überlegt, welche Qualitäten ich noch besitze, und die habe ich kultiviert.»

«Und welche Qualitäten wären das?»

«Ich fragte mich, warum die Männer, die zu mir kamen, mir alles von sich erzählten, obwohl sie doch eigentlich nur gekommen waren, um mit mir zu vögeln. Und da kam ich drauf, dass ich ein besonderes Talent besitze.»

«Und das wäre?»

«Vertrauenswürdigkeit. Die Männer haben das Gefühl, mir alles anvertrauen zu dürfen, was sie bedrückt, ohne das Gefühl zu haben, sie wären beim Seelenklempner, der ihnen helfen will.»

«Reden Sie vor dem Sex oder danach?»

«Macht das einen Unterschied?»

«Hormonell schon. Wäre interessant, zu untersuchen, ob die Geschwätzigkeit etwas mit den Hormonen zu tun hat oder einfach nur mit dem schlechten Gewissen, gerade eine Frau gegen Bezahlung gevögelt zu haben.»

«Wie auch immer. Ich bin eine Beichtmutter und kenne Amir. Also, erzählen Sie mir, wie heiss die Sache ist?»

«Vielleicht müssten wir zuerst Sex haben?»

«Wenn Sie wollen. Ich bin offen.»

«Und ich bin müde. Danke für den Kaffee. Wo kann ich mich hinlegen?»

«Dort hinten auf das Sofa.»

Kaja stellte die Tasse ab und legte sich auf das Sofa. Maria kam nach und reichte ihr eine Decke. «Erschrecken Sie nicht, wenn ich nicht da bin, wenn Sie aufwachen. Aber ich muss noch Besorgungen machen.»

Kaja nickte, gähnte und zog sich die Decke über die Ohren.

***

Stahl stand hinter einer Kastanie und beobachtete das Tor. Er wollte nicht läuten wie beim ersten Mal. Wenn er in der Villa wäre, sässe er in der Falle. Er musste ausserhalb des Grundstücks an Zweifel herankommen. Also wartete er und hoffte, dass sich das Tor öffnete und Zweifel heraustreten würde. Es öffnete sich, doch nicht Zweifel trat heraus, sondern Gloria. Sie ging in Richtung Zentrum. Stahl zögerte. Sollte er weiter warten? Was, wenn Zweifel längst aus dem Haus war? Stahl war ungeduldig. Er wollte etwas tun. Warten spielte gegen ihn. Er folgte Gloria aus sicherer Entfernung. Vielleicht hatte sie mehr vor, als nur spazieren zu gehen.

Gloria marschierte zügig. Für den See und die Farben des goldenen Herbsttages hatte sie keinen Blick. Sie sah während des Gehens auf den Boden. Das taten alle Menschen, wenn sie mit sich und ihren Sorgen kämpften. Womit kämpfte Gloria?

Sie steuerte auf einen Steg zu und begrüsste einen Mann, zu dem sie ins Motorboot stieg. Stahl blieb unter einer Platane stehen. Die Verfolgung hatte sich erledigt. Er sah dem Motorboot hinterher, wie es über den See schipperte.

«Keine Lust auf eine Action-Verfolgungsjagd?», fragte eine Stimme dicht hinter Stahl.

Stahls Reflex schaltete sofort in Kampfmodus, aber sein Verstand riet ihm Ruhe. Wenn Dado gewollt hätte, wäre Stahl längst tot gewesen.

«Du bist nicht mehr so wachsam wie früher», sagte Dado und trat neben Stahl. «So nahe wäre dir früher kein Killer gekommen. Es sei denn, sie hatten eine Frau auf dich angesetzt.»

«Du bist auch kein Killer, sondern ein alter Freund.» Stahl sah Dado ins Gesicht. Auch er war in die Jahre gekommen. Kleine Fältchen kratzten um die Augen, die immer lächelnden Mundwinkel hatten Ansätze von leichtem Zug nach unten. Auch bei Dado gab es Momente, in denen er mit sich nicht im Reinen war. Trotzdem überwog in seinem Gesicht der Ausdruck des ewigen Lächelns. Nicht das Lächeln eines Buddhas, sondern das eines zynischen Teufels, der über die Blödheit der Menschen aus dem Kopfschütteln nicht mehr herauskam.

«Ja, das bin ich wirklich. Ein alter Freund. Und deswegen gebe ich dir auch einmalig den Rat: Zieh dich aus der Sache zurück und schicke Kaja nach Hause. Ich mag es nicht, ungezogenen Gören hinterherzurennen.»

«Keine Ahnung, wovon du sprichst.»

«Kaja ist gerade allein in der Wohnung einer Hure namens Maria. Wenn ich will, kehrt Maria nicht mehr in ihre Wohnung zurück, und meine Leute schleifen Kaja an den Haaren zu Zweifel.»

«Du arbeitest mit einer Mannschaft? Seit wann? Ich dachte, du bist die Ein-Mann-Armee.»

«Das bist du. Ich war immer ein Teamplayer.»

«Der sein Team verrät.»

«Ich war damals von vornherein nicht in deinem Team, sondern im anderen.»

«Überläufer. Verräter. Oder wie nennt man das?»

«Undercover. Warst du das noch nie? Du bist zu nachtragend. Dabei hätte ich alles Recht dazu.»

«Ich hatte dir das Leben gerettet. Du wärst verblutet.»

«Wäre ich nicht. Es war genau kalkuliert. Sobald du abgezogen wärst, hätten sie mich versorgt, und ich hätte als Schatten arbeiten können. Du hast es vermasselt. Und seitdem bin ich gezwungen, im Team zu arbeiten. Und dafür beneide ich dich. Es ist oft furchtbar. Es ist, wie wenn Django mit einem Laienensemble Gipsy-Jazz jammen müsste. Alle können Noten lesen, aber niemand spürt die Seele der Musik.»

«Die Musik des Todes? Das klingt eher wie ein Django-Western.»

«Tun wir nicht alles, weil wir um den Tod wissen? Stecken darin nicht erst die Grösse und der Genuss?»

«Ich weiss schon lange nicht mehr, wofür ich etwas tu.»

«Umso einfacher, es sein zu lassen.» Er lächelte und fuhr sich mit dem Daumennagel über die Spitzen seines dünnen Schnurrbarts.

«Was ist eigentlich deine Aufgabe in dem Spiel?», fragte Stahl.

«Das, was eigentlich deine Aufgabe war. Ich soll Myller finden.»

«Und Zweifel ist dein Auftraggeber?»

«Richtig.»
«Und warum musste Siggi sterben?»
«Siggi? Kenne ich nicht.»
«Du wurdest gesehen, wie du gestern mit ihm von der Langstrasse in Richtung Sihl gegangen bist.»
«Wurde ich auch gesehen, wie ich über der Leiche stand?» Er lächelte dünn. Es gefiel ihm, dass er die besseren Karten hatte.
«Wer waren die Polizisten? Echte?»
«Kommt darauf an, wie du dich verhältst. Wenn du artig bist, wird es auch keine Zeugen wegen des Brandes geben. Kinder verbrennen und Obdachlose töten. Hätte nie gedacht, dass du zu so etwas fähig bist. Haben die Werte des alten Don Lorenzo doch nicht gefruchtet.»
«Du weisst selbst, dass Lorenzo deinen Werten von Pragmatismus näherstand.»
«Gott hab ihn selig. Man sagt, du hast ihn auf dem Gewissen?»
«Den willst du mir auch noch anhängen? Einen Heiligen?»
Dado begann leise eine Melodie zu summen. Stahl kannte das Lied, es war eine Gipsy-Melodie. In Moll und trotzdem beschwingt. Dado hatte sie oft an lauen Abenden auf verschiedenen Plätzen in Rom gespielt, um sich damit ein paar Euros zu verdienen.
«Weisst du noch?», sagte Dado. «Du hast nie verstanden, dass man auf der Strasse Musik machte und mit dem Hut sammelte. Für dich war das immer betteln.»
«Ja. Ich hätte das nicht gekonnt. Ich habe dich dafür immer bewundert.»
«Wirklich? Ich spürte eher Verachtung.»
«Meine Arroganz war bestimmt Schutz.»
«Du bist immer noch arrogant.»
«Vermutlich schütze ich mich auch noch immer.»
«Vielleicht nicht gut genug. Die Kleine macht dich verwundbar.»
«Lass sie aus dem Spiel.»
«Keine Sorge. Die anderen Mittel müssten mir reichen, um dich zu überzeugen.» Er summte wieder das Lied.

«Suchst du nur Myller? Oder arbeitest du noch für jemand anderen?», fragte Stahl.

Dado summte weiter. Jetzt begann ein Teil, den er improvisierte und mit freudiger Dissonanz beendete. «Weisst du, wobei mir das Spiel auf der Strasse auch half? Abgesehen vom Taschengeld? Es war die beste Schule, um Menschen zu studieren. Wie reagieren sie worauf? Wer gibt wann? Und wann gehen sie einfach vorbei? Es gibt so viele Gründe, warum einer so oder so reagiert. Aber es gibt auch Muster und Regeln, wie man mehr Geld in den Hut bekommt. Es sind manchmal Feinheiten. Eine für sich allein entscheidet wenig, aber die Summe der Details kann Grosses bewirken.»

«Erst einmal muss man sein Instrument beherrschen, oder nicht?»

«Das setze ich voraus. Aber es gibt auch Leute, die verdienen mehr mit Katzengeheul, während grossartige Kammermusiker leer ausgehen. Erfolg hängt nicht nur von der Qualität der Ware ab, sondern vor allem von der Kunst des Verkaufens.»

«Und davon, dass man sich breiter aufstellt, nicht wahr?»

Dado lachte. «Du kannst es nicht lassen. Was bringt es dir, wenn du weisst, was ich spiele? Du bist draussen.»

«Neugierde. Und ich will verstehen, wie man das Spiel richtig spielt. Fürs nächste Mal.»

«Warum glaube ich dir kein Wort?»

«Weil du selbst nicht an die Wahrheit glaubst.»

«Sollten wir uns noch einmal begegnen, werden wir nicht mehr so viel reden. Das ist dir klar.»

«Wir werden uns nicht mehr begegnen. Ich habe kapiert, dass ich das Spiel nicht gewinnen kann.»

«Genau, trotzdem schade. Denn irgendwie gehörst du ja auch zur Zigeunerfamilie. Auch wenn du ein schlechter Musiker bist. Ich soll dich übrigens von Gitana grüssen.» Summend ging er davon.

Stahl ging an den See und setzte sich auf eine Bank. Gitana. Klar, dass Dado diese Karte auch noch ausspielte. Es musste ihm wirklich wichtig sein, Stahl aus dem Spiel zu wissen. Gitanas Gesicht tauchte aus dem Wasser des Sees auf. Sie lächelte, zwinkerte, lachte, wuchs und ging auf dem See, als wäre er gefroren. Sie begann, in die Hände zu klatschen, zu tanzen, mit dem Fuss aufzustampfen und die unsichtbaren Musiker zu schnellerem Tempo aufzufordern. Ihr blutroter Rock flatterte bei ihren Pirouetten, ihre schwarzen Locken flogen wie die Sitze eines Kettenkarussells durch die Luft. Mit jeder Drehung kam sie näher ans Ufer. Plötzlich stoppte sie ihre Kreisel, stampfte noch einmal auf, kam die Böschung herauf, setzte sich neben Stahl auf die Bank und nahm seine Hand.

«Komm, ich lese dir die Zukunft», sagte sie.

«Das hast du schon einmal getan», sagte Stahl leise.

«Aber damals habe ich gelogen.»

«Warum?»

«Weil ich nicht haben wollte, was ich gelesen hatte.»

«Es hätte uns vieles erspart.»

«Aber es war auch schön. Oder nicht?»

«Ja. Aber es tat vor allem weh.»

«Ich habe geglaubt, dass du stärker wärst.»

«Und ich habe geglaubt, dass ich mich fallen lassen darf. Zum ersten Mal in meinem Leben.»

«Und es hat dir gutgetan.»

«Es hat mich noch verschlossener gemacht danach.»

«Auch unbesiegbarer.»

Stahl lachte. «Was nicht tötet, härtet ab?»

«Ist es nicht so?»

«Wenn der Stachel tief sitzt, schmerzt er unaufhörlich.»

«Und man gewöhnt sich daran. Wir Sinti haben uns daran gewöhnt, dass es wehtut. Deswegen musizieren wir so, wie wir es tun. Tanzen, wie wir es tun, leben, wie wir es tun.»

«Ich wäre gerne bei euch geblieben.»

«Du wolltest keines unserer Instrumente lernen.»

«Jetzt wäre ich bereit.»

«Man hat es oder man hat es nicht.» Sie drückte ihm einen Kuss auf die Wange und ging ins Wasser. Diesmal hielt sie die

Oberfläche nicht. Sie verschwand im See. Stahl sprang auf, wollte ihr hinterher, erwachte aus seinem Tagtraum und stiess einen lauten Schrei aus.

***

Kaja rieb sich die Augen und sah auf die Uhr. Es war kurz nach zwei. Sie hatte anderthalb Stunden geschlafen und fühlte sich noch immer verkatert. Sie gähnte zweimal, streckte sich und stand auf. «Maria?», rief sie durch die Wohnung. «Hallo?»

Keine Antwort. Maria machte Besorgungen, und Stahl war unterwegs. Ob er etwas herausgefunden hatte? Selbst wenn er Zweifel gesprochen hatte, der würde ihm nichts erzählen oder einen Bären aufbinden. Darin war Zweifel gut. Worin war Kaja gut? Im logischen Denken. Warum tat sie es nicht? Warum kam ihr die eigene Befindlichkeit beim Versuch klaren Denkens gerade so in die Quere? Sarkov. Sie musste zu ihm. Er war das Bindeglied. Das Goldene Kalb, um das alle tanzten. Verdi oder Dado oder wie auch immer er heissen mochte, hatte nach ihm gefragt. Zweifel allerdings tat so, als ob ihn Sarkov gar nicht interessierte. Doppeltes Spiel? Von wem? Von Dado? Oder Zweifel? Von beiden? Es war verhext.

Zu viele Unbekannte für zu wenige Gleichungen. Kaja musste Sarkov von Stahl erzählen. Sie kannten sich. Vielleicht würde sich Sarkov sicher fühlen, wenn er wusste, dass Stahl für sie arbeitete. Kaja fühlte sich jedenfalls sicher, wenn er in ihrer Nähe war. Nein, verliebt hatte sie sich nicht in ihn. Sie liebte Sarkov. Wirklich? Liebte sie wirklich Sarkov? Oder nur seine Intelligenz? Eine körperliche Liebe war es nicht. So viel wusste sie. Hin und wieder schliefen sie miteinander. Aber es war die Erotik der Zahlen, die sie miteinander verband. Bei Stahl spürte Kaja die körperliche Anziehung. Stahl war animalisch. Brutal und verwundbar. Das fand Kaja anziehend. Aber sie würde jetzt nichts mit ihm anfangen. Auf keinen Fall. Das würde alles nur komplizierter machen. Und vermutlich gefiel sie ihm gar nicht. Er stand auf Schlachtschiffe wie Maria. Kaja war ihm bestimmt zu dünn und zu kurvenlos. Und zu intelligent. Männer wie Stahl fürchteten sich vor klugen Frauen. Perfekt.

Das Thema war also vom Tisch. Gut, wenn man nüchtern analysierte. Trotzdem wünschte sie sich, dass er jetzt kam und ihr erzählte, was er herausgefunden hatte.

Der tote Penner hatte von einer Frau gesprochen, die mit den drei Männern auf der Seneca-Tour dabei gewesen war. Gloria konnte es auf keinen Fall gewesen sein. Sie hatte ja von Zweifel den Auftrag bekommen, Kaja im Blick zu behalten. Wer also war diese Frau? Und was hatte sie mit ihrem Vater zu tun? Gab es sie überhaupt? Oder hatte sich der Penner nur wichtigmachen wollen? Stahl hatte etwas von einem Junkie erzählt, der Dado mit dem Penner hatte weggehen sehen. Vielleicht wusste der etwas über diese Frau?

Kaja warf sich ihre Jacke über und verliess die Wohnung. Auf der Treppe kam ihr Maria mit zwei grossen Einkaufstaschen entgegen. «Willst du weg? Ist das mit Stahl verabredet?»

«Ich bin ein freier Mensch.»

«Mach, was du willst. Ich bin nicht dein Kindermädchen. Ich dachte, ihr seid bei mir, weil euch jemand an den Hacken hängt. Dass Stahl es schafft, hier ein und aus zu gehen, ohne mir die Brut anzuschleppen, die hinter euch her ist, traue ich ihm zu. Dir aber nicht. Wenn du hier rausgehst, kommst du nicht mehr zurück. Haben wir uns verstanden?»

«Ich pass auf, dass mir niemand folgt.»

«Vergiss es. Wenn du jetzt allein gehst und wieder zurückkommst, kratze ich dir deine schönen Augen aus.» Marias Ton liess keinen Zweifel daran. Kaja schluckte. «Ich habe Stahls Nummer. Ich sage ihm dann, wo ich bin. Danke trotzdem für die Hilfe.» Sie rannte die Treppen hinunter, um nicht schwach zu werden.

***

War es Intuition oder nur Verzweiflung, dass Stahl wieder vor dem Jägerzaun stand, den Gerhard noch immer nicht zu Ende gestrichen hatte? Auch der kauzige Abkömmling der Wangers war nicht da. Dafür öffnete ihm eine aparte Frau Mitte fünfzig, die auf Anfang dreissig spielte, die Tür.

«Kommen Sie auf die Anzeige?», fragte sie. «Sie sehen aber nicht aus wie ein Gärtner. Aber heute ist ja nichts mehr, wie es scheint.» Sie lächelte kokett. Witzelte sie über sich selbst? Über den Schein, den sie sich mit ihren Verjüngungseingriffen verpasst hatte? Oder galt der Stich nur der Allgemeinheit? Stahl wagte nicht, zu fragen. Er kam auch nicht dazu, denn Frau Glaser plapperte weiter. «Kommen Sie, ich zeige Ihnen den Park. Sie haben Glück, Sie sind der Erste. Wenn Sie es nicht vermasseln, haben Sie den Job. Ob Sie ein guter Gärtner sind, interessiert mich nicht. Aber Sie sind gut gebaut und stellen etwas dar. Das ist mir wichtiger als ein Gartenzwerg.» Sie lachte. «Finden Sie mich oberflächlich? Nein, antworten Sie nicht, das könnte Sie den Job kosten, bevor sie ihn haben.» Sie trat aus der Tür und trippelte über die Granitplatten durch den Vorgarten.

Stahl folgte ihr. Er liess sie in dem Glauben, dass er der neue Gärtner sei, und fragte sich, wo Gerhard verblieben war.

«Schauen Sie sich das an. Er hat den Zaun nicht einmal fertig gestrichen und haut ab, ohne ein Wort. Ist das eine Art? Tut man so etwas? Nach all den Jahren?»

«Seit wann ist er fort?»

«Seit gestern Nachmittag. Ich kam nach Hause, wollte etwas mit ihm wegen der Geburtstagsparty am Samstag besprechen, weg war er. Wie vom Erdboden verschluckt.»

«Vielleicht kommt er wieder. Finden Sie es nicht etwas voreilig, schon einen neuen Gärtner anzuheuern?»

«Wollen Sie den Job etwa nicht?»

«Doch, doch. Ich meine nur.»

«Ich kenne den krummen Hund zu lange. Weiss, wie er tickt. Er hatte es schon länger angedroht, mich mit dieser Wildnis sitzen zu lassen. Ich hasse Wildnis. Wildwuchs jeglicher Art. Alles muss Form haben, verstehen Sie? Der Mensch ist kein Tier. Der Mensch setzt sich durch Form und Stil von der Natur ab.

Versailles. Das ist das Höchste, wozu der Mensch je imstande war. Im Absolutismus war es das, was den Menschen auszeichnete. Alles, was danach kam, Rousseau, dieser Idiot mit seinen Naturphrasen, und die beschissene Revolution. Furchtbar.» Sie zupfte an einem grossen Buchsbaum, der in alle Richtungen wuchs. «Schauen Sie sich das an. Ich könnte heulen, wenn ich das sehe. Das war einmal ein wunderbarer Kegel. Und jetzt? So sieht meine Frisur noch nicht einmal aus, wenn ich durch einen Windkanal gelaufen bin.» Sie drehte sich zu Stahl. «Meinen Sie, Sie kriegen es bis Samstag hin, wenigstens die Erinnerung an einen barocken Garten zu erwecken?»

Stahl drehte sich einmal um die eigene Achse und tat so. als würde er die Lage bemessen. «Allein ist das schwer.»

«Vielleicht meldet sich ja noch jemand auf die Anzeige.»

«Wo haben Sie sie überall platziert?»

«Nur auf dem Portal im Internet. Eine Freundin hat das für mich erledigt. Ich kenne mich da nicht so aus. Computer interessieren mich nicht. Ich kann nicht einmal mit einem Handy richtig umgehen. Habe es nur, weil es gut aussieht. Und darum geht es auch im Leben. Um Schönheit. Funktionalität ist trivial. Was sind wir ohne Schönheit? Und reden Sie mir bitte nicht ein, dass die Natur in ihrer Belassenheit schön sei. Das ist sie nicht. Oder wenn, dann nur im kurzen Moment der Blüte. Wenn sich Natur vermehren will. Und da sind wir beim Punkt. Wie können wir diesen Moment für die Ewigkeit schaffen? – Nein, ich erwarte keine Antwort. Aber ich erwarte, dass Sie mir diesen Dschungel so herrichten, dass ich meinen Geburtstag in Würde feiern kann.» Sie schwieg. Eine Kunstpause. «Sie fragen mich gar nicht, wie alt ich werde. Das ist charmant. Aber ich sage es Ihnen trotzdem. Fünfunddreissig.» Sie lauerte, wie Stahl auf die Zahl reagieren würde. Er liess sich nichts anmerken. «Sie haben eine gute Ausbildung genossen. Das nenne ich Stil. Sie kriegen den Job. Dort hinten ist das Gärtnerhaus. Der Schlüssel liegt unter der Fussmatte. Sie müssen sich dort allein zurechtfinden. Bestimmt hat er dort ein Chaos hinterlassen. Ich fürchte, dass ich einen Ausschlag bekomme, wenn ich hineingehe. Wenn Sie etwas brauchen, ich bin im Haus.» Sie lächelte wie eine Keramikpuppe und trippelte davon.

Stahl ging zum Gärtnerhaus. Er nahm den Schlüssel unter der Fussmatte hervor, öffnete die Tür und betrat das Häuschen. Es war gemütlich eingerichtet, aber nicht gerade aufgeräumt. Auch das Bett war nicht gemacht. Überhaupt wirkte es so, als ob der Bewohner jederzeit zurückkehren würde. Entweder hatte Gerhard den Platz fluchtartig verlassen, oder er war gezwungen worden, zu gehen. Oder sogar Schlimmeres. Aber weshalb sollte man Gerhard umgebracht haben? Weil er etwas wusste, was Zweifel nicht genehm war? Wenn jemand Leute beseitigen liess, war es Zweifel. Immerhin arbeitete Dado für ihn. Aber Dado konnte auch ein doppeltes Spiel treiben. Oder gab es eine weitere Partei, die hinter den Zahlen Professor Sarkovs her war? Hatte Gerhard etwas gesehen oder gehört, was er nicht mitkriegen durfte? Hat er es sogar verwendet, um sich damit finanziellen Vorteil zu verschaffen?

Stahl war hierhergekommen, um sich einen Eindruck von Glasers Witwe zu machen. Er hatte gehofft, in ihr die Frau zu finden, von der Siggi gesprochen hatte. Aber Stahl konnte sich nicht vorstellen, dass diese Diva, die ihren Garten am liebsten gesaugt und desinfiziert wusste, mit auf Bettler-Safari ging. Deswegen hatte er ihr nicht auf den Zahn gefühlt und war auf das Spiel des Jobsuchenden eingegangen. Warum sollte er dieses Missverständnis nicht nutzen, um hier abzutauchen und gleichzeitig zu schnüffeln? In drei Tagen sollte hier eine Party stattfinden. Vielleicht kamen Gäste, die Stahl helfen konnten, Myller zu finden. Oder er fand vorher Hinweise im Haus. Ja, er würde den Gärtner mimen, wissend, dass er bis Samstag allein aus dem Wildwuchs niemals das Versailles zaubern konnte, das sich Frau Glaser wünschte.

Aber was tat er mit Kaja? Hierher konnte er sie nicht bringen. Am besten, sie blieb bis Samstag bei Maria. Dafür musste er ihr aber ein paar Verhaltensregeln eintrichtern. Maria würde schon mitspielen, wenn das Geld stimmte. Er nahm sein Handy und wählte Kajas Nummer. Es sprang nur die Combox an. Vermutlich schlief sie sich noch den Kater aus den Gliedern. «Kaja, hier ist Stahl. Ich werde nicht zu Maria zurückkommen. Ich habe eine gute Gelegenheit gefunden, um möglicherweise mehr Informationen über den Verbleib Ihres Vaters zu finden. Bleiben Sie bis Samstag bei Maria und verlassen Sie am besten die Wohnung nicht. Ich melde mich wieder.»

Er steckte das Handy ein und verliess das Häuschen, um sich einen Überblick über das Grundstück zu verschaffen. Direkt an das Häuschen grenzte ein grosser Gemüsegarten. Vieles war bereits abgeräumt und auf zwei grosse Komposthaufen verteilt worden. Stahl ging an einer Reihe Himbeeren vorbei, an der noch Nachzügler reiften, und pflückte sich eine. Hinter dem Gemüsegarten begann der Park, in dessen Mitte ein kleiner Weiher lag, der durch ein Bächlein mit frischem Wasser versorgt wurde. Stahl war immer wieder überrascht, was in dieser Stadt möglich war, wenn man genügend Geld besass.

Der Weiher war nicht gross, aber als meditativer Ruhepol konnte er dienen, wenn einen der Alltagsstress zu fressen drohte. Hier hatte das Ungepflegte seinen besonderen Reiz. Schilf und andere Feuchtpflanzen säumten das Ufer, einige Seerosen mischten sich mit Algen, Stahl entdeckte sogar ein paar Fische im Wasser. Ein kleiner Steg führte zu einem Ruderboot, in dem zwei Fischerruten lagen. Den Weiher konnte man locker durchschwimmen, er mass im Durchmesser knapp dreissig Meter. Daher wirkte das Boot etwas belustigend.

«Mein Mann liebte es, morgens mit dem Boot auf den See zu fahren und zu fischen.» Es war Frau Glaser, die neben Stahl aufgetaucht war. Ihre Stimme klang anders als zuvor. Als ob sie vorhin nur eine Rolle gespielt hätte. Oder spielte sie jetzt? «Er ist tot. Vorgestern ermordet worden. Ich kann es noch immer nicht glauben. Von einem Junkie erstochen. Auf der Langstrasse. Am helllichten Tag. Ist das nicht furchtbar?» Sie hakte sich Stahl unter, als wäre er ein alter Freund, bei dem sie Halt suchte. «Fahren Sie mit mir raus? Nur für eine Viertelstunde.» Sie sah ihn an. In ihren braunen Augen stand das Wasser. «Ich glaube, auf dem See kann ich ihm noch einmal nah sein. Allein habe ich mich noch nicht getraut, weil ich nicht schwimmen kann.»

Stahl nahm sie bei der Hand und führte sie zum Boot. Er half ihr hinein, achtete darauf, dass es nicht zu sehr schwankte, und setzte sich ihr gegenüber. Er nahm die Ruder und stiess sich damit vom Steg ab. Sie glitten über den Weiher. Nach wenigen Schlägen waren sie bereits in der Mitte angekommen. «Von hier aus sieht das Grundstück völlig anders aus. Mein Mann sagte immer, es sei der Perspektivenwechsel, der den Menschen anderen überlegen mache. Ich habe lange nicht verstanden, was er damit meinte.»

«Was hatte Ihr Mann mit Junkies zu tun?», fragte Stahl. Er wusste, dass er nicht zu neugierig wirken durfte.

«Mit Junkies? Er war selber einer. Aber keine Drogen. Nein, Drogen rührte er nicht an. Er trank auch nur selten. Aber er war arbeitssüchtig. Man konnte mit ihm über nichts anderes reden. Arbeit. Immer nur Arbeit. Wenn man ihm die Arbeit nahm, dann war er wie ein Süchtiger auf Entzug. Ferien lagen nicht drin. Das konnte ich vergessen. Nur hier draussen, da war er anders. Da konnte er loslassen.» Sie zeigte auf die Fischerruten. «Aber richtig glücklich war er nur, wenn er auch mit einem Fisch wieder zurückkam. Mit Beute hatte er das Gefühl, auch während seiner Meditation gearbeitet zu haben. Ist das nicht verrückt?» Das Wasser in ihren Augen hatte sich so weit angefüllt, dass es ihr nun als Tränen über die Wangen kullerte. Symbolische Tränen. Keine Tränen, die eine Anbindung an echte Traurigkeit hatten. Kalte Tränen, die für sich weinten, ohne dass ein Herz dafür verantwortlich war. Umso mehr beeindruckten sie Stahl. Es erinnerte ihn an ein Kabuki-Theater, das er vor Jahren in Japan gesehen hatte. Der trauernde Held hatte nur mit einem Fächer gewedelt, als er vom Tod seiner Frau durch Soldaten erfahren hatte. Und in diesem kühlen, einstudierten rhythmischen Fächern hatte Stahl das Leid der gesamten Menschheit gesehen. Eine Projektion. Stahl war sich rasch klar darüber. Trotzdem hatte es ihn berührt. So wie ihn jetzt die kalten Tränen der Witwe Glaser trafen, obwohl er sich nicht von ihr einlullen liess.

«Und was arbeitete er auf der Langstrasse?»

«Sie werden es mir nicht glauben, wenn ich es Ihnen erzähle.»

«Erzählen Sie es mir trotzdem?»

Sie musterte ihn. «Wie ein Gärtner sehen Sie nicht aus. Sind Sie überhaupt wegen der Anzeige hier, oder sind Sie ein Schnüffler?»

«Was sollte ich schnüffeln?»

«Eine Gegenfrage ist keine Antwort, sondern ein Ausweichmanöver. Also? Was wollen Sie hier?» Sie wischte sich mit einem Taschentuch die Tränen aus dem Gesicht. Jetzt wirkte sie wie eine dritte Figur, die sie aus ihrem Repertoire zauberte, und erinnerte dabei an Gloria Zweifel.

«Ich bin ein Freund von Gerhard und wollte ihn besuchen», sagte Stahl.

«Gerhard hatte keine Freunde. Seit wann kennen Sie sich?»

«Seit gestern.»

«Sie waren gestern schon mal hier? Warum?»

«Wegen dem Tod Ihres Gatten.»

«Also doch ein Schnüffler. Welche Zeitung?»

«Privates Tagebuch.»

«Verstehe. Für wen?»

«Für die Tochter von Anton Myller.»

«Kaja. Wo ist sie?»

«In Sicherheit. Das können Sie Zweifel ausrichten. Und wo ist Gerhard?»

«Auch in Sicherheit. Jedenfalls ist es für ihn am sichersten dort, wo er jetzt ist.»

«Auch tot?»

«Wo denken Sie hin? Er ist mein Bruder.»

«Glaser war Ihr Mann.»

«Manchmal habe ich mir überlegt, ihn zu töten, das stimmt. Aber ich habe es nicht übers Herz gebracht.»

«Ausserdem wäre es zu naheliegend gewesen, da Sie alles erben. Aber die Gelegenheit, ihn bei dem albernen Seneca-Spiel umzubringen, bot sich an. Deswegen haben Sie auch darauf bestanden, dabei zu sein.»

«Ich? Bei einem Pennerspiel? Sehe ich so aus?» Sie sprang

wieder in die Rolle der immer jungen Schönheit, der man abkaufte, dass sie in den Gängen des Schlosses in eine Ecke schiss und dann ein parfümiertes Taschentuch darüberlegte.

«Und weil Siggi Sie erkannt hat und dafür Geld haben wollte, musste er auch sterben.»

«Ihre Phantasie ist blühend.»

«Sie können meinetwegen umlegen, wen Sie wollen, ich bin kein Polizist. Es liegt mir fern, Sie zu verhaften. Aber ich habe einen Auftrag angenommen und habe vor, ihn sauber zu Ende zu bringen.»

«Killerkodex?»

«Was spricht dagegen?»

«Das 21. Jahrhundert.»

«Kodex und Korruption sind zeitlos. Entweder man bekennt sich zu dem einen oder dem anderen.»

«Sie sind Stahl, richtig? Ich wusste von Anfang an, dass Sie es sind.»

«Und warum haben Sie die Operette gespielt?»

«Weil ich es liebe, zu spielen. Ich wäre eine grossartige Schauspielerin geworden. Ich habe sogar zwei Semester an der Schauspielschule studiert. Aber es war mir zu langweilig. Auf der Bühne zu spielen, das brachte mir gar nichts. Aber gegensätzliche Rollen im Leben so perfekt anzunehmen, dass man sich sogar selbst damit überrascht, das ist meine Essenz.»

«In der Psychiatrie gibt es dafür andere Bezeichnungen.»

Sie lachte. «Hat Ihnen Gerhard erzählt, dass mich mein Mann zweimal eingewiesen hat? Allein das wäre Grund genug gewesen, ihn mehrmals zu töten. Und ich habe es getan. Hundertmal habe ich ihn ermordet. Auf die grausamste Art. Beim ersten Mal hatte ich tatsächlich vor, meine Phantasie auch umzusetzen. Dann merkte ich aber, dass es mir mehr Vergnügen bereitete, es mir nur auszumalen. Die Option, jederzeit ziehen zu können, aufzuschieben, die Lust zu wahren. Wie beim Kamasutra. Den Höhepunkt hinauszögern, bis es dich vor Lust fast zerreisst.»

«Und vor zwei Tagen war es dann so weit?»

«Weiss ich nicht mehr. Könnte sein.» Sie schlug die Augen

nieder. «Ob Sie es glauben oder nicht, es macht mich traurig, dass er tot ist.»

«Weil Sie Ihre Mordsphantasie nun begraben müssen?»

«Sie verstehen mich.» Sie lächelte.

«Aber warum musste Ihr Bruder verschwinden?»

«Weil er plötzlich Fragen stellte und Dinge forderte, die ihm nicht zustanden. Daran sind auch Sie ein wenig schuld. Ihr Besuch hat ihn wohl ermuntert, frecher zu sein.»

«Haben Sie keine Angst mit mir allein auf dem Wasser, wo Sie doch nicht schwimmen können?» Stahl bewegte sich mit dem Oberkörper so, dass die Nussschale zu wackeln begann. Frau Glaser klammerte sich ängstlich an den Rand des Bootes. «Hören Sie auf damit.» Sie flehte leise, wurde mit jedem Mal lauter und schrie hysterisch. Stahl dachte nicht daran, mit dem Wackeln aufzuhören. Er trieb es weiter, provozierte ein Kentern. Er wollte wissen, wie weit sie in ihrem Spiel zu gehen bereit war. Und sie zog es durch. Entweder konnte sie tatsächlich nicht schwimmen, oder sie war bereit, für ihre Lügen zu sterben. Stahl wurde wütend und riss das Boot so herum, dass beide in den Weiher fielen. Frau Glaser schlug mit den Armen um sich, japste panisch nach Luft und kreischte. Stahl schwamm ruhig ans Ufer, ging an Land und sah der Schauspielerin bei ihrem hysterischen Drama zu. «Hilfe! Helfen Sie mir!» Sie tauchte mit dem Kopf unter Wasser, kämpfte sich hoch, schnappte nach Luft und verschwand wieder. Das Spiel wiederholte sie einige Male, bis sie den Rhythmus brach und nicht mehr auftauchte. Stahl überlegte, wie lange sie die Luft unter Wasser anhalten konnte. Er zählte leise. Bei sechzig wären andere unsicher geworden, Stahl behielt die Ruhe. Er war überzeugt davon, dass sie nur spielte. Und sie war so eitel, dass sie es bis zur Ohnmacht treiben konnte. Wenn sie es so wollte, war es ihre eigene Verantwortung. Sie hatte ihren Mann und Siggi, vielleicht auch ihren Bruder Gerhard auf dem Gewissen. Jedenfalls war sie daran beteiligt oder wusste davon und billigte es, weil es ihr in den Kram passte. Diese Frau schreckte vor nichts zurück. Wenn sie jetzt ersoff, war es nur gerecht. Schon hundert. Sie wollte es wissen. Stahl entschied sich, bis zweihundert zu warten. Dann würde er gehen. Er begann in seinen nassen Klamotten zu frieren.

Bei hundertsechsundfünfzig schoss sie wie ein Delphin aus dem Wasser und schnappte nach Luft. Nur zwei Atemzüge genügten ihr, um ausreichend Atem zum Fluchen zu haben. Derber als die Nutten der Langstrasse keifte sie und verdammte Stahl auf alle Zeiten. Sie schwamm ans Ufer, zog sich an Schilf und Lilien nach oben und stapfte an Stahl vorbei. Nach ein paar Metern blieb sie stehen und drehte sich zu ihm um. «Kommen Sie. Ich gebe Ihnen was Trocknes zum Anziehen. Ein Kerl wie Sie hat einen Bauchschuss verdient, aber es wäre jämmerlich, wenn Sie an einem Schnupfen sterben.» Sie wartete nicht auf ihn, ging über die Terrasse ins Haus, während sie ihre nassen Haare auswrang. Stahl folgte ihr. Diese Frau hatte einen grossen Knall. Aber dadurch gewann sie einen Reiz, um den sie wusste. Stahl würde darauf nicht hereinfallen. Oder tat er es schon, wie er ihr folgte? Nein. Er hatte das Skript im Griff. Wenn er mehr über Myllers Aufenthalt erfahren wollte, konnte sie es ihm sagen. Aber dafür musste er noch einige Nummern spielen.

«Ich gehe ins Bad und wasche mir den Fischgestank ab. Wenn Sie wollen, können Sie sich die Dusche hier unten nehmen.» Sie verschwand nach oben. Würde Sie Zweifel anrufen, während er nackt unter der Dusche stand? Dado? Oder würde sie es selbst erledigen? Stahl ging in das untere Badezimmer, das sie ihm angewiesen hatte, stellte die Dusche an und wartete. Niemand kam. Sie wollte ihn also nicht unter der Dusche abknallen. Stahl zog sich aus und liess sich warmes Wasser auf den Kopf prasseln.

SIEBEN

Es war eine Schnapsidee gewesen, den Junkie finden zu wollen, von dem Stahl erzählt hatte, dass er Siggi mit Dado hatte weggehen sehen. Es gab so viele von ihnen. Und für Kaja sahen sie alle gleich aus. Das war gemein. Ebenso wie Afrikaner und Asiaten nicht einander glichen, so behielten auch Junkies ihre individuellen Eigenheiten. Aber Kaja hatte immer schon weggeschaut, wenn sie einen Drogenabhängigen auf der Strasse gesehen hatte. Die eingefallenen Wangen, der unsichere, klapprige Gang, die zittrigen Bewegungen der Hände – und die Unberechenbarkeit. Jederzeit konnten sie einen ankeifen oder überfallen. Jedenfalls hatte man es Kaja so eingetrichtert. Und sie hatte es verinnerlicht. Es kostete sie grosse Überwindung, sich von einem zum anderen durchzufragen. Die meisten antworteten ihr erst gar nicht, wenn sie den Namen Siggi hörten, sondern verzogen sich. Nur einer hatte sie angebrüllt, sie solle verschwinden. Eine Frau wollte Geld für die Information. Kaja hatte ihr eine Zwanzigernote gegeben, die Frau hatte daraufhin gesagt, dass Siggi am Platzspitz bei einem Bier hocken würde, und war lachend mit dem Zwanziger abgezogen. Kaja setzte sich auf eine Bank an der Sihl und überlegte, was sie als Nächstes tun konnte. Zu Maria durfte sie nicht mehr zurück, das hatte die ihr deutlich genug gesagt. Sie traute sich nicht, Stahl anzurufen, weil sie gegen seine Anordnung auf eigene Faust handelte. Es blieb nur das, was sie am wenigsten wollte: zu Sarkov in den Zirkus. Wenn ihr Dado dorthin folgte, war alles aus. Wer Sarkov hatte, hatte die Zukunft in seinen Händen. Also besser nicht in den Zirkus.

«Sie suchen Siggi?» Ein klappriger Kerl zwischen dreissig und hundert Jahren lächelte sie an und zeigte Zahnlücken.

«Nein. Ich suche nicht Siggi. Siggi ist tot. Ich such den, der ihn mit einem Mann hat weggehen sehen.»

«Das bin ich. Severin. Ich heisse Severin. Darf ich mich setzen?» Er tat es, ohne eine Antwort abzuwarten, kramte Tabak und Blättchen aus seiner abgewetzten Lederjacke und begann zu drehen.

Kaja sah auf seine Finger. Sie zitterten nicht. Ein wenig unrund vielleicht, aber kein Zittern. Er wirkte aber auch nicht mit Heroin zugedröhnt.

«Methadon», sagte Severin, als schien er ihre Frage zu erraten. «Irgendwann schaffe ich es ohne. Aber ohne das Zeug wäre die Hölle noch schlimmer.» Er schob sich die Gedrehte in den Mund und steckte sie sich an. «Wollen Sie auch eine?»

«Danke, nein.»

«Ist nur Tabak.»

«Sie haben Siggi also weggehen sehen?»

«Ja. Mit dem Teufel persönlich. Wenn der Teufel sich in einen Menschen verwandelt, sieht er bestimmt so aus. Ich konnte den Schwefel geradezu riechen.»

«Waren Sie da auch auf Methadon?»

«Nein, da hatte ich mir was Richtiges eingeworfen. Chemische Keule. Muss gestehen, es war etwas bunt um den Teufel und Siggi herum.» Er lachte leise, was einen Hustenanfall provozierte.

«Kannten Sie Siggi gut?»

«Klar. Jeder kannte Siggi. Siggi war schon auf der Langstrasse, da schiss ich noch in die Windeln.»

«Hingen Sie oft mit ihm ab?»

«Man traf sich halt an den einschlägigen Orten. Essensausgabe oder bei der Piazza auf ein Schwätzchen. Oder hier an der Sihl zum Waschen. Siggi war ja kein Junkie. Er soff nur. Schade um ihn. Er hatte noch so etwas von guter alter Zeit. So wie man sich einen Clochard vorstellt, der irgendwie glücklich ist mit seinem Elend. Verstehen Sie? Siggi hätte von Spitzweg gemalt werden können. Und die Zürcher Spiesser hätten ihn sich neben den einsamen Poeten an die Wand gehängt.» Er zog an der Kippe. «Habe Kunst studiert. Sieht man mir nicht an, was? Ist auch egal.»

«Haben Sie auch gemalt?»

«Malen? Das war einmal. Mit Malen entdeckt man nichts

Neues mehr. Installationen. Ich habe versucht, mich durch Installationen auszudrücken.»

«Hatten Sie Erfolg?»

«Erfolg? Macht man Kunst wegen des Erfolgs?»

«Nicht?»

«Erfolg ist nicht wichtig. Wichtig ist, dass man es tun darf.»

«Konnten Sie es tun?»

«Zu teuer. Meine Ideen waren zu teuer. Deswegen installiere ich sie nur in meinem Kopf. Grosse Projekte. Hieronymus Bosch, sagt er Ihnen was?»

«Die Apokalypse.»

«Ja, und ‹Der Garten der Lüste›. Das kennen alle. Aber was ist mit ‹Tod eines Geizhalses› oder ‹Die Versuchung des heiligen Antonius›?»

«Habe ich bestimmt schon mal gesehen.»

«Gesehen. Einen Scheissdreck haben Sie! Sie blättern durch einen Bildband oder schlurfen durch ein Museum und sammeln oberflächliche Eindrücke. Als ob man sich zwei Bosch-Bilder hintereinander angucken könnte. Dafür reicht die Kapazität des Hirns nicht aus. Ein Bild für ein Jahr. Mindestens. Und wenn man Glück hat, findet man die Tür und den Schlüssel dazu.»

«Und Sie haben beides gefunden?»

«Ja, verdammt. Und ich bin durch die Tür gegangen und habe Dinge gesehen, die jede Seele brennen lassen.»

«Was für Dinge?»

«Ich bin kein Dichter. Ich kann es nicht in Worte fassen. Ich bin ein Künstler, der seine Installationen im Kopf macht. Kommen Sie in meinen Kopf, dann können Sie was erleben.» Er verbrannte sich die Finger an der Glut der Kippe und warf sie weg.

«Siggi hat Führungen gemacht, wo auch der Mann dabei war, der erstochen wurde.» Kaja wollte endlich auf ihr Thema kommen und sich nicht in den Visionen des Installationskünstlers verstricken.

«Jaja, ich weiss. Einmal konnte er nicht, da hat er mich gefragt, ob ich die Sache übernehme.» Er stierte auf einen Punkt am Boden und schwieg. Kaja dauerte es zu lange. Sie fürchtete, er sah wieder ein Bosch-Bild, in dem er sich verlor.

«Und? Haben Sie übernommen?»

«Was?» Er sah Kaja an, als sähe er sie zum ersten Mal.

«Haben Sie die Führung für Siggi übernommen?»

«Welche Führung?»

«Mit der Gruppe, den drei Männern und der Frau.»

«Die Frau, ja. Ich erinnere mich. Die Frau war stark. Verrückt und stark. Sie war der Boss. Sie entschied. Sie hatte alle im Griff. Wie Penthesilea. Eine Kriegerin.»

«Wie sah sie aus?»

«Unwirklich. Zusammengebaut. Aber reizvoll. Ein Kunstwerk.»

«Wohin haben Sie sie gebracht?»

«Zuerst zum Platzspitz, dann an den Oberen Letten. Dort, wo früher der grosse Junkie-Treff war. Das war lange vor meiner Zeit. Aber Siggi hat mir davon erzählt. Wer dort alles gestorben ist von seinen Freunden. Richtig gute Leute, hat er gesagt. Ihre Seelen wären noch dort. Ein Kraftort.»

«Und was haben Sie da gemacht, an dem Kraftort?»

«Meditiert und die alten Seelen beschworen. Die Hexe hat es angeleitet. Die Männer sassen nur dabei und schwiegen.»

«Und danach? Sind alle wieder mit zurück?»

«Zurück?»

«Ja, weg vom Letten. Zu ihrem Schlafplatz oder was weiss ich.»

«Einer ist dort geblieben. Er sollte warten, bis er die Kraft des unendlichen Raumes spüre. Das hatte die Hexe gesagt. Und er hat gehorcht.»

«Wie sah er aus?»

«Gross. Er war der Grösste. Als er jung war, bestimmt ein Siegfried. Ja, ein Heldentenor. Wagner passt zu ihm.»

Kaja schluckte. Das war Anton, ihr Vater. Er war der grösste der Männer. Glaser war gedrungen gewesen, Zweifel ein drahtiger Zwerg.

«Und später? Kam der Siegfried wieder zurück zu den anderen?»

«Zurück?» Schon wieder hing er an dem Wort. Es musste etwas in ihm triggern.

«Der Siegfried. Kam er zurück zu den anderen?»

«Ich weiss es nicht. Ich habe mein Geld kassiert und mir einen Schuss gesetzt. Mein Job war erledigt, ich konnte mich meiner Arbeit widmen.»

«Arbeit?»

«Installationen im Kopf. Ich bin Künstler. Schon vergessen?»

«Nein. Natürlich nicht. Hieronymus Bosch.»

«Aber moderner natürlich. Technischer. Wie ein surreales Videospiel. Die Installation real zu machen würde Millionen verschlingen.»

«Und als digitale Produktion?»

«Unendlichen Speicherplatz.»

«Den könnte es bald geben.» Kaja wusste nicht, warum sie sich zu diesem Satz hinreissen liess. Weil es genau der Knoten war, um den das wirre Netz gesponnen war?

«Gibt es schon immer. Das Universum ist unendlich. Dort speichert sich alles. Man muss nur verstehen, wie das Universum tickt, dann ist das überhaupt kein Problem. Das habe ich dem Siegfried auch gesagt.»

«Sie haben mit ihm gesprochen?»

«Warum nicht? Wenn ich eine Führung mache, muss ich doch was sagen.»

«Aber über das Thema?»

«Der kleine Giftzwerg hat ständig davon gefaselt. Mit der Hexe. Die konnten gar nicht genug kriegen davon.»

«Was haben sie gesprochen?»

«Wie es halt wäre, wenn es keine Hindernisse mehr gebe, Informationen ohne Limit zu speichern und zu verarbeiten. Deswegen hat es fast Streit gegeben.»

«Streit? Zwischen wem?»

«Zwischen dem Siegfried und dem Giftzwerg. Siegfried wollte Ruhe. Meditieren, wie es die Hexe angesagt hatte. Aber der Zwerg hörte nicht auf zu plappern, als hätte er sich was eingeworfen. Ich kenne Leute, die hören nicht auf zu reden, wenn sie gutes Dope geraucht haben. So war der drauf.»

«Und wie endete es?»

«Der kleine Dicke, der abgestochen wurde, fing an zu brüllen. Einen ganz roten Kopf hat er bekommen. Ich dachte, die Rübe platzt gleich. Dann war Ruhe. Tolle Szene.»

«Und dann?»

«Nichts. Ich habe gewartet, bis sie mit ihrer Meditation fertig waren, und habe sie wieder zum Platz gebracht, wo Siggi sie abgeholt hat.»

«Bis auf den grossen Kräftigen?»

«Genau. Den wollte Siggi selber abholen. Die Hexe hat ihm gesagt, dass er das in einer halben Stunde machen könne.»

«Und hat Siggi es getan?»

«Keine Ahnung. Da war ich schon in einer anderen Welt.»

Kaja gab ihm eine Hunderternote. Er steckte sie ein.

«Danke», sagte Kaja und drehte sich zum Gehen ab.

«Warten Sie. Ich weiss nicht, ob es stimmt, weil ich da schon Stoff in den Venen hatte. Aber ich glaube, dass ich den Siegfried später noch einmal kurz mit dem Teufel gesehen habe. Sie wissen schon, der Teufel, mit dem Siggi an die Sihl gegangen ist.»

«Was haben Sie genau gesehen?»

«Flammen. Lodernde Flammen. Und mittendrin Siegfried und der Teufel. Sie lachten, umarmten sich und gingen dann in verschiedene Richtungen. Vielleicht hat sie aber auch das Feuer gefressen. Tut mir leid, ich sagte ja, ich bin mir nicht sicher, ob es schon eine Installation war.»

«Schon gut.» Kaja merkte erst jetzt, dass es bereits dunkel geworden war.

Sie vergrub die Hände in den Taschen ihrer Jacke und versuchte, die neuen Informationen für sich zu ordnen. Vor allem die letzte Sache beschäftigte sie. Was hatte Dado mit ihrem Vater zu schaffen? Hat er ihn auch umgebracht? Wie Glaser und Siggi? Bestimmt.

Kaja wusste nicht, wohin mit sich. Zitternd kramte sie nach ihrem Handy. Sie sah, dass Stahl ihr eine Nachricht geschickt hatte, und las sie. Sie rief ihn an. Wieder nur die Combox. «Stahl, bitte melden Sie sich. Ich bin auf der Langstrasse und weiss nicht, wohin mit mir. Ich habe neue Informationen über meinen Vater, die wichtig sind. Ich bin mir fast sicher, dass er tot ist.» Als sie das Wort «tot» sagte, brach ihr die Stimme weg. Sie setzte sich auf das Trottoir, zog die Knie an, vergrub den Kopf und begann zu weinen.

«Wer wird denn weinen, wenn man so hübsch ist?» Eine Frauenstimme. Kaja behielt ihren Kopf zwischen den Knien. «Sie haben mein Gesicht nicht gesehen. Sie wissen gar nicht, ob ich hübsch bin», sagte sie mit dem Trotz eines Kindes.

«Ich beobachte dich schon länger. Du hast lange mit Severin gequatscht. Ging es um Siggi? Und die Spinner, die sich hier als Bettler-Touristen zum Affen machten?»

Kaja nahm den Kopf hoch. «Was wissen Sie davon?»

«Jeder weiss davon. Wer hier lebt und arbeitet, ist für jeden Gossip zu haben. Vor allem, wenn er Geld dafür bekommt. Auch wir sind nur Geschäftsleute. Ich bin Mascha.» Sie streckte ihre Hand aus. «Komm, steh auf. Ich mag es nicht, wenn hübsche junge Frauen in der Gosse sitzen.» Sie lächelte zynisch. Kaja griff Maschas Hand und zog sich an ihr hoch. Mascha trug weissen falschen Pelz, einen knappen schwarzen Lederminirock, Lackstiefel, die bis über die Knie reichten, und hatte ordentlich Farbe im Gesicht. Zwei Kreolen baumelten an ihren Ohren, eine blonde gebügelte Langhaarperücke rundete das Bild ab. Sie malträtierte einen Kaugummi, biss dreimal ordentlich darauf und spuckte ihn aus. «Heute ist nicht viel los.»

«Ich brauche ein Bett für die Nacht», sagte Kaja.

«Das ‹Rothaus› ist relativ günstig. Die könnten noch ein Zimmer haben.»

«Nein, kein Hotel.»

«Willst nicht registriert werden, was? Wer ist hinter dir her? Die Bullen?»

«Ich weiss es nicht.» Kaja wollte der Fremden nicht alles auftischen. «Hast du ein Zimmer bei dir? Ich zahle auch.»

Mascha überlegte, warf sich einen frischen Kaugummi ein,

speichelte ihn ein und kaute ihn warm. «Zweihundert. Mit Frühstück.»

«Okay, danke.»

«Komm mit. Ich bring dich hin. Ist nicht weit.» Sie wackelte voran. Kaja folgte. Ein schwarzer Mercedes fuhr langsam neben ihnen her. Die getönte Scheibe auf der Beifahrerseite fuhr nach unten, ein dickes Gesicht mit Sonnenbrille tauchte auf. «He, ihr zwei. Wir nehmen euch beide.» Der Wagen hielt an. «Steigt ein.»

«Zu spät, Süsser. Versuch es in einer Stunde noch mal. Jetzt haben wir schon eine Verabredung.»

«Wir zahlen das Doppelte.»

Mascha sah fragend zu Kaja, als ob sie tatsächlich daran dachte, auf das Angebot einzusteigen. Mascha lachte, als sie Kajas entsetztes Gesicht sah, und drehte sich zu dem Freier. «Tut mir leid, meine Freundin und ich haben Prinzipien. Wir vergraulen keine Stammkunden, auch wenn wir es uns mit dir heiss vorstellen können. Bestimmt das nächste Mal.»

«Arrogante Fotze. So viel hättest du in einem Monat nicht verdient.» Das dicke Gesicht verschwand hinter der schliessenden Scheibe, der Mercedes fuhr davon.

«Tut mir leid», sagte Kaja, die ein schlechtes Gewissen hatte, Mascha um einen Batzen gebracht zu haben.

«Die wollten uns beide, nicht mich allein. Ich glaube, sie rochen deine Unschuld. Das macht sie heiss auf dich. Ich wäre nur Beilage gewesen.» Sie sah sie an. «Du hast was Besonderes. Vor allem deine Augen. Das sind Nachtaugen. Die haben nur wenige.»

«Nachtaugen?»

«Ja. Wie Eulen. Tiefschwarze Löcher, in deren Grund man den Kaffeesatz lesen kann.» Sie lachte und ging voran. Kaja hielt Schritt.

«Das verstehe ich nicht.»

«Du bist keine Zigeunerin.»

«Du etwa?»

«Meine Grossmutter war eine. Wer aus dem Balkan kommt,

hat immer einen Zigeuner im Blut. Das darfst du den vornehmen Rassisten bei uns natürlich nicht sagen, aber ich bin mir sicher.»

Kaja hatte nicht aufgepasst, wo sie langgegangen waren. Sie standen vor der Tür eines Wohnhauses. Mascha schloss auf und stieg die Treppe hoch. Kaja hinterher.

Die Wohnung war grösser als erwartet. Drei Zimmer. Küche. Bad. Und ein kleiner Balkon. Mascha führte Kaja durch die Wohnung, als wäre diese interessiert daran, das Objekt zu kaufen. «Und die Spülmaschine ist nagelneu. Kaum gebraucht. Ziemlich spiessig, das alles hier, findest du nicht?»

«Warum? Was meinst du?»

«Stellt man sich so die Wohnung einer Hure vor?»

«Das erste Zimmer, das du mir gezeigt hast, hat schon was von einem Bordell.»

«Findest du? Für meinen Geschmack ist es noch immer zu brav. Aber Kushtrim besteht darauf, dass alles im Rahmen bleibt.»

«Kushtrim?»

«Mein Boss. Du wirst ihn kennenlernen. Er kommt gleich vorbei.» Mascha sah Kajas Besorgnis im Blick. «Keine Angst, er ist zwar ein Arschloch wie alle Zuhälter, aber unterm Strich in Ordnung. Nur etwas spiessig eben. Er glaubt, dass man das sein muss, wenn man in der Gesellschaft aufsteigen will. Ich sage, die Spiesser, die wirklich nach oben kommen, sind Zigeuner.» Sie lachte. «Wie findest du das? Nicht schlecht, oder?»

«Nicht schlecht.»

Mascha ging an den Kühlschrank und nahm eine Flasche Sekt heraus. «Grund zu feiern.» Sie öffnete die Flasche und liess dabei den Korken knallen.

«Was für einen Grund?»

«Dass wir beide noch am Leben sind. Ist das nicht Grund genug? Man muss jeden Tag feiern.» Sie öffnete die Spülmaschine, entnahm ihr zwei frisch gewaschene Sektgläser und schenkte ein.

Kaja war nicht wohl bei dem Gedanken, schon wieder Alkohol zu trinken. Aber sie wusste, dass sie nicht ablehnen konnte.

«Auf das Leben.» Sie stiessen an. Mascha nahm einen grossen Schluck, Kaja nippte.

«Wolltest du schon mal ausbrechen? Oder ist diesmal das erste Mal?», fragte Mascha.

«Ausbrechen?»

«Ja. Aus deinem Leben, das du führst. Du siehst aus wie eine, die aus ihrem Leben ausbrechen will. Da macht mir keiner was vor. Ich kenne Menschen, die ausbrechen wollen. Jeden Morgen nach dem Aufwachen begegnet mir so ein Gesicht im Spiegel. Und du hast gerade so ein Morgengesicht.»

Kaja dachte einen Moment nach. «Nein. Ich wollte noch nie ausbrechen.»

«Bist im warmen Nest geboren, stimmt's? Wir Rinnsteinmenschen glauben immer, dass nur wir ausbrechen wollen. Wir wollen nach oben, wir glauben, dass Geld alles ist, was zählt, weil es uns zu Sklaven macht, keins zu haben. Aber warum will jemand ausbrechen, wenn er die Taschen voll hat?»

«Freiheit?»

«Ist eine Illusion. Jemand diktiert immer. Weil du dich nach jemandem sehnst. Einem anderen Wesen, das lieb zu dir ist und dir das Gefühl gibt, dass du etwas wert bist. Also erzähl mir nichts von Freiheit.»

«Luft? Vielleicht habe ich das Gefühl, dass ich ersticke, dort, wo ich jetzt bin.»

«Das kann ich verstehen. Jeden Tag habe ich das Gefühl, ich werde erdrosselt. Wenn so ein fettes Schwein auf mir sitzt und ich spielen muss, dass ich es geil finde, obwohl sein kleiner Schwanz in mir gar nichts auslöst.»

In der Wohnungstür drehte sich der Schlüssel. Ein breitschultriger Mann mit dichtem schwarzen Haar kam in die Küche. Er trug einen hellbraunen leichten Wollmantel, eine elegante dunkelgraue Anzughose und teure, blank geputzte Halbschuhe. Der einzige Riss im Bild, der ihn von einem der üblichen Banker unterschied, bestand in der breiten Boxernase, die ihm wohl schon einige Male gebrochen worden war. Warum hatte er sie sich nicht richten lassen? Er sah so aus, als könnte er es sich leisten.

«Hallo, Kushtrim. Willst du auch ein Glas?», fragte Mascha und flatterte wie ein Kanarienvogel vor der Fütterung.

«Ist sie das?», fragte Kushtrim.

Mascha schenkte ihm ein Glas ein, er lehnte mit der Hand ab.

«Ja. Die stinkt nach Geld, das rieche ich gegen den Wind», sagte Mascha. Die schwesterliche Freundlichkeit war umgeschlagen.

«Man muss nur wissen, wie man sie am besten anbietet.»

«Ich dachte, sie ist für Dado.»

«Dado will sie. Aber ich glaube, wir finden bessere Bieter.»

«Bist du verrückt? Willst du dich etwa mit Dado anlegen? Das ist Selbstmord.»

Kushtrim zog seine Rückhand durch, traf Mascha hart am Kinn, dass diese rückwärts gegen den Tisch knallte und die Sektflasche umwarf. Der restliche Sekt floss über die Glasplatte und tropfte auf den Boden. «Wisch die Sauerei auf», sagte Kushtrim, ohne Mascha dabei anzusehen. Er fixierte Kaja. Mascha stand auf und dackelte davon.

«Warum will Dado dich unbedingt haben?», fragte Kushtrim, zog sich den Mantel aus und legte ihn über die Stuhllehne.

«Ich weiss nicht. Wer ist Dado?»

Kushtrim mimte den Gelangweilten. «Ich möchte dich nicht schlagen. Ich tue so etwas ungern. Frauen schlagen bringt einem einen schlechten Ruf. Das machen nur Zuhälter, die keine natürliche Autorität haben.»

Mascha kam mit einem Lappen und einer Flasche zurück, aus der ein scharfes Putzmittel den Geruch des vergossenen Sekts verdrängte. «Auch Mascha schlage ich nicht, stimmt's?» Er tätschelte ihr auf den Hintern. «Das eben war nur deutliche Kommunikation, du verstehst?» Er setzte sich rittlings auf den Stuhl und stützte seine starken Unterarme auf den abgelegten Mantel. «Dado ist ein Freund. Ein guter Freund. Aber manchmal sind Freunde auch Geschäftspartner. Und dann verschieben sich die Werte etwas. Das hindert uns aber nicht daran, weiterhin Freunde zu sein. Er wird es verstehen, dass ich den besten Preis für meine Ware erzielen will.»

«Ich bin nicht Ihre Ware.» Kaja biss sich auf die Zunge. Das hatte sie nicht sagen wollen. Sie hatte sich vorgenommen, zu schweigen und analytisch zu antworten. Strategie war gefragt, wenn sie hier irgendwie heil herauskommen wollte.

«Es kribbelt mir in den Fingern.» Kushtrim sah auf seine Rechte, die er im Handgelenk drehte und dehnte wie ein Klavierspieler vor dem Konzert. «Du bist sehr stolz, was?»

«Ich bin eher verwirrt. Ich weiss nicht, was Sie von mir wollen.»

«Ich wiederhole noch einmal mit Worten. Danach wird die Kommunikation deutlicher. Was will Dado von dir? Was hast du mit dem Reichen zu tun, der hier abgestochen wurde? Und warum stellst du Severin Fragen?»

«Severin?»

«Der Junkie, dem du Geld gegeben hast.»

Kaja sass in der Klemme. Wenn sie versuchte Kushtrim einen Bären aufzubinden, würde er sie zu Brei schlagen und zwischen Abfallcontainern entsorgen. Sagte sie ihm die Wahrheit, würde er sie zwingen, ihn zu Sarkov zu bringen. Etwas dazwischen musste funktionieren. Wenigstens um erst einmal hierzubleiben und Zeit zu gewinnen. Das Jetzt war immer das Jetzt. Es gab nichts anderes. Auch wenn man für die Zukunft plante, so gab es doch immer nur das Jetzt, das man selbst bestimmen konnte. Das hatte ihr Anton eingehämmert. «Dado arbeitet für Zweifel. Zweifel ist einer der anderen Männer, die hier Bettler gespielt haben.»

«Ich weiss, wer Zweifel ist. Er stinkt nach Geld. Was will er von dir?»

«Mich heiraten.»

Kushtrim pfiff durch die Zähne. «Hast du gehört, Mascha? Von der kannst du was lernen. Angelt sich einen Multimillionär.»

Mascha verschwand mit dem Putzzeug.

«Und warum bist du abgehauen? Liebst du einen anderen? Für so dumm halte ich dich nicht. Du bist doch keine Romantikerin?»

«Ich bin nicht abgehauen. Mein Vater war der dritte Mann

in der Bettlergruppe. Und er ist verschwunden. Zweifel macht zu wenig, um ihn zu finden. Deswegen habe ich auf der Strasse gefragt, ob jemand was gesehen hat.»

«Warst du deswegen im ‹Beverly Hills›?»

Kaja sah ihn verdutzt an.

Er lachte. «Mir entgeht hier nichts. Vor allem nicht, was im ‹Beverly Hills› passiert. Ich bin nämlich schon lange scharf auf den Schuppen.» Er rückte mit seinem Stuhl näher an Katja heran. «Du hast Stahl angeheuert, richtig? Damit er deinen Vater findet.»

Kaja nickte.

«Vergiss Stahl. Du interessierst ihn nicht. Ihn interessiert nur Kohle.»

«Wen nicht?»

Kushtrim lachte. «Mir geht es nicht nur um Kohle. Kohle ist nur das Mittel zum Zweck.»

«Und was ist der Zweck?»

«Raus aus dem Wohnwagen. Leben wie andere. Ohne Geruch von der Strasse.»

«Dazugehören? Wirklich? Ich dachte, ihr seid stolz auf eure Ungebundenheit.»

«Wir? Wer ist ‹wir›? Meinst du Zigeuner? Das darf man nicht mehr sagen. Jedes Vorurteil ist Rassismus. Und jedes Wort, das als Schimpfwort benutzt wurde von Rassisten, ist ein totes Wort. Wir selber dürfen zu uns Zigeuner sagen. Ihr nicht.»

«Ist das nicht auch Ausgrenzung?»

«Natürlich. Und das ist ja der Spass daran. Jeder Nigger schimpft den anderen Nigger. Aber nur die Nigger dürfen es. Und wir Zigeuner dürfen auch Nigger sagen. Aber ihr nicht. Ihr weissen reichen Arschlöcher seid verdammt, nette Bezeichnungen für uns zu finden, das gefällt mir. Ein kleiner Trost.»

«Aber Sie wollen mehr.»

«Ja. Ich will mehr. Gesunder Ehrgeiz hat noch keinem geschadet. Und das ‹Beverly Hills› ist der nächste Schritt.»

«Machen Sie Stahl ein gutes Angebot. Sie sagten doch, er sei nur an Geld interessiert.»

«In dem Fall liegt die Sache etwas anders. Der Laden gehörte seinem Vater, und der Gangster, der ihn übernommen hat, ist irgendetwas wie ein adoptierter Halbbruder von Stahl. Familie. Stahl hat einen doofen Kodex, der meinem Ehrgeiz im Weg steht. Da ist er fast ein Zigeuner.» Er drehte sich zur Tür, aus der Mascha verschwunden war. «Mascha, ich hab Hunger. Hast du was da?»

«Ich kann Pizza bestellen, wenn du willst.» Es hörte sich an, als wäre sie im Bad.

«Gut. Ruf aber nicht an, geh zu Fuss. Dann kannst du auch nachsehen, ob die anderen nicht faul abhängen.»

Mascha lugte zur Tür herein. Sie hatte sich frisch geschminkt, die Röte der harten Backpfeife übertüncht. «Ja, mache ich. Napoli?»

«Ja. Extrascharf.» Er drehte sich zu Kaja. «Und für dich? Zick ja nicht rum und sag, du hast keinen Hunger. Ich esse nicht gerne allein.»

«Margherita.»

«Und bring die anderen auch mit, die gerade keine Kundschaft haben. Und falls du Nino und Aldo triffst, schlepp sie auch hoch. Mir ist heute nach Gesellschaft zumute.»

«Okay.» Mascha lächelte. Sie schien erleichtert, dass sich Kushtrims Laune gedreht hatte. Sie trippelte auf ihren hohen Hacken an Kushtrim heran und drückte ihm einen Kuss auf die Wange. Er packte sie mit seiner grossen Hand am Hintern und drückte fest zu. Sie quiekte und warf gekonnt den Kopf in den Nacken. Er schlug ihr auf den Po. Sie verschwand.

«Was denken Sie, wenn Sie sehen, wie wir miteinander umgehen? Wilde? Tiere? Abschaum?»

«Ich denke gar nichts dabei.»

«Jeder denkt und fällt sein Urteil über andere. Immer und jederzeit. Wenn er nicht gerade mit sich selbst beschäftigt ist.»

«Wissen Sie etwas über meinen Vater?» Kaja fragte in der Hoffnung, dass Kushtrim mehr wusste, als seine Fragen sie glauben machen sollte.

«Nur, dass Sie ihn suchen, weil Sie es mir gesagt haben.»

«Haben Sie nichts gehört? Ihnen entgeht hier doch nichts.»

«Ich weiss nur von den Idioten, die hier ein Bettlerspiel gemacht haben und von denen einer davon auf der Piazza erstochen wurde.»

«Haben Sie eine Vermutung, wer es gewesen sein könnte?»

Kushtrim zog die Brauen hoch. «He, Sie machen das gut. Wollen Sie zur Polizei?» Er lächelte und gab Kaja eine saftige Ohrfeige. Mehr als der Schmerz war der Schreck über die plötzliche Gewalt. Kaja fasste sich mit der Hand an die brennende Wange und starrte Kushtrim verstört an.

«Ich bin der Bad Cop bei unserem Verhör. Ich stelle die Fragen. Worum geht es bei der Sache? Kann mir nicht vorstellen, dass Dado in einer Angelegenheit mitmischt, wo es nur um einen verschwundenen Vater und eine geflohene Braut geht. Also? Ich warte.»

«Es geht um wissenschaftliche Arbeiten, die sehr viel wert sind.» Kaja wählte jedes ihrer Worte genau. Sie wollte es so neutral wie möglich halten. Warum sollte sie Kushtrim vom Moore'schen Gesetz erzählen? Er würde es ohnehin nicht verstehen. Sie spürte, wie ihre Arroganz einen Schutzwall gegen die Brutalität Kushtrims mauerte.

«Wie viel ist das Ganze wert? Millionen?»

«Milliarden.» Sie genoss Kushtrims Blick, und sie wusste, er war unfähig, sich auf Anhieb die Zahl bildlich vorzustellen. Am liebsten hätte sie ihn gefragt, wie viele Nullen eine Milliarde hatte. Aber sie biss sich auf die Zunge. Sie wollte keine weitere Ohrfeige kassieren.

Kushtrim stierte auf den Tisch. Zwang er sich tatsächlich zur Visualisierung der Zahl? Er nickte langsam, sah wieder zu Kaja.

«Die Ohrfeige war nicht so gemeint. Entschuldigen Sie bitte. Man kommt nur aus seinen Gewohnheiten nicht heraus.» Seine Stimme hatte den Ton der Unterwürfigkeit angenommen. Spielte er nun den Part des Good Cop? «Sie können warten, bis die Pizza kommt, oder auch gerne jetzt schon gehen.»

«Ich darf gehen?»

«Ja, natürlich. Ich bin kein Kidnapper. Ich kam nur, weil Mascha mich angefunkt hat. Sie sagte, Sie brauchten Hilfe. Deswegen bin ich hierhergekommen, um mich davon zu überzeugen, dass es Ihnen gut geht. Man weiss ja nie, was die Junkies mit einem machen. Man kann sich bei denen alles holen. Die brauchen einen nicht einmal zu berühren. Tröpfchenübertragung über die Luft. Das reicht oft aus. Und schon hat man sich was eingefangen. Aber Ihnen geht es gut. Also bitte. Wenn Sie wollen, gehen Sie.»

«Was soll das jetzt? Was treiben Sie für ein Spiel mit mir?»

«Das ist kein Spiel. Nicht für mich. Nicht, wenn es um Milliarden geht. Da steige ich aus. Da fehlen mir die Muskeln, die Kilos zu stemmen. Wenn was vom Tisch fällt, bin ich gerne dabei. Da kenne ich mich aus. Aber das hier ist nicht meine Kategorie. Ich bin kein Dado und kein Stahl. Ich habe überlebt, weil ich mich einschätzen kann. Können Sie sich einschätzen? Sind Sie dem Spiel gewachsen, in dem Sie mitmischen?»

«Ich mische nicht mit, ich bin eine der Figuren darin. Ob ich will oder nicht.» Sie sah ihn mit festem Blick an. «Und Sie sind jetzt auch eine. Weil Sie das Spielfeld betreten haben. Das wissen Sie. Sie können nichts mehr rückgängig machen. Ich gehöre zum Milliardenspiel, und Sie haben eine Beziehung zu mir begonnen.»

«Beziehung? Das wüsste ich aber.»

«Ich finde kein besseres Wort. Aber Sie hängen jetzt mit drin. Ihre Gier kostet etwas. Da können Sie sich nicht so einfach durch die Hintertür wieder dünnmachen.»

«So? Wer sagt das? Sie? Wollen Sie mir drohen? Erinnern Sie sich nicht an die letzte Ohrfeige? Ich kann noch ganz anders.»

«Davon bin ich überzeugt. Aber das macht nicht wett, dass Sie sich eingemischt haben. Eher noch schlimmer. Je mehr Energie Sie in mich investieren, umso grösser wird Ihre Bindung an mich und meine Geschichte.»

«Sie spinnen.»

«Das ist Physik.»

«Klingt eher nach Küchenpsychologie.»

«Ist mir egal, wonach es klingt. Ich weiss nur, dass Sie zwei Möglichkeiten haben. Mit mir oder gegen mich. Nicht verhalten ist keine Option.»

Kushtrim massierte sich mit seiner Pranke das Gesicht, als wollte er damit sein Gedankendurcheinander glätten. «Was wollen Sie? Was soll ich für Sie tun?», fragte er ruhig. «Ich werde mich weder mit Dado noch mit Stahl anlegen.»

«Das brauchen Sie nicht. Sie helfen mir, wenn ich die Nacht hierbleiben kann und Sie mich nicht an Dado verkaufen.»

«Gut. Sie können bleiben. Aber nur eine Nacht.»

In der Wohnungstür drehte sich der Schlüssel. Kushtrim verwandelte sich in ein lauerndes Tier. Alles war Spannung. Angriff oder Flucht.

«Kann mir jemand etwas abnehmen?» Es war Mascha. Sie hatte fünf Kartons mit Pizzen gestapelt und balancierte sie in der einen Hand, während sie in der anderen einen vollen Plastiksack trug.

Kushtrim entspannte sich, ging zu ihr und nahm ihr die Pizzen ab. «Wie viele hast du denn gekauft? Kommen noch welche?»

«Nein. Die anderen arbeiten, und die Jungs habe ich nicht gesehen. Aber ich war mir nicht mehr sicher, wer was wollte, da habe ich gleich von allem etwas genommen.»

«Ich nehme immer Napoli, das müsstest du wissen.»

«Ich mag es aber gerne etwas abwechslungsreicher.» Hinter Mascha tauchte Dado auf und lächelte. Er schloss die Tür hinter sich. Kushtrim fiel die Kinnlade hinunter. Er suchte sichtlich nach dem Namen des Überraschungsgastes, fand ihn endlich. «Daaadooo. Das ist aber eine Überraschung.»

«Ich hoffe, eine angenehme?»

«Ja. Natürlich angenehm. Ist lange her. Wie geht es dir?» Er setzte die Floskeln wie Versatzstücke aneinander und warf dazwischen seine Blicke zwischen Mascha, Kaja und Dado.

«Entspann dich, Kushtrim. Ich will dir nichts Böses. Wir essen Pizza, dann nehme ich die junge Frau mit nach Hause. Was hältst du davon?»

«Ja, natürlich.» Er drehte sich zu Mascha. «Hol Teller.»

«Teller?»

«Teller. Ja. Weisst du nicht, was das ist? Wir essen die Pizza nicht aus dem Karton. Wir sind doch keine Zigeuner.» Er sah zu Dado, in der Hoffnung, einen Lacher zu ernten. Dado blieb neutral. Mascha ging an den Küchenschrank und suchte nach Tellern.

«Was macht die Musik?», fragte Kushtrim, der eine Flasche Schnaps und zwei Gläser aus einer Anrichte brachte.

«Komme nur selten dazu.»

«Wenn du magst. Ich habe leider keine Geige hier. Aber zwei Gitarren. Nichts Besonderes. Doch sie klingen ganz gut.» Er sah Dado flehend an. Es schien so, als ob von der Entscheidung, gemeinsam Musik zu machen, abhing, wie es mit Kushtrims Leben weiterging.

Dado warf einen Blick auf seine Armbanduhr, sah dann zu Kaja. «Was meinen Sie? Halten Sie es noch eine Weile aus, ehe Sie Zweifel wiedersehen?» Sein Schnurrbart zog sich durch sein Lächeln wie ein Bruchstrich.

«Sie werden es nicht bereuen. Im Gegenteil. Es wird Ihr Leben verändern.» Kushtrim verwandelte sich vom brutalen Zuhälter in einen geschmeidigen Töpfeverkäufer.

«Liebend gerne.» Kaja spielte mit. Was blieb ihr? Solange sie das Jetzt angenehm für sich gestalten konnte, würde sie es tun. Jederzeit konnte es wieder Backpfeifen hageln – oder Schlimmeres.

Kushtrim verschwand aus dem Zimmer.

«Werden Sie ihn nach der Musik töten?», fragte Kaja.

«Töten? Ich? Was haben Sie denn für Phantasien? Ich töte niemanden. Und warum Kushtrim?»

«Weil er vielleicht zu viel weiss?»

«Tut er das?»

«Fragen Sie ihn.»

Er sah sie prüfend an. «Wollen Sie ein Spiel anzetteln? Das wird Ihnen nicht gelingen. Kushtrim weiss nichts.»

«Er weiss, dass es um Milliarden geht. Da wird jeder Freund schwach.»

«Kushtrim ist klug. Er weiss, wann er die Begleitung zu spielen hat. Und er weiss, wann ein Lied zu Ende ist. Das haben wir beide von Kind auf gelernt. Ein grosser Vorteil, wenn man mit Musik aufwächst.»

Kushtrim kam mit zwei Gitarren zurück und streckte sie Dado entgegen. Dado entschied sich für eine und schürzte anerkennend die Lippen. «Wo hast du die her?»

«Gegen ein paar Töpfe getauscht.» Kushtrim lachte. «Wenn sie dir gefällt, kannst du sie behalten. Bei dir ist sie in guten Händen.»

«Das kann ich nicht annehmen.»

«Spiel. Und entscheide dann.»

Dado drückte die Gitarre an sich, zupfte, lauschte, drehte die Knöpfe an der Mechanik, lauschte wieder, schlug ein paar Akkorde und spielte zum Annähern an das Instrument ein paar Läufe über das Griffbrett. Er sah zu Kushtrim und zählte an. Kushtrim begann mit der Akkordbegleitung, Dado wartete ein paar Takte ab und stieg dann solierend mit ein.

Kaja schloss die Augen. Der Gipsy-Jazz versprach Freiheit und Weite, trotz der Moll-Melancholie. Sie sah Wohnwagen, Steppe, den Zirkus, in dem Sarkov sich versteckte, ihren Vater, der in der Manege stand und mit gläsernen Zahlen jonglierte. Zweifel, der im glitzernden Cowboykostüm auf einem schwarzen Hengst in die Arena preschte und mit zwei Colts die fliegenden Zahlen abschoss. Das Glas barst, das Publikum duckte sich kreischend vor den Splittern. Die Musikkapelle blies, aber aus dem Blech erklangen Gitarrentöne.

***

«Eine der wenigen Gemeinsamkeiten, die mein Mann und ich hatten», sagte Frau Glaser, wendete die Schallplatte und setzte den Saphir auf die Rille. «Django Reinhardt. Keiner kommt an ihn heran.»

«Nuages» erklang.

«Es gibt bestimmt auch andere grosse Gipsy-Musiker. Aber

mit zwei Fingern? Alle anderen hätten aufgegeben. Django hat nach der Katastrophe erst richtig begonnen.» Sie setzte sich neben Stahl auf das Sofa. «Der Mensch braucht die Katastrophe, mit der er sich auf eine höhere Ebene entwickelt. Glauben Sie das nicht auch?»

«Schwarze Pädagogik? Nein. Daran glaube ich nicht.»

«Waren in der Geschichte nicht die Epochen die goldenen, die nach fürchterlichen Kriegen begannen? Wiederaufbau macht den Menschen demütig und erfinderisch. Sie mögen es für brutal halten, aber Hitlers Drang zur Weltherrschaft bereitete den globalen Markt vor. Durch ihn rückten die anderen Staaten enger zusammen. Sein Terror schärfte die Sinne der Künstler, trieb Wissenschaftler dazu an, sich darin zu überbieten, wer schneller die tödlichste Bombe entwickeln konnte.»

«Sein Wahn tötete Millionen unschuldiger Menschen.»

«Kein Mensch ist unschuldig. Das wissen wir beide.»

«Kommen Sie mir nicht katholisch.»

Sie lachte. Ein anderes Lachen. Eines, das Stahl von ihr noch nicht gehört hatte. Ein Lachen, das tief aus dem Dunkel ihres Herzens zu kommen schien. Eine neue Maske. «Ich glaube trotzdem, dass der Menschheit ein Chaos wohl bekäme.»

«Wollen Sie einen Krieg anzetteln?»

«Das brauche ich nicht. Das machen die Menschen von allein. Ich will nur dabei helfen, die Voraussetzungen dafür zu schaffen, indem ich etwas verhindere. Den Rest erledigen die Mechanismen des kranken Marktes selbst.»

«Ich glaube, ich verstehe, worauf Sie hinauswollen.»

«Ja? Und? Sind Sie dabei?»

«Ich? Was kann ich dabei tun? Ich bin ein kleines Rädchen im Gesamten.»

«Sie tun schon viel, wenn Sie nichts tun. Manche Rädchen wirken grösser, wenn sie sich einfach verweigern.» Sie sah ihn lauernd an.

«Aber ich habe einen Auftrag.»

«Was ist ein Auftrag gegen eine Mission?»

«Das klingt wieder nach meinem alten Arbeitgeber.»

«Ihr alter Arbeitgeber hätte niemals zweitausend Jahre überlebt ohne den missionarischen Gedanken.»

«Ich glaube, die Kirche hat nicht wegen der Mission überlebt, sondern wegen eines brutalen Krisenmanagements.»

«Da tun Sie ihr unrecht. Und den Menschen, die ihre Mission auch als Vision verstanden, die Menschheit nach vorn zu bringen.»

«Und welche Vision haben Sie?»

«Entgiftung. Der Planet muss entgiftet werden.»

«Hätte nicht gedacht, dass Sie ein Öko sind.»

Wieder das dunkle Lachen. Diesmal leiser und von weit weg. «Es sind zu viele Menschen. Ein Biotop kippt, wenn es aus dem Gleichgewicht gerät. Und die Welt ist aus dem Gleichgewicht.»

«Die Welt war nie im Gleichgewicht. Gleichgewicht ist ein Ideal, wir befinden uns ständig in Disbalance.»

«Und was ist Glück? Gibt es das für Sie nicht?»

«Glück ist eine Illusion, mit der man ein Geschäft machen kann, genauso wie Religion.»

«Was ist verkehrt daran, Geschäfte zu machen? Sie lassen sich auch bezahlen dafür, dass Sie schnüffeln.»

«Ich bewerte nichts, ich stelle nur klar.»

Sie rückte näher an ihn heran, während im Hintergrund Django den «Minor Swing» zupfte. «Arbeiten Sie für mich. Und Sie werden nicht nur gute Geschäfte machen, sondern auch erkennen, dass es Glück wirklich gibt. Und zwar im Diesseits. Da bin ich Ihrem alten Arbeitgeber voraus.»

«Unternehmen, die das Glück im Diesseits versprochen haben, kamen und gingen.» Er stand auf, ging zum Plattenspieler und unterbrach Django in seinem Solo.

«Was ist? Gefällt Ihnen die Musik nicht? Ertragen Sie Dissonanz nicht? Streben Sie nach Harmonie? Ich kann Ihnen auch etwas Gefälligeres auflegen.»

«Stille. Wie wäre es damit?»

«Ist mir zu laut.»

Stahl hatte genug von dem Konversationsstück. Er ging zur Heizung und prüfte, ob seine Kleider trocken waren. In das

Hemd hätte er schon schlüpfen können, die Hosen fühlten sich noch feucht an.

«Sie wollen doch nicht schon gehen? Der Morgenmantel meines Geliebten steht Ihnen nämlich gut.»

Stahl begann das Spiel zu ekeln. Er hatte mitgemacht, in der Hoffnung, etwas über den möglichen Verbleib Myllers zu erfahren. Aber die Lady ergötzte sich nur an ihren Mätzchen. Er zog den Bademantel aus. Es kümmerte ihn nicht, dass er nackt vor ihr stand. Er war sich sicher, dass diese Frau so etwas nicht schockieren würde.

«Endlich. Darauf habe ich schon die ganze Zeit gefiebert.» Sie lehnte sich zurück, als würde sie auf einer Vernissage das neueste Werk eines hippen Künstlers wägen. Stahl wandte sich ab und schlüpfte in seine klammen Kleider.

«Nein. Das kann ich nicht glauben. Sind Sie wirklich so ein Spielverderber? Oder geben Sie so schnell auf?»

Einen Moment sah Stahl auf die sich stumm drehende Scheibe. Der Moment wurde länger. Der Anblick der rotierenden Platte wirkte hypnotisch. Stahl spürte, wie sein Zorn, den er eben noch für Frau Glasers provokante Spielchen hatte, verflog. Alles drehte sich. Die Erde eine Scheibe. Keine Tiefe. Nur eine Fläche, auf der man abrutschte, von der Flugkraft nach aussen an den Rand gedrängt wurde. Stahl sah sich zu, wie er mit der Kuppe seines rechten Zeigefingers von der Nadel des Saphirs das Staubknäuel entfernte. Was hatte die einzelnen Körner zusammengeworfen? Sie waren zufällig auf einer der Rillen oder Kanten der Platte gelandet. Oder hatte sie die Musik Djangos angezogen? Hatte Staub Ohren? Unsinn. Zufall. Gesetze von Zufall und Bewegung hatte sie zusammengebracht. Keiner kannte den anderen. Oder doch? Waren Sie sich schon mal begegnet? Oder war es das erste Mal, dass sie sich hier gemeinsam trafen? Alles wurde zu Staub. Asche zu Asche. Staub zu Staub. Doch was wurde aus dem Staub, wenn er starb? Konnte Staub sterben? Zu Atomen zerfallen, Quarksen? Und in den unendlichen Zwischenräumen der zerfallenen Körner sollte dann digitale Information gespeichert werden? Ganze

Plattensammlungen? Alle Musik, die jemals auf Erden gespielt worden war?

Stahl spürte, wie sich Frau Glaser von hinten an ihn drückte, ihn umarmte, seine rechte Hand nahm, ihn zu sich drehte und den Staub vom Finger blies. Sie sah ihn an. Hatte sie seine Gedanken gelesen? Ihre Augen kamen ihm plötzlich bekannt vor. Tiefe. Sie hatten die gleiche Tiefe wie Kajas Augen. Die Augen einer Eule. Zeitlos. Unendlich alt. Verführerisch jung.

«Bleib hier. Nur für die eine Nacht. Ich will nicht allein sein.» Es war keine Bitte. Es war ein Befehl. Ihre Stimme klang wie die eines Schaustellers, der einen Hypnotiseur mimte, der dem naiven Publikum vorgaukelte, Menschen nach seinem Willen zu dirigieren. Und obwohl Stahl wusste, dass sie keinerlei Macht über ihn besass, wehrte er sich nicht, löste sich nicht aus der Umarmung, ging nicht fort. Stattdessen sah er ihr ungebrochen in die tiefschwarzen Augen. Warum waren sie ihm erst jetzt aufgefallen? Hatte sie sie versteckt hinter ihren unzähligen Masken, mit denen sie ihn zu täuschen suchte? Oder waren diese Augen vorher gar nicht in ihrem Gesicht gewesen? Hatte sie sich, während er sich im Staub verloren hatte, Kontaktlinsen eingesetzt?

«Küss mich.»

Hatte sie das gesagt? Hatte er es überhaupt gehört? Er wandte seinen Kopf zum Plattenspieler, hoffte, dass die Scheibe sich drehte und dass das, was Stahl hörte, von einer Platte klang. Ein abgedroschenes, neu aufgelegtes Hörspiel. «Küss mich. Küss mich. Küss mich.» Die Nadel blieb in der Rille hängen. Sie sah ihn noch immer an, die Lippen leicht geöffnet. «Küss mich.» Stahl küsste sie, damit er es nicht mehr hören musste. «Küss mich. Küss mich. Küss mich.» Er hörte es noch immer. Er küsste sie inniger. «Warum hast du sie nicht gerettet? Du hättest sie retten können. Du hast mir versprochen, dass du dich um sie kümmerst. Ich wäre nie nach Rom gegangen, wenn ich gewusst hätte, dass du mich anlügst.» Es war Lillys Stimme, die jetzt aus den Lautsprechern schallte. Er stiess Frau Glaser von sich. Sie stürzte auf das Sofa und landete weich.

«Sie sind durch, Stahl. Sie sind der Sache nicht gewachsen.

Schade. Dado sagte, dass Sie mehr auf dem Kasten haben. Aber der Zahn der Zeit nagt an jedem.» Sie ordnete sich die Haare. «Ich bitte Sie, jetzt zu gehen.»

Die letzten Worte hatte Stahl nur noch geahnt. Er stand bereits vor der Villa. Das Licht einer Strassenlampe fiel auf den nicht zu Ende gestrichenen Gartenzaun. Gerhard. Ob sie ihn im Teich versenkt hatte? Was interessierte es ihn. Er grub die Hände in die Manteltaschen und ging die Strasse hinunter in Richtung Hardbrücke.

***

Kushtrim schrubbte den Takt, Dado setzte zum finalen Solo an, und Mascha klatschte in die Hände. Kaja swingte innerlich mit. Äusserlich blieb sie verhalten, wusste sie doch nicht, was sie von der improvisierten Session halten sollte.

Stille. Dado umfasste den Hals der Gitarre und brachte die Saiten zum Schweigen. Nichts sollte nachklingen. Bei Kushtrim schwang der letzte Akkord noch aus, dehnte sich im Raum und berührte Kaja. G-Moll6, schoss es ihr durch den Kopf. Keine Sieben, eine Sechs. Der Unterschied zwischen den Gipsy- und den Bluesakkorden. Früher. Heute mischte sich alles. Fusion. Auch Anton war eine Fusion eingegangen. Mit Zweifel und Glaser. Und Kaja hing mit drin. Sie sehnte sich nach der alten Trennung. Sie wollte zu ihren eigenen Klängen zurück.

«Und? Hat es Ihnen gefallen?», fragte Dado.

«Du warst grossartig.» Mascha drückte Dado einen Kuss auf die Wange.

«Und was ist mit mir? Warum sehen die Laien immer nur den Solisten? Es ist immer dasselbe.» Kushtrim spielte den Beleidigten.

«Du warst natürlich auch wunderbar. Aber das sage ich dir doch jeden Tag.» Sie flatterte zu Kushtrim und küsste ihn auf den Mund. Er schob sie von sich und drückte ihr die Gitarre in die Hand. «Bring sie zurück und geh auf die Strasse. Wir haben zu reden.» Sie nahm auch Dados Gitarre und verschwand.

Dado sah Kushtrim fragend an. Kushtrim verunsicherte Dados Blick. «Wir haben doch zu reden, oder?»
«Ich wüsste nicht, worüber.»
«Verstehe. Der Solist braucht keine Begleitung mehr.» Kushtrim stand auf und ging aus dem Zimmer. Von draussen hörte man ihn schnauzen. «Mascha, beeil dich. Wir drehen gemeinsam eine Runde.» Die Wohnungstür knallte zu. Ein ferner Protest, den sich Kushtrim Dado gegenüber erlaubte. Dado registrierte ihn und nahm es gelassen. «Es gibt Systeme, die würden das als keimende Rebellion werten. Kushtrim wäre ein toter Mann.»
«Und warum lassen Sie ihn leben?»
«Haben Sie nicht gehört, mit wie viel Gefühl er mich begleitet hat? Er legt den Teppich für mein Spiel. Solche Leute sind wichtig. Erst wenn sie selber den Ehrgeiz entwickeln, solieren zu wollen, muss man in Betracht ziehen, sie zum Schweigen zu bringen.»
«Mein Vater. Wollte er solieren? Musste er deswegen sterben?», fragte Kaja und fürchtete sich vor der Antwort.
«Ihr Vater hat nie gelernt, zu begleiten. Er war immer ein Solist. Und ist bestimmt noch immer einer. Warum sollte er tot sein?»
«Weil Zweifel alles für sich haben will.»
«Wer will schon teilen?»
«Mein Vater teilte immer. Er wusste, dass genug für alle da ist.»
«Soso.» Er spitzte den Mund.
«Er spielte immer im Team.»
«Das tu ich auch. Trotzdem ist Kushtrim austauschbar.»
«Sie nicht?»
«Weniger. Ich bin die Marke. Es wird immer die Marke gekauft, nicht der Inhalt. Musik besteht aus Noten, Cola aus Zucker. Aber was Sie trinken oder hören wollen, entscheidet die Marke. Und Ihr Vater ist eine Marke. Zweifel braucht ihn.»
«Unsinn. Für Musik und Cola mag Ihre Weisheit ja gelten, aber in der Mathematik macht das keinen Sinn. Zahlen sind

nackt. Die Formel spricht für sich selbst. Da braucht es kein Marketing.»

«Gibt es in der Geschichte nicht genügend Beispiele, in denen das Marketing über die Qualität des Produktes siegte?»

«Sarkovs Formel ist kein Produkt. Es handelt sich dabei um eine Gleichung, aus deren Allgemeingültigkeit erst Produkte entwickelt werden können.»

«Überzeugt.» Er stand auf. «Jetzt müssen Sie mich nur noch davon überzeugen, dass Sie nicht wissen, wo Sarkov sich aufhält.»

«Ich weiss es wirklich nicht.» Kaja merkte, dass sie Dado bei der Lüge nicht in die Augen sehen konnte. Ob er es registrierte? Bestimmt. Er war wach und hatte längst Witterung aufgenommen. Das Musizieren hatte seine Sinne noch mehr geschärft. «Genauso wenig, wie ich weiss, wo mein Vater ist.» Jetzt sah sie Dado in die Augen, denn hierbei musste sie nicht lügen.

«Führen Sie mich zu Sarkov, dann bringe ich Sie zu Ihrem Vater.»

Bluffte Dado? Bestimmt. Woher sollte er wissen, wo Anton war?

«Lebt er?»

«Ja.»

«Geht es ihm gut?»

«Wohlauf.»

«Wo ist er?»

«Näher, als Sie glauben.»

«In Zürich?»

«Ist Sarkov in Zürich?»

Kaja erschrak. Dado hatte sie überrumpelt. Wieder wich sie seinem Blick aus. Sosehr sie sich zwang, es gelang ihr nicht, ihm gerade in die Augen zu schauen. «Ich weiss nicht, wo er ist.»

«Wir drehen uns im Kreis. Irgendwann wird ein Rondo langweilig, finden Sie nicht?»

«Aber wenn ich es nicht weiss.»

Dado nahm seinen Mantel von der Stuhllehne und zog ihn an. «Sarkov ist nicht, was Sie glauben. Er spielt falsch. Und zwar gegen Ihren Vater. Wenn Sie sich für Sarkov entscheiden, entscheiden Sie sich gegen Ihren Vater.» Er verliess den Raum und ging zügig durch den Flur auf die Wohnungstür zu. Kaja rang mit sich. Gleich würde Dado zur Tür hinaus sein.

«Halt. Warten Sie. Ich weiss, wo Sarkov ist.»

Dado blieb stehen, drehte sich um und kam zu ihr zurück.

ACHT

Stahl war am Idaplatz gelandet. Es war lange her, dass er im Kreis 3 zu tun hatte. Zürich war nicht gross, trotzdem hielten sich viele nur in ihrem Quartier auf. Es sei denn, sie pendelten zwischen Haus und Arbeit. Stahl musste nicht pendeln. Bei ihm spielte sich alles im Kreis 4 ab. Oder zwischen Zürich und Rom. Und auch in Rom waren es immer nur dieselben Plätze, auf denen er sich herumgetrieben hatte. Am Ende blieb jede Stadt ein Dorf.

Das «Piazza» hatte trotz Oktober noch einige Stühle und Tische unter dem Vordach stehen. Auf den Stuhllehnen hingen Wolldecken für hartgesottene Raucher. Amir hatte sich darin eingewickelt und paffte. Vor ihm auf dem Tisch standen eine Flasche mit Rotwein und zwei Gläser. Ein Glas war noch leer. Als hätte ihn eine Verabredung sitzen lassen. Als er Stahl sah, goss er den Wein in das leere Glas.

«Warum hier?», fragte Amir.

Stahl setzte sich Amir gegenüber. «Schöne Erinnerungen.»

«Eine Frau?»

«Studentin.»

«Jura?»

«Schauspiel.»

«Eine Schauspielerin? Oh weh!» Amir hob das Glas und wartete, dass es ihm Stahl gleichtat. Sie stiessen an und tranken.

«Regisseurin.»

«Auch nicht besser. Theater bleibt Theater.»

«Machen wir was anderes?»

«Unser Theater ist echt. Zigarette?» Amirs Etui schnappte auf. Stahl nahm sich eine. Amir gab ihm Feuer. Der erste Zug tat gut.

«Kennst du Glasers Frau?»

«Die verrückte Lena? Um die kam man nicht herum, wenn man mit Glaser zu tun hatte. Mischte sich immer ein. Selbst wenn man sich mit Glaser allein traf, ging es nicht lange, da rief sie an und gab Anweisungen. Furchtbare Frau.»

«Aber nicht uncharmant.»

Amir hustete. «Nein, Stahl. Sag bitte nicht, dass du auf sie reingefallen bist. Du warst nicht mit ihr im Bett?»

«Quatsch.»

«Schau mich an. Direkt in die Augen.» Amir beugte sich nach vorn und suchte in Stahls Gesicht eine Regung, die ihn der Flunkerei überführen konnte. Er brummte. «Für so schwanzgesteuert hätte ich dich dann doch nicht gehalten. Obwohl ...»

«Was weisst du noch über sie?» Stahl nahm sich eine Wolldecke vom Nebenstuhl und wickelte sie sich um Rücken und Schultern. Die klammen Klamotten und die Feuchte des Abends drückten ihm die Kälte in die Glieder.

«Willst du lieber hinein?», fragte Amir, dem Stahls Frösteln nicht entgangen war.

«Nein. Es ist gut hier. Ich brauche frische Luft.» Er zog an der Zigarette.

Amir lachte. «Das wäre eine gute Werbung für die Tabakindustrie.» Er ahmte Stahl nach: «Ich brauche frische Luft», und inhalierte den Tabakqualm.

«Lena Glaser.» Stahl liess sich nicht ablenken.

«Viel weiss ich nicht. Ausser, dass sie aus dem Wanger-Clan kommt. Aber das ist schon aussagekräftig genug. Elitäre Ausbildung.»

«Internat?»

«Hauslehrer. Die Wangers haben sich für ihre Kinder immer Hochschulprofessoren geleistet. Die lernten nicht rechnen, sondern gleich, was man mit den Zahlen anfangen kann. Mit eigenem Konto. Einmal im Jahr mussten sie eine offizielle Prüfung machen, damit alles den Regeln entsprach. Intern zählten aber nicht die Noten, sondern ob sich das Kapital auf dem Konto vermehrt hatte.» Er goss sich Wein nach. «Natürlich bestand ihr Curriculum auch aus den anderen üblichen Fächern. Alle vier Schweizer Sprachen, sogar Rätoromanisch, mussten sie lernen. Zusätzlich Spanisch und Russisch. Je nach Sprache, die gerade anstand, wechselten die Lehrer. Alle Fächer, die sie hatten, wurden dann zum Beispiel auf Russisch gepaukt.» Amir schüttelte den Kopf. «Wenn ich mir vorstelle, dass ich Mathe auf Russisch hätte lernen müssen, ich hätte noch weniger kapiert.»

«Oder du hättest dich gerade deswegen in die Logik der Zahlen geflüchtet, weil du nicht auf die Erklärung in der fremden Sprache hoffen durftest.» Stahl rauchte die Zigarette zu Ende und drückte sie im Aschenbecher aus.

«Gezielte Überforderung als pädagogische Strategie? Das erzähl mal den Eltern, die jetzt schon über Kinder mit Burn-out klagen.»

«Jedenfalls bin ich mir sicher, dass sie mit den Männern war, als sie ihr Seneca-Spiel pilgerten. Vielleicht nicht immer, aber an dem einen Tag, als Siggi und der Junkie die Gruppe geführt haben.»

«Meinst du, sie hat etwas mit dem Tod ihres Mannes zu tun?»

«Sie erbt alles.»

«Aber es gehörte ihr vorher auch schon. Was gewinnt sie durch seinen Tod? Nur mehr Arbeit. Wie ich diese Frau kennengelernt habe, interessiert sie sich mehr für ihr Aussehen und hängt lieber auf einer Beautyfarm als im Aufsichtsrat des Glaser-Korps.»

«Wo hast du sie kennengelernt?»

«Auf verschiedenen Anlässen. An Empfängen, Partys, kleinen Vernissagen vielversprechender Künstler, auf die man wetten könnte. High-Society-Kram.»

«Dann kennst du nur eine Facette von ihr. Sie wechselt ihre Rolle wie ein Chamäleon. Allein in den zwei Stunden, die ich bei ihr war, spielte sie mir den gesamten Shakespeare vor.»

«Und was schliesst du daraus? Dass sie ihren Mann getötet und Myller entführt hat, um mit Zweifel zu paktieren?»

«Ich bin mir nicht sicher, ob sie mit Zweifel paktiert. Sie scheint eher daran interessiert zu sein, dass die Formel nicht gefunden wird.»

«Was?»

«Sie wünscht sich Chaos. Einen Krieg, damit sich die Menschheit reinige.»

«Wünscht sie sich das wirklich? Oder hat sie dir das nur in einer ihrer Rollen vorgespielt? Vielleicht war sie da gerade als Richard III. unterwegs?»

«Genau das habe ich mir auch schon gedacht. Aber in dieser Rolle hat sie mich am meisten überzeugt.»

«Dann ist sie hinter Sarkov her.»

«Richtig.»

«Hat sie Leute angeheuert? Kann mir nicht vorstellen, dass sie das allein durchzieht.»

«Dado.»

«Dado? Ich dachte, der arbeitet für Zweifel?»

«Dado hat sich nie geschert, für mehrere Parteien gleichzeitig zu arbeiten.»

«Stimmt. Und woraus schliesst du, dass es Dado ist?»

«Sie legte Django Reinhardt auf.»

«Wenn alle, die Reinhardt hören, mit Dado zusammenarbeiten, kommt der Arme gar nicht mehr hinterher.»

«Sie wollte, dass ich weiss, dass Dado für sie arbeitet.»

«Warum hat sie es dir dann nicht direkt gesagt?»

«Weil sie eine Spielerin ist. Sie legt Köder aus und geniesst es, wenn man sie frisst.»

«Hast du ausser dem Django-Köder noch einen anderen gefressen?» Amir lehnte sich vor und sah Stahl spitzbübisch an.

«War kurz davor. Aber es kam nicht dazu.»

«Warum nicht?»

«Instinkt.» Stahl sah an Amir vorbei. Er wusste nicht, wie lange. Er fixierte ein Loch in einer Wolldecke, das eine Zigarette hineingebrannt haben musste. Das Loch lud ihn ein, in einen dunklen Tunnel zu steigen. Stahl weigerte sich. Es kostete ihn Kraft. Die Anstrengung trieb ihm kalten Schweiss auf die Stirn.

«Alles in Ordnung?» Amirs Stimme riss Stahl aus der Umklammerung der erneut aufsteigenden Schatten. «Wir müssen Sarkov finden», sagte er und wischte sich mit dem Handrücken den Schweiss von der Stirn. «Und zwar bevor Dado ihn hat.»

«Wo? Willst du nach Moskau?»
«Er ist hier.»
«Woher weisst du das? Wieder Instinkt?»
«Dado. Er wäre nicht hier, wenn er nicht auch Sarkov hier vermuten würde.»
«Und wie willst du ihn finden?»

***

Die Lichter des Zirkus waren schon aus. Am Zelteingang standen drei Männer, hielten sich an Dosenbier fest und rauchten.

«Dort hinten. Das ist der Wohnwagen», sagte Kaja und zeigte auf den Caravan, in dem sie Sarkov zum letzten Mal gesehen hatte. Es war ihr, als würde sie mit ihrem Finger das eigene Herz durchbohren. Was tat sie da? Sie liebte ihn doch. Wie konnte sie ihn jetzt verraten? Aber verriet er nicht sie? Und ihren Vater? Anton, der ihm alles ermöglicht hatte? Ausser Anton hatte niemand dem Professor geglaubt. Keinen Rubel hatten die Russen für Sarkovs Ideen gegeben. Im Gegenteil. Ausgelacht hatten sie ihn, sogar von der Universität geworfen, weil sie ihm vorwarfen, er würde nur Steuergelder verprassen. Sarkov hatte sich darauf mit Wodka abgeschossen. In russischer Tradition. Nicht nur einmal. Täglich. Um die Zahlen aus seinem Hirn zu verjagen. Bald war er auch aus seiner Wohnung geflogen und in einem Nachtasyl gelandet. Dort hatte ihn Anton gefunden. Verlaust und verwahrlost. Kurz vor dem Delirium. Anton hatte ihn in den Schweizer Jura gebracht. Bei frischer Luft und Kuhgeruch, mit Wanderungen und Stallarbeit hatte er Sarkovs Frust und Wodka aus Seele und Körper getrieben. Zweimal hatte Sarkov türmen wollen, aber Antons Leute hatten ihn wieder eingefangen. Ein Russe zu Fuss im Jura. Nur die Sterne als Orientierung. Er hatte keine Chance. Weder Moskau noch Wodka zu finden. Dafür fand ihn Anton, bevor Sarkov sich aus Verzweiflung in eine Schlucht stürzen konnte. Und Sarkov fand Kaja.

In ihrer jugendlichen Lust an Mathematik und angewandter

Physik erwachte auch seine Leidenschaft an den Zahlen, für die ihn seine Landsleute verspottet hatten. Schritt für Schritt hatten sie sich angenähert. Kaja hatte zu Anfang wenig Sympathie gehabt für den grantigen, verkommenen Russen. Aber Anton hatte ihr aufgetragen, sich mit ihm abzugeben. Und Antons Wunsch war ihr stets Befehl gewesen. Auch jetzt schien es Antons Befehl zu sein, dass sie sich von Sarkov wieder löste. Denn wer ihren Vater verriet, dem geschah es nur recht, selbst ans Messer geliefert zu werden. Sie wunderte sich trotzdem, warum sie es tat, nur weil Dado behauptete, Sarkov spiele falsch.

Warum zweifelte sie nicht an Dados Worten? Was hatte dieser Mann, dass er auch auf ihr spielen konnte wie auf seiner Gitarre? War sie hypnotisiert? Oder hatte sie Dados Musik einfach nur in gemeinsame Resonanz versetzt? Die Gesetze der Physik konnten manipulieren und Gemeinsamkeiten suggerieren, nur weil man ihr, der Physik, gemeinsam ausgesetzt war. Theaterleute und Werbefuzzis nutzten dieses Wissen schon lange. Jeder religiöse Kult basierte darauf. Und selbst wenn man sich der Mechanismen bewusst war, fiel es schwer, passende Gegenmittel zu finden. Es lag eine allgemeingültige Wahrheit in den Prinzipien der Physik, an denen sich sogar die besten Religionen die Zähne ausbissen. Der Apfel fiel auf die Erde. Der Mensch zerfiel zu Staub. Es gab nur dieses eine Leben.

«Wollen Sie mitkommen? Oder bleiben Sie hier?», fragte Dado, der wohl ahnte, dass es Kaja mit ihrem Verrat mulmig war.

«Ich komme mit.» Es klang energischer, als sie es meinte.

Sie gingen auf den Wohnwagen zu, in dem sich Kaja und Sarkov getroffen hatten. Drinnen brannte Licht. Dado klopfte an die Tür, als käme er auf einen Kaffeeklatsch. Die Tür wurde ihm von Natascha geöffnet. Sie sah erst fragend Dado an, erkannte Kaja und lächelte. «Hast du es doch nicht ausgehalten? Er hatte es geahnt.»

Dado schob Natascha zur Seite und ging in den Wohnwagen.

Da er Sarkov nicht sah, packte er Natascha am Handgelenk und wirbelte sie gegen die kleine Küchenzeile. «Komm rein und schliess die Tür!» Kaja gehorchte.

«Wo ist er?», fragte Dado.

«Fort», antwortete Natascha.

«Wohin?»

«Hat er nicht gesagt. Sei zu gefährlich, wenn ich es wüsste.»

«Aber seit wann er fort ist, das weisst du.»

«Er packte gestern Abend seine Sachen.»

«Warum?»

«Er fand, dass es hier nicht mehr sicher genug war.»

«Hatte er Gründe?»

«Bauchgefühl.»

«Er ist Mathematiker. Da verlässt man sich auf Zahlen und Fakten, nicht auf das Bauchgefühl.»

«Ohne Intuition gibt es nichts Neues. Da käut man nur das Alte wieder.»

Dado gab ihr eine ordentliche Ohrfeige. Natascha nahm sie mit Würde. «Auch wenn du mich folterst, ich kann dir nicht mehr sagen, als ich weiss.»

Dado drehte sich zu Kaja, die verstört an der Tür stand. «Wohin kann er gehen, ohne die Stadt zu verlassen?»

«Warum sollte er die Stadt nicht verlassen? Wenn ich vor einem wie dir abhauen würde, würde ich möglichst weit wegrennen.» Natascha strich sich energisch das blonde Haar aus der Stirn.

«Das kannst du gerne versuchen. Aber du kommst nicht einmal mehr aus diesem Kasten hier raus, wenn du mir nicht hilfst.» Die lässige Freundlichkeit, die Kaja bisher von Dado kannte, war einer kalten Schärfe gewichen. Sie erkannte ihn nicht wieder. War das der Mann, der vor einer knappen Stunde noch herzerwärmenden Gipsy-Jazz gezupft hatte?

«Ich helfe dir gerne, du musst mir aber sagen, wie.» Natascha liess sich nicht einschüchtern. Sie behielt die Ruhe.

Wieder drehte er sich zu Kaja. «Wen kennt er hier, dem er vertrauen kann?»

«Meinen Vater. Aber der ist ja selbst verschwunden. Glaser. Und der ist tot.»

«Glasers Frau?»

«Lena? Die Frau ist verrückt.»

«Sarkov auch.»

«Das stimmt nicht. Nur weil Sie nicht verstehen, wie er denkt, heisst das noch lange nicht, dass er verrückt ist», sagte Kaja.

«Genie und Wahnsinn? Ist nicht böse gemeint. Jeder hat seinen Schatten.»

«Warum verteidigst du ihn plötzlich, wo du ihn gerade verraten hast?» Nataschas Anklage traf.

Kaja suchte nach den richtigen Worten, fand sie nicht, wollte etwas sagen, Dado fuhr dazwischen. «Intuition.» Er lächelte Natascha gefährlich an. Sie ahnte wohl, dass es besser war, den Mund zu halten.

«Ich brauche dich nicht zu fesseln, oder? Wirst du ihn anrufen und warnen, wenn wir weg sind?»

«Er hat mir keine Nummer hinterlassen.»

«Wäre schlau von ihm. Aber ob es stimmt?»

«Fessle mich, wenn du dann ein besseres Gefühl hast.»

Dado ging einen Schritt auf sie zu. Eine Klinge schnappte aus seiner Hand. Er stach zu. Natascha riss die Augen auf, röchelte und brach tot zusammen. Dado wischte die Klinge an Nataschas Kostüm ab, das über der Stuhllehne hing, klappte das Messer zu, steckte es ein und öffnete vorsichtig die Tür. Da die Luft rein schien, fasste er Kaja am Handgelenk und zog sie mit sich fort.

***

«Schau mich nicht so an. Ich bin kein Kindermädchen.» Maria stand vor einer Staffelei und drückte rote Farbe auf das Bild. Sie trug nur einen bekleckten Kittel, dafür hatte sie die Heizung eingeschaltet.

«Du weisst, dass sie keine Chance hat, wenn Dado da draussen ist», sagte Stahl.

«Davon hat mir keiner etwas gesagt.»

«Hättest du sie dann zurückgehalten?»

«Vermutlich nicht.» Sie verteilte die Farbe mit einem kleinen Spachtel. «Magst du sie nicht?»

«Sie ist mir egal. Und sie hat ihren eigenen Willen. Ausserdem habe ich sie gewarnt.» Sie legte die Palette auf den Tisch und nahm zwei Schritte Abstand vom Bild. «Fehlt Grün?»

Stahl sah auf das abstrakte Bild, das ihn an Labyrinthe erinnerte. Vielleicht waren es auch Gehirnwindungen. Oder ein Strassensystem in einer Goldmine.

«Gold fehlt», sagte er.

«Gold? Gold fehlt immer.» Maria lachte.

«Zweifel schürft nach Gold. Er schürft nach allem. Weisst du, wie es in den Minen in Afrika zugeht? Wie vor zweihundert Jahren. Ein Menschenleben ist nichts für einen Klumpen Gold oder ein Pfund Kobalt.»

«Kobalt? Wozu braucht man das?»

«Für Handys und Computer. Die Lithiumionen-Akkus arbeiten damit. Kinder buddeln mit ihren Händen nach den seltenen Erden, weit unten in Höhlen. Ich habe es selbst gesehen.»

«Und hast du etwas dagegen getan?»

«Nein. Ich habe diese Kinder genauso verbrennen lassen wie Lillys Geschwister. Ich hatte keine Chance, sie zu retten, ohne selbst dabei draufzugehen.»

«Rechtfertigt das immer alles? Wo fängt der eigene Tod an?» Sie legte Stahl die Hand auf den Arm. «Ich mache dir keine Vorwürfe. Ich verkaufe mich selbst, seit ich denken kann. Aber ich habe auch kein schlechtes Gewissen dabei. Wenn das Gewissen aber zu nagen beginnt, sollte man etwas dagegen tun. Sich vom Gewissen fressen zu lassen ist die feigste Art von Selbstmord.»

«Soll ich jetzt aussteigen? Mittendrin? Nein. Erst führe ich die Sache zu Ende.»

«Steckt bestimmt auch eine Menge Geld drin für dich und Lilly, oder?» Sie sah ihn herausfordernd an.

«Da stehen wir beide uns in nichts nach, was? Immer wieder ist es das Geld.»

«Und immer wieder ist es das letzte Mal.» Sie umarmten sich.

«Danke, Maria. Ich wüsste nicht, was ich ohne dich täte.»

«Zu einem Pfaffen in den Beichtstuhl gehen?»

Er löste sich von ihr. «Die riechen nicht so gut.» Er drückte ihr einen Kuss auf die Wange und nahm seinen Mantel.

«Wohin willst du?»

«An die Goldküste.»

«Viel Glück.» Sie nahm eine Tube Kobaltblau aus ihrem Farbkasten und drückte eine Spur auf das Bild.

***

Kaja sass verstört neben Dado im Taxi und starrte in die Nacht. Noch nie zuvor hatte sie gesehen, wie ein Mensch umgebracht worden war. Eben war sie keine zwei Meter davon entfernt gewesen. Für Dado war es ebenso einfach gewesen, wie eine Gitarre zu stimmen. Ein Handgriff. Mehr nicht. Nataschas Blick ging Kaja nicht mehr aus dem Kopf. Wohin sie auch sah, erschien ihr Nataschas Fratze mit den weit aufgerissenen Augen. Eine stumme Anklage, die Kaja ins Mark traf. Sie schloss die Augen. Auch hinter ihren Lidern war Nataschas Gesicht. Warum hatte sie Dado Marias Adresse gegeben? Aus Angst, er würde auch sie abstechen, wenn sie nicht gehorchte? Natürlich. Warum sonst? Obwohl sie wissen musste, dass Dado ihr kein Haar krümmen würde. Sie war doch Zweifels Braut. Die würde Dado doch nicht einfach abstechen? Oder doch? Sie war sich bei ihm nicht sicher. Er war nicht zu fassen. Sprunghaft, mit einem Hang zur wilden Improvisation, die am Ende doch wieder Sinn machte. Er spielte Kriminalität, als wäre es Jazz. Mit vielen Akkord-Substitutionen, gewagten Dissonanzen und schrägen Sololinien. Eine verbotene Note schien es für ihn nicht zu geben, egal auf welcher Skala er sich gerade bewegte. Und irgendwie fand er auch zu Ruhepunkten, benutzte Klischees und kokettierte mit einem Turnaround, der alles zur Tonika zurückbrachte. Nataschas Tod war so ein Turnaround. Oder doch nur ein Trugschluss? Kaja wusste es nicht. Sie beschäftigte sich gerne mit Musiktheorie, weil sie logisch war und trotzdem lebendig. Am meisten gefiel ihr, dass man ein Klavier nicht wirklich stimmen konnte, sondern sich nur der geringsten Verstimmtheit annähern konnte. Einen Limes gegen null. Diese Vorstellung, dass etwas zwar exakt berechnet, aber nicht umgesetzt werden konnte, faszinierte sie. Sie rechnete. Zahlen verdrängten Nataschas Gesicht. Eine alte Strategie, die Kaja in vielen Lebenslagen, in denen sie unglücklich oder überfordert gewesen war, geholfen hatte.

«Wir sind da», sagte der Taxifahrer.

Dado bezahlte ihn und forderte Kaja stumm auf, auszusteigen. Sie gehorchte. Das Taxi fuhr weg. Kaja sah ihm nach. Die Rücklichter wurden kleiner und bogen um die Ecke.

«Kommen Sie», sagte Dado und fasste sie am Unterarm. Nicht fest. Fast wie ein vertrauter Mensch, der sie sicher über die Strasse geleiten wollte. War er ihr nicht auch vertraut? Seit der ersten Begegnung im Musikgeschäft Hug war viel passiert. Was war es, das diese Vertrautheit auslöste? Das kleine Konzert mit Kushtrim? Der Mord an Natascha? Begann das Stockholm-Syndrom bei ihr zu greifen?

Dado klingelte bei Maria und wartete. Aus der Gegensprechanlage klang Marias Stimme. Dado bedeutete Kaja, zu sprechen. «Ich bin's. Kaja.»

«Ich habe dir gesagt, du sollst nicht hierher zurückkommen.»

«Mir ist niemand gefolgt. Ich muss Stahl dringend sprechen.»

«Er ist nicht da.»

«Kann ich nicht trotzdem nach oben kommen? Nur für die eine Nacht?»

«Nein.»

«Dann sag mir wenigstens, wo ich Stahl finden kann.»

«Im ‹Beverly Hills›.»

«Danke.»

Dado hatte inzwischen die Haustür mit Schliesswerkzeugen geöffnet.

«Was machen Sie? Sie hat gesagt, er ist im ‹Beverly Hills›.»

«Wenn ich alles glauben würde, was mir fremde Menschen sagen, käme ich nicht weit. Kommen Sie.»

«Werden Sie sie auch töten?»

«Wird nicht so einfach werden, falls Stahl da ist.» Er schubste Kaja in den Flur und folgte ihr. Sie stiegen die Treppen nach oben. Kaja dachte nach, fand aber keine glaubwürdige Strategie, um den Gang nach oben zu verzögern. Auch fiel ihr nichts ein, um Maria oder Stahl, falls er da war, zu warnen. Schreien? Blödsinn. Nachbarn könnten neugierig werden. Und fremde Menschen in die Sache mit hineinziehen war unklug. Also nichts tun und befolgen, was Dado verlangte? Vorerst das Vernünftigste. Wenn Stahl so gut war, wie man sagte, hatte er den Braten gerochen. Oder er würde schnell aus der Hüfte schiessen wie die Westernhelden in den Comics, die Kaja als Kind so geliebt hatte. Warum dachte sie jetzt an Silberpfeil und Tex Willer? Sie verbiss sich ein Lachen. Klar. Tex Willer sah ein wenig aus wie Stahl. Im Comic ist alles möglich. Das sagte ein anderer Tex. Tex Avery. Der Zeichner von Daffy Duck und Schweinchen Dick. Heute brauchte es Zeichner dieser Art nicht mehr. Heute wurden Comics von Rechnern gezeichnet. Einige erfanden sogar schon die Geschichten dazu. Morgen würde man sich Westernhelden im 3-D-Drucker basteln können. Dann hatte man immer einen an der Seite und brauchte nicht auf Typen wie Stahl zu hoffen.

Sie waren oben angekommen. Dado schob Kaja zur Seite und öffnete mit seinen Schliesswerkzeugen die Tür. «Sie bleiben hier stehen und rühren sich nicht vom Fleck. Verstanden?»

Ein Satz wie aus einem Comic. Dado war sicherlich daraus entsprungen. Und sie selbst? War sie auch nur eine Comicfigur? Die hyperintelligente Wissenschaftlerin ohne Fähigkeit zu zwischenmenschlichen Beziehungen? Ein Nerd ohne Gefühle? Nein. Sie war ein Mensch. Sie hatte wohl Gefühle. Sie liebte Sarkov. Nein, sie liebte ihn nicht. Nicht mehr. Nicht, nachdem er Anton und die Sache verraten hatte. Aber war es denn wahr? Durfte sie es glauben, nur weil Dado es behauptet hatte? Warum sollte sie Dado weniger glauben als Sarkov? Weil sie mit ihm geschlafen hatte? Weil sie gemeinsam in Zahlen schwelgen konnten und er ihr dabei immer einen Schritt voraus war? War das Liebe oder nur Bewunderung? Bewunderte sie nicht auch Dado für seine Gitarrenkünste und seine Kaltblütigkeit? Wie einfach es für ihn gewesen war, Natascha zu töten. Als hätte er eine Saite seiner Gitarre ausgewechselt. Und Stahl? Attraktiv war er. Wie Tex Willer. Aber genauso zweidimensional. Nein. Sie tat ihm unrecht. Sie musste ihm unrecht tun. Denn er würde gleich sterben. Dado würde ihn überraschen. Ihm sein Messer ins Herz rammen und danach ebenso mit Maria verfahren. Kaja würde es jedenfalls so machen. Erst Stahl. Dann Maria.

«Niemand da.» Dado war zurück.

«Was? Aber ich habe doch gerade mit ihr über die Gegensprechanlage gesprochen. Das haben Sie doch auch gehört.»

«Sie muss etwas gerochen haben.»

«Aber es kam uns niemand entgegen.»

«Vielleicht ist sie bei Nachbarn? Kennen Sie jemanden, den sie hier kennt?»

«Ich war erst ein Mal hier. Mit Stahl. Wo ist er? Auch nicht hier?»

«Die Wohnung ist leer.»

«Und die Terrasse? Vielleicht hat sie sich auf der Dachterrasse versteckt?» Kaja wusste selbst nicht, warum sie plötzlich Interesse hatte, Maria zu finden. Der Drang, das Rätsel zu lösen, war stärker, als Maria vor Dados Messer zu schützen.

«Da ist auch niemand. Vermutlich ist sie übers Dach abgehauen.»

«Und was machen wir jetzt?»

«Was schlagen Sie vor?»

«Ich?»

«Sie sind der kluge Kopf.»

«Nur mit Zahlen.»

Dado sah sich das Bild an, das auf der Staffelei vor der Terrassentür stand. Er tippte mit dem Finger auf das Blau und sah sich den nassen Farbpunkt auf der Kuppe an. «Wie lange braucht Ölfarbe, um zu trocknen?»

«Auf Bildern bis zu zwölf Monaten, je nachdem, wie dick sie aufgetragen ist.»

«Malen Sie?»

«Nein. Aber Sarkov. Ich weiss es von ihm.»

«Malt er gut?»

«Mir gefällt es.»

«Abstrakt oder gegenständlich?»

«Landschaften. Aber nicht naturalistisch.»

«Wie van Gogh?»

«Wie Sarkov.»

«Er hat einen eigenen Stil? Sieh an. Dieser Mann ist wirklich bewundernswert.» Er sah sich das Bild an. «Und wie finden Sie das?»

«Zu viel Blau.»

«Sonst fällt Ihnen nichts dazu ein?»

«Nicht im Moment.»

«Was fällt Ihnen im Moment ein? Vielleicht, ob Stahl Sarkov schon vor uns gefunden hat?»

«Ich wüsste nicht, warum Stahl uns gegenüber einen Vorteil haben sollte. Er wusste nicht einmal, dass Sarkov im Zirkus ist.»

«Und wenn Sarkov wusste, dass Sie Stahl angeheuert haben? Und er hat Stahl aufgesucht, um sich von ihm beschützen zu lassen?»

Kaja dachte scharf nach. Hatte sie Sarkov von Stahl erzählt? Ja, bestimmt. Es war ihr wichtig, Anton zu finden. Und bestimmt hatte Sie Sarkov erzählt, dass sie dafür jemanden angeheuert hatte. Hatte sie aber auch Stahls Namen genannt? Und selbst wenn nicht, Sarkov hätte nachforschen können. Er kannte Amir. Ein Anruf und Amir hätte ihm Stahls Namen und Adresse genannt. Amir konnte ja nicht wissen, dass Sarkov der Verräter war. War er das? Warum wollte Kaja das glauben? Weil sie es schon immer wusste? Weil ihre Liebe zu Sarkov nur Bewunderung war? Hatte sie nur geglaubt, ihn zu lieben, weil er für ihren Vater so wichtig war? Immer wieder die gleichen Fragen. Immer wieder nur halb gare Antworten. Wann bekam sie endlich ein klares Ergebnis?

«Und?» Dado sah sie an. Während ihres Gedankenkarussells hatte ihr Blick das Ölbild nicht verlassen. «Haben Sie etwas in Ihrer Erinnerung oder im Bild gefunden?»

«Ja, ich habe Sarkov von Stahl erzählt.»

«Dann versuchen wir es im ‹Beverly Hills›.» Dado nahm einen Lappen, der neben einigen Pinseln auf dem Esstisch lag, betupfte ihn mit Terpentinersatz und säuberte damit seinen Zeigefinger. «Gehen wir.» Er warf den Lappen auf den Tisch und ging voran.

***

Stahl hatte nicht gedacht, dass er so einfach an Zweifel herankommen würde. Er hatte sich schon ausgemalt, über die hohe Mauer klettern zu müssen, drei Sicherheitsleute auszuschalten und über den Balkon ins Haus einsteigen zu müssen. Aber ein einziges Klingeln hatte genügt, und Gloria hatte ihn mit einem freundlichen Lächeln zu ihrem Bruder geführt. Zwar war Stahl noch immer allein in der Bibliothek und wartete auf Zweifel, aber es lief erstaunlich reibungslos. Sollte ihn das stutzig machen? Würden gleich Zweifels Leute zur Tür hereinstürmen und Stahl erledigen? Hatte Gloria ihm eine Falle gestellt? Die Tür ging auf. Zweifel kam herein. Allein. «Entschuldigen Sie bitte, dass Sie warten mussten, aber ich habe um diese Uhrzeit mit keinem Besuch gerechnet. Und ich arbeite. Zeitverschiebung. Wer global wirtschaftet, muss halt auch mal arbeiten, wenn andere bereits im Bett sind. Aber Sie arbeiten ja auch rund um die Uhr. Also, wem erzähle ich das? Hat Ihnen niemand etwas zu trinken gebracht? Das Dienstmädchen schläft. Von ihr kann ich das nicht erwarten. Wir sind ja nicht mehr im 19. Jahrhundert. Eine tolle Zeit. Da hätte ich gerne gelebt. Ein blödsinniger Gedanke, ich weiss, aber ich habe ihn oft. Ich wünsche mich oft in die Zeit des Kolonialismus. Da wurde Pioniergeist noch gedankt. Heute kriegt man sofort eins auf den Deckel, wenn man den Menschen als Ressource sieht.»

«Mensch als Ressource oder Sklaverei sind zwei verschiedene Dinge.» Stahl widerte Zweifels Selbstgefälligkeit an. Er hatte noch genug von Lena Glaser. Die Ration reichte für einen Tag.

«Sind diese Menschen frei, weil sie keine Sklaven mehr sind? Demokratie schenkt keine Freiheit. Sie ist zu dehnbar. Eine klare

Statusregelung zwischen Herr und Knecht kann viele glücklicher machen. Mit schwammiger Freiheit sind die meisten überfordert.»

«Und Leute wie Sie wissen damit umzugehen?»

«Mit Freiheit? Nein. Ich bin nicht frei. Auch ich stecke in Zwängen, aber ich akzeptiere sie. Und das wiederum verschafft mir eine grosse Freiheit innerhalb des Korsetts. Freiheit ist erst innerhalb strenger Regulierung spürbar.»

«Sie setzen Freiheit mit Geld gleich.»

«Ist es das nicht?»

«Geld versklavt.»

«Sieh an. Ich dachte, die Jesuiten hätten Sie ausgebildet. Jetzt klingen Sie wie ein Dominikaner.»

«Wechseln wir das Thema.»

«Sie geben sich geschlagen?»

«Meinetwegen.»

Zweifel grinste. «Der war gut. Also doch Jesuit.» Er setzte sich in einen der Sessel, überschlug die Beine und legte die Arme auf die Lehnen. «Sie können sich ein Thema wählen. Hinter mir finden sie zu allem etwas.» Er spielte auf die lange Bücherwand an.

«Steht da auch ein Buch, in dem ich lesen kann, wo sich gewisse Leute aufhalten?»

«Ich dachte, das erfahre ich im Gegenzug von Ihnen?»

«Kaja, Sarkov, Myller.»

«Sie sind wirklich gekommen, um mich das zu fragen?» Er sah Stahl scharf an. «Ich dachte, Sie wollten Geld dafür, dass Sie es mir sagen.»

«Über Geld hatten wir bereits gesprochen. Ich halte nicht so viel davon.»

«Trotzdem haben Sie sich von Kaja anheuern lassen.»

«Ich habe laufende Rechnungen zu begleichen. Spielregeln, Sie wissen doch.»

«Wusste doch, dass Sie nicht ganz so naiv sind.»

«Deswegen glaube ich Ihnen auch nicht, dass Sie nichts wissen.»

«Sie irren sich. Kaja verschwand, um Sie aufzusuchen. Sie müssten also wissen, wo sie ist. Gleichzeitig ist mir bekannt, dass Kaja und Sarkov ein Verhältnis haben. Da Kaja und ich heiraten werden, ist mir daran gelegen, ihn zu sprechen und mir weitere Liebeleien zu verbitten. Ausserdem steht Sarkov auf meinem Lohnzettel.»

«Das Moore'sche Gesetz.»

«Ah, Sie wissen davon? Myller und Sarkov haben es hysterisch aufgeblasen. Chaos des Marktes, Instabilität, Weltkrieg. Lächerlich. Selbst wenn ihre apokalyptische These stimmen sollte und die Speicherkapazität auf den Chips schwinden sollte, wird man Alternativen finden. Hat man ohnehin schon. Die grosse Frage wird nicht die Hardware, sondern die Software sein. Wie kann die Software das Leben der Menschen leichter gestalten? Wie können wir den Hirnen mehr Parallelwelten verkaufen, in denen sie sich frei fühlen dürfen? Sehen Sie, wir sind schon wieder beim Thema. Der einzelne, scheinbar freie Mensch hat sich längst freiwillig selbst versklavt. Er hängt an Smartphones und in digitalen Scheinwelten, lässt sich durch Likes und Influencer manipulieren wie ein Schaf vom Hirtenhund. Und über Hirten und Schafe weiss Ihr Verein doch am besten Bescheid.» Er stand auf. «Ich weiss weder, wo Kaja, noch, wo Sarkov abgeblieben ist. Vielleicht sind sie beide bereits auf einer einsamen Insel in der Karibik.»

«Analog oder digital?»

«Wo ist da der Unterschied? Das eine ist nicht realer als das andere.»

«Und Myller?»

«Das ist die Frage, die mich am meisten beschäftigt.»

«Kaja denkt, dass Sie ihn irgendwo gefangen halten. Oder gar getötet haben.»

«Ich weiss. Aber das ist Unsinn. Wieso sollte ich das tun? Ich habe in seine Spinnerei und Sarkov investiert und habe grosses Interesse, dass mein Geld nicht versickert. Wissen Sie, was Typen wie Sarkov und Myller kosten? Wissenschaft, die nur Comicblasen sind, können verdammt kostspielig sein.»

«Da kann man schon mal die Geduld verlieren, wenn die Ergebnisse nicht stimmen.»

«Sehe ich aus wie jemand, der die Geduld verliert? Ich mache Geschäfte mit Afrika. Mit Landlords, ungebildeten Despoten, korrupten Politikern. Wenn man da keine Geduld hat, braucht man erst gar nicht anzufangen. Haben Sie Geduld?»

«Hätte ich mir sonst Ihr Geschwafel angehört?»

«Für Geld tun auch Sie alles. Jedenfalls erinnere ich mich an ein paar Depeschen, die Sie ohne Skrupel für Ihren Arbeitgeber erledigt haben. Oder wussten Sie da nicht, dass einige Prozente des Gewinns aus dem Sklavengeschäft auch für den Vatikan abgefallen sind?»

«Ich war Soldat. Als Soldat gelten die Regeln des Kriegs.»

«Und was sind Sie jetzt? Ein Deserteur? Welche Regeln kennt ein Deserteur?»

Stahl antwortete nicht. Es fiel ihm nichts darauf ein. Er war kein Deserteur. Er war nicht feige geflohen, er hatte sich anständig aus der Garde verabschiedet. Und das war nicht einfach gewesen. Sie hatten ihn nicht ziehen lassen wollen. Sie hatten in ihn investiert. So wie Zweifel in Sarkov. Und deswegen hatten sie alle Spiele und Strategien angewendet, um ihn zum Bleiben zu bewegen. Und er war oft kurz davor gewesen, weich zu werden, umzukippen, dort zu bleiben. Ein hierarchisches System gab Sicherheit. Man wusste, auf welchem Platz man sich befand. Befehle empfangen, Befehle geben. Die strengen Regeln erleichterten den Alltag. Nur in manchen Missionen hatte er selbst Entscheidungen für sich und den erfolgreichen Ausgang der Sache fällen müssen. Und er war sich bis jetzt noch nicht sicher, ob es einfach nur verdammtes Glück war, dass er sich meistens richtig entschieden hatte.

«Bereuen Sie es nicht, dass Sie nicht mehr dabei sind?» Zweifel war ein guter Beobachter. Er konnte Menschen lesen. Nicht umsonst spielte er international auf dem Niveau mit.

«Wo hatten Sie Ihre Ausbildung?» Stahl wollte mit einer Gegenfrage Luft gewinnen, die Gedanken über sich wegschieben, und setzte daher auf Angriff. Zweifel erkannte die Strategie und goutierte es mit einem schmalen Lächeln. «Privat. Seit Generationen. Hat Ihnen Gloria das nicht schon erzählt? Unsere Ahnen hielten nie etwas auf öffentliche Einrichtungen. Dort bekommt man entweder nur das gelehrt, was dem Staat dazu dient, aus den Menschen blökende Schafe zu machen, oder man häuft ein Päckchen Wissen an, mit dem man dann innerhalb zugelassener Grenzen erfolgreich sein darf. Unsere Familie hat Grenzen aber nie akzeptiert. Da sind sich unsere Familien sogar etwas ähnlich.» Er hob abwehrend die Hände. «Entschuldigung, ich hoffe, ich habe jetzt keine Grenze überschritten?»

«Ich weiss nicht, was Sie meinen.» Stahl stellte sich dumm. Er wusste nur zu gut, dass Zweifel auf Stahls verstorbenen Vater Alfred anspielte, der als Milieugrösse jede Grenze überschritten hatte, wenn es ihm von Vorteil gewesen war. Selbst auf Stahls Mutter hatte er keine Rücksicht genommen. Nur in Stahl selbst hatte er investiert, alle anderen Menschen hatte er rücksichtslos ausgenommen. Aber aus Stahl hatte etwas werden sollen. Etwas Grosses. Am liebsten eine Art Michael Corleone. Davon hatte Alfred geträumt. Immer wieder hatte er mit dem kleinen Jungen «Der Pate» angeschaut, die Mafia romantisiert und Nino Rotas Musik im «Beverly Hills» aufgelegt, wenn er sich besonders stark fühlen wollte. Und deswegen hatte Alfred Stahl auch unter die Fittiche Albins gegeben. Eines alten Freundes der Familie und Schweizergardisten. Und Alfreds Plan schien sogar aufzugehen. Stahl blühte in Rom auf, sog alles Wissen, das ihm geboten wurde, wie ein trockner Schwamm auf. Aber nicht, um Alfred zu erfreuen, sondern um sich von ihm zu befreien. Stahl hatte schnell begriffen, dass er sich nur mit Stärke und Rücksichtslosigkeit aus Alfreds Klauen befreien konnte. Und er hatte es geschafft. Und doch hatte er jetzt die Verantwortung für den Laden übernommen, in dem Alfred einst Hof gehalten hatte. Befreiung? Nein. Alles nur ein Trugschluss. Man konnte sich nicht befreien. Man konnte keine Grenzen überschreiten, weil man immer in den Grenzen des eigenen Seins gefangen war.

«Ist alles in Ordnung?», fragte Zweifel, und Stahl merkte ihm an, dass er es genoss, Stahl wieder auf die Bahn der Selbstreflexion geworfen zu haben.

«Warum haben Sie mich zu sich gelassen?» Stahl wollte es jetzt in die Hand nehmen.»

«Weil Sie geklingelt haben.»

«Heisst nicht, dass Sie öffnen müssen. Was wollen Sie wirklich von mir?»

«Wissen, was Sie wissen.»

«Das ist wenig.»

«Und ich will, dass Sie Dado ausschalten.»

«Dado? Ich dachte, er arbeitet für Sie?»

«Das dachte ich auch. Aber ich weiss aus zuverlässiger Quelle, dass er mich hintergeht.»

«Ich bin kein Killer.»

«Sie werden nicht umhinkommen, sich mit Dado auseinanderzusetzen. Wenn Sie an Sarkov und Myller rankommen wollen, führt Ihr Weg unweigerlich über Dado.»

«Lebt Myller überhaupt noch? Kann es nicht sein, dass Dado Myller in Ihrem Auftrag getötet hat?»

«Hat er leider nicht. Ich weiss, dass Myller lebt, und deswegen weiss ich auch, dass Dado mich hintergangen hat.»

«Er hatte also den Auftrag von Ihnen?»

Zweifel lächelte vielsagend.

«Und Glaser?»

«Eine Nervensäge. Er störte nur. Ich habe noch nie viel von einem Triumvirat gehalten. Die Geschichte zeigt, dass so etwas immer in die Hose geht. Aber Glaser aus dem Weg zu räumen war Myllers Idee.»

«Ich dachte, sie wären alte Freunde.»

«Satan, dein Name ist Fleisch.»

«Eine Frau?»

«Eine ganz besondere Frau. Sie haben Sie bereits kennengelernt.»

«Ihre Schwester?»

Zweifel hob amüsiert die Brauen. «Gloria? Sie gefällt Ihnen?

Ja, sie ist auch etwas Besonderes. Aber sie interessiert sich nicht für Männer.»

«Frau Glaser?» Stahl dämmerte es. Natürlich. Diese Frau liebte es, jedem den Kopf zu verdrehen. «Sie war auch bei Ihrem Bettler-Spiel dabei, richtig?»

«Ja. Sie liess sich nicht davon abhalten. Ich war dagegen. Aber sie hatte Glaser und Myller bearbeitet. Und wie Sie selbst erfahren haben, ist es nicht einfach, ihr zu widerstehen.»

«Sie haben mit ihr telefoniert?»

«Gleich nachdem Sie sie verlassen haben.» Er sah Stahl mitleidig an. «Stahl, Sie sind ein guter Mann, aber wenn Sie jetzt nicht die richtige Entscheidung treffen, garantiere ich Ihnen ein Spiel, dem Sie nicht gewachsen sind. Die Wangers und die Zweifels spielen es seit Generationen. Wir haben es in den Genen. Wir glauben nicht an Gut und Böse, sondern an das Geld. Und dafür wechseln wir im Sekundentakt Allianzen und Glauben, wenn es sein muss. Unser einziges Ziel ist maximaler Gewinn. Wir haben keinen Kodex. Und den sollten Sie auch endlich ablegen. Räumen Sie Dado aus dem Weg, und die Ausbildung Ihres Gossenzöglings ist gesichert. Und nicht nur die Ausbildung. Auch eine mittlere Karriere in unserem Netzwerk ist ihr garantiert.»

«Lassen Sie Lilly aus dem Spiel.»

«Geht nicht. Sie ist eine wichtige Figur.»

«Wenn ihr etwas passiert, wird es dreckig werden, sehr dreckig.»

«Aus dem Dreck holt man das Gold. Unsere Spezialität.»

Es klopfte an der Tür.

«Komm herein. Wir sind fertig», sagte Zweifel und drehte sich zur Tür. Gloria trat ein. Sie war gekleidet, als würde sie gleich den Vorsitz einer Verwaltungsratssitzung übernehmen. Im grauen militärischen Bankerkostüm, mit einem Touch Chanel, um das Burschikose herauszustreichen, kam sie sportlich auf die beiden Männer zu. Unter dem Arm hatte sie einen Ordner geklemmt. Sie blieb vor Stahl stehen und nickte offiziell. «Wollen wir die Formalitäten erledigen?»

«Formalitäten?» Stahl sah irritiert zwischen den Geschwistern hin und her.

«Ich dachte, ihr hättet alles besprochen?»

«Haben wir auch.» Zweifel sah auf seine Armbanduhr. «Es ist schon spät. Sie entschuldigen mich. Dieser Lokalkrimi darf mich nicht allzu lange von den internationalen Geschäften abhalten.» Er ging aus dem Zimmer.

Gloria legte den Ordner auf den Tisch, öffnete ihn und holte ein paar Formulare heraus. «Das ist für Sie und Ihr Honorar. Und das hier ist für die Kleine. Lilly Conrad heisst sie, richtig?»

Stahl kämpfte mit sich. Besass er noch einen Kodex? Und wenn ja, was würde der ihm jetzt befehlen? Stolz zu gehen und gegen Windmühlen zu reiten? War der romantische Ritter nicht schon seit Cervantes verlacht und begraben? Aber es gab doch Werte? An etwas musste man sich doch festhalten können. Geld konnte nicht das Einzige ein, was noch zählte. Er sah sich die Formulare an. Zwei Bankkonten, auf denen jeweils eine Million Schweizer Franken lagen. Ein Konto auf Lilly, eins auf ihn.

«Unterschreiben Sie hier.» Gloria zeigte mit ihrem rot lackierten Fingernagel auf die jeweiligen Stellen. «Bis zu Lillys achtzehntem Geburtstag haben nur Sie Zugriff auf ihr Konto. Danach können Sie entscheiden, ob Sie das Geld für sie freischalten wollen oder nicht.» Sie legte einen Füller auf das Papier. Stahl nahm ihn, schraubte die Kappe von der Spitze und unterzeichnete.

«Ging leichter, als ich erwartet habe. Mein Bruder scheint gute Arbeit geleistet zu haben. Oder sind Sie gar nicht so skrupelhaft, wie Ihr Ruf behauptet?»

«Der Mensch ändert sich und passt sich an. Nur so kann er überleben.»

«Ist das nicht die Idee von Ignatius von Loyola?»

«Wenn man die Feinheiten ausser Acht lässt, kann man das so sagen.»

«Die Konten werden erst nach der Erledigung der Feinheiten freigeschaltet. Das ist Ihnen wohl klar, aber ich sage es trotzdem. Es gehört zum Prozedere. Wir sind korrekt. Darauf legen wir

Wert.» Sie verstaute die Papiere in den Ordner und klappte ihn zu. «Eigentlich bräuchten wir ja so etwas nicht. Es ist nur aus alter Gewohnheit. Und der Akt des Unterzeichnens bindet eine Vereinbarung emotional stärker.» Sie lächelte ihn kalt an. Ein stummer Rauswurf. Stahl nahm seinen Mantel von der Stuhllehne und ging.

NEUN

«Er hat angerufen, dass er heute nicht mehr kommt», sagte Lukas, der für Kaja und Dado einen Platz an der Bar besorgte und sich nun wieder der Beobachtung des Lokals widmete. Mittlerweile hatte sich Kaja an die allabendlichen Vorgänge gewöhnt. Die strippenden Mädchen, die einsamen Männer, einige lüsterne Pärchen, die sich durch die Nachtclub-Atmosphäre Impulse für das eigene Liebesleben versprachen, und einzelne Gestalten wie Dado oder Kaja, die hier ganz andere Geschäfte verfolgten. Einer davon war auch Amir, der auf der anderen Seite der Bar sass und Kaja mit einem Cocktail zuprostete. Sie winkte zurück. Es war ihr ganz lieb, dass er hier war. Zwar glaubte sie nicht, dass er im Ernstfall etwas gegen Dado ausrichten konnte, aber Amir war so etwas wie ein öffentliches Auge. Eine Art Schiedsrichter, eine kleine Hemmschwelle. Jedenfalls redete sich Kaja das ein. Sie winkte Amir herüber.

«Ist das Ihr Ernst?», fragte Dado leise.

«Vielleicht weiss er, wo Stahl ist.»

Amir hatte sich durch die Menge gedrückt und ächzte. «Das nächste Mal kommen Sie zu mir. Das ist ja fast wie ein Zehnkampf, wenn man hier vorankommen will. Ich glaube, Lukas hat viel zu viele Leute reingelassen. Wenn Stahl das sieht, gibt es Ärger.»

«Wollen Sie meinen Hocker?», fragte Kaja und stand auf.

«Das ist nett. Danke.» Amir setzte sich.

«Er nimmt es wirklich an», sagte Dado und schüttelte ungläubig den Kopf.

«Hätte ich bei jedem Angebot, das du angenommen hast, mich empört, würdest du jetzt nicht in so feinem Stoff spazieren gehen. Was ist daran, dass man sich hinsetzt, wenn es einem angeboten wird?»

«Das Angebot kam von einer jungen Frau.»

«Du bist ein altmodischer Macho, Dado. Heutzutage respektiert und schätzt man die Stärken der Frau. Wenn Frau Myller eine bessere Konstitution hat, beneide ich sie zwar darum, erkenne sie aber auch an und akzeptiere meinen schwächeren Status.»

«Du akzeptierst alles, solange es dir von Vorteil ist.»

«Du etwa nicht?» Amir nippte an dem Drink, den er durch die Menge gezirkelt hatte, als wäre es sein Baby, das er vor dem Wüstensturm zu schützen hatte. «Was macht ihr beiden eigentlich hier zusammen? An der Konstellation scheint mir ein kleiner Fehler. Wenigstens, soweit ich in die Sache involviert bin. Oder arbeiten Stahl und du wieder zusammen?»

«Könnte gut sein. Liegt an ihm», sagte Dado.

«Aha. Und wie kommt's? Ich dachte, du bist für Zweifel unterwegs.»

«Schliesst das eine das andere aus?»

«Bei meinem Informationsstand: ja.»

«Was ist dein Informationsstand?»

«Stahl arbeitet für Kaja, um ihren Vater zu finden, du arbeitest für Zweifel, damit Kaja nicht vor der geplanten Hochzeit mit Sarkov durchbrennt. Ausserdem will Zweifel den abgetauchten Sarkov finden und glaubt, dass sie weiss, wo er ist.» Bei den letzten Worten war er mit seinem Blick bei Kaja gelandet. «Und? Wissen Sie es?»

Kaja durchschaute Amirs Spiel. Er plapperte freizügig, schien offen Dinge preiszugeben, die allerdings jedem der Anwesenden schon bekannt waren, und hoffte im Gegenzug eine heisse Information zu ergaunern. Kaja schwieg.

Amir grinste. «War einen Versuch wert. Sie warten also auf Stahl. Da haben wir etwas gemeinsam. Aber der Kerl scheint wie vom Erdboden verschluckt. Jedenfalls hat er sich bei mir lange nicht mehr gemeldet. Und die Geschäfte laufen weiter. Habe schon wieder Anfragen für ihn, von denen ich nicht weiss, wie ich sie ihm schmackhaft machen soll.»

«Wenn er nicht will, ich übernehme gerne», sagte Dado.

«Gut zu wissen.»

Von der Tanzfläche drang Tumult. Kaja reckte ihren Hals, um zu sehen, was dort vor sich ging. Eine Gruppe von vier Männern prügelte sich mit Lukas. Er wirbelte einen herum, dass der mit dem Rücken gegen die Tanzstange krachte, doch schon kam ein anderer von hinten, um ihm eine Flasche auf den Kopf zu hauen. Lukas hatte Glück. Da er sich rasch umdrehte, erwischte ihn die Flasche nur an der Schulter. Dennoch verzog er schmerzvoll das Gesicht, packte den Angreifer am Kragen und drückte ihm eine Kopfnuss gegen das Nasenbein. Kaja hörte es knacken. Aus den Händen der anderen beiden blitzten Sprungmesser. Der, den Lukas an die Stange geschleudert hatte, rappelte sich auf und hob die Flasche auf, die dem anderen aus der Hand gefallen war. Er schlug die Flasche gegen die Stange, dass sie splitterte. Mit dem scharfen Scherbenhals bedrohte er den Rausschmeisser.

«Willst du ihm nicht helfen?», fragte Amir.

«Meinst du nicht, dass er es allein schafft?», fragte Dado.

«Nein. Es sind drei gegen einen. Sie sind bewaffnet.»

«Immerhin haben sie keine Kanonen.»

«Hat er denn keine?» Kaja mischte sich ein. Sie konnte nicht verstehen, warum man sich prügeln musste, wo es doch Schusswaffen gab.

«Wenn Lukas hier drin rumballert, kann Stahl den Laden dichtmachen. Wo geschossen wird, macht sich die Kundschaft rar. Prügelei ist immer auch gute Werbung.» Amir stach die Kirsche mit einem Zahnstocher aus dem Cocktail. «Solange man die Prügelei gewinnt. Wenn die Radaubrüder siegen, verliert der Club an Ruf.»

Die drei umkreisten Lukas, die Gäste hatten sich an die Wände und in die Nischen zurückgezogen und wohnten dem Spektakel gespannt bei.

«Es gibt sogar Clubs, die solche Szenen für die Gäste inszenieren, um sich ins Gespräch zu bringen.»

«Das ist nicht inszeniert», sagte Dado. «Das sind Kushtrims Leute. Er gibt nicht auf.»

«Kushtrim ist zu gierig. Solange Stahl hier die Leitung hat, wird er keine Chance haben.»

«Nicht, wenn sich Stahl ständig um andere Dinge kümmert. So ein Laden braucht die volle Konzentration. Vor allem, wenn ihm droht, übernommen zu werden. Das müsstest du doch wissen.»

«Komm. Hilf ihm.»

«Warum? Ist es nicht auch besser für dich, wenn Stahl den Laden los ist? Dann ist er frei und braucht die Aufträge umso mehr, die du ihm anschleppst.»

«Wenn Stahl den Laden an Kushtrim verlieren sollte, dann spricht sich das herum, und sein Ruf ist dahin. Wer will schon jemanden mit gefährlichen Geschichten betrauen, der nicht einmal einen einfachen Nachtclub gegen die Albaner verteidigen kann?»

Die drei Angreifer umkreisten Lukas. Der stand lauernd in der Mitte und wartete auf den Angriff. Kaja sah, wie einige Leute Geld auf einen Tisch legten. Sie wetteten auf den Ausgang des Kampfes. Der mit dem scharfen Flaschenhals wagte den Angriff. Lukas wich zurück, schon kam der Nächste mit dem Messer. Wieder parierte Lukas. Auf Dauer würde er keine Chance haben. Die Männer waren keine besoffenen Gäste, sie waren Auftragsschläger, vielleicht aus Kushtrims Clan, vielleicht auch nur von ihm angeheuerte Schergen. Der Dritte ritzte Lukas am Unterarm. Ein Raunen ging durch die Menge. Die Bar war zu einer Arena geworden. Für das Publikum schien es keinen Unterschied zu machen, ob sich Tänzerinnen für sie auszogen oder Underdogs die Kehle aufschlitzten. Hauptsache, die Triebe wurden weiter stimuliert.

Jetzt wagte sich der Kerl mit der Flasche wieder an Lukas, täuschte aber nur an, damit die zwei mit den Messern gleichzeitig attackieren konnten. Wieder kassierte Lukas einen Stich, ohne austeilen zu können. Wieder ein Raunen. Sogar Gelächter. Ein Freudenschrei. Einer, der gegen Lukas gesetzt hatte, ballte die Faust, als hätte seine Mannschaft gerade ein Tor geschossen. Seine Freude konnte er nicht lange ausleben. Von hinten stiess ihn jemand zur Seite und drängte auf die Tanzfläche. Es war Stahl. Was jetzt kam, hatte Kaja bisher nur in Actionfilmen gesehen. Hatte sie es überhaupt gesehen? Es ging so schnell, dass sie nicht wusste, wie er es getan hatte. Jedenfalls lagen die drei Kämpfer in wenigen Sekunden auf dem Boden. Zwei davon regungslos, dem Flaschenkämpfer steckten die Scherben im eigenen Oberschenkel. Er wimmerte vor Schmerz. Lukas hatte sich den geschnappt, dem er zuvor mit der Kopfnuss die Nase gebrochen hatte, und schleifte ihn zu Stahl. Stahl verschwand mit dem Opfer in Richtung Büro, Lukas schleppte nacheinander die drei Verlierer von der Bühne nach draussen.

«Was macht er mit ihnen?», fragte Kaja, die sich seit Nataschas Tod wie in einem KGB-Thriller vorkam.

«In Russland würden sie in der Wolga landen», sagte Amir.

«Aber erst nach einem intensiven Verhör.» Dado sah an Kaja vorbei in Richtung Büro. «Das findet jetzt dort hinten statt.»

«Wir reden Unsinn, Kaja. Glauben Sie uns nicht. Lukas bringt sie nur vor die Tür. Das ist sein Job.» Amir winkte Silvio und bestellte noch einen Drink.

«Und im Büro? Auch kein Verhör?», fragte sie und wartete auf Antwort. Amir sah zu Dado. Dado hob die Hände. «Keine Ahnung, was Stahl macht. Vielleicht versorgt er die gebrochene Nase des Armen? Er hatte schon immer einen Hang zum Samariter.»

«Warum nehmen Sie mich nicht ernst? Weil ich eine Frau bin? Weil ich nicht so kaltblütig jemanden erstechen kann wie Sie?» Kaja war es rausgerutscht. Sie hatte davon nicht sprechen wollen. Nicht vor Amir. Am liebsten hätte sie vergessen, dass es überhaupt geschehen war. Aber das Fass war übergelaufen. Die Spannung des Kampfes, die Sorge um ihren Vater, der mögliche Verrat Sarkovs, der Zynismus von Amir und Dado, das alles war zu viel für sie.

Amir und Dado sahen sich kurz an. Amir schien kein Interesse daran zu haben, wen Dado erstochen haben sollte. Er rutschte vom Barhocker. «Ich gehe mal nach hinten und schaue, was Stahl macht. Ich brauch zehn Minuten, dann könnt ihr in die Sprechstunde.» Er lächelte und verschwand.

«Wollen Sie noch was trinken?», fragte Dado.

«Warum lassen Sie Amir den Vortritt?» Kaja war ungeduldig. Sie hatte lange genug auf Stahl gewartet und wollte endlich Gewissheit, ob er etwas über Sarkovs Verbleib wusste.

«Weil ich nicht zwischen Stahls und Kushtrims Geschäfte funken will. Wenn ich reingehe und er gerade einen von Kushtrims Leuten bearbeitet, muss ich mich verhalten.»

«Deswegen haben Sie bei dem Kampf nicht eingegriffen, stimmt's?»

«Richtig. Es geht mich nichts an.»

«Es sei denn, eine der beiden Seiten heuert Sie an.»

«In der Regel ist das so. Hier aber nicht. Beides ist Familie.»

«Heisst für Sie doch nur, dass die Summe fürs Einmischen höher ist als sonst.»

Dado lachte. «Sie lernen schnell.» Er drehte sich zum Keeper. «Zwei Fruchtcocktails.»

***

Stahl hatte ihm nur zwei Ohrfeigen gegeben. Das genügte völlig bei einer gebrochenen Nase. Er kannte Denis. Denis galt als Hauptmann von Kushtrims Clan. Er war fürs Grobe zuständig. Ein Bulldozer, der erst einmal den Weg freischaufelte, ehe Kushtrim das Parkett betrat.

«Von mir erfährst du nichts», sagte Denis schon zum fünften Male.

«Hörst du mir nicht zu? Ich will nichts von dir erfahren. Weil weder du noch Kushtrim mich interessieren. Ich leite den Laden, bis Eddie aus dem Knast kommt. Bis dahin will ich Frieden. Was Kushtrim dann macht, ist nicht mehr meine Sache. Geht das in dein verbeultes Hirn, oder muss ich es dir einhämmern?»

Es klopfte an der Tür. Stahl stellte sich so, dass er Denis zwischen sich und Tür hatte. «Komm rein.»

Amir trat ein und schloss die Tür hinter sich. «Woher wusstest du, dass ich es bin?»

«Weil ich euch gesehen habe. Was hat Dado hier zu suchen? Und warum ist Kaja bei ihm? Und was ist deine Aufgabe dabei?»

«Ich habe sie zufällig hier getroffen. Ich wollte mit dir sprechen. Wegen Lilly. Sie ist verschwunden. Keiner weiss, wo sie ist.»

«Seit wann weisst du das? Und warum ruft mich keiner an?»

«Sie wollten es über eine sichere Verbindung weiterleiten. Seit du den Auftrag von Myller übernommen hast, glauben sie, dass du abgehört wirst.»

«Von wem?», fragte Stahl.

«Jedem, den die Sache interessieren könnte», antwortete Amir.

«Das könnte jeder sein.»

Denis sah zwischen den beiden hin und her, als verfolge er ein Tennismatch. Stahl hatte ihn für einen Moment vergessen. Jetzt packte er ihn beim Kragen und bugsierte ihn unsanft zur Tür. «Verschwinde. Du weisst, was du Kushtrim zu sagen hast.» Er stiess Denis zur Tür hinaus, schlug sie zu und hämmerte wütend dagegen. «Sie ist bestimmt auf dem Weg hierher.»

«Das glaube ich auch.»

«Ich kann sie hier jetzt aber nicht gebrauchen.»

«Ich würde es ihr erklären. Aber dafür bräuchte ich einen Hinweis, wo sie sein könnte. Gibt es ausser dir noch jemanden, der ihr nahesteht?»

«Ihre beiden Geschwister sind tot, schon vergessen? Das ist der Grund, warum sie hierherkommt. Sie will sich von ihnen verabschieden. Das ist ihr gutes Recht. Und sie wird mir Vorwürfe machen. Auch dazu hat sie allen Grund. Aber es ist der falsche Zeitpunkt.»

«Es ist nie der richtige Zeitpunkt für solche Dinge.»

«Zweifel hat mir zu verstehen gegeben, dass er Lilly unter Beobachtung hat», sagte Stahl.

«Oh, das klingt nicht gut. Was will er von dir?»

«Das Gleiche, was Kaja von mir will. Myller finden.»

«Ist das alles? Warum setzt er dann Lilly als Druckmittel ein?» Stahl spielte den Ahnungslosen. Amir brauchte nicht zu wissen, dass Zweifel dafür Dados Kopf wollte.

«Glaubst du, Zweifel hat Lilly entführen lassen, um mehr Druck auf dich auszuüben?»

Stahl nahm sein Handy und wählte Lillys Nummer. Nur die Combox. «Lilly, melde dich bitte.» Er legte das Handy auf den Schreibtisch und sah Amir an. «Bist du nur deswegen gekommen?»

«Schau mich nicht so an, ich weiss, dass der Bote der schlechten Nachricht immer der Idiot ist. Aber hätte ich es dir verschweigen sollen?»

«Warum hat mich Leonardo nicht selbst angerufen?»

«Weil er nicht der Idiot sein wollte?»

Stahl sprang vom Stuhl, Amir zuckte zusammen und hob schützend die Arme vors Gesicht. «Ich bin keiner von Kushtrims Leuten. Ich gehöre zu dir.»

Stahl ging an ihm vorbei. Er hatte ohnehin nicht vor, sich an Amir zu vergreifen. Aber er wusste nicht, wohin mit seiner Wut. Es war lange her, dass er so aufgeladen war. Bei der Garde hatte er gelernt, seinen Zorn in positive Energie umzuwandeln. Die Exerzitien, die ihm damals der Monsignore beigebracht hatte, hatten ihm dabei geholfen. Er hatte sie lange nicht mehr gemacht, weil er abgeschlossen hatte mit allem. Jetzt spürte er, dass sie ihm fehlten. Oder wenigstens ein Boxsack, an dem er sich abreagieren konnte. Er war froh, dass er Kushtrims Schergen schon fortgeschickt hatte. Er wäre ein ideales Ventil gewesen. So griff er auf eine Atemtechnik zurück, die er beim Militär gelernt hatte. Zehn Sekunden ausatmen, zehn Sekunden nicht atmen, zehn Sekunden einatmen, zehn Sekunden Atem anhalten. Das tat er zehnmal, während Amir ihn schweigend dabei beobachtete.

«Besser?», fragte Amir, als er die Pause nicht mehr aushielt.

«Etwas. Warum sind Kaja und Dado hier?»

«Keine Ahnung. Ich wollte etwas herauskriegen, aber da störte Kushtrims Bande den Plan.»

«Vielleicht sollten wir sie fragen.»

«Soll ich sie dir schicken?»

«Willst du nicht dabei sein?»

«Wenn Dado und du euch trefft, muss ich nicht unbedingt anwesend sein. Das ist mir zu explosiv.» Amir drückte sich aus dem Stuhl und ging zur Tür. «Es sei denn, du bestehst darauf.»

«Ist schon gut. Krieg du raus, wo Lilly steckt. Das ist das Wichtigste. Am liebsten würde ich mich selbst darum kümmern. Aber Deal ist Deal.»

«Man kann auch aussteigen.»

«Kann man? Ich habe es versucht.»

Amir schlich aus dem Zimmer.

Stahl nahm das Handy vom Schreibtisch und wählte erneut Lillys Nummer. Er ahnte, dass wieder nur die Combox ansprang, und bekam die Bestätigung.

***

«Er wartet auf euch. Ist aber nicht gut drauf. Also seid nett zu ihm.» Amir legte eine Hunderternote auf den Tresen, nickte dem Keeper zu, dass es so stimme, und verschwand.

«Dann gehen wir mal in die Höhle des Löwen.» Dado grinste. Ihm schien Amirs Warnung nicht das Geringste auszumachen.

Kaja dagegen war mulmig zumute. Sie wusste, dass sie gleich mit zwei Killern im Raum sein würde. Trotzdem folgte sie Dado nach hinten. Der Gang schien ihr länger als bei den letzten Malen. Und dunkler. Wie ein Tunnel ins dunkle Herz ihres Lebens. Die Techno-Rhythmen, auf die die Tänzerinnen in der Bar strippten, klopften dumpfer mit jedem Schritt, den Kaja Dado zu dem bevorstehenden Duell folgte. Dafür hörte sie ihren Puls lauter schlagen. Als sie vor Stahls Tür ankamen, hämmerte er so stark in ihren Schläfen, dass sie die ersten Sätze, die Stahl und Dado wechselten, nicht hören konnte. Worüber sprachen sie? Was wurde verhandelt? Je mehr Kaja sich zwang zuzuhören, umso lauter pochte es in ihrem Kopf. Plötzlich zog Dado sein Messer und griff Stahl damit an. Im Glanz der Klinge spiegelte sich die Schreibtischlampe und blendete Kaja. Das Licht war so grell wie die Flutlichter in einem Fussballstadion. Nun war Kaja nicht nur taub, sondern auch blind. Nach dem grellen Blitz sah sie nur noch dunkel. Und vor der dunklen Schattenwand tauchten Bilder auf. Zuerst das blitzende Messer, wie es in Nataschas Bauch fuhr. Nataschas Augen, weit aufgerissen, starrten Kaja an. Was sahen sie? Waren sie auch geblendet durch die Klinge des Todes? Oder erkannten sie in Kajas Gesicht die Leere, die in allem lag? Kaja hörte sich schreien. Mit dem Schrei sollte Natascha verschwinden. Sie war tot und sollte zu den Toten. Natascha gehorchte, dafür tauchte Sarkov auf. Im Hörsaal von St. Petersburg. Vor drei riesigen Tafeln. Alle waren zugeschmiert mit Zahlen aus Kreide. Jetzt schrieb Sarkov wieder eine Zahl. Die Kreide quietschte. Ein furchtbarer Klang, den Kaja einsog, als wäre es ein Capriccio von Debussy. Was für eine Zahl schrieb er? War es eine wichtige? Die Zahl, die zum letzten Schritt fehlte? Die Lösung? Die Überwindung des Moore'schen Gesetzes?

Sarkov trat zur Seite. Kaja hoffte inständig, dass sie jetzt nicht durch irgendetwas in die Dimension von Stahl und Dado zurückgeschleudert wurde. Sie wusste, dass sie durch ein Wurmloch gegangen war und dass das, was sie jetzt sah, hörte und spürte, ebenso wahr war wie das blitzende Messer, mit dem Dado Stahl angegriffen hatte. Die Zahl war keine Zahl. Oder doch? Eine liegende Acht? Das Zeichen für «unendlich»? Es bewegte sich wie eine Schlange, kroch um die Wurzeln, Klammern, Bruchstriche und Exponenten herum und frass eins nach dem andern auf. Es würde dauern, bis das Tier alle Kreide gefressen hatte, die Sarkov auf die Tafeln gekritzelt hatte. Kaja hatte also Zeit, die Gleichungen in ihrem Gedächtnis zu fotografieren und in Ruhe nachzurechnen. Am Ende würde sie dadurch selbst auf die Lösung kommen. Ein grosser Schwamm wischte alles weg. Mit den Zahlen auch Sarkov. Unsinn, sagte der Mann, der den Schwamm in den Händen hielt, alles Unsinn. Kaja erkannte die Stimme. Die Stimme ihres Vaters. Unsinn. Das hatte sie oft gehört. Und jedes Mal, wenn er «Unsinn» gesagt hatte, hatte es sie angespornt, besser zu werden. In allem. Unsinn war das Schlimmste, was man ihr unterstellen konnte. Unsinn brach ihr das Herz. Unsinn raubte ihr den Verstand. Unsinn, sagte Anton Myller noch einmal. Nicht laut und nicht scharf. Neutral. Das war ja das Schlimme. Die Neutralität verlieh seiner Aussage die vernichtende Kraft, unter der Kaja zerbrechen oder gestärkt aufwachen würde.

Aufwachen. Ja. Aufwachen aus dem Unsinn. Hinein in die Klarheit. Der Mann mit dem Schwamm verschwand. «Papa», rief Kaja. Er drehte sich nicht um. Dafür begann sich der Hörsaal im Kreis zu drehen. Schneller. Immer schneller. Die Zentrifugalkraft rückte alles an die Wände. Nur Kaja stand im Zentrum des Kreisels und rührte sich nicht. Endlich raste der Hörsaal so schnell, dass Kaja das Nichts sehen konnte. Die Leere zwischen den Atomen. Den Raum, den es zu erobern galt, um ihn mit unendlicher Datenfülle zu füttern. Ich hab's, schrie sie. Ich hab die Lösung. Mitten im Triumphschrei ergriff sie der Strudel, und auch sie wurde mitgerissen. Sie klebte an der Wand, alles verschwamm zu Butter, schmolz dahin wie die Zeit auf Dalí-Gemälden. Dunkel.

Sie zwinkerte. Grell blendete das Licht der Nachttischlampe. Sie erkannte den Umriss von Stahl dahinter. Er hantierte mit etwas. Kaja rieb sich die Augen und richtete sich vorsichtig auf. Ihr Kopf stach, als läge sie auf einem Nadelkissen. Lange, dünne Nadeln, die bis in den Frontallappen drangen.

«Gute Reise gehabt?», fragte Stahl und hantierte weiter.

«Reise? Wo sind wir?»

«Wir sind noch immer im ‹Beverly Hills›. Auch wenn man uns beide gerne irgendwo anders wissen würde.»

«Aber warum sagen Sie dann ‹Reise›?» Kaja war noch nicht ganz klar.

«Sie haben geredet und phantasiert, als hätten Sie die Monde eines fernen Planeten besucht. Erst dachte ich, Sie zitieren Hölderlin im Schlaf. Dann kam es der Johannes-Apokalypse wieder sehr nahe. Also schliesse ich auf einen Trip.»

«Trip. Ja, es war ein Trip.» Kajas Mund fühlte sich beim Sprechen taub an. Sie fürchtete, sich auf die Zunge zu beissen, wenn sie redete.

«Dado hat Ihnen Killertropfen in den Drink geworfen.»

«Dado. Ich erinnere mich. Er wollte zu Ihnen, weil Sie vielleicht wüssten, wo Sarkov geblieben ist.»

«Ja, das hat er mich gefragt.»

«Und? Wissen Sie es?»

«Nein. Dafür weiss ich, dass mich jemand aus dem Weg räumen will. Und zwar von Dado.» Stahl war hinter dem Schreibtisch hervorgekommen und setzte sich auf einen Stuhl vor dem Sofa, auf dem Kaja lag. Sie sah, dass er sich den rechten Arm verbunden hatte.

«Das Messer. Ich erinnere mich. Er hat Sie mit dem Messer angegriffen. Und dann war es grell geworden.»

«Sie sind umgefallen. Und diese Ablenkung hat Dado genutzt. Ich hatte Glück. Normalerweise sticht er nicht daneben.»

«Ich weiss.»

«Sie wissen?»

«Natascha. Er hat Natascha erstochen.»

«Wer ist Natascha?»

«Eine Freundin von Sarkov. Sie arbeitete im Zirkus am Bürkliplatz.»

«Woher kennen Sie sie?»

«Ich habe Sarkov dort getroffen.»

«Wann?»

«Vor zwei Tagen.»

«Und warum haben Sie mir davon nichts erzählt?»

«Weil er nicht wollte, dass ich jemandem davon erzähle. Er war abgetaucht, weil er um sein Leben fürchtete.»

«Und wie kam Dado auf die Idee, im Zirkus nach ihm zu suchen?»

«Ich habe ihn dorthin geführt.»

«Sie? Sie bringen Dado dorthin, mir verschweigen Sie aber, dass Sarkov sich in Zürich befindet? Warum?»

«Weil Dado sagte, dass Sarkov ein Verräter sei. Er arbeite für Zweifel und habe meinen Vater ans Messer geliefert.»

«Hatte Dado Beweise dafür?»

«Nein. Ich habe ihm einfach geglaubt.»

«Warum? Sie sind doch Wissenschaftlerin. Da geht es doch ständig um Beweise.»

«Keine Ahnung. Dado sagte auch, dass Sarkov etwas mit einer anderen Frau habe. Vermutlich mit der Frau, die bei dem Seneca-

Spiel mit dabei war.» Die letzten Worte hatte sie unsicher gesagt. Sie wusste nicht mehr, ob Dado es so gesagt hatte oder ob sie es sich zusammenreimte.

«Stehen Sie bitte auf.» Stahl stand vor dem Sofa.

«Werfen Sie mich etwa raus?»

«Hätte guten Grund, oder nicht?»

«Weil ich Ihnen Sarkov verschwiegen habe? Aber versetzen Sie sich doch in meine Situation.»

«Aufstehen!» Er packte sie am Handgelenk und zog sie unsanft vom Sofa. Mit zwei Griffen hatte er die Liegefläche verdoppelt und legte sich hin. «Wenn Sie wollen, können Sie sich dazulegen. Ich muss jetzt auf jeden Fall schlafen, sonst fasse ich keinen klaren Gedanken mehr.» Er nahm sich die Decke, mit der er zuvor Kaja warm gehalten hatte, und zog sie über sich.

Kaja zögerte. Sie hatte bereits tief geschlafen und wild geträumt. Sie war hellwach. Aber sie wusste nicht, was sie tun sollte. Dado hatte sie nur benutzt, um an Stahl heranzukommen. Vermutlich hatte er Sarkovs Verrat auch nur erfunden. Wie dumm sie war. Rechnen konnte sie hervorragend, aber Menschen verstand sie nicht. Sie hatte sich nie zu den Nerds zählen wollen, aber ihr war klar, dass sie einer war. Und jetzt? Was brachte ihr die Erkenntnis? Sie stand noch immer unentschlossen zwischen Schreibtisch und Sofa. In Kinofilmen war das die Chance für Sex zwischen der Auftraggeberin und dem Detektiv. Aber zwischen Stahl und ihr hatte es nicht gefunkt. Der Sex würde aus dem Nichts kommen. Unglaubwürdig. Aber kam nicht alles aus dem Nichts? War nicht alles möglich? Unangekündigt? Dadurch auch beliebig? Was wäre, wenn sie sich jetzt an ihn drückte? Würde er ihre Lust gar erwidern? Er war müde, angeschlagen und brauchte Schlaf. Sie hörte ihn schwer atmen. Er schlief bereits. Konnte sie ihn wecken? Mit zärtlichen Küssen? Wie sie es manchmal bei Sarkov getan hatte? Aber hatte sie denn überhaupt Lust? Nein. Aber die Lust kam mit dem Tun. Bei ihr war es jedenfalls so. Wie beim Lachyoga. Erst durch die gekünstelte Mimik des lachenden Mundes entstand echtes Lachen. Bei ihr funktionierte es so beim Sex. Sonst hätte sie niemals welchen. Der Kopf führte, die Triebe hinkten hinterher.

Sie entschied sich gegen das Sofa und klemmte sich hinter den Schreibtisch. Rechnen. Darauf hatte sie jetzt Lust. Sie nahm sich Stift und Papier und begann, Zahlen zu schreiben. Willkürliche. Sie setzte Brüche, addierte und subtrahierte, multiplizierte mit Variablen und stellte Gleichungen. Einfache Spiele. Mit drei Unbekannten und drei Gleichungen: Dado, Stahl und Sarkov. Auch Sarkov war ein Unbekannter. Kaja hatte geglaubt, sie kenne ihn. Aber er hatte sich verstellt. Sie war nicht so blöd, dass sie nur wegen Dados Behauptung an einen Verrat Sarkovs geglaubt hatte. Sie hatte es vorher gespürt. Auch wenn sie ein Nerd war, sie hatte Instinkte. Und war es nicht Beweis genug, dass er verschwunden war, ohne sich bei ihr zu melden? Aber warum war er überhaupt nach Zürich gekommen und hatte sie zum Zirkus bestellt? Warum war er da nicht auch inkognito geblieben? Weil er Kaja zu etwas hatte bewegen wollen? Aber zu was? Richtig. Sarkov hatte nicht gewollt, dass Kaja Stahl als Schnüffler anheuerte. Er wollte keinen weiteren Wirbel. Ein klares Zeichen, dass Sarkov die Seiten gewechselt hatte. Er hatte kein Interesse daran gehabt, dass Kaja ihren Vater wiederfand. Vielleicht wusste Sarkov auch, dass Anton bereits tot war? Und die ganze Jagd war für die Katz? Sarkov und Zweifel? Der blieb nur übrig. Glaser war tot. Das stand fest. Kaja unterstrich die Zahl Zwei, die sie für Glaser geschrieben hatte, und setzte ein dickes Kreuz daneben, das wie ein verrutschtes Additionszeichen aussah. Die Drei stand für Zweifel. Er bekam ein fettes Minus. Die Eins hatte sie für Anton reserviert. Sie setzte sie in eine Klammer. Davor multiplizierte sie mit plus und minus. Dahinter ein Fragezeichen. Und Dado? Was ist mit dem? Die zweite Unbekannte. Lebte er überhaupt noch? Kaja hatte nur das blitzende Messer gesehen, dann war sie auf die innere Reise gegangen. Und als sie erwachte, war nur noch Stahl gewesen mit einem Verband am Arm. Hatte Stahl Dado getötet und entsorgt? Warum hatte sie nicht gleich gefragt? Jetzt traute sie sich nicht, Stahl zu wecken. Wenn er ihre Hoffnung sein sollte, musste er bei Kräften sein. Also musste er schlafen. Aber nicht zu lange. Kaja spürte, dass ihr die Zeit davonlief. Je länger sie nichts von ihrem Vater hörte, umso mehr wuchs die Gewissheit, dass er tot war.

Kaja warf den Stift auf das Papier. Was nutzte es, zu rechnen? Es gab zu viele Unbekannte. Noch immer. Und es schien ihr, dass durch die Forschungen, die sie anstellte, die Zahl der Variablen anschwoll, anstatt sich zu verringern. Neben Dado war Stahl die ganz grosse Unbekannte. Kaja stellte die Tischlampe so, dass sie den schlafenden Stahl erhellte. Sie wollte ihn nicht blenden, aber sehen. Wie tickte er? Was war er für ein Mensch? Warum liess er sich für solche Dinge anheuern? Wegen Geld. Natürlich. Alle taten alles wegen des Geldes. Kaja nicht. Geld interessierte sie nicht. Aber sie hatte auch nie Geldmangel gekannt. Vielleicht würde sie dann auch nach dem Geld rennen?

Sie wusste, dass man für Forschung Geld brauchte, so realitätsnah war sie, aber am Ende war es nur eine Zahl. Zahlen konnte man verändern. Man hatte die Macht über die Zahlen, aber das Geld besass Macht über die Menschen. Kaja konnte rechnen und nicht einmal merken, dass sie tagelang nichts gegessen hatte. Manche hatten ihr schon Magersucht vorgeworfen. Aber Kaja interessierte Essen einfach nicht. Es kümmerte sie auch wenig, wie sie aussah. Manche fanden sie sehr hübsch, andere sahen sie nicht einmal an. Es war ihr egal. Nur Sarkov, der war ihr nicht egal gewesen. Der Sex mit ihm war in Ordnung gewesen, aber sie war auch nicht sehr erfahren darin. Vor Sarkov hatte sie zwei junge Männer gehabt, die mit ihr studiert hatten. Nerds wie sie selbst. Das Reden über Sex war erotischer gewesen als der Akt selbst. Sarkov hingegen hatte schon etwas Erfahrung mitgebracht. Er redete weniger, ging dafür schnell zur Sache. Manchmal zu schnell. Aber es war in Ordnung für sie gewesen. Je schneller es vorbei gewesen war, umso eher hatten sie wieder gemeinsam über mathematischen Problemen gegrübelt. Und das war Kajas wahre Lust.

Ob man mit Stahl gut rechnen konnte? Bislang waren es immer nur schnippische Dialoge gewesen. Ein Messen auf rhetorischer Ebene. Auch gut. Aber kein Vergleich zu hoch komplizierten Rechenvorgängen.

Sie drehte die Lampe wieder auf das Blatt, auf das sie gekritzelt hatte. Zweifel steckte hinter allem. Das war klar. Dazu genügte schon das kleine Einmaleins. Zweifel hatte das Geld, und Sarkov war nicht der Zahlenheld, für den Kaja ihn gehalten hatte, sondern sah auch nur die Dollars hinter der Zahl. Sonst wäre er nicht einfach verschwunden, ohne sich bei Kaja zu melden. Dado hatte recht. Einer, der so musizierte, log nicht. Er flunkerte vielleicht manchmal. Aber in den wichtigen Dingen sprach so einer die Wahrheit. Wieder war sie bei Dado gelandet. Wieder fragte sie sich, ob Stahl ihn getötet und fortgeschafft hatte. Und wieder wagte sie es nicht, Stahl zu wecken. Dafür stand sie auf, warf sich ihren Mantel über und verliess das Büro durch die Hintertür. Sie wusste, was sie zu tun hatte.

ZEHN

Kaja stand vor der Zweifel-Villa und sah, dass Licht brannte. Es war bereits vier Uhr morgens. Aber vielleicht war Zweifel schon wieder auf, um mit Geschäftspartnern in anderen Zeitzonen zu verhandeln. Oder Gloria klimperte am Klavier, weil sie wieder nicht einschlafen konnte. Kaja drückte die Zahlenkombination, die das Tor öffnete, und ging hindurch. Sie war fest entschlossen. Sie wunderte sich, dass sie damit so lange gewartet hatte. Warum hatte sie Zweifel nicht gleich zur Rede gestellt? Erziehung? Sie hatte immer getan, was ihr Vater von ihr gefordert hatte. Und er hatte gewollt, dass sie Zweifel heiratete. Wegen der Sache. Und Kaja hatte es verstanden. Gefühle waren Überbleibsel des limbischen Hirns. Ein vernunftbegabter Mensch hatte sie zu erkennen, einzuordnen und mit Verstand zu ignorieren. Jetzt riet ihr der Verstand, umzudrehen, zu Stahl zurück und hinter seinem starken Rücken in Deckung zu bleiben, bis das Unwetter vorübergezogen war und die Sonne wieder hinter den Wolken hervorschaute. Aber ihr limbisches Hirn war mächtiger. Wut, Zorn, Angst, alles zusammen. Sie konnte all die Emotionen nicht einordnen. Vielleicht waren es noch die Nachwirkungen der Pille, die Dado ihr in den Drink geschummelt hatte.

Sie stand vor der Haustür, drehte den Schlüssel und ging durch den langen Flur auf die Bibliothek zu. Sie konnte die Klaviermusik schon hören. Ja, es war Gloria, die nicht schlafen konnte und sich mit Mozart zu beruhigen versuchte. Vor der grossen Flügeltür blieb Kaja stehen. Ihre letzte Chance, umzukehren. Das Klavierspiel stolperte über eine schwierige Stelle und wiederholte sie dreimal, bis sie flüssig genommen wurde. Ebenso nahm Kaja Anlauf, drückte die Klinke hinunter und trat ein.

Das Klavierspiel klimperte munter weiter. Gloria blickte auf, lächelte Kaja zu und dachte gar nicht daran, ihr Spiel einzustellen. Erst jetzt sah Kaja, dass in den beiden Sesseln neben dem

Klavier Zweifel und eine andere Person sassen, die Kaja von hinten nicht erkennen konnte. Wie in Trance ging sie auf die beiden zu, untermalt von Glorias Mozart-Interpretation. Als sie Zweifels Gast erkannte, blieb sie stehen und versuchte, die Fakten in ihrem angeschossenen Hirn zusammenzulegen. Ein merkwürdiges Puzzle, dessen Teile nicht passen wollten. Egal wie sie es drehte und wendete, es passte nicht.

«Hallo, Kaja. Wir sind extra für dich aufgeblieben», sagte Zweifel, stand auf und gab ihr ein Wangenküsschen. «Gloria und ich haben nicht geglaubt, dass du noch heute Nacht zurückkommen würdest. Aber der Professor hat es vorausgesagt. In der Uhrzeit hat er sich etwas vertan, aber wen interessiert schon die Stelle hinter dem Komma, wenn die Sache an sich stimmt?» Er fand sich witzig.

Kaja sah an ihm vorbei und starrte auf Sarkov. Sie wollte ihn so vieles fragen, aber die Sätze blockierten sich gegenseitig. Sie lagen wie lange Baumstämme auf Kajas Zunge und stemmten sich gegen die Zähne.

«Du scheinst überrascht?» Sarkov schien ebenfalls amüsiert. «Aber glaube mir, ich bin es nicht minder.»

«Du steckst mit ihnen unter einer Decke. Habt ihr gemeinsam Anton umgebracht? Und dann Glaser? Um alles für euch zu haben?»

Gloria unterbrach ihr Spiel und klappte den Deckel des Klaviers mit einem Knall zu. Kaja erschrak. Die anderen drehten sich zu Gloria um.

«Anton hier, Anton da. Immer nur Anton. Ich weiss, er ist dein Vater, und Töchter neigen hin und wieder dazu, den Alten zu idealisieren. Aber hier gibt es nichts zu idealisieren. Sosehr Anton auch immer von den grossen Griechen und dem Edelmut antiker Helden faselt, so sehr ist er ein pragmatischer Geschäftsmann, der mindestens genauso viel Dreck am Stecken hat wie wir. Meiner Meinung nach ist er sogar der Allerschlimmste. Weil er im Gegensatz zu uns ein Heuchler ist.»

Zweifel sah sie überrascht an, aber Gloria war nicht zu bremsen. «Wir sagen nicht, dass wir Heilige sind, wir behaupten nicht, dass wir unseren Handel zum Wohle der Menschheit machen, wir wissen, dass ein Geschäft nur dann ein Geschäft ist, wenn man den anderen übervorteilt. Und das Gelaber von Win-win und Fair Trade geht uns am Arsch vorbei, weil wir wissen, wie die Welt seit Anbeginn der Dinge läuft. Der Stärkere frisst den Schwachen. Und der Kluge, so er schwach ist, sucht die Allianz beim Starken.»

Kaja liess den Schwall auf sich einprasseln und versuchte, Glorias Worte zu ordnen.

«Und Sarkov ist ein Kluger. Er hat rechtzeitig begriffen, wer die Stärkeren sind, auch wenn Anton das nicht wahrhaben will.»

«Anton lebt? Habt ihr mit ihm gesprochen?» Kaja interessierte nur das Wohl ihres Vaters, den Rest von Glorias Tirade hatte sie zur Seite geschoben.

«Natürlich lebt er. Warum sollte er nicht leben? Der Kerl hat mehr als sieben Leben, eine Katze ist dagegen eine Eintagsfliege.» Gloria hatte sich vor Kaja aufgebaut. «Und du wirst uns zu ihm führen.»

«Ich? Aber ich weiss doch gar nicht, wo er ist.»

«Darauf falle ich nicht mehr herein. Du bist eingeweiht, hast den privaten Schnüffler nur deswegen angeheuert, damit wir Anton auf den Leim gehen. Und Glaser musste sterben, um es glaubwürdiger zu machen. Abgesehen davon, dass es Anton ganz recht war, den alten Teilhaber loszuwerden. Eine Leiche, die doppelten Vorteil bringt. Das ist Anton, wie wir ihn kennen. Zwei Fliegen mit einer Klappe.»

«Ich verstehe gar nichts.» Kaja sah hilfesuchend zu Sarkov. Der schwieg.

«Fahr etwas runter», sagte Zweifel ruhig. «Siehst du nicht, wie verstört Kaja ist?»

«Verstört? Das gehört zu ihrer Schauspielkunst dazu. Da ist sie nicht besser als ihre Mutter.»

«Gloria, lass. Das gehört jetzt nicht aufs Tapet.»

«Irgendwann wird sie es sowieso erfahren. Und warum nicht jetzt? Vielleicht kapiert sie dann, dass auch sie nur eine Figur auf dem Schachbrett ihres vergötterten Vaters ist.»

Zweifel hob kapitulierend die Hände. Er kannte seine Schwester. Wusste, dass sie, einmal in Fahrt gekommen, nicht zu bremsen war. Das war die Kehrseite, wenn man sich ständig disziplinierte, um zu funktionieren. Kaja kannte das von sich selbst. Wenn es unter dem Deckel kochte, musste der Dampf raus.

«Was ist mit meiner Mutter? Was gibt es über Tote zu lästern?» Kaja zeigte sich angriffslustig.

«Tote? Deine Mutter ist quietschlebendig. Die Frau, die dir als Mutter angedreht wurde, war eine gut bezahlte Angestellte, die nicht an Krebs verstarb, wie es dein Vater dir und der Welt vorgaukelte, sondern mundtot gemacht werden musste, weil Anton ihre Vorstellungen von Schweigegeld irgendwann als überzogen fand.»

Kaja schüttelte sich. Waren das Nachwirkungen der Killertropfen? Halluzinierte sie wieder? Das klang wie in einer schlechten Telenovela. Sie schüttelte sich nochmals. Aber noch immer stand sie in der Bibliothek. Sarkov sass stumm im Sessel, Zweifel unbeteiligt neben dem Klavier und Gloria wie eine Operndiva beschwörend im roten Pullover, den Mund zur entscheidenden Arie halb geöffnet.

«Wenn das wirklich so ist, wer ist dann meine richtige Mutter?»

Gloria sah zu Zweifel, als ob sie sein Einverständnis brauchte, um die Katze aus dem Sack zu lassen. Tatsächlich war es nur ein dramaturgischer Spannungskniff, das kapierte Kaja. So durcheinander war sie nicht.

Gloria holte abermals Luft und sagte mit einem Ton der Beiläufigkeit, der besser wirkte als eine gemalte Wichtigkeit: «Lena Glaser.»

«Was? Tante Lena?»

Gloria lachte laut. «‹Tante› hört sie bestimmt nicht gerne. Sie sieht sich eher als ein junger Hüpfer.» Die Galle konnte Gloria nicht verbergen, sosehr sie sich auch mühte.

«Das ist Blödsinn.» Kaja blickte zwischen Zweifel und Gloria hin und her, landete bei Zweifel und sah ihn an. Sie wartete auf Antwort. Zweifel liess sich Zeit. So wie er sich immer Zeit liess, wenn es um Wahrheit oder Lüge ging. Er schien abzuwägen. Eine Gewohnheit. Aber was gab es da abzuwägen? Die Katze war aus dem Sack. Es war abgesprochen, sie rauszulassen und Kaja damit zu konfrontieren. Kaja kapierte. Auch Zweifels Kunstpause gehörte dazu. Sie sollte in Kaja Hoffnung wecken, dass Glorias Geschichte nur ein Märchen war. Eine kurze Folter, um Kaja weichzukochen.

«Leider ist es so, wie Gloria sagt.» Zweifel hatte es trocken gesetzt. Auf Punkt. Wie Kaja dieses eingespielte Team hasste. Sie warfen sich die Bälle so geschickt zu, dass jeder Verhandlungspartner den Kürzeren ziehen musste. Was kam als Nächstes? Das Angebot?

«Wir wissen, dass dein Vater und Lena planen, sich mit Sarkovs Ergebnissen abzusetzen, um dann allein davon zu profitieren. Selbst dich würden sie dafür opfern.» Gloria hatte es langsam und vorsichtig gesagt, als bewegte sie sich auf dünnem Eis, das unter ihren Schritten knirschte.

«Mich opfern?» Kaja sprang im Denken zwischen Informationsaufnahme und Taktikanalyse. Nein, das war noch nicht das Angebot. Das war erst emotionale Vorarbeit. Die Zweifels wollten nicht zu früh mit dem Angebot rausrücken.

«Anton ist verrückt geworden. Oder sagen wir besser: besessen. Besessen von der Idee, die neue Welt zu beherrschen. Und dafür ist er bereit, alles zu opfern. Deswegen musste Glaser sterben. Er hatte gemerkt, dass Anton drüber ist, und ihm geraten, in Behandlung zu gehen. Vor allem während der Seneca-Woche trat Antons Besessenheit immer mehr zum Vorschein. Er brachte Lena mit, was gegen die Verabredung war. Wir wollten nur zu dritt in Klausur.»

«Wusste Glaser, dass ich Lenas Tochter bin?» Kaja merkte, dass sie die Behauptung der Zweifels ohne Beweise akzeptierte. Sie hatten sie bereits so weit.

«Ja.»

«Und er hat es einfach so hingenommen, dass sein bester Freund mit seiner Frau ein Kind hatte?»

«Sie haben sich geprügelt, dann zusammen gesoffen und befunden, dass ihre Männerfreundschaft nichts umbringen könne.» Gloria klinkte sich wieder ein.

«Glasers einzige Auflage war, dass Lena dich nicht haben durfte und du nicht wissen durftest, dass sie deine richtige Mutter ist», sagte Zweifel.

«Was ihr nicht unrecht war. So konnte sie sich weiterhin um ihre ewige Jugend und Schönheit kümmern», ergänzte Gloria.

«Sind sie zusammen?», fragte Kaja.

«Das vermuten wir.» Zweifel trat einen Schritt nach vorn, Gloria überliess ihm nun das Feld. «Lena ist jedenfalls verschwunden, nachdem sie ihren Bruder mit Killertropfen unschädlich und ihn im Teich ihres Grundstücks versenkt hat.»

«Woher weisst du das?»

«Moderne Technologie. Wozu haben wir Drohnen?»

«Und trotz der modernen Technologie wisst ihr nicht, wo Anton und Lena abgetaucht sind?»

«Dein Vater ist auf dem Gebiet der bessere Mann. Nach Glasers Tod der beste, den ich kenne.»

«Und Dado? Weiss der nichts?»

«Dado haben wir leider unterschätzt. Er arbeitete bereits für deinen Vater, als wir ihn angeheuert haben.»

«Da hat der Ägypter gepatzt. Den nehmen wir nicht mehr.» Gloria hielt es nicht aus, ihrem Bruder allein die Rede zu überlassen. «Vielleicht wusste Amir auch davon, hat aber gut fürs Schweigen kassiert. Aber das spielt jetzt keine Rolle.»

«Dado hat Stahl mit dem Messer angegriffen», sagte Kaja und versuchte, die neuen Informationen mit ihren eigenen Erlebnissen zu verknüpfen. Was und wie konnte alles zusammenpassen?

«Und? Ist Stahl tot?» In Glorias Worten lag eine Melange aus Neugierde und Besorgnis.

«Nein, nur am Arm verletzt.»

«Dann ist Dado tot?», fragte sie weiter.

«Ich weiss es nicht. Ich fiel in Ohnmacht, als Dado das Messer zückte, und wachte auf, als sich Stahl den Arm verband. Dado war nicht mehr da.»

«Und Stahl hat nichts gesagt?»

«Nein. Er war müde und hat sich zum Schlafen auf das Sofa gelegt.» Kaja sprach ganz langsam. Als wollte sie ihre eigenen Worte nach Wahrheit abschmecken.

«Ich bin auch müde. Wir sollten alle schlafen gehen», sagte Gloria und gab plötzlich die vernünftige Generalin. «Wir werden alle unsere Kräfte brauchen.»

«Ja, du hast recht.» Zweifel schlug in Glorias Ton mit ein. Er drehte sich zu Kaja. «Du kannst dich frei entscheiden. Wenn du magst, geh, doch du kannst auch gerne hoch in dein Zimmer und dich dort hinlegen. Aber egal, wozu du dich entschliesst, die Entscheidung sollte endgültig sein. Es gibt hier keine Schnittmenge.»

Zweifel und Gloria verliessen die Bibliothek.

Kaja liess sich in den Sessel gegenüber von Sarkov fallen und rieb sich die Augen. Sie hoffte, dass Sarkov nun etwas sagte. Doch der schwieg weiterhin.

«Ist das alles wahr, was die beiden erzählen?» Sie nahm die Hand aus dem Gesicht, stützte ihre Unterarme auf die Oberschenkel und sah Sarkov an.

«Ich glaube schon.»

«Du glaubst? Seit wann glaubst du? Du bist Wissenschaftler. Du hast zu wissen, nicht zu glauben.» Kaja war gereizt und verletzt. Am liebsten hätte sie Sarkov das Gesicht zerkratzt. Stattdessen blieb sie in ihrer Position und wunderte sich, dass sie diesen Mann hatte lieben können. Im Moment war nichts mehr davon übrig. Warum spürte sie nichts mehr? Nur weil Dado gesagt hatte, Sarkov sei ein Verräter? Und warum hatte sie das so schnell glauben wollen? Und warum glaubte sie es noch immer, obwohl sie von Gloria und Kurt gerade gehört hatte, dass Anton der grosse Verräter war? Weil sie nicht glauben konnte, dass ihr Vater der Schurke in dem Spiel war? Und wenn schon. Er war ihr Vater. Er war immer gut zu ihr gewesen. Und was war schon dabei, dass ihre tote Mutter nicht ihre richtige war? War es nicht schön, dass es noch eine Mutter gab? Und obendrein eine wie Lena, die Kaja für ihre Extravaganz immer bewundert hatte? Lena hatte sich nie etwas gefallen lassen. Schon gar nicht vom gutmütigen Glaser. Dem Tölpel war es doch recht geschehen, dass er von ihr und Anton betrogen worden war. So treudoof, wie der war. Ein guter Rechner, aber weltfremd. Ein Nerd. Wie Sarkov. Lena und Anton waren keine Nerds. Sie waren ein Paar, das es mit den Zweifel-Geschwistern aufnehmen konnte. Und Kaja fühlte, wie sie sich längst für Anton und Lena entschieden hatte. Sie hätte aufstehen und gehen müssen. Aber das wäre zu offensichtlich gewesen. Ausserdem wohin? Zu Stahl zurück? Auf welchem Stapel lag er in dem neu gemischten Kartenspiel? Kaja hatte ihn angeheuert, ihren Vater zu finden. Aber Dado arbeitete laut den Zweifels ebenfalls für Anton. Und Stahl und Dado hatten sich vor ein paar Stunden noch einen Kampf geliefert. Kaja mochte beide. Dado vielleicht noch mehr. Wie wunderbar hatte er mit Kushtrim Gitarre gespielt, wie eiskalt und elegant hatte er mit seinem Messer Natascha erstochen. Schnörkellos.

«Ich gehe schlafen», sagte sie, stand auf und liess Sarkov allein zurück.

***

Belinda hatte sich bestimmt Mühe gegeben. Trotzdem wachte Stahl auf. «Tut mir leid, Boss. Aber heute ist das Büro mal wieder dran.» Sie fegte über den Holzboden. «Dauert aber nicht lange. Den Staub wische ich, wenn Sie unterwegs sind. Kann mir das heute einteilen.»

«Alles gut, Belinda.» Er richtete sich im Sofa auf. «Mach, wie es für dich am besten ist.»

«Oh, was ist das denn? Waren das Kushtrims Leute?» Sie zeigte auf Stahls verbundenen Arm.

«Nein.» Stahl gähnte und rieb sich die Augen. «Er arbeitet nicht für Kushtrim. Ist aber einer aus seiner Sippe.»

«Der Gitarrenspieler?»

«Sind sie das nicht alle?»

Belinda lachte. «Stimmt. Aber einer soll besonders gut sein. Er sei zum ersten Mal neulich bei einem Mädchen von Kushtrim gewesen.»

«Bei welchem?» Stahl wurde hellhörig. Er kannte Dados Virtuosität. Sie war beeindruckend und konnte ein Mädchen schon mal zum Schwärmen bringen.

«Mascha. Sie wohnt nicht weit von hier. Direkt an der Piazza Cella.»

Stahl sah auf die Uhr. Es war kurz vor acht. «Wo genau?»

«Direkt über dem Laden an der Ecke.»

«Bei Bruno?»

«Ja, ich glaube, so heisst er. Ich mag ihn nicht. Er ist zu teuer.»

«Er zahlt auch eine hohe Miete. Und bestimmt einen Batzen Schutzgeld an Kushtrim.»

«Selbst schuld, wenn er keine Eier hat. Du zahlst auch kein Schutzgeld an Kushtrim.»

«Aber vielleicht sollte ich ihm etwas zahlen dafür, dass er mir sagt, wo der tolle Gitarrenspieler ist.»

«Also war er es?» Sie zeigte auf Stahls Arm.

«Ja. Er heisst Dado. Wir sind alte Freunde.»

«Denke ich mir. Warum schlitzt man sich sonst auf?» Sie tauchte den Mopp in den Putzeimer und wischte eine neue Parzelle des Fussbodens. «Und er?», fragte sie. «Kann er noch Gitarre spielen? Oder hast du ihm die Finger für den Ritzer gebrochen?»

«Ich habe ihm gar nichts getan.» Stahl spielte den Unschuldigen. Belinda ging es nichts an, dass auch Dado etwas abbekommen hatte.

Belinda unterbrach das Wischen. «Wie? Er schlitzt dir den Arm auf, und ihm passiert nichts? Oh weh, wenn sich das herumspricht, ist dein Ruf dahin.»

«Deswegen muss ich ihn ja finden, bevor er es gross herumerzählt.» Stahl stand auf, ging ans Waschbecken und warf sich zwei Hände kaltes Wasser ins Gesicht. Er trocknete sich ab und ging an den Wandschrank, in dem er ein paar frische Hemden hängen hatte. Er zog das alte aus, nahm ein weisses und zeigte es Belinda. «Was meinst du? Weiss? Oder doch besser blau?»

«Weiss ist eine gute Wahl», sagte Belinda. «Da sieht man das Blut besser, wenn die nächsten Stiche kommen.»

Stahl legte das weisse Hemd auf das Sofa und wechselte den Verband. Belinda kam einen Schritt näher. «Das sieht tief aus. Hast du das selbst genäht? Du bist ja wie Rambo. Oder Paracetamol?»

«Etwas Stärkeres.»

«Na dann. Trotzdem. Respekt.»

«Kannst du mir ins Hemd helfen?»

Belinda kam dem Wunsch nach und berührte mit ihren Händen Stahls Nacken. Er schnurrte.

«Setz dich hin. So viel Zeit ist.»

Stahl setzte sich, Belinda begann Stahls Nacken zu massieren. «Du bräuchtest eine Frau, die auf dich aufpasst.»

«Kennst du eine?»

«Ich wäre anständig. Du kämst jedenfalls auf deine Kosten. In allen Bereichen.»

«Mein Nacken glaubt dir jedenfalls schon mal.»

«Soll ich die Zweifler deines Körpers auch noch überzeugen?» Sie packte intensiver in Stahls verspannte Muskulatur. Er stöhnte. «Nicht nötig. Schon überzeugt.» Er stand auf und knöpfte sich das Hemd zu. «Wenn die Sache vorbei ist, heiraten wir und ziehen irgendwo ans Meer.»

«Abgemacht.»

Er warf sich seinen Mantel über und verliess das Büro.

***

So früh war Stahl selten auf der Langstrasse. Er kannte sie fast nur bei Nacht. Jetzt brummte der Verkehr, und der 32er-Bus sammelte Leute in Richtung Holzerhurd auf. Velofahrer drängelten sich und provozierten mit riskanten Überholmanövern den hupenden Gegenverkehr. Stahl kaufte sich ein Gipfeli und ass es auf dem Weg zur Piazza Cella. Ein paar Übriggebliebene der vergangenen Nacht kauerten trunken oder stoned auf den wenigen Sitzmöglichkeiten der Piazza, sogar ein paar Mädchen standen herum und warteten auf frühe Laufkundschaft. Stahl ging an ihnen vorbei und drückte die Nase an das Schaufenster von Brunos Vintageladen. Das Geschäft öffnete erst um zehn Uhr. Stahl hoffte, dass Bruno schon da war. Aber es rührte sich nichts. Also musste er den direkten Weg nehmen. Er ging an zwei Mädchen vorbei, die müde lächelten. «He, hier kommt man nicht so einfach rein», sagte die eine, die eine blonde Langhaarperücke trug.

«Bei wem muss ich denn Eintritt zahlen?», fragte Stahl.

«Bei mir bist du mit einem Hunderter dabei.»

«Mascha, du machst die Preise kaputt», sagte die andere, die stoisch auf einen Kaugummi malmte.

«Für so einen Kerl zahlen andere Frauen sogar.» Mascha warf sich in Pose. «Da kann ich doch mal einen kleinen Rabatt geben.»

«Lass das Kushtrim nicht hören.»

«Von wem soll er es erfahren? Du hältst dicht, oder? Hab ich nicht noch was gut bei dir?» Sie sah die Kollegin mit gespieltem Ernst an.

«Ich kann schweigen wie ein Grab, das weisst du. Plappermäuler überleben nicht lange.»

«Bist ja auch noch nicht alt.»

«Im Gegensatz zu dir?» Sie lachte.

«Verschwinde und schaff Arbeit an.» Der gespielte Ernst kippte. Die andere trippelte davon. Mascha drehte sich zu Stahl. «Und? Willst du rein oder nicht?»

Stahl nickte und folgte Mascha die Treppe nach oben. In der Wohnung angekommen, warf sie ihren falschen Pelz auf einen Kleiderständer. «Geradeaus. Kannst es dir schon mal gemütlich machen. Ich brauche einen Kaffee. Habe die ganze Nacht durchgemacht, aber es war so gut wie nichts los. Deswegen hast du Glück und kriegst den Sonderpreis.» Sie verschwand in die Küche. «Wenn du willst, kriegst du auch einen. Ist im Preis inbegriffen.»

«Gerne.» Stahl ging langsam durch den Flur, lugte in die offenen Zimmer, die davon abzweigten, und öffnete vorsichtig die ihm angewiesene Tür. Er hatte Dado schwerer getroffen als er ihn. Das eigene Messer hatte er ihm in den Schenkel gerammt und zweimal umgedreht. Dado hatte Stahl daraufhin einen Hieb in die Eier verpasst und war davongehumpelt. Wenn er mit Kushtrim musizierte, lag es nahe, dass er auch hier Unterschlupf fand. Doch alle Zimmer, in die Stahl geschaut hatte, waren leer. Dado würde kaum die Tür offen stehen lassen, wenn er sich irgendwohin zurückzog, um die Wunden zu lecken.

Mascha kam mit dem Kaffee.

«Das ging aber schnell», sagte Stahl.

«Die neue Maschine mit den Kapseln ist der Hit. Weihnachtsgeschenk vom Boss.»

«Grosszügig. Wo ist dein Boss?»

«Bist du von der Polizei? Du stellst zu viele Fragen.»

«Ich habe erst eine gestellt.»

«Eine zu viel.» Sie reichte ihm den Kaffee. «Du willst keine Nummer, stimmt's? Den Hunderter nehme ich trotzdem.»

Stahl zückte sein Portemonnaie und gab ihr den Schein. Er nippte am Kaffee. «Ist sein Geld wert.»

«Mehr gibt es aber dafür nicht.»

«War Dado heute Nacht hier?»

«Kenne ich nicht.»

«Ein alter Freund von Kushtrim. Sie spielen manchmal Gitarre zusammen.»

Mascha biss sich nervös auf die Lippe.

«Ich will nur wissen, ob er hier war und wann er wieder aufgebrochen ist.» Er hatte es mit jenem Unterton gesprochen, mit dem er bei unsicheren Gemütern meist bekam, was er wollte. Auch Mascha gehörte dazu.

«Es war schon sehr spät. Vielleicht halb vier. Ich hatte noch einen Kunden. Da kam er, stark blutend.» Sie sah auf Stahls Arm. Obwohl er den Mantel noch anhatte, lugte ein Teil des Verbands unter dem Ärmel hervor. «Warst du das?»

«Kann sein.» Er behielt den Unterton bei.

«Kushtrim sagte, er könne ihn nicht verarzten, wüsste aber, wer das machen könnte. Dann sind sie zusammen weg.»

«Und wer könnte das machen?»

«Keine Ahnung.» Sie log schlecht.

«Zu wem gehst du, wenn du was hast, das nirgendwo auftauchen soll?»

«Was meinst du?»
«Habe keine Zeit, es aufzuzählen.»
«Zu Dr. Toce.»
«Orges?»
«Du kennst ihn?»
«Wenn man hier aufgewachsen ist, kennt man ihn. Ich wusste aber nicht, dass es ihn noch gibt.»
«Er hat keine Praxis mehr.»
«Aber er wohnt noch im Kreis 3?»
«Ich weiss es nicht.»
«Du machst besseren Kaffee, als du lügst.» Er trank aus und streckte Mascha die leere Tasse entgegen.
«Noch einen?», fragte sie unsicher.
«Ein Hunderter ist mir dann doch zu viel.» Er verliess die Wohnung.

***

Kaja lag schon eine Stunde wach in ihrem Bett. Draussen war es grau. Sie wünschte sich, dass der Himmel noch mehr zuzog, die Wolken schwarz wurden und den Tag zur Nacht machten. Nein, sie wollte nicht aufstehen. Wozu auch? Alles schien verfahren und aussichtslos. Sie wusste nicht mehr, wem und was sie glauben sollte. Und im Glauben war sie noch nie gut gewesen. Deswegen waren ihr die Zahlen doch so lieb. Die Zahlen logen nicht. Am liebsten die Decke über den Kopf ziehen, sich mit Rechenspielen ablenken und erst wieder auftauchen, wenn die Wolken sich ergossen hatten und neuem Wetter eine Chance gaben. Wem sollte sie glauben? Zu wem halten? Sie mochte alle. Nein, nicht alle. Die Zweifels konnte sie nicht ausstehen. Aber Dado und Stahl mochte sie beide gleich gerne. Warum standen sie nicht auf derselben Seite? Beide bei ihr? Aber waren sie das nicht? Stahl suchte für sie ihren Vater, und Dado tötete anscheinend für ihn. Aber er wollte auch Stahl töten und war jetzt vielleicht selbst tot. Nein, Dado konnte nicht so einfach sterben. Einer, der so musizieren konnte, starb nicht so einfach. So klanglos. Er würde musikalisch sterben. Mit Tamtam vielleicht. Oder einem verminderten Akkord mit einer None als Färbung. None, der neunte Ton einer Leiter. Man konnte sie auch als oktavierte Zwei sehen. Ein schöner, warmer Klang, am schönsten, wenn die Terz des Akkords vermindert war, also in ein Moll schwenkte. Das liebte Kaja, das würde zu einem Tod Dados passen. Zahlen waren Musik. Man brauchte kein Instrument zu spielen, um Musik zu verstehen. Man musste nur die Zahlen verstehen, dann verstand man den Klang. Dado war ein Meister der Zahlen. So wie Sarkov. Aber anders. Sinnlicher.

Es klopfte viermal an der Tür. Vier Achtel. Kaja klopfte immer dreimal. Eine Triole. Das hatte Verve und stresste nicht. Vier Achtel stressten. Jedenfalls Kaja. Und im Augenblick sowieso. Bestimmt war es Gloria. Es klopfte erneut. Wieder vier Achtel. Beethovens Neunte. Begann sie mit vier Achteln? Oder mit vier Vierteln?

«Ja?» Kaja wollte, dass das Klopfen ein Ende nahm, und schob ihren Kopf unter der Decke vor.

Sarkov trat ein. Ihn hatte sie am wenigsten erwartet. Einen flüchtigen Gedanken hatte sie an ihn nur verschwendet. Als Vergleich zu Dados Zahlenkunst. Mehr war er ihr nicht mehr wert. Er war ein Überläufer, ob es seine Schuld war oder nicht. Jedenfalls stand er nicht mehr auf Antons Seite, sondern diente fortan den Zweifels.

«Was willst du?»

«Reden.»

«Gestern hättest du reden sollen, als die Zweifels mich in die Mangel genommen haben. Aber da hast du geschwiegen.»

«Was hätte ich sagen sollen?»

«Dass sie lügen?»

«Wenn sie aber nicht lügen?»

«Hättest du Anton trotzdem verteidigen müssen. Mir zuliebe.»

«Aber das macht keinen Sinn.»

«Für dich nicht. Für mich schon. Also ist alles geredet. Du kannst wieder gehen.»

«Kaja, du benimmst dich wie ein kleines Mädchen.»

«Seit wann stört dich das? Du hast mich doch auch immer behandelt wie eins. Oder war ich in unserer Zusammenarbeit jemals auf Augenhöhe mit dir?»

«Ich finde nicht, dass ich dich nur wie eine Assistentin behandelt habe.»

«Assistentin und Geliebte. Das war ich. Eine, die dich anhimmeln sollte, aber keine gleichberechtigte Wissenschaftlerin.» Sie richtete sich im Bett auf. «Wie viele Zwischenrechnungen und Ergebnisse hast du unterschlagen, damit ich nicht gleichberechtigt weiterarbeiten konnte? Aus Angst, ich könnte auf etwas kommen, das dir nicht einfällt?»

«Das ist Blödsinn.»

«Ist es nicht. Hast du geglaubt, ich merke das nicht?»

«Es war nicht wegen dir.»

«Sondern?»

«Ich bekam Druck aus Kreisen der Regierung.»

«Fang mir jetzt nicht mit dem KGB und so einem Scheiss an. Am besten noch mit Smileys Leuten. Der Kalte Krieg ist vorbei. Man kann sich auch in Russland offen verhalten.»

«Kann man das? Was weisst du von Russland? Oder vom Rest der Welt? Du bist ein verhätscheltes Mädchen, das in einer Seifenblase aufgewachsen ist.»

«Ich habe Zugang zu allen Medien. Und darüber kann ich mir ein Bild über die Welt machen. Es mag in Russland nicht alles so sein wie hier, aber es ist kein stalinistisches Land mehr.»

«Und hier? Wie ist es hier? Befinden wir uns nicht inmitten eines Interessen-Thrillers?»

«Das ist Wirtschaftskrieg. Der wird mit harten Bandagen geführt. Immer und überall auf der Welt.»

«Und daran sollte die russische Regierung kein Interesse haben?»

«Ach, was weiss ich. Kann sein. Vielleicht. Es nervt mich nur, dass du dich so wichtigmachen willst. Anstatt dass du mir sagst, dass du ein verdammter Macho bist, der mich nur als Steigbügel benutzt hat, behauptest du, du wolltest mich vor höheren Mächten schützen. Das ist billig und feige.»

«Ja, ich bin feige. Ich habe nicht gelernt, mir mit Gewalt etwas zu nehmen oder es zu verteidigen. Ich habe mich immer nur in der Zahlenwelt aufgehalten. Dort kann ich auch um die Ecke denken. Komplizierte Verhältnisse auf ihre Einfachheit hinunterbrechen. Im echten Leben gehe ich jedem Konflikt aus dem Weg.»

«Soll ich dich jetzt auch noch loben, dass du mit mir streitest?»

«Es fällt mir wirklich nicht leicht.»

«Dafür schlägst du dich aber gut.»

«Ich will nur, dass du nicht böse auf mich bist.»

«Böse sein? Bin ich deine Mutter? Es geht nicht darum, ob ich auf dich böse bin, es geht darum, dass du Stellung beziehst. Auf welcher Seite stehst du?»

«Nicht auf der Seite, die Natascha auf dem Gewissen hat.»

«Dado hat Natascha erstochen. Und auf welcher Seite steht er? Hat er mich nicht in Zweifels Auftrag beschattet, damit ich ihn zu dir führe?»

«Dado arbeitet aber tatsächlich für deinen Vater.»

«Ja, der berüchtigte Doppelagent. Hauptsache, du kannst deine KGB-Geschichte einflechten.»

«Aber wenn es so ist.»

«Ist es so? Wo sind die Beweise?»

«Ich bring dich hin.»

«Wohin?»

«Zu den Beweisen.»

«Ist das wieder ein neues Spielchen?»

«Sagen wir: eine Nebenrechnung.» Sarkov war näher ans Bett getreten und hatte die letzten Sätze leise gesprochen, als ob er fürchtete, jemand könnte mithören.

«Zweifel kriegt doch mit, wenn wir hier gemeinsam verschwinden», sagte Kaja, die nun ebenfalls flüsterte.

«Kann er ruhig. Ich habe ihm erzählt, dass ich dich bearbeite, damit du mich zu Anton bringst.»

«Das heisst, er wird uns folgen.»

«Wir können ihn ja abhängen.» Er grinste frech. Kaja hatte ihn immer gemocht, wenn er sein Lausbubengesicht aufsetzte.

Da wusste sie, dass er eitel und anfällig war. Dann konnte er Dinge übersehen, ein Plus für ein Minus halten und erst am Ende erkennen, was für einen Stuss er gerechnet hatte. Jetzt war sich Kaja nicht sicher, ob sie seine euphorische Hybris gebrauchen konnte. Sie rang selbst schon damit, einen klaren Kopf zu behalten, ein siegessicherer Sarkov, der polternd in Fallen tapste, kostete erhöhte Aufmerksamkeit.

«Und wohin willst du mich bringen? Wo sind deine Beweise?»

«Wirst du sehen, wenn wir dort sind.» Das Lausbubengesicht hatte ihn fest im Griff. Er würde es nicht mehr absetzen, ehe sie dort waren, wo Sarkov Kaja hinführen wollte. Was blieb ihr? Die Variante mit der Bettdecke über dem Kopf hatte sie schon durchgespielt. Andere Angebote standen nicht im Raum. Und schlimmer konnte es auch nicht mehr kommen. Oder doch?

«Ich ziehe mich an und komme dann hinunter», sagte sie. Am liebsten hätte sie Sarkov eine saftige Ohrfeige verpasst, damit er sein Dauergrinsen ablegte. Aber sie wusste, dass es nichts nutzen würde.

«Bis gleich.» Er verschwand aus dem Zimmer.

Kaja stieg aus dem Bett und öffnete den Schrank. Überfordert stand sie vor ihren Klamotten. Was war das Richtige für den Anlass? Ein Abendkleid bestimmt nicht. Sie entschied sich für Jeans, einen weissen Rollkragenpullover und Boots, die guten Halt gaben.

***

Stahl hatte sich Belindas Velo ausgeliehen und war damit in die Zweierstrasse gefahren. Er lehnte es an die Hauswand mit der Nummer 132. Hier wohnte Orges Toce. Ein albanischer Arzt für alle Fälle. Man konnte ihn nachts anrufen, wenn es Verletzungen gab, die nirgendwo auftauchen sollten. Schon Alfred hatte ihn gekannt. Orges mochte etwa fünfundsiebzig sein, eine offizielle Praxis hatte er nie gehabt. Für das Finanzamt unterhielt er einen Laden, in dem er gebrauchte Musikinstrumente an- und verkaufte. Sein Geschäft hiess «Mazel tov». Orges selbst war kein Jude. Aber er hatte das Geschäft vor Jahrzehnten von einem jüdischen Geigenbauer übernommen, der die Schweiz in Richtung Israel verlassen hatte. Viele Orthodoxe kauften und verkauften hier ihre Klarinetten. Orges hatte befunden, dass es so weitergehen konnte. Warum sollte er das Geschäft umbenennen? Was hätte er damit gewonnen? Vielmehr genoss er es, wenn die Leute dachten, dass er ebenfalls ein Jude sei. Je mehr sie sich ein falsches Bild von ihm bauten, umso besser konnte er seinen eigentlichen Geschäften nachgehen: Kugeln aus den Eingeweiden verlorener Seelen holen.

Im Schaufenster des «Mazel tov» tauchte eine junge Frau auf. Sie nahm eine Posaune aus der Auslage und reichte sie einem Kunden. Stahl ging in den Laden.

«Danke. Ich habe mein eigenes Mundstück dabei», sagte der Mann und steckte den Messingtrichter auf die Posaune. Erst sprang er Quinten und Oktaven ohne Zug, dann probierte er Tonleitern. Der Anfang war schräg, die Mitte passabel, das Ende schwach. «Mein Ansatz ist völlig im Eimer», sagte er und sah die Verkäuferin enttäuscht an. «Hätte nicht gedacht, dass so viel verloren gegangen ist.»

«Am Instrument liegt es aber nicht», sagte die junge Frau. «Ihre Lippenspannung ist einfach weg. Ohne ständiges Üben kann man ein Blasinstrument vergessen. Bei einer Gitarre reicht es, wenn man drei Pfadfinderakkorde gelernt hat, um mit ihr zu glänzen. Ein Mundstück verzeiht einem die Untreue nicht.»

«Ich kaufe sie trotzdem. Und in einem Monat sehen wir uns wieder. Dann zeige ich Ihnen, wie schnell es geht, wieder auf sein früheres Niveau zu kommen.»

«Und falls nicht, bringen Sie sie uns einfach wieder zurück.» Sie nahm dem Mann die Posaune aus der Hand, legte sie in den mit blauem Plüsch ausgelegten Koffer und ging zur Kasse. «Das macht neunhundert.»

«Das ist sie allemal wert.» Der Mann legte das Geld bar auf den Tresen. «Geben Sie auch Unterricht?», fragte er.

«Posaune nicht. Ich spiele Trompete.»

«Oh, die Königin der Bläser. Auch Sachen von Miles?»
«Eher die frühen. Bebop und Cool Jazz. Die späteren Phasen kann man nur aushalten, wenn man selbst auf Drogen ist. Und ich habe damit aufgehört.»
«Nicht mal einen Joint?»
«Nein, nicht mal einen Joint. Und trinken tu ich auch nichts.»
«Und Sie spielen Jazz? Wie soll das gehen?»
«Sagt Ihnen der Name Kenny Brown etwas?»
«Klar. Er war ein Riesentalent. Zu schade, dass er sich eine Überdosis gegeben hat. Aber irgendwie gehört das zum Jazz auf dem Level wohl dazu.»
«Blödsinn. Kenny Brown war schwarz und spielte Jazz. Aber er war kein Junkie. Er hatte Diabetes. Bei dem Auftritt in Köln kollabierte er, weil er unterzuckert war. Aber die Ärzte dachten im Klischee wie Sie. Und sie gaben ihm eine Adrenalinspritze. Dadurch sank der Zuckerspiegel weiter, und Kenny war tot.» Sie legte ihm die Quittung auf den Posaunenkasten.
«Oh, das wusste ich nicht. Krasse Geschichte.» Er nahm die Posaune und verliess den Laden.
Stahl hatte sich währenddessen die Klarinetten angeschaut.
«Warum die Leute immer denken, dass man Drogen nehmen muss, wenn man als Musiker gut sein will. Vor allem muss man üben», sagte die junge Frau, kam hinter dem Tresen hervor und lächelte Stahl an. «Sie interessieren sich für die Klarinetten? B oder Es?»
Stahl sah sie fragend an.
«English? Ivrit?»
«Gerne Deutsch. Entschuldigung. Ich stand nur auf dem Schlauch. Nein, ich möchte keine Klarinette.»
«Sondern? Nein, lassen Sie mich raten. Ich liebe es, Menschen das passende Instrument zuzuordnen. Ich bin ziemlich gut darin. Die Quote liegt bei über fünfzig Prozent. Das ist gut, finde ich. Bei dem Angebot an Instrumenten, das es gibt.»
«Für einen jüdischen Laden, der hauptsächlich Klezmermusik bestückt, nicht so schwer. Das schränkt die Auswahl schon sehr ein. Da müssten es mindestens siebzig Prozent Trefferquote sein.»

«Sie wollen mich ärgern? Wird Ihnen nicht gelingen. Also?»
«Sie sind dran. Einmal haben Sie schon verfehlt.»
«Sie wollen gar nichts kaufen. Sie wollen zu Orges.»
«Ich habe Sie unterschätzt.»
«Orges ist nicht da.»
«Nicht da? Oder *nicht* da?»
Sie sah ihn verdutzt an.
«Sollen Sie sagen, dass er nicht da ist?»
Sie errötete.
«Richten Sie ihm aus, Stahl will ihn sprechen. Es ist dringend.» Er schob den rechten Ärmel seines Mantels hoch. Der Verband kam zum Vorschein.

«Ich schau mal nach, ob er schon wieder zurückgekommen ist.» Sie verschwand in den Hinterräumen.

Stahl sah sich im Laden um. Eine Trompete stach ihm ins Auge. Sie strahlte ihn an, bettelte darum, von ihm gespielt zu werden. Wie gerne wäre er dem Flehen nachgekommen. Aber wie bei dem Kunden vor ihm hätte er bei seinem verlorenen Lippenansatz allenfalls einen Furz herausbekommen. Sein Blick fiel auf eine chromatische Mundharmonika. «Das Lied vom Tod» fiel ihm ein. Ennio Morricone. Das würde er noch hinkriegen. Und zwar besser als Charles Bronson. Stahl hatte es immer lächerlich gefunden, dass Bronson eine einfache Blues Harp im Mund hatte, wo doch eindeutig zu hören war, dass die Tonfolge chromatisch war. Das hatte ihm den gesamten Film versaut. Da konnten sie alle von Sergio Leones Meisterwerk erzählen, der Fehler mit der Mundharmonika war unverzeihlich.

«Fratello.» Es war Orges, der hinter dem Vorhang auftauchte und seine Arme öffnete, als wollte er die ganze Welt umarmen. Sein weisser Vollbart reichte ihm bis zur Brust. Ein Bart, der weniger an die orthodoxen Juden aus dem Viertel als vielmehr an Billy Gibbons von ZZ Top erinnerte. Vielleicht war es aber auch die abgewetzte schwarze Lederjacke, die Orges eher an einen in die Jahre gekommenen Rockmusiker als an einen jüdischen Patriarchen erinnern liessen.

Stahl ging auf Orges zu und breitete ebenfalls die Arme weit aus. Sie umarmten sich theatralisch. So war es immer gewesen, so würde es immer sein. Orges war Theater. Grosse Opera buffa. Anekdoten, Witze und Gerüchte, Geschichten über gutes Essen und schöne Frauen.

«Wo warst du so lange? Warum kommst du immer erst, wenn ich dir etwas amputieren muss?» Orges Bass grollte so laut, dass Stahl glaubte, die Instrumente würden vom Schall der Stimme scheppern und gleich zur Revolte blasen.

«Tut mir leid, aber wenn ich keine Schramme habe, bist du nicht zu sprechen.»

Orges lachte leise. Ein starker Kontrast zur vorangegangenen Lautstärke seiner Stimme. Jetzt schnalzte er Stakkato mit der Zunge. Es klang wie ein Specht, der sein neues Loch in den Stamm einer Eiche hämmerte. «Komm mit. Ich schau mir deinen Wundbrand gleich an. Die Säge habe ich hinten.» Er drehte sich zu der jungen Frau und hob wichtig die Augenbrauen. «Jetzt bin ich wirklich nicht da. Verstanden?» Er wartete ihre Reaktion nicht ab, öffnete für Stahl den Vorhang nach hinten und liess ihn an sich vorbei ins Halbdunkel treten. «Hier entlang», sagte er, überholte Stahl und öffnete eine Tür, hinter der Stufen in ein Kellergewölbe führten. Hier sah nichts mehr nach Musikgeschäft aus. Eine hippe Arztpraxis hätte nicht besser und gestylter eingerichtet sein können. Es blinkten medizinische Geräte, von denen Stahl nicht wusste, wozu sie dienen sollten, Flachbildschirme warfen Unterwasserbilder und Waldstimmungen in den Raum, klassische Musik sprudelte unaufdringlich aus verborgenen Lautsprechern.

«Bin ich auf der Enterprise?», fragte Stahl und drehte sich einmal um die eigene Achse.

«Zieh deinen Mantel aus und zeig mir deinen Arm», sagte Orges.

Stahl gehorchte. Orges nahm den Verband ab und untersuchte die Wunde. «Sauber desinfiziert, schlecht genäht. Man sollte zwei Stiche neu nähen. Zur Sicherheit.» Er ging an einen Wandschrank und drückte gegen eine Schublade. Sie glitt heraus. Orges nahm eine Einwegspritze, lud sie mit einer Flüssigkeit und kam zu Stahl zurück. «Oder willst du die harte Tour?» Er grinste.

«Du weisst, dass ich Spritzen nicht mag.»

«Keine Sorge, es ist kein Heroin.»

«Sondern?»

«Das gute alte Xylocain. Gib mir deinen Arm.» Orges spritzte das Betäubungsmittel und ging zum Wandschrank zurück. Er entsorgte die Spritze und nahm aus einer anderen Schublade das Nähzeug. Während er die Stiche setzte, summte er ein Lied, das Stahl von Dado kannte.

«Er war also hier?», fragte Stahl.

«Ja, er war hier. Deswegen bist du doch gekommen, oder? Wegen so einer Lappalie gehst du doch nicht zum alten Orges.» Er schnitt den Faden ab.

Stahl besah sich die vernähte Wunde. «Dado wäre früher auch nicht wegen eines kleinen Ritzers gekommen.»

«Das war kein kleiner Ritzer. Und das weisst du genau. Knapp an der Aorta vorbei. Und ziemlich tief.» Er entsorgte das Nähzeug, wusch sich die Hände am Waschbecken und trocknete sie mit einem Papiertuch, das er anschliessend zu einem Ball zerknüllte. Er warf ihn von einer Hand in die andere und kehrte zu Stahl zurück. «Warum hast du ihn nicht erledigt? War es Zufall, dass du nicht entscheidend getroffen hast? Oder bist du sentimental geworden?»

«Er hat mir ja auch den Arm noch drangelassen.»

«Weil du ausgewichen bist. Der Stich hat deinem Herzen gegolten. Er ist auf gleicher Höhe. Du hast dich nach rechts weggedreht, den Arm nach oben gezogen, und dort hat er dich erwischt. War es so?»

«Kann mich nicht erinnern. Ist schon lange her.»

Orges schüttelte genervt den Kopf. «Ihr gebt euch beide nichts. Einer genauso stur wie der andere. Dabei könntet ihr ein starkes Duo sein.»

«Das hatten wir schon mal, und es endete nicht gut.»

«Diesmal würde es gut enden.»

«Bist du jetzt auch Kuppler geworden?»

«Prävention von Krankheit ist die beste Medizin. Ich möchte ungerne einen von euch beiden als Leiche hier auf dem Tisch haben und in Einzelteile schneiden müssen, damit niemand weiss, wohin eure Überreste gewandert sind.»

«Alles hat seinen Preis, Orges. Du würdest unsere Einzelteile verschachern wie deine gebrauchten Musikinstrumente. Stell dir vor, was du für das Herz eines Elitekämpfers oder Killers kriegen könntest.»

«Ihr habt kein Herz, das weisst du doch.» Er lächelte kalt. «Dado vielleicht. Jedenfalls schlägt es, wenn er seine Musik macht. Das gibt Hoffnung. Aber bei dir? Wann schlägt dein Herz?»

Stahl wusste keine Antwort. Selbst wenn er eine parat gehabt hätte, Orges hätte er sie nicht anvertraut. Orges handelte mit allem. Ob mit alten Musikinstrumenten, Organen verblichener Ganoven oder den Gefühlen einsamer Menschen. Stahls Geständnis hätte Orges in eine seiner tausend Schubladen verstaut und bei Gelegenheit zu einem guten Preis verhökert. Gefühle waren Schwäche. So hatte Stahl es gelernt. Und Gefühle zu anderen Menschen die Achillesferse.

«Lilly», sagte Orges trocken. «Bei dem Gedanken an Lilly könnte dein Herz plötzlich schlagen. Aber keine Sorge, es schlägt dann nicht für sie, sondern für dich. Weil du dich in ihr siehst. Die Angst um sie wäre nur die Angst, die eigene Unschuld erneut zu verlieren.»

«Lilly? Woher kennst du Lilly? Was weisst du über sie?»

«Nichts. Nur keine Aufregung. Jemand hat mir von ihr erzählt, als er auf meinem Tisch lag. In der Not sind die Leute immer geschwätzig. Du bist da eine Ausnahme.»

«Wer hat dir von ihr erzählt?»

«Du weisst selbst, dass Ärzte einer gewissen Schweigepflicht unterworfen sind. Und ich bin ein besonderer Arzt, also noch härteren Regeln unterworfen.»

«Was hat er über Lilly gesagt?»

«Dass du seit zwei Jahren die Vormundschaft für sie übernommen hast und sie seitdem in Rom lebt und dort unterrichtet wird.»

«Und was noch?»

«Eigentlich ging es mehr um den tragischen Unfall ihrer Familie. Du weisst, wie Leute sind. Es wird getratscht.»

«Und was wird getratscht?»

«Man will dich dort gesehen haben. Manche munkeln, du hättest den Brand gelegt, um die Mischpoche loszuwerden. Würde ja Sinn machen.»

«Spinnst du?»

«Stahl, komm mir nicht so. Natürlich macht es Sinn, einem begabten Menschen den Klotz am Bein zu nehmen. Objektiv gesehen ist Lilly frei. Familie, vor allem so eine, ist immer ein Gefängnis. Das weisst du doch am besten. Oder warum gibst du ausgerechnet im ‹Beverly Hills› den rettenden Engel?»

«Weil ich Geld brauche?»

«Erzähl mir nicht, dass du dir dort ein Gehalt auszahlen lässt. Du tust es für Eddie, weil er Teil deiner Sippe ist. Der letzte Rest. Und trotzdem fühlst du dich verpflichtet und riskierst deinen Arsch dafür.»

«Dados Stich war nicht wegen des Clubs.»

«Ach nein? Ich dachte, Kushtrim hätte schon lange ein Auge darauf geworfen.»

«Dado arbeitet aber nicht für Kushtrim. Das ist nicht seine Liga.»

«Ist Eddie deine Liga?»

«Ich arbeite nicht für ihn, ich helfe ihm.»

«Vielleicht hilft Dado auch nur Kushtrim?»

«Wieso sollte er?»

«Familie?»

«Dado kennt keine Familie.»

«Er ist Sinti. Jeder Sinti kennt Familie. Ich behauptet sogar, sie kennen nichts anderes.»

«Dado ist anders. Er ersticht sogar seinen Bruder und trauert danach um ihn, als hätte ihn ein anderer getötet.»

«Zwei Seelen in einer Brust.»

«Mindestens.»

«Und wie viele hast du?»

Stahl liess sich Zeit für die Antwort. Seele. Ein grosses Wort. In Rom die wichtigste Ware des Unternehmens. Damit wird noch immer das meiste Geld umgesetzt. Auch wenn es den Ablassbrief offiziell nicht mehr gibt. Die Reformation konnte den Seelenhandel nicht ausrotten. Noch immer arbeiten die Verkäufer des katholischen Glaubens mit dem Versprechen eines Fensterplatzes im Himmel. In aufgeklärteren Gegenden subtiler, vermischt mit pseudowissenschaftlichen Erkenntnissen, bei den Naiven mit den althergebrachten Mitteln. Der Himmel ist für viele noch immer das erstrebenswerteste Reiseziel, all inclusive.

«Keine», sagte er. «Keine Seele. Ich habe keine. Das ist es, was einen Menschen befreit. Das Eingeständnis, keine Seele zu haben.»

«Und warum kümmerst du dich dann um Lilly? Eine Schuld willst du doch auch damit begleichen. Vielleicht hast du Angst vor dem Fegefeuer? Unbewusst?»

«Unbewusst. Das neue grosse Modewort. Genauso flüchtig wie das Wort Seele. Was den Katholiken die Seele, ist den Psychologen das Unbewusste. Ein Produkt, um das man einen Markt spinnen kann.»

«Es gibt nichts, was man nicht verkaufen kann. Sogar die Ablehnung des Marktes ist ein Markt. Woran liegt das?»

«An der Korruption des Menschen. Einer fällt immer um.»

«Was ist mit dir? Wann fällst du um? Wenn du so seelenfrei sein willst, wie du vorgibst, wäre es doch ein Leichtes für dich, umzufallen.»

«Was meinst du damit?»

«Arbeite mit Dado zusammen.»

«Für wen arbeitet er?»

«Anscheinend nicht für denselben wie du.»

«Wo ist er? Dann kann ich ihn fragen.»

«Selbst wenn ich es wüsste, darf ich nicht reden. Das weisst du doch. Ich darf nur verarzten und versuchen, präventiv Allianzen zu schmieden, die weitere Verletzungen verhindern.»

«Und du weisst, dass ich Vermittlern nicht trauen darf, weil sie eigene Interessen haben.»

«Und was ist mit Amir? Dem traust du?»

«Bei Amir weiss ich, dass es ihm nur ums Geld geht. Da ist der Verrat einkalkuliert. Bei dir, mit deinem Ärztekodex, kann man schon mal darauf hereinfallen. Vergiss nicht, ich kenne katholische Priester. Auch denen vertrauen manche im Beichtstuhl blind alles an, weil sie an das Beichtgeheimnis glauben. Und die einzigen Geheimnisse, die hinter den Mauern des Vatikans bleiben, sind die eigenen.»

«Dann kann ich dir auch nicht weiterhelfen.» Er schickte sich an, Stahl nach oben zu geleiten.

Stahl schob den Ärmel seines Hemds über den frischen Verband und zog den Mantel an. «Du wusstest, dass ich kommen würde, stimmt's?»

Orges sah Stahl fragend an.

«Dado hätte sein Ziel nicht verfehlt. Er ist zu gut mit dem Messer. Er wollte, dass ich einen Vorwand habe, um zu dir zu kommen.»

«Und du glaubst, dass sich Dado selber schwer von dir verletzen lässt, nur damit er dich hierherlockt? Und was sollte es dir bringen, hier zu sein? Und ihm?» Orges lauerte auf Antwort. Wie ein Lehrer, der die Lösung längst wusste und genüsslich darauf wartete, dass sein Musterschüler ihm endlich die geknackte Nuss lieferte.

«Gut. Du hast gewonnen», sagte Stahl. «Bring mich zu ihm, und wir arbeiten zusammen.»

Die Tür neben dem grossen Wandschrank öffnete sich. Ein Mann trat ein. Gross, breitschultrig, weisses Haar. Anton Myller. Stahl erkannte ihn sofort. Er hatte genügend Fotos von ihm gesehen. Aber er hatte nicht gedacht, dass er so gross war. Stahl mass schon eins neunzig, Myller war einen halben Kopf grösser.

«Überspringen wir Dado. Es geht ihm wirklich nicht so gut. Sie haben ihn schwerer verletzt, als geplant war.»

Orges verschwand durch die Tür, durch die Myller gekommen war, und schloss sie hinter sich.

«Dado arbeitet also für Sie? Deswegen wollte Zweifel, dass ich ihn aus dem Weg räume. Wusste Zweifel von Anfang an, dass Dado ein doppeltes Spiel führte, oder kam er erst später darauf?»

«Dado arbeitete für uns beide, weil Zweifel und ich ein Team waren.»

«Gegen Glaser? Der war zu viel. Seine Kompetenz doppelte sich mit Ihrer. Ausserdem pochte Lena darauf, endlich ihren richtigen Platz zu bekommen. Richtig?»

«Sie sind wirklich gut. Ich dachte, Dado würde nur Geschichten erzählen. Leute wie er übertreiben ja gerne.»

«Und wann kam Zweifel auf die Idee, mich anzuheuern, um Dado zu erledigen?»

«Das war nicht seine Idee. Zweifel hat keine Ideen. Er hat nur Geld. Geerbtes Geld, das er skrupellos verwaltet und vermehrt. Das kleine Einmaleins der Marktwirtschaft. Wenn man nicht ganz dumm ist, wird ein Reicher niemals arm werden. Umgekehrt ist das schon schwieriger. Da muss man die Gesetze brechen, wenn man es zu etwas bringen will.»

«Tun das die Reichen nicht auch?»

«Die Reichen machen die Gesetze. Das ist einfacher.»

«Und warum wollten Sie, dass ich Dado töte? Er ist doch keine Gefahr für Sie.»

«Ich wollte nicht, dass Sie ihn töten, aber ich wollte Sie hierhaben. So, wie Sie jetzt vor mir stehen.»

«Sie wollen mich töten, weil ich Ihnen auf die Schliche gekommen bin.»

«Sind Sie das? Nein. Aber Sie wirbeln Staub auf. Und ich muss in Ruhe mein Ziel verfolgen.»

«Und was ist mit Ihrer Tochter? Sie wirbelt den meisten Staub auf. Sie hat mich angeheuert, um Sie zu finden.»

«Kaja ist zu impulsiv. Das hat sie von ihrer Mutter. Sie haben Lena Glaser ja kennengelernt. Ich liebe beide, aber es ist nicht einfach mit ihnen. Leichter Autismus umgibt sie. Dadurch haben sie jedoch etwas Besonderes. Eine charmante Kindlichkeit, finden Sie nicht?»

«Sie würden beide für Ihren Erfolg opfern.»

«Es geht nicht um Erfolg. Es geht um einen Meilenstein der

Menschheitsgeschichte. Unendlicher Speicherplatz. Wissen Sie, was das bedeutet? Der Mensch kann Feuer machen, er erfindet das Rad, Schiesspulver, die Dampfmaschine, Elektrizität, das Automobil. Er fliegt über den Atlantik, auf den Mond, ins Universum. Er telegrafiert, telefoniert ohne Kabel, jederzeit und überall kann er mit jedem anderen kommunizieren. Das Internet sprengt noch mal alles und stösst doch an Grenzen, wenn wir die Unendlichkeit des Speicherplatzes nicht finden. Dann bleiben wir plötzlich stehen. Und Stillstand ist Rückschritt. Um diesen Rückschritt zu verhindern, die Gefahr, wieder in ein dunkles Mittelalter zu stürzen, opfere ich alles. Was ist ein Menschenleben gegen den Fortschritt der gesamten Menschheit?»

Myller hatte sich in Rage geredet. Speichelschaum sammelte sich in seinen Mundwinkeln an, den er mit Daumen und Zeigefinger entfernte. «Finden Sie nicht auch?» Er sprach wieder gefasster. «Oder sehnen Sie sich nach dem Mittelalter? Für Sie würde sich wahrscheinlich nichts ändern. Sie wären Soldat. Kreuzritter, der für ein Blendwerk irgendwo zwischen Jerusalem und Damaskus verbluten würde.»

«Ich bin kein Kreuzritter mehr. Aber ich bin auch nicht Ihr Söldner.»

«Natürlich sind Sie ein Söldner. Ebenso wie Dado. Wer zahlt, für den ziehen Sie in die Schlacht.»

«Aber ich wechsle nicht vor Ende des Auftrags die Seiten.»

«Tun Sie nicht, ich weiss. Den Auftrag, den Kaja Ihnen gegeben hat, haben Sie erfolgreich erledigt. Sie sollten mich finden. Jetzt haben Sie mich gefunden.»

«Gut. Dann kann ich ja jetzt gehen, um Ihrer Tochter zu sagen, dass Sie hier sind.»

«Ja, machen Sie das. Kann aber sein, dass ich schon nicht mehr hier sein werde, wenn Sie mit ihr zurückkommen.»

«Wollen Sie Kaja nicht sehen?»

«Erst muss der letzte Zweifel beseitigt werden.» Er genoss sein kleines Wortspiel.

«Ich dachte, nur Ihr alter Freund Glaser wäre Ihnen einer zu viel im Triumvirat gewesen.»

«Die Geschichte der Triumvirate zeigt, dass sie immer auf eine Alleinherrschaft hinauslaufen.»

«Warum? Erträgt Lena Zweifels Schwester nicht? Es sind oft die Königinnen, die den Ehrgeiz ihrer Könige stacheln.»

«Da ist etwas dran. Aber in diesem Fall ist es strategisch gedacht. Zweifel wollte Sarkov zu sich ziehen. Sarkov ist aber mein Mann. Ich habe ihn durch Kaja an mich gebunden. Zweifel glaubt, Geld sei stärker. Vermutlich hat er in dem Fall recht. Also muss Zweifel ausgeräumt werden, dann hat Sarkov keine Wahl. So einfach ist das.»

«Und warum hat Dado das nicht schon längst erledigt?»

«Weil Sarkov die Lösung noch nicht gefunden hat und ich noch auf das Geld von Zweifel angewiesen bin.»

«Und jetzt?»

«Will Zweifel mich erledigen. Und das will ich verhindern. Aber Dado, der dafür vorgesehen war, haben Sie ausser Gefecht gesetzt. Also stehen Sie in der Pflicht.»

«Und woher kriegen Sie dann das Geld, wenn Zweifel tot ist?»

«China. Das ist derzeit immer der letzte Trumpf. Man zieht ihn ungern. Aber da sind wir wie alternde Fussballprofis. Wenn gar nichts mehr geht: China.»

«Und warum holen Sie sich dann nicht chinesische Killer, die den Dreck hier erledigen?»

«Dann habe ich die Triaden mit im Boot. Darauf kann ich gerne verzichten.»

«Und jetzt wollen Sie, dass ich das für Sie erledige?»

«Wäre nicht der erste Mensch, den Sie auf dem Gewissen haben. Ausserdem können Sie anschliessend zur Beichte rennen, und alles ist vergeben. Eine grossartige Erfindung der Katholiken.»

«Ich bin kein Auftragskiller.»

«Hat Zweifel Sie nicht beauftragt, Dado aus dem Weg zu räumen?»

«Ich habe den Auftrag nicht angenommen.»

«Dado sieht das aber anders.»

«Wenn ich ihn hätte töten wollen, hätte ich es getan. So wie er mich nur am Arm getroffen hat, so habe auch ich dorthin gestochen, wo es zwar wehtut, aber nicht lebensgefährlich ist.»

«Mir kommen gleich die Tränen bei so viel Kodex und Rücksichtnahme. Sie sind kitschig, Stahl. Und deswegen werden Sie tun, was ich von Ihnen verlange. Auch ohne Bezahlung. Denken Sie an Lilly.»

Stahl hatte es geahnt. Die Liga der Zweifels und Myllers scheute auch vor diesem Druckmittel nicht zurück.

«Mir waren ihre Geschwister schon egal. Warum sollte Lilly mich interessieren?» Stahl hatte es so kalt gesagt, wie er konnte. Er hoffte, dass ihm Myller den Bluff abkaufte.

Myller schwieg und platzte mit einem lauten Lachen heraus. Ein Lachen, so penetrant und geführt wie das eines drittklassigen Operntenors, wenn er in der Theaterkantine keinen Nachschlag auf den Teller kriegte.

«Der war nicht schlecht. Aber ich glaube Ihnen nicht.» Er zog ein Handy aus der Tasche. Drückte ein paarmal auf das Display und hielt es Stahl vor die Nase. Eine Videoaufnahme lief ab. Lilly, auf einem Stuhl sitzend. Verheulte Augen. Die Stimme brüchig. «Stahl. Ich weiss nicht, wo du wieder drinsteckst. Aber mach bitte, was die Typen sagen. Sind deswegen meine Leute verbrannt? Warum tust du mir das alles an?»

Die Aufnahme stoppte. Stahl starrte auf das Standbild der verzweifelten Lilly. Er erkannte, dass sie in Gerhards Hütte festgehalten wurde.

«Wollen Sie es noch einmal sehen? Oder langweile ich Sie damit?» Myller sezierte Stahls Reaktionen. Ein Blinder hätte gemerkt, dass Stahl seinen Bluff nicht weiter durchziehen konnte. Lilly war seine Achillesferse. Sie war seine eigene Jugend, die er retten wollte. Sie sollte eine Chance haben, die ihm nicht vergönnt worden war. Er war ein dankbares Opfer für die Manipulationen gewesen, denen er in Rom ausgesetzt war. Sie hatten ihn ausgebildet. Ihn gefüttert mit Wissen auf allen Gebieten, zur Allzweckwaffe geschliffen, die auf Knopfdruck marschierte und alles erledigte, was verlangt wurde. Warum hatte er Lilly ausgerechnet dorthin gebracht? Glaubte er wirklich daran, dass das Leben mit Wissen und Bildung besser zu meistern war? Die eigentlichen Antworten auf das Leben fehlten am Ende immer. Egal, wie viel Bildung man gefressen hatte. Das grosse Warum. Lilly hatte es gestellt. Stahl wusste keine Antwort darauf. Das Warum würde ewig bleiben. Er würde es nicht lösen. Lilly auch nicht. Niemand. Auch kein Computer mit unendlichem Speicherplatz. Vielleicht gäbe es in der Unendlichkeit die Chance, dass das Warum darin nichtig klein und lächerlich wirkte. Oder würde es mit dem Platz, den es gab, wachsen? Ja, das Warum nahm sich immer und überall Platz, wo man es ihm einräumte. Es gierte nach Antworten, verschlang sie und blieb weiter hungrig. Handeln, nur handeln half. Es führte zwar zu keiner Antwort, liess die Lautstärke der Frage aber leiser werden, manchmal sogar verstummen.

«Ich nehme den Auftrag an.» Was kümmerte Stahl das Leben von Zweifel? Interessierte der sich für die toten Kinder, die in seinen Minen täglich verreckten? Es brauchte nicht viel, um sich als Racheengel zu legitimieren. Zweifel hatte eine Bestrafung verdient. Kein Gericht der Welt würde ihn zur Rechenschaft ziehen. Es gab keine guten Verteidiger, die es mit den Advokaten des Zweifel-Trusts aufnehmen konnten. Und wenn Stahl ein schlechtes Gewissen haben sollte, nachdem er Zweifel erledigt hatte, dann war es eben so. Er konnte damit leben. Hauptsache, Lilly wurde kein Haar gekrümmt.

«Lilly wird es Ihnen danken», sagte Myller. «Ich würde genauso handeln, wenn es um meine Tochter ginge. – Schauen Sie mich nicht so an. Nur weil ich Kaja in meine Pläne eingewoben habe, heisst das nicht, dass sie mir egal ist. Es tat mir sogar weh, sie an Zweifel zu verschachern. Aber das sind eben strategische Allianzen. Wer die Menschheitsgeschichte kennt, weiss darum.»

«Und Sarkov? War es auch Ihr Wunsch, dass sich Kaja an Sarkovs Hals wirft?»

«So etwas kommt von allein. Schwärmerei. Dazu braucht es keinen Aufruf. Im Gegenteil. In so einem Fall ist es besser, man warnt die Schwärmerin davor. Umso mehr wird ihr Unterbewusstsein dafür kämpfen, es zu bekommen.» Er sah auf seine Armbanduhr. «Sie müssten übrigens gleich hier sein.»

«Wer? Kaja?»

«Und Sarkov.»

«Kaja weiss also, dass Sie hier sind und am Leben? War das von ihr nur ein Spiel? Warum?»

«Kaja wusste von nichts. Ich wollte sie wenigstens da raushalten. Das wäre zu viel für sie gewesen. Ich konnte ja nicht ahnen, dass mein Verschwinden sie so mitnimmt und sie gleich einen Schnüffler anheuert.»

«Sarkov wusste aber von Anfang an von dem Plan?»

«Ja, natürlich. Er profitiert auch davon, wenn es weniger Teilhaber gibt. Glaser nervte Sarkov von Anfang an mit seiner Besserwisserei, und Zweifel hasst er aus alten sozialistisch-romantischen Motiven.»

«Und Sie zählt er nicht zum Kapitalismus?»

«Die Russen sind da immer sehr pragmatisch. Wenn sie jemanden mögen, ertragen sie dessen Schwächen. Wenn sie aber jemanden nicht ausstehen können, kann er der beste Mensch der Welt sein, es würde nichts nützen.»

«Kann ich jetzt Dado sehen?», fragte Stahl.

«Wäre es nicht besser, Sie würden sich um Zweifel kümmern? Dado kann Ihnen doch am Arsch vorbeigehen.»

«Ich habe mit Dado eine Geschichte. Sie haben sich eine Seneca-Woche zum Spass gemacht. Mit Dado habe ich Monate im Dreck gesessen.»

«Ich habe von der Geschichte gehört. Sie haben ihm das Leben gerettet, obwohl er sterben wollte. War es nicht so? Das hat er Ihnen übel genommen.»

«Wir haben uns vieles übel genommen. Aber ein türkisches Sprichwort sagt: Wer Freunde ohne Fehler sucht, findet keinen.»

«Kommen Sie mit, so eine treue Einstellung muss belohnt werden.» Er öffnete die Tür, durch die Orges verschwunden war, und liess Stahl den Vortritt.

ELF

«Hier soll es sein?» Kaja sah auf die Klarinette, die neben einer Posaune und einem Akkordeon in der Schaufensterauslage darauf wartete, dass sie wieder gespielt wurde. «Warum sind wir dann erst in die Altstadt gegangen?»

«Um sicherzugehen, dass uns keiner folgt.» Sarkov sah sich um. «Komm, wir gehen hinein.» Er schubste Kaja voran.

Die Verkäuferin zog gerade frische Saiten auf eine alte Martin-Gitarre. Sie liess sich vom Eintreten der beiden nicht ablenken, sondern lauschte dem Ton, den sie für die hohe E-Saite stimmte. Sie griff ein paar Akkorde, rutschte routiniert über die Bünde, um einige Skalen zu zupfen, und stellte die Gitarre beiseite. Lächelnd kam sie auf Kaja und Sarkov zu. «Guten Tag, was kann ich für Sie tun?»

«Wir wollen Orges Toce sprechen.»

«Tut mir leid, der ist im Moment nicht hier.»

«Sagen Sie ihm, Professor Sarkov wartet.»

Die Verkäuferin musterte erst Sarkov, dann Kaja. Sie tat es mit der gleichen Ruhe, mit der sie zuvor die Gitarre behandelt hatte. «Mögen Sie Musik?», fragte sie, ohne auf Sarkovs Anliegen zu reagieren.

«Was soll dieses Frage? Machen wir hier ein Quiz? Ich will zu Orges. Es eilt.»

«Orges hat mir aufgetragen, jeden, der zu ihm will, zu fragen, ob er Musik liebt.»

«Der Kerl spinnt. Frage ich jeden, der zu mir will, ob er Mathematik liebt?»

«Lieben Sie Musik?»

«Musik ist Mathematik. Also liebe ich sie. Ausserdem bin ich Russe. Da muss ich Musik lieben, damit ich dem Klischee entspreche.» Sarkov wirkte wie ein bebender Vulkan neben der stoischen Verkäuferin.

«Was hören Sie am liebsten?»

«Wie viele Fragen haben Sie auf dem Zettel? Will Orges das wirklich alles wissen?» Er trat ungeduldig von einem Bein auf das andere. «Und wenn Sie mit mir fertig sind, kommt sie dann auch noch dran?»

«Wenn sie auch zu Orges will, ja.»

«Sie will nicht zu Orges. Sie gehört zu mir.» Sarkov war kurz davor, die Verkäuferin zu schütteln.

«Also? Welche Musik?»

«Tschaikowski.»

«Konzerte oder Ballett?»

«Die Ouvertüre von Hamlet und die ganze Pique Dame.» Er verzog wütend das Gesicht, als würde er selbst gleich eine Oper singen.

«Danke. Ich werde das so weitergeben.» Sie verschwand im Hinterzimmer.

«Ist das denn die Möglichkeit? Was haben meine Musikvorlieben damit zu tun, dass ich den Gauner treffen kann? Der wird immer verrückter. Ich glaube, der spritzt sich zu viel synthetischen Stoff.»

Kaja hörte Sarkov nur von fern. Sie hatte eine Querflöte entdeckt, die kokett in einer roten Samtauslage silbern blitzte. Plötzlich überkam sie Lust, das Instrument zu lernen. Atmen und dabei musizieren. Das musste etwas Schönes haben. Sie hatte es mit Yoga versucht. Still sitzen und auf den Atem achten. Dabei die Gedanken ziehen lassen bis zur Leere. Es war ihr nicht gelungen. Im Gegenteil. Es hatte sie aggressiv gemacht. Sie hatte die Yogalehrerin angeschrien. Und alle anderen Pseudoerleuchteten ebenfalls, die so wichtig im Schneidersitz hockten und vorgaben zu meditieren, während sie nur daran dachten, ob sie auch gut dabei aussahen. Aber Atmen mit Musik, das wäre etwas anderes. Da würden die Töne den Weg in die Unendlichkeit weisen.

Aus der Tür des Hinterzimmers erschien Orges.

«Du nimmst dich immer wichtiger. Für einen Albaner viel zu wichtig», sagte Sarkov.

«Nur weil ich vor den Russen nicht mehr kusche? Die Zeiten

sind längst vorbei. Es reicht mir, wenn ich an meine russische Geigenlehrerin zurückdenke.» Orges setzte einen abfälligen Laut hinterher. «Jedes Mal, wenn ich Bach spiele, spüre ich noch immer, wie sie hinter mir steht und nur darauf wartet, dass ich einen falschen Ton erwische, damit sie mir mit ihrer Knochenhand ins Genick schlagen kann. Und du erinnerst mich an ihren fetten Mann, der immer mit ihren Hunden Gassi gehen musste. Die Hunde waren nicht fett wie er, sondern knöchrig wie sie. Woraus du schliessen kannst, dass sie die Hosen anhatte. Hunde kommen immer nach ihren Herren.»

«Verschone mich mit deinen Zigeunergeschichten. Das letzte Mal hast du erzählt, dass deine Geigenlehrerin eine vollbusige Chinesin aus Guangzhou gewesen war, der du so auf die Euter gestarrt hast, dass dir eine Saite der Violine gerissen ist.» Sarkov lachte über seine Anzüglichkeit.

«Bestimmt nicht. Das ist deine schmutzige Phantasie. Du denkst dir etwas aus und glaubst dann, dass es wahr ist. Mit deinen Zahlen ist es nicht anders, sonst hättest du den Stein der Weisen längst gefunden.»

«Bin ich dir Rechenschaft schuldig, Zigeuner? So weit kommt es noch. Bring mich zu Myller. Seine Tochter will ihn endlich sehen.»

«Ah, Sie sind die Tochter.» Orges kam auf Kaja zu, die erst jetzt ihren Blick von der Querflöte nahm und das Gespräch zwischen Orges und Sarkov nur mit halbem Ohr mit angehört hatte. «Spielen Sie Flöte?», fragte er.

«Leider nein. Ich spiele nichts. Aber ich interessiere mich sehr für Musik.»

«Man muss sie spielen, wenn man sie verstehen will.»

«Ich bin zu ungeduldig. Ich will immer schon das spielen, was ich auch höre. Aber das geht nicht.»

«Nein. Das geht nur, wenn man viel übt. Und selbst dann machen die Finger oft, was das Ohr nicht will. Aber das Verrückte ist, dass die Finger manchmal recht haben. Manchmal hören die Finger genauer und besser als die Ohren. Der scheinbare Fehler ist in dem Moment dann das Richtige. Seltsam, aber so ist es.»

«Von einem, der sich die Schludrigkeit schönreden will.» Sarkov mischte sich wichtig ein.

«Nur weil es entgegengesetzt dem russischen Drill ist, heisst es noch lange nicht, dass es verkehrt ist. Vielleicht solltest du mehr Rechenfehler riskieren, damit du endlich auf die Lösung kommst.»

Sarkov verzog wütend das Gesicht. «Bring uns endlich zu Myller. Dein Geschwätz über ‹Alles ist Kunst› geht mir auf die Nerven.»

«Habe ich gesagt: Alles ist Kunst?»

«Es klingt so.»

«Wer Musik verstehen will, muss hören können. Zuhören. Wenn du anderes verstehst, als gesprochen wird, kann kein echter Dialog entstehen.»

«Willst du, dass ich dich mit einer Klarinette erschlage?»

«Und wenn der Kopf überfordert ist, dann folgen Gewalt und Unterdrückung. Russische Tradition.»

«Es reicht, Albaner. Bring uns endlich zu Myller, damit seine Tochter sieht, dass alles in Ordnung ist.»

«Alles in Ordnung? Träumst du? Nichts ist in Ordnung, du bist nicht im Zeitplan.» Er trat einen Schritt zurück, weil Sarkov tatsächlich eine Klarinette aus dem Regal nahm und sie wie ein Schwert in die Höhe reckte.

Die Ladentür schwang auf. Gloria und Zweifel traten ein. Orges nickte der Verkäuferin zu, sie verschwand im Hinterzimmer.

«Na, wo ist der Verräter?» Gloria schien mächtig geladen. Zweifel wirkte daneben wie immer unterkühlt und berechnend.

Orges sah fragend zu Sarkov.

«Das sind die Zweifels. Der Name ist bestimmt schon einmal gefallen.»

Orges zog die Brauen hoch, als würde er dem Namen eine grosse Bedeutung beimessen, und wandte sich an Gloria. «Sie komponieren, richtig? Ich war zufällig in einem Ihrer Konzerte, vor etwa sechs Wochen. Bei der Benefizveranstaltung für die Kindersoldaten aus dem Kongo. Ich hatte einige Instrumente für die Big Band zur Verfügung gestellt. Es hatte einen Hauch von Duke Ellington.» Er lächelte schmierig.

«Wo ist Myller?», fragte Gloria unbeeindruckt.

Orges spielte wieder den Dummen. Zweifel schien keine Lust auf Geplänkel zu haben, zog eine Pistole, auf der ein Schalldämpfer sass, und schoss Orges ins Bein. Orges jaulte, hielt sich am Schreibtisch fest und fasste sich an den blutenden Oberschenkel. «Sind Sie wahnsinnig? Was soll das? Hilfe!» Orges schrie. «Hilfe!» Und ein drittes Mal. «Hilfe!»

Kaja hätte wetten mögen, dass Zweifel ihm gleich eine Kugel in den Kopf jagte, nur damit das Geschrei ein Ende nahm. Sie hätte es getan. Orges traf einen Nerv in ihrem Ohr, der sie irrational werden liess. Aber Zweifel überraschte. Er richtete die Pistole auf die Tür, die in das Hinterzimmer führte, und wartete. Aber es kam niemand.

«Die Verkäuferin hat Myller bestimmt gewarnt. Und jetzt hauen sie durch den Hinterausgang ab», sagte Sarkov.

«Myller haut nicht ab. Er will das Finale. Genauso wie wir. Es macht keinen Sinn, es länger hinauszuzögern.» Zweifel ging vorsichtig zur Tür, drückte sie auf und sah hinein. «Kaja und Sarkov, ihr bleibt hier. Wäre zu schade, wenn eure schlauen Köpfe versehentlich eine Kugel einfangen würden.» Zweifel verschwand mit Gloria in den Korridor.

Orges humpelte an einen Schrank, öffnete ihn und holte Verbandszeug heraus. «Kommen Sie, helfen Sie mir.» Er streckte Kaja die verpackten Mullbinden hin.

«Was soll ich tun?» Sie war völlig überfordert mit der Situation. Am liebsten hätte sie nur auf die Querflöte gestarrt, sich weiter von deren Silberglanz blenden lassen und davon geträumt, wie sie mit dem Instrument einsam am Sandstrand des Atlantiks für fliegende Fische spielte. Flucht in einen absurden Traum aus einem absurden Leben? Machte das Sinn? Nichts machte Sinn. Sie riss die Verpackung auf und reichte Orges die Mullbinden. Er nahm sie und wickelte sie sich um den saftenden Oberschenkel.

«Du wusstest, dass sie uns folgen würden, richtig?», fragte Kaja. «Du arbeitest für die beiden.»

«Für wen sonst? Es sind die Zweifels, die das Kapital bringen. Also arbeite ich für sie. Auch dein Vater arbeitet für sie. Und du auch. Hast du das noch nicht kapiert?»

«Wo sind sie hin? Zu ihm? Schiessen sie jetzt auf ihn?» Sie wollte an Sarkov vorbei zur Tür, durch die die Zweifels verschwunden waren. Sarkov verstellte ihr den Weg. Sie schob ihn weg. Er packte sie an den Schultern und schleuderte sie zur Seite. Kaja fiel gegen einen Ständer, der alte Musikbücher verwahrte. Der Ständer kippte um, die Bücher polterten zu Boden.

«Drehst du durch?» Orges, der sich den Notverband angelegt hatte, mischte sich ein. «Ich dachte, du seist ein kühler Rechner? Dein russischer Jähzorn macht dir wohl wieder einen Strich durch die Rechnung, wenn es darauf ankommt.»

«Halt du endlich dein Maul, du Wurm. Du bist nur so ein kleines Rädchen.» Er zeigte Orges zwischen Daumen und Zeigefinger, wie klein er ihn schätzte. «So klein. Und spielst dich hier auf, als ginge es um dich.»

«Das kleinste Sandkorn kann den Apparat lahmlegen. Noch nie gehört?», fragte Orges.

«Und wer legt dich mal lahm? Tu doch einfach mal, als gäbe es dich gar nicht.» Sarkov bückte sich, hob eines der Bücher vom Boden auf und klatschte es auf den Schreibtisch. «Hier, lies das und verschwinde für einen Moment aus dieser Welt.»

«Das Buch kenne ich schon. Gehörbildung. Eines der wichtigsten Gebiete in der Musik. Wird leider zu oft vernachlässigt. Schuld daran ist das Spiel nach Noten. Die Musikalität geht dadurch völlig verloren.»

Sarkov gab Orges eine saftige Ohrfeige. So hatte Kaja ihn noch nie erlebt. «Entweder du liest es, tust meinetwegen so, als würdest du es lesen, oder ich stopfe es dir in dein Plappermaul.»

Orges schlug das Buch auf und las. Sarkov drehte sich zu Kaja. «Tut mir leid, Kaja. Aber ich bin völlig überfordert mit der Sache. Ich bin nur ein einfacher Wissenschaftler. Ich möchte an meine Tafel zurück. Rechnen. Mit einem Stück Kreide und einem nassen Schwamm die Welt errechnen.»

«Die Welt kann man nicht errechnen, man muss darin leben.»

Kaja staunte selbst über die Worte, die ihr aus dem Mund purzelten und zwischen den Musikbüchern auf dem Boden landeten. Sie bückte sich und begann, die Bücher aufzuheben und in den Ständer einzuräumen.

Orges stampfte mit dem Fuss des unverletzten Beins im Vierteltakt auf, klatschte halbe Noten und sang Silben im Achteltakt. «Tatatata-tatatata.»

«Der hatte schon immer einen an der Waffel. Aber ich dachte bislang, ich hätte die Welt im Griff. Deswegen habe ich an die Zahlen geglaubt. Und man kann die Welt auch im Griff haben. Aber den Menschen nicht, den kann man immer nur bis zu einem gewissen Teil berechnen. Die Masse ist ausrechenbar, das Individuum bricht immer wieder die Regel. Deshalb versagen auch Utopien.»

«Tatatata-tatatata.»

«Hör auf damit.» Sarkov wandte sich von Kaja ab und ging auf Orges zu, der von seinem Buch aufschaute. «Das sind wunderbare Übungen. Die hatte ich längst vergessen. Sogar ich muss mich konzentrieren, um die Koordination auf die Reihe zu kriegen. Die Geraden sind ja noch einfach. Aber sieben gegen fünf, da wird es schon schwerer.»

Kaja nutzte den Augenblick und rannte hinter Sarkovs Rücken durch die Hintertür in den Korridor, in dem die Zweifels verschwunden waren.

***

Dado schlief. Stahl stand schon fünf Minuten vor ihm und liess gemeinsame Erinnerungen vor dem inneren Auge ablaufen. Das letzte Bild, das vor ihm auftauchte, war Dados Messerangriff und Stahls Riposte. «Ich wollte ihn nicht so schwer treffen, aber er legte es darauf an. Es schien, als wolle er, dass ich ihn so gefährlich treffe», murmelte er vor sich hin. Stahl hielt den Blick auf Dados Gesicht. Obwohl er schlief, wirkte es nicht ruhig. Auf seinen Zügen lag eine solche Spannung, dass Stahl fürchtete, die Haut mochte gleich an mehreren Stellen reissen. Und was würde darunter zum Vorschein kommen? Ein weiteres Gesicht? Wie viele Gesichter hatte Dado? Welches war das wahre? Kam irgendwann ein Nichtgesicht? Wie sah es aus? Wie viele Masken trug Stahl selbst? Und wer steckte hinter Myller? Müdigkeit überkam Stahl. Am liebsten hätte er sich in das leere Bett neben Dado gelegt und ebenfalls die Augen zugemacht.

«Sie sehen, dass Sie mir etwas schuldig sind», sagte Myller.

«Schuldig? Was bin ich Ihnen schuldig?»

«Dado ist unbrauchbar. Er war mein bester Mann. Eine Ein-Mann-Armee. Aber wem erzähle ich das? Und wie Sie wissen, findet man solche Leute nicht wie Fisch auf dem Markt. Wie kann ich jetzt gegen Zweifel gewinnen?»

«Gar nicht.» Zweifel und Gloria standen im Raum. Zweifel mit gezückter Pistole, mit der er abwechselnd auf Myller und Stahl zielte. Myller schrak herum.

«Damit hast du nicht gerechnet, was?» Zweifel kam einen Schritt näher. «Dachtest du wirklich, wir würden nichts merken?»

«Ich hatte es gehofft. Wer nicht wagt, der nicht gewinnt. Ist das nicht ein Leitspruch eures Unternehmens?», fragte Myller.

«Risikomanagement? Davon verstehen wir etwas, richtig. Aber du nicht. Du handelst fahrlässig. Bringst sogar deine Tochter in Gefahr. Aus Raffgier», antwortete Zweifel.

«Und eure Geschäfte basieren auf Nächstenliebe?»

«Habe ich nicht gesagt.»

«Was ist mit dir, Gloria? So schweigsam? Bist doch sonst die Erste, die den Menschen die Welt erklärt», sagte Myller.

Gloria sah auf den schlafenden Dado. «Wird er sterben?», fragte sie. Und eine überraschende Anteilnahme lag im Ton ihrer Stimme.

«Mich interessiert mehr, ob ich sterbe, wenn Zweifel weiter mit der Kanone hier herumfuchtelt», sagte Myller.

«Du wirst ganz bestimmt sterben», sagte Gloria ruhig. «Dich braucht kein Mensch.»

«Höre ich richtig? Mich willst du umlegen, und um den Söldner machst du dir Gedanken?»

«Hast du ihn schon einmal spielen hören?», fragte Gloria.
«Was?», entgegnete Myller.
«Auf der Geige. Oder der Gitarre.»
«Spinnst du? Ich habe den Kerl angeheuert, damit er mir hilft, meine Ziele zu erreichen, nicht, um mit ihm am Lagerfeuer zu sitzen und den Mond anzuheulen.»
«Du suchst den unendlichen Raum zwischen den Atomen. Hättest du ihn einmal spielen hören, wärst du nah dran gewesen», sagte Gloria.
«Kitsch und Schmalz. Hätte nicht gedacht, dass du darauf abfährst.»
«Ich fahre auf Glaubwürdigkeit ab. Auf etwas, das mich berührt und bewegt. Ist das nicht Physik?»
«Lass sein, Gloria. Er wird nie verstehen, dass es nicht nur um Geld und Macht geht», sagte Zweifel. Er lachte falsch.
«Aha. Sieh an. Und um was geht es den Zweifels?»
«Kultur. Kapital und Macht sind nur Mittel zum Zweck. Nicht Selbstzweck», antwortete Zweifel.
«Und welche Kultur bringt ihr den armen Kindern, die in euren Minen schuften? Oder geht es nur um die Kultur des weissen Mannes eines neutralen satten Staates?», fragte Myller.
«Genug geredet», sagte Gloria. «Leg ihn endlich um.»
Zweifel richtete seine Pistole zum Schuss gegen Myller. Dado öffnete die Augen, schlug die Decke vom Körper und schoss mit einer Beretta auf Zweifel. Der brach zusammen, schaffte es aber noch, im Fallen abzudrücken und Myller zu treffen. In diesem Augenblick kam Kaja zur Tür herein. Sie schrie, stürzte auf ihren Vater, wollte den fallenden Riesen auffangen, brach aber mit ihm auf dem Boden zusammen. Dado sass mittlerweile aufrecht im Bett und zielte auf Gloria. Der hereinstürzende Sarkov geriet zwischen Gloria und Dados Beretta. Die Kugel traf ihn, er sackte zu Boden. Gloria nutzte den Moment und hob die Pistole ihres toten Bruders auf. Dado schoss auf sie, aber Stahl schlug ihm den Arm nach oben, sodass die Kugel in den Putz der Decke krachte. Gloria zielte auf Stahl, der jetzt Dado verdeckte. Dado stiess Stahl zur Seite, drückte ab, traf Gloria und

wurde gleichzeitig von ihrer Kugel getroffen. Stille. Auch die Zeit stand still. Was zur Zeitlupe verlangsamt worden war, fand nun sein Standbild. Myller, Zweifel, Gloria und Sarkov lagen tot am Boden. Kaja starrte fassungslos auf das Szenario. Dado sah zu Stahl. Blut quoll ihm aus dem Mund. «Jetzt sind wir quitt.» Stahl glaubte, es gehört zu haben. Vielleicht hatte er sich diesen letzten Satz aus Dados Mund auch nur gewünscht.

Die Tür wurde vorsichtig aufgeschoben. Orges humpelte herein. Er brauchte nicht lang, um die Lage einzuordnen. «Keine Polizei, oder?»

«Wo ist Lilly?», fragte Stahl.

«Bei Frau Wanger.»

Stahl warf einen letzten Blick auf Kaja. Sie sah ihn nicht. Es würde lange dauern, bis sie wieder etwas anderes sehen konnte. Er ging.

***

Kaja spürte sie. Die Unendlichkeit des Nichts. In diesem gefühlten Raum wäre Speicherplatz für tausend Universen. Eine Leere umgab sie, die nichts füllen konnte. Um sie herum nur tote Materie. Physik. Waren die Seelen bereits entschwunden? Gab es sie überhaupt? Hatte nicht einmal jemand gemessen, dass die Seele so viel wie eine Tafel Schokolade wog? Hundert Gramm Bitterschokolade. Bestimmt war die Seele bitter. Süss auf keinen Fall. Süss war das Leben. *La dolce vita.* Auch das existierte gerade nicht. Oder es hob sich auf mit der Bitterkeit der fluchenden Seelen. Mephisto in Faust, zweiter Teil, kam ihr in den Sinn. Sie hatte den zweiten Teil immer mehr gemocht als den ersten. Der erste Teil war für einfache Rechenschieber, im zweiten Teil musste kreuz und quer gedacht werden. Und die einzig wirklich lustige Szene, die Goethe jemals geschrieben hatte, war der Moment, in dem Mephisto um seinen Lohn gebracht wird. Aus Geilheit verliert er den Fokus, die nackten Ärsche der Putten lenken ihn ab und entführen Fausts Seele, die der Hölle versprochen war, hinauf in den Himmel. Ein tragisch-komischer Clown ist er da plötzlich, der Mephisto, und alles, was ihm zu sagen bleibt, ist: «Bei wem soll ich mich jetzt beschweren?»

Sie sah Orges an. «Bei wem soll ich mich jetzt beschweren?» Ob er sie verstand?

Alle Titel von Michael Moritz

Auch als eBook erhältlich

Tod in der Rheinaue
ISBN 978-3-89705-718-0

Roter Regen
ISBN 978-3-89705-758-6

Weinselig
ISBN 978-3-89705-817-0

Um die Wurst
ISBN 978-3-95451-092-4

Tod im Theaterhaus
ISBN 978-3-95451-016-0

Badisch Blues
ISBN 978-3-95451-445-8

Badisches Todesspiel
ISBN 978-3-7408-0197-7

Zürcher Verschwörung
ISBN 978-3-89705-972-6

Die Tote im Dolder
ISBN 978-3-95451-174-7

Zürcher Sumpf
ISBN 978-3-95451-556-1

Tessiner Abgrund
ISBN 978-3-95451-719-0